有爱的青春陪伴者

图书在版编目（CIP）数据

栖光 / 烟猫与酒著. — 广州：广东旅游出版社,
2023.4
　ISBN 978-7-5570-2817-6

Ⅰ. ①栖… Ⅱ. ①烟… Ⅲ. ①长篇小说－中国－当代
Ⅳ. ①I247.5

中国版本图书馆CIP数据核字(2022)第128882号

栖光
Qi Guang

烟猫与酒 / 著

◎出版人：刘志松　◎总策划：胡晨艳　◎责任编辑：何方　◎责任技编：冼志良
◎责任校对：李瑞苑　◎策划：周丽萍　李娜　◎设计：刘艳　唐卉婷　◎图片绘制：阿竹uzoo

出版发行：广东旅游出版社
地址：广州市荔湾区沙面北街71号
邮编：510130
电话：020-87347732　020-87348887（销售热线）
印刷：长沙鸿发印务实业有限公司
地址：长沙黄花工业园三号
邮编：410137
开本：880毫米×1230毫米　1/32
印张：10
字数：358千字
版次：2023年4月第1版
印次：2023年4月第1次
定价：45.80元

版权所有·侵权必究
如本图书印装质量出现问题，请与印刷公司联系调换。联系电话：020-87808715-321

目录
QI GUANG

第一章　三分像　　　　　　　　001

第二章　寻主启事　　　　　　　024

第三章　修车厂的孤儿　　　　　045

第四章　美食街一日游　　　　　069

第五章　碎了一地的米酒瓶　　　096

第六章　九八九十十九八九四　　115

第七章　跟三磕巴他们一样　　　142

目录
QI GUANG

第八章 新年快乐 　　　　　162

第九章 他叫纵康 　　　　　191

第十章 宋琪的过去 　　　　215

第十一章 二碗的离开 　　　240

第十二章 我原谅你了 　　　264

第十三章 我已经看见太阳了 　285

番外 栖光而生 　　　　　　308

第一章
三 分 像

01

宋琪还没把车停稳就听见一阵狗吠。

之所以用"吠"不用"叫",实在是这狗叫得太惨了点儿。他看一眼横在菜场门口的破面包车,车上贴着三个大字——捕狗队。

宋琪记得,小时候住在老城区常见这事儿,有些人支个三轮车就能独成一队。这么些年过去,那些人不知不觉少了,街头逛荡的野狗也少了。

他锁了车走进菜场,斜对面出来三个大汉,手里提溜一个大网兜,一条狂吠的大黄狗龇牙咧嘴地扑腾着,菜场里的人纷纷靠边儿让路。

"哦哟,现在怎么还有抓狗的?"身后有人小声地说。

"怪可怜的。"另一个人接了一句。

"琪琪,你可不许乱跑听到没?回头被抓走就将你做成香肠、腊肉了!"

宋琪眼皮一跳,扭头去看,一个大姐抱着条缩成一团的吉娃娃谆谆教导。宋琪无言地跟它对视,那条叫"琪琪"的小狗畏畏缩缩地把脸埋进大姐怀里。

捕狗队离开后,菜场恢复秩序。他往水产区走了几个摊位,熟识的老板跟他打招呼:"宋儿来啦?今天也这么精神啊!"

"李哥。"宋琪点点头,在摊案前保持了半米的距离,往鱼盆里一指,"拎两条鱼。"

"还是鲇鱼?"李哥问,也不用等回答,弯腰就抄起两条肥鱼砸上案板,水花四溅,"好嘞!"

又买了两捆芹菜,宋琪拎着东西往回走。刚走到车屁股准备开后备厢,手机在裤兜里嗡嗡叫,他把手机掏出来夹在肩膀上接听电话,手上动作没停。

"宋哥!"没等他出声,电话那边就热情洋溢地叫他,是小梁。

小梁每天都热情洋溢,这是往好听的说,按实话来说,小梁就是咋呼、傻乐。

宋琪想不明白他当个修车技工每天有什么可乐的。不过,自从他来了店里,大伙儿也确实都活泛不少,从某种角度来说,小梁现在已经成了他店里不可或缺的一员活宝。

"嗯。"他把菜袋子放好,"砰"一声扣上后备厢,问,"什么事?"

"王老板来了,问他前两天订的车载仪到了没……我怎么没印象?咱们这周要新货了?"

后面两句的声音压了下去,估计王老板就在旁边。宋琪拉开车门坐进去,交代他:"东西在我车上,昨天刚拿来还没往店里放。你让王老板坐一会儿,我这就回去。"

"哎,行。"小梁的声音又扬起来,"你注意点儿开车啊,宋哥!"

宋琪把电话撂了,摇下车窗,叼了根烟开始倒车。

菜场这个入口前就是条马路,旁边还有条地下通道。他车头刚倒过来,还没往马路上开,一辆黑车从地下通道"嗡"地冲出来,车身一拧晃过他的车头,"炸"着一嘟噜长喇叭直奔马路飞驰而去。

宋琪吓一跳,瞪着那远去的黑色车屁股骂了一声。

他还按喇叭?出个菜市场跟演警匪片儿似的。

他松开油门把烟点上,皱着眉,想起刚才那条叫琪琪的狗,感觉今天这个头开得让人心烦气躁。

江尧砸着车喇叭在路上横冲直撞,手机在仪表台上乱振。他捞起耳机挂耳朵上,一点好气儿没有:"说话。"

"尧儿,"宫韩在电话里撇着一嘴京片子,"我宫韩啊。"

"自己焐去。"江尧把通话摁了。

没半分钟,宫韩又把电话打过来,江尧烦他每次打电话开头必来一句自我介绍,听宫韩一本正经地自我介绍"我宫韩",他总觉得下一句就是"关爱女性生理健康是每个公民应尽的义务"。

"我不介绍了,您别挂断。"这回没给江尧骂人的机会,宫韩自觉地认怂,结果没了这句习惯性开场白,他一瞬间不知道该说什么好。

听着江尧那边炮仗一样的喇叭声,他愣愣地来了句:"你别是被你家老头儿气得奔赴前线了吧?"

"滚。"江尧是真在气头上,半句玩笑都没心思开。宫韩提到"你家老头儿",跟直接往他肚子里塞两个鱼雷差不了多少,幸好他开到了不知什么荒郊野岭的破地方,一路上开坦克似的踩油门也没见着两辆车。

宫韩叹了口气:"你一来气儿就满大街飞,天天还这么大气性,你哥要不想白发人送黑发人,就该在你去上学前直接把驾照给你吊销了。"

"你有事儿没?"江尧不耐烦地问。

"啊,对,我想起来了。"宫韩一拍脑门儿,"你哥让你年底必须回去参加老爷子的婚礼兼六十大寿,不然断了你的粮。"

顿了下,宫韩补充:"你爸的原话。"

"江越是不是有病?多光荣怎么着,还挨个儿通知?"江尧两眼喷火,往车壁上狠踹了一脚。

宫韩也很无奈:"你讲点道理啊,他给你打电话你也得愿意接不是?把人拽黑名单里趴三年半了,你我乐意当你们家传话筒呢?"

这话说得没什么错,能跟江尧这种脾气的人处了五年都没掰,江尧一家都敬宫韩是个会捏的柿子,大事小事找不到江尧就给他打电话。宫韩在夹缝中生存,回回都觉得自己就是照镜子的猪八戒,里外不是人。

被这么一打岔,江尧的火气从愤怒降到了丢人,针对宫韩回了句"滚蛋",他抬脚松松油门,闭眼呼出口气。

眼睛一闭,一睁,半秒不到的事,眼前畅通的大路口竟然就窜出一不明障碍物。

江尧下意识地踩下刹车往防护带上打方向盘,"铛"的一声巨响,他身子往前狠冲,被安全带勒得差点喘不上气来,咳得惊天动地就踹开车门下去了。

还行,没死。他先甩甩胳膊跺跺脚。

转头再看车,巨响是因为车身剐了减速牌的钢管,车灯到车门一整段像被史前巨兽挠了一爪子,花得特好看。

幸好是从侧面刮过去的,除了后视镜被撞飞……

他抬着眼睛满地划拉,身后呼哧呼哧过来一条狗,衔个后视镜在他脚边放下,冲他"汪"地叫了一声。

江尧家里养了三条狗,都是大型犬,这叫声他熟,要他陪着玩的意思。他差点就习惯性地反手拨一拨狗头,说一句"大毛别叫"。胳膊都伸半截了,他突然反应过来什么,僵着脖子扭头往后看,一条快成年的哈士奇蹲在他屁股后头,舌头吐着,冲他热情地摇尾巴。

"刚是不是你?"江尧瞪它。

二哈:"汪!"

尾巴摇得更欢了。

宫韩在电话里"喂"个不停,江尧重新坐进车里才想起还通着电话,他拿起来说了句"没死"。宫韩立马跟个放了气的球似的,骂:"你吓谁啊!我以为你终于被撞死了,都急得要打110了!"

"终什么于?我要真被撞死了,你在这儿一直'喂'就能把魂给我叫回来?"江尧其实也有点儿后怕,这算得上事故了吧?得亏安全带卡得牢,他竟然连块皮都没蹭破,拌下后脑勺的小皮筋挠了挠头。

"我这不急傻了……你撞到什么了?"宫韩问。

"傻狗。"

"啊?"

江尧被他气笑了,说:"没叫你,一条碰瓷的傻狗!"

二哈在后座上适时地"汪"了一声。

宫韩反应过来也笑了,又问:"有事儿没啊?"

"后视镜飞了,换个门,别的没事。"

"那你怎么着?报警叫保险?"

"不值当。也没心情在这儿等,我找个修车厂凑合凑合得了。"

"钱多烧的。"宫韩隔着电话翻了两个白眼,却听见二哈在车里待急了,嗷嗷叫了两声。

他又扯着嗓子问:"狗你怎么处理啊?还捡回去?你有瘾啊,走哪儿都捡狗?"

"吃了。"江尧不耐烦地摁下结束键,打开导航搜最近的修车厂。

宋琪回到修车厂,先给王老板装了车载仪,又招待着扯了几句闲篇,时钟就奔着十二点跳过去了。

"饿了吧?"他从车里把鱼拽出来,问一句坐在店门口等活的小工。

小工刚来一个月,腼腆地笑笑。

两条鱼一锅全炖了,店里现在加上宋琪十一个人,除了三个熟练工,一半都是血气方刚的小伙子,每天吃饭能吃得打起来,少一粒米都不行。

小梁把两张大圆桌支好,宋琪靠在厨房门边看着他们,刚被他问过的小工捧着碗回头喊他:"宋哥?"

宋琪扬扬下巴:"吃吧。我刚在厨房对付过了。"

"宋哥饿不着自己。"一个小工说,他是店里最胖的一个,吃得也最多,说话时一张大脸完美嵌在大海碗里,瓮声瓮气的,小梁管他叫二碗。

"没错,你,你没见过我宋哥,身,身上的块儿。"坐二碗旁边的三磕巴磕磕巴巴地接上话,他口条不伶俐,两只手却很灵活,一只手捧着碗,另一只手在自己小肚子上比画,"就,就这儿的腹肌,好,好家伙!漂,漂,漂,漂……亮!"

腼腆的小工跟着他最后那四个"漂"字点了四下头,最后被他喷了一脸口水,默默抹了抹脸。

小梁一人一筷头敲过去:"吃饭都堵不住嘴!"

宋琪笑了笑,把烟头扔地上用脚踹灭,去休息室换了身衣服进修车间。

小梁进来喊他的时候,他没意识到时间过去了多久,感觉好像才几分钟,只是这短短几分钟,他的注意力始终没跟手上的活计接洽。一声"琪琪"已经在他脑子里飘来飘去大半天了,扰得他心绪不宁。

不是菜场那声"琪琪",而是在他记忆里埋了整整八年的"琪琪"。

"宋哥,外面来了辆车,你去看一眼还能修吗?"

小梁在他头顶敲敲车窗,宋琪被这动静惊醒,地上一屉一直的两条长腿往前一蹬,他扔掉老虎钳从车底滑出来:"什么车?"

"四个圈儿。"小梁拉他一把,"被大货咬了一口,半边全花了,后视镜都飞了。"

宋琪站起来晃晃脑袋,才发现已经冒了满背的汗。他摘掉手套往工装服的肩扣底下塞,问:"不走保险来这儿干吗?"扯了扯领子,他衔上根烟,又说,"火。"

"那谁知道。"小梁手忙脚乱地找打火机,揣测,"谁家'少爷'怕挨骂吧,来咱们这小破店救个急。脾气大得很,在外面跳着脚骂呢。"

他话音刚落,前厅就跟走戏似的起来一嗓子:"有人没人啊?大白天的干不干活了你们家?"

小梁直翻白眼:"你瞅瞅。"

门外的声音听着年纪不大,宋琪凑近他的手点烟,满不在乎地笑了笑。

"一小孩儿你都招架不住。"

宋琪掀开帘子出去,看也没看休息区跳脚的人,一边挽着袖子,一边往洗车区走。三个小工喊他"宋哥",他"嗯"一声算是答应,就着店门口的两只大水桶洗了把脸。

身后有人跟着他,不耐烦地咋呼:"你是老板?赶紧给我看看车。"

宋琪拉起衬衫擦脸,沁着汗的结实小腹露出来,直接说:"修不好,换一家吧。"

那人大概没怎么被服务业这样敷衍过,火气冲天地嚷:"不是,你先看一眼行不行?不赶趟你当谁乐意来你家这破店?"

脾气还真不小。

宋琪想起几年前的自己,不怎么高亢的心情有点起毛,他不耐烦地回过头,看见一张让他瞬间愕然的脸。

脑子里那声"琪琪"突然活了。

掐头去尾截止到这一刻,宋琪二十七年半的人生从没信过什么鬼神论、轮回说,可对上眼前人的眼睛,成千上万帧泛黄的旧画面却如同被惊扰的蝙蝠,冲着他的面门直直飞来。

老房子、破楼、支在走廊里的煤气灶和洗手池,一下雨就漏个没完的墙缝,没剪完的窗花纸,橱柜里的糖水罐头,还有那张年久失修的掉漆木板床,床上难得安宁清醒的他的疯妈,与坐在床边攥着他妈的手,一点点抬起眼皮,冲他微微笑着的……

"看什么看啊!"

江尧觉得自己今天是真的不顺。

十万八千里外的家里一堆糟心事,出来一趟百年不遇地撞条狗,好不容易从荒郊回到城郊,找到最近的修车厂,老板竟然还不愿意接活。

他从没见过这么不待客的店,不待客开什么店?吃饱撑的?他一点儿没压自己的火气,老板终于被他嚷得回了头,这一回头不碍事,一对上眼,他直接就被老板一脸看鬼似的古怪表情点着了。

江尧瞪着老板,目光从那一截有形有款的腹肌上滑过去,开始琢磨如果憋不住火在这儿打一架能有几成胜算?他余光里几个洗车工不动声色地望向他,其中一个手里还攥着高压水枪。

行吧,零。

他眉头拧个死疙瘩:"看车行不行?"

烟头不知不觉烧了手,宋琪胳膊一抖,垂下眼皮骂了一声。

得亏这一下,再差个半秒,他就能脱口喊出"纵康"。

纵康。

这个名字压在心底太久了,久到落了厚厚的一层灰,除了年复一年地在梦里出现,宋琪连张嘴喊一声都能在胸腔里扑起一层土,呛得喉头干涩。

宋琪被江尧一嗓子吼得回过神来,车厂还是这个车厂,水缸也还是眼前的水缸,八年的时间就是实打实的八年,脚下踩的就是现实,什么奇迹也不会发生。

他扔掉烟蒂,盯着江尧又叼上一根,斜着视线把人从头到脚扫了个遍。

江尧被他盯得浑身不自在,看这眼神也不是要干仗的意思。转眼间,宋琪已经弹弹烟灰,往他那辆划成花脸猫的车走过去了。

捏着水枪、拖把的小工们默默撒开,该干吗干吗。

"神经病。"

江尧压着嗓子骂了一句，抬脚跟上去。

离车还有二十米远，宋琪停下来，偏头又看他一眼："东桥菜市场，去了？"

江尧愣愣的，好像是经过了，但他不知道这问题的意思，盯着宋琪没说话。

宋琪也没等他张嘴，走过去时用脚在车牌上踢了踢："照你那不要命的开法，以后出地下通道提前按喇叭。"

他这么一说江尧倒是想起来了，今天好像确实差点儿撞了辆车。他看一眼宋琪，不会这么巧吧？

他刚想说什么，车里一阵爪子挠门的动静，还传来一声狗叫。

江尧连忙扑过去把后车门打开，他光顾着在这破店里胡闹了，忘了自己还捡了条狗。

哈士奇从里面蹦出来围着江尧转圈，看见旁边多了个人，又凑过去闻闻宋琪的裤脚。江尧总觉得这老板不像好人的模样，怕对方抬脚踹狗，吆喝了一声："二哈，过来。"

二哈充分展现了它这个品种的傻气，江尧跟它拢共待了一个钟头不到，喊它它还真答应，摇着尾巴回到江尧身前转了一圈，就自来熟地奔着大水桶喝水去了。这回江尧再喊它，它就不回头了。

宋琪皱着眉看车，不看江尧也不看狗。

他这些年修过不少车，其中不乏带着宠物上路撞成一堆破铜烂铁的。像眼前这种年纪不大脾气不小，大中午的菜市场旁边飙车，车上还带条不拴绳的狗的主儿，别说飞个后视镜，四个轮子全飞出去他都不觉得稀奇。

要不是冲着这张与那人三分像的脸，他真懒得多跟对方废话。

02

"要换车门。店里没你车这个型号，进货加维修半个月吧。能等？"看完一圈，宋琪做了个总结。

江尧掏手机看看日子，点头："什么价？"

宋琪比画个数字。

合计一下差不多，江尧又问："能刷卡吗？"

"小梁！"宋琪喊了一声。

小梁正从甩干机里往外掏车垫子，边答应着边探出头，见宋琪竖根拇指往身后比了比，他直接进屋了。

"刷卡啊？"小梁擦擦手，去前台掏机子。

江尧不明白他是怎么看懂这意思的，余光看到二哈在大水桶那儿跟几个小工玩起来了。他在钱包里找了找,从一堆校园卡、门禁卡、衣服店和自助店的会员卡里夹出一张递过去。看看小梁,他发现小梁是刚接待自己的那个人,就顺嘴说了句:"不好意思啊。"

"啊?"小梁看他。

花钱使人冷静这档子事大概不分男女,一口气花了他爸五位数,江尧的火气消了不少。他自认没发火的时候是个脾气挺好的,该道歉该服软都挺自然的,边往机子上输密码边说:"我刚才情绪不好,上火,说话什么的急了点儿。"

"啊,没事儿,理解。"小梁点点头。这种人常有,先前一肚子火乱撒,真要把车交代在这儿,又会散个烟缓缓态度,不然自己不安心。"嘀嘀嘀"地摁了几下,他拽了单子给江尧签字。

柜台桌上挺乱,摆了电脑、各种小机器、新旧海报、几个厚本子,桌角还有一盆落了半层灰的小仙人球。旁边是半盒名片,江尧抽一张出来,特别简单的卡片,没什么花样,白底黑字——

宋琪汽修美容,店长:宋琪。

底下一串手机号。

他不太确定地晃晃名片,问小梁:"你们老板?"

"是啊,宋哥。"小梁看了一眼。

"就刚才那个?"

"那还能有几个?"

小梁终于从键盘后面摸出一支笔,递给江尧。江尧把名片插钱包里,接过笔龙飞凤舞地划拉,又问:"你们这儿要狗吗?"

"狗?"小梁瞪他,这人长得挺俊,说话怎么老一阵儿一阵儿的?

江尧点头,拍拍兜拿出包烟,往桌上扔一根自己咬一根。二哈正好跑过来"汪汪"两声,他往外指指,对小梁说:"二哈。"

小梁把烟别耳朵上,伸着脖子看看,狐疑地问:"你的狗?"

"不是,路上捡的。"

这话说出来,他自己都觉得奇怪,路上捡条狗,半道逮个店又要送出去,张罗着捡那一下干什么?

他大概跟小梁解释了一下怎么回事,小梁听完更纳闷了:"你不是说你的车是蹭着大货车了吗?"

江尧:"……"

小梁:"合着是被狗给蹭了?"

江尧:"你要不要吧?"

小梁又勾着头看看狗,犹豫道:"看着不像野狗啊,它主人得找它吧?"

可不嘛,哪条路上的野狗也生不出哈士奇啊。江尧眼见有门儿,叹了口气:"要不是我那儿没法养,我就不琢磨这一步了。回头我印个启事吧,万一它的主人能找到这儿也是有缘,找不着就给你们看院子,反正不亏。"

"我问问。"小梁收好票据,掀帘子去了隔壁。

没二十秒就被宋琪骂回来了。

"养狗干吗?你们几个还不够我养?"宋琪的声音由远及近,小梁前脚逃回来,他后脚就撩开塑皮帘子冷飕飕地出来,看见江尧手上夹了根烟,目光一下子很不耐烦,"牵走。"

江尧这人吃软不吃硬,脾气上来了软硬都不吃。一个人对自己有没有意见是很好感知的,这个老板自从见了他,弹个烟灰都是"对你不爽"的模样,他本来已经下去的火腾地又要起来。

"汪!"

就在这时候,二哈叼着根管子从门口撒着欢儿地跑了过去,三个小工在后头手忙脚乱地撵它。

江尧本来支着胳膊靠在柜台上,看见这一幕忍了忍,直起身子看着宋琪,说:"不至于吧,老板,我车都扔你这儿了,要能带走,我也不说这废话了。当我借你家店放几天行不行?"

宋琪看着江尧,突然扯了扯嘴角:"行啊。"

嗯?

下一秒他脸就拉了回去:"给钱。"

江尧:"……"这破店真缺钱缺疯了。

他冷笑一下,从屁兜里把钱包又拽出来,问:"多少。"

"一天一百块。"

江尧瞪他:"好点儿的宠物店寄养一天也就比你贵二十块。"

"哦。"宋琪面无表情,"那你送宠物店去吧。"

两人互瞪着,二哈又叼着管子从门口跑回去,三个小工拽着管子撵它。

小梁站在中间挠挠脸,咳了一声:"那什么……也不差这一两天的,五十块吧。"

宋琪没说话,把手套从肩上抽下来,转身进修车间,江尧抽出三张皱成团的红票子往柜台上一摔:"三天!"

宋琪的店没有多大,挨着大马路的几间商用平房一字排开,前院用来洗车,室内一多半打通用来修车,另一半拉起几个货架卖汽车用品,卫生间、休息室、招待厅各划一块犄角,拼拼凑凑也算是五脏俱全。

小梁弹着票子进来,正看见宋琪站窗户跟前往外看。他跟着往外面看了一眼,江尧应该是在跟他的狗告别,一条腿半跪着蹲在地上,逮着狗头一通揉搓,只绑了一半的头发从耳朵后面乱七八糟地搭下来,远看跟个小姑娘似的。

小梁把三张红钞票伸到宋琪跟前抖了抖:"宋哥,看!"

宋琪有点儿走神,被小梁这动静闹得眉心一跳,抬手把小梁挡开,转身去净水器前接了杯水。

小梁跟着过去,继续摇晃那三张票子,跟摇三面小旗似的,执着地跟他报告:"宋哥,三百块呢。"

宋琪仰着头喝水,从杯沿递出去一个无奈的眼神,给了个评语:"钱多烧的。"

他在中午没修完的车前蹲下,乒乒乓乓地找老虎钳。小梁犹豫一下,也在他身旁蹲下了,小声问:"宋哥,你今儿是不是心情不太美丽啊?"

宋琪懒得理他:"我哪天心情格外美丽过?"

"倒也是。"小梁点点头,"哎"了一声,把耳朵上别的烟摘下来递给宋琪,"你尝尝这个?刚那小孩儿给我的,看着还挺贵。"

破车,烟。

票子,狗。

挺好的年龄顶着那样一张脸,傍身的都是些啥东西。

宋琪刚把老虎钳捡起来,又皱着眉扔回去,"砰"一声挺响的动静。

小梁这下真确定宋琪心情不好了,眨巴两下眼,说:"你是不是特不乐意留那条狗啊,宋哥?我是想着那什么吧,眼看天也要冷了,他们夜里进了被窝就起不来。真跟上回似的再来个贼,狗多少能叫两声吓唬吓唬,省心。"顿了下,他又说,"而且那小孩儿也真是没招儿,他就因为这狗才把车废成那样儿。你不是总说,干咱们这行,往来的都是路上的,能帮一把帮一把……"

宋琪终于又看他一眼:"帮一把捞三百块?"

"这话说的。"小梁眼珠子都鼓出来了,"我说五十块你也没答应啊。"

小梁再揣摩十年,也不可能明白宋琪在发什么火。别说他了,宋琪自己都想不通。

宋琪把小梁又别回耳朵上的烟捏下来,眯眼看了看烟纸上的商标,一根能抵他平时半包的价钱。小梁赶紧掏火给他点上,抽着鼻子问:"什么味儿?"

能有什么味儿,烧钱的味儿。

宋琪被小梁吵得心烦,掏出手机往外走。走到门边,他又停下,外面只剩下条狗在跟那几个小孩儿胡闹,他偏偏头问小梁:"留了他的联系方式没?"

小梁正捋着袖子要往车底下钻,说:"他拿你名片了,有什么事儿会联系你的。"

"名字都没问?"宋琪吐了口烟。

"啊,"小梁半个身子窝在车底想了想,刚才光琢磨狗了,"他签那个字儿,好像叫……上饶?"

宋琪:"……"

什么东西?

江尧打了个巨响的喷嚏,把自己震得从座椅上弹了弹,有点儿蒙。

手机在裤兜里哇哇叫,江尧掏出来看一眼,屏幕上的两道裂口把赵耀的名字活活切割成"走光",他接起来应了声:"光儿。"

"尧儿!"赵耀的动静跟加了扩音器似的,江尧好几回都被他一嗓子号得从梦中惊醒。

"哎,"他把手机拿远点,感觉屏幕又多了两条裂纹,"听见了。"

"你人呢?中午一通发疯就跑出去了。"

江尧揉揉肚子,赵耀这么一说他才想起来自己连午饭都没吃完,接了他哥半个电话就出来了,然后又接了宫韩的电话,又撞上条狗,又在修车厂遇上个烂脾气臭脸的……

烦人!他看一眼窗外,问赵耀:"我拐个弯就到学校了。要带东西?"

"对!你先去打印店把班长定做的横幅拿上,他怕晚上回来打印店关门。还有……我批发的钢化膜终于到了,驿站要是没关门帮我拿下快递,嘿嘿!"

江尧也被赵耀带笑了。赵耀有点儿小生意的头脑,大一靠自学掌握了贴膜技术,连对面宿管阿姨都慕名来找他贴过膜。

"正好,晚上给我换个膜,等会儿再给你带两根辣鸭脖回去。"江尧说。

"放心吧!我这手艺就是靠你三天两头摔手机练出来的,哪星期不给你换张膜我都浑身刺挠。"

"滚蛋。"江尧笑着骂他一句,接过找零撂电话下车。

03

从修车厂回来的时候天还亮着,到了学校就基本上暗下去了。

校门口的小吃摊全都支了起来,江尧先去把赵耀的钢化膜拿上,往打印店走的时候,各种食物的香味儿顺着晚风往鼻孔里飘。江尧突然有点儿明白,为什么有人爱说胃跟心是连在一块儿的了。

盛了一肚子气的时候，他没心思感受饱饿，现在气下去了，也挺饿了，但看着手上这袋钢化膜，他还是没什么胃口吃东西。

江越公事公办没有起伏的声音在脑袋里响起来，江尧又有点儿暴躁。他是真不知道他爸一个快奔六十的人了，找个比他小三十多岁的人做老婆，全家上下为什么没有人提出反对意见。

当然，所谓的全家也只有他夕阳正蓬勃的亲爸、他毫无情绪的亲哥、他，和他没命享福的亲妈的牌位。

得知他爸有人的时候，江尧才初三，把家里砸得跟碎片展览馆似的，威胁他爸："你要是敢把人往家里领，我保证那女人走着进来飞着出去。"

大概觉得那阵儿他确实小，他爸也没张罗着带人回家。结果等他考上大学，就在江尧准备离家上学的前一星期，他爸到底是把人给领回了家。江尧那天抱着他妈的牌位在门口坐着，指着那女人的鼻子愣是把她骂得没敢进门。

他爸险些背过气去，抄起手杖就要打他。江尧没躲没跑，把牌位往他爸脸前一支，说出的话冷得冒白气："你打！"

他爸举着手杖瞪了他半天，锋利不减当年的鹰眼硬是透出点儿脆弱的意思，放下手杖把哭哭啼啼的女朋友送走了。

江尧出来上学一年半，本来以为这事儿就这么过去了，没承想他爸赶着六十大寿要玩一出"双喜临门"。

跨上打印店门前的小阶梯，江尧在心里叹了口气。老爷们儿真掐起来，可比电视剧里精彩多了。

打印店的老板娘天天帮这群学生打印东西，性格开朗点儿的跟她关系都挺不错。江尧在沙发上坐下晃晃脑袋，刚才在路上被小风一吹，现在进了室内静下来，脑袋发沉的感觉更明显了："我拿东西。"

"后面的帅哥呢？"

后面有人？江尧扭头，刚合上的玻璃门正被人推开，陶雪川跟江尧对上眼，推推鼻梁上的眼镜："江尧？"

"啊……"江尧捏捏后颈，放松下来往沙发上一靠，"班长。"

"没到期末就来打印小抄了？"陶雪川笑笑，老板娘指了指桌上一摞待取的物件，他过去边翻边说。

"我出现在打印店也就这点儿价值了。"江尧也笑了，眼皮耷拉着，"走光让我帮你拿横幅，要知道你能赶过来，我就不跑这一趟了。"

"下午交代给他的，我就知道他肯定没来。"陶雪川抖开横幅看了看，跟老板娘道过谢后重新卷好，转身踢踢江尧的小腿，"走吧，正好跟你说个事儿。"

陶雪川抱了一堆东西，江尧推开门让他先出去。

"又下什么指令了？"他从陶雪川怀里拿过一摞书翻翻，"时代的……一百位伟人？"

"嗯。"陶雪川点点头，挺严肃，"一个宿舍发一本，每天学习一则伟人事迹，体悟先进精神，宿舍长录小视频发给顾北杨。"

顾北杨是他们的辅导员，今年刚调过来，年龄比他们大不了几岁，面对新职位充满一腔热忱，立志要把这群不着四六的学生掰扯成大好青年，隔三岔五就搞精神文明建设。

上上个月的任务是一百句论语，上个月是一百首诗歌，这个月终于跨越到新时代了。

江尧想起赵耀在宿舍楼道拿个喇叭读《诗经》，全系四十来个男同志光着膀子端着马扎，围着他鼓掌摆拍的画面，低头点烟的时候差点嘴一咧掉出去。

"你还笑？"陶雪川看他一眼，"十回录视频八回没有你，他可铆着劲儿逮你喝茶呢。"

"让他来。"江尧点头，烟从嘴里"哧哧"地往外冒，"我当场朗诵一段'氓之蚩蚩'。"

陶雪川想想那个画面，跟他一块儿乐了。

"说个事儿，明天没安排的话抓你个壮丁，跟志愿者协会一块儿去做好人好事。请你吃饭。"

陶雪川身上一堆头衔，一个大二的学生比大四的还忙，今天志愿者活动明天文艺会演，连带着他们这个系的课余活动都丰富了不少。班里男生都被迫参加过，赵耀还被连哄带骗地拉去养老院干过一下午义务贴膜。

他顶开门往里欠欠身，做个小二的姿势："江少出马一个顶俩，明天给个面子吧。"

"别，不敢当。"江尧抬胳膊撞了陶雪川一肘子让他进去，笑着说，"江少顶多靠武力镇压，要几个人咱抓几个，包台大卡车敲锣打鼓地去给你撑场面。"

二哈在院子里蹲着，见宋琪端着个碗出来，立马蹦起来冲他嗷嗷叫，想往他那儿跑，奈何被绳子拽在原地，只能摇着尾巴转圈，垂着舌头"哈哧哈哧"。

"饿了？"宋琪在它的行动圈外停下，把搪瓷碗伸到它鼻子底下让它闻，肉乎乎的黑鼻头抽了两下，二哈把嘴埋了进去。

宋琪把碗放地上，看它脖子抻着挺费劲，又蹲下来把碗往前推了推。

卷闸门上映出来的光打在二哈身上，宋琪点根烟看了它一会儿，伸手摸摸它的头。二哈吃得头也不抬，只扑腾扑腾耳朵。宋琪手顿了下，又捏捏它的耳朵。

这狗一看就不是长期流浪的，身上挺干净，也不瘦，估计是谁家没看住跑出来了，在大马路上狂奔，正好遇上那个三分像的小子，被一块儿扔这儿来了。

"命挺大。"宋琪弹弹烟灰，想起早上在菜场看见的大黄狗，对二哈说。

三磕巴从屋里出来就看见这一幕，端个碗原地蹦了蹦："哎、哎……"

二哈不知是闻着味儿了还是听懂了，把头从毛豆泡馒头里拔出来，嗓子眼儿里哼哼唧唧的。宋琪看一眼搪瓷碗，泡了肉汤的馒头全被卷走了，毛豆跟青椒一口没少。

他笑笑，又吸了口烟："还挺会吃。"

三磕巴端的是喝完鱼汤的碗，里面碎鱼渣碎、骨头还挺多。他学着宋琪也在二哈跟前蹲下，把碗递过去让它舔，又不知从哪儿掏个馒头出来，掰着往碗里扔。

屋里挺热闹，一群半大小子吃完饭咋咋呼呼地把碗收了，开始擦桌子准备打牌。宋琪听着动静，不急不缓地抽烟，想继续接上刚才被打断的思路，那个三分像的小……

"宋，宋哥。"

宋琪的思路再次被打断，看他一眼："嗯。"

三磕巴："你，你什么时候，再去，大院……儿。"

宋琪："儿化音不读出来也没事儿。"

三磕巴严肃地冲他点头："哦！"

"哦"完，他自己憋不住"吭吭"地笑了。

宋琪也笑了，两人对着条狗笑了半天。宋琪抬手拍拍三磕巴瘦撅撅的后颈，说："行了，说正事儿。"

"哎！"三磕巴答应一声，挺费劲地说，"我就是，就想你什，什么时候再，再去大院的，时，时候，把我也，也带上。"

宋琪抽掉最后一口烟屁股，看他一眼，问："想家了？"

三磕巴掰完最后一口馒头，拍拍手，看着不大好意思："就，就想去看，看看。"

他说的大院是个救助站，专门救助有先天病的孤儿，三磕巴、小梁、二碗、面条，一大半店员都是救助站出身。

宋琪想想，上次去那边已经是一个月前了，面条就是那次跟他过来的。

"行。收拾收拾，明天带你去一趟。"他站起来跺了跺脚，垂着眼皮拍了拍三磕巴，一脸嫌弃，"好歹洗个澡。拍你两下拍出一手泥渍儿。"

三磕巴仰着脸冲他乐："好，好嘞！"

回家的时候宋琪没开车，把摩托从仓库拖出来拍拍灰跨上了。二碗捧着一牙西瓜从屋里出来送他，噘着嘴"噗噗"地吐西瓜子儿，问："宋哥今儿骑车回啊？"

"嗯。"宋琪踩了一脚发动，往手上戴手套。

二碗还在摇头叹气："骑摩托就是明儿要出门，那就意味着明天要吃小梁哥做的饭……唉，凄苦的一天哟。"说完又啃了一大口西瓜。

他站在摩托的大灯前面，圆鼓鼓的肚皮被光照得像面鼓。宋琪掐了一把他的大肉脸，拧过车头"轰"地走了。

"哎！"二碗在身后跳着脚大叫。

开出去几十米，宋琪埋在风镜后的眼睛里还带着笑，有这群小孩儿还是挺热闹的。

再开出去几十米，他的速度慢下来，眼里的情绪也重新归于平淡。

现在没有了小梁和三磕巴打岔，他终于能安安静静地把回忆从心底扒出来晒晒月亮。

长相这回事真是说不清楚，好像有人说过世上没有两片相同的树叶，但九年前他头回见纵康时想到了自己亲妈，下午第一眼看见那个上……饶，竟然跳过了"像"的环节，直接把他看成了纵康。

要说像也是真有地方像，比如本该纯良的长相，和秀气的眉眼。

不像的地方也是真的不像，纵康如果还活着，现在该三十多岁了。那个小孩儿二十啷当岁，跟当年的纵康倒是差不多，个子不矮，腿也挺长，头发半长不短，绑了半个乱七八糟的鬏儿，脸庞的线条很立体也很锐利，带火的时候有股盖不住的狠劲儿。

这么个人跟纵康对比，其实也就像了两三分。

三分，顶天了。当时他就打了这个数。

入秋的夜风已经有了点儿变凉的意思，丝丝缕缕的冷气往领子缝里灌。前面大路口的红绿灯孤独地变换着，黄灯闪了几下快变成红灯，宋琪还在琢磨要不要加个速闯过去得了，脑子里蹦出个轻言慢语的声音：琪琪，好好活着。

他叹了口气，收紧刹车，支着一条长腿在路口停下。

那个声音继续说话：活着就要遵守规则。

嗯。宋琪在心里答应一声，仰头望着计时牌倒数，灯光把他的影子在身后拉得老长。

活着还是要学会惜命。

嗯。

天快冷了吧，别耍酷，毛裤该穿就记得穿上。

哎。宋琪有点儿想笑，手指在车把上轻敲了敲，你烦不烦。

绿灯了，那个声音笑笑，又说：再开慢点儿吧，琪琪。

宋琪闭了闭眼，再睁开，眼前空荡荡的，脑子里也空荡荡的，只有发动机的嗡鸣回荡在空旷的长街上。

04

江尧梦见自己站在长江大桥上。

桥是断的，中间一块全都塌了下去，他站在这头被江风吹得像个火把，对面影影绰绰地也站了个人，看轮廓有点儿像他爸。

风吹得躯冷，他不耐烦地转身想走，腿刚抬起来，耳朵根儿炸起一声"尧儿"，叫得他膝盖一软，跨着马步就掉了下去。

腿一蹬，江尧猛地睁开眼，感觉踢上了什么东西。他皱着眉，歪头看看。赵耀捧着鼻子坐在他床尾的地板上，叫得跟头野猪似的。他捂着脑袋痛苦地翻了个身，抬脚往赵耀肩膀上踹，张嘴说话都觉得心脏在喉咙口蹦："没死呢！抽什么风？"

"我可真冤！"赵耀揉着鼻子，号道，"我就喊你起个床，差点儿没给踢床底下去。"

江尧没心情跟他逗闷子，脑子里放了块铁似的发沉。他往上铺看一眼，随口问："人呢？"

撒森把牙杯递过去，说："班长跟我从食堂回来，在楼道口他被大四那个环艺的叫走了。你收拾收拾吧，等他回来咱们就差不多该走了。"

江尧叼着牙刷走到门口又停下："去哪儿？"

"救助站啊！昨儿晚上不是你回来颁布的'圣旨'嘛，一宿舍抓一代表给班长助阵去！"赵耀说，"真被我给气迷糊了？"

江尧扒拉一把头发，拉门出去："知道了。"

从修车厂到救助站车程半小时左右，赶上堵车就没个准儿。第三次被卡在十米红灯后面，宋琪降下车窗点了根烟，百无聊赖地左右看看。

目光从三磕巴脑袋顶上扫过去时，他顿了下，扫回来又看两眼，忍不住乐了。

"抹摩丝了？"宋琪把烟咬在嘴里，比画一下他的头。

三磕巴摸摸自己硬邦邦的二八分，不好意思地咧咧嘴。

"不错。"宋琪往前踩踩油门，笑着吐了个烟圈，"挺帅。"

堵堵停停地开了将近一个钟头，他在救助站前一个路口把车停下，问三磕巴："还记得路吗？前面拐个弯。"

"记，记得！"三磕巴点点头，激动起来磕巴得更厉害了。

"你先过去，我去买点儿东西。"宋琪伸手把安全带给他解开，拍他一下，"过马路看着点儿。"

三磕巴拎着包跳下去："慢，慢点儿开啊，宋，宋哥！"

这一片以前算郊区，这几年拆拆盖盖，跨入了城郊结合的阵营，大路两边看着楼挺高，楼跟楼之间的街道巷口也就是个乡镇的规模。

救助站在一条挺长的上坡路的尽头，早上十点多钟，大路上虽然车水马龙，但拐进这条上坡路就跟进了另一条通道似的。车很少，偶尔有人上下，路两旁都是高高低低的居民楼，被绵延的矮墙隔着，墙这边是顺着路栽上去的两行绿树。

不知道是什么树，三磕巴只记得这种树的叶子撕开有一股苹果味。他抽抽鼻子，闻着这股味儿就跟回了老家似的，轻快地往路上跑。

"老子踹死你！"上坡路爬了快一半的时候，上面传来嘻嘻哈哈的动静。

三磕巴看了一眼，四五个红眉毛绿眼睛、穿着小脚裤花衬衫的街头小流氓，正你推我一下我踹你一脚地往下冲。

他往旁边让了让，放慢脚步，低着头往上走。

"你别跑！信不信老子打死你！"

一个花裤子倒退着往下跑，他退得又歪又快，笑声还停在嗓子眼儿，一膀子跟闷头没躲开的三磕巴撞个正着。

花裤子翘翘着转过身，先瞪着眼上下扫了扫三磕巴，然后抬手推了他一把："你没长眼啊！"

这边，江尧在院子里蹲着，看那群平日里没个正行的人用心装好叔叔，做好事。

蹲了大概二十分钟，氛围起来了，他站起来拉高外套拉链往外走。

"江尧？"陶雪川拉着个脏兮兮的小孩儿，轻声喊他。

江尧对他做了个夹烟的手势，见那小孩儿瞪着大眼珠子看他，就搓个响指，把手势换成了比手枪，冲那小孩儿"piu"了一下。小孩儿看看他，犹豫两秒，也做了个开枪的动作，嘴里轻轻"叭"一声，还把食指竖在下巴上吹了吹。

江尧弯弯眼睛，一只手揣着外套口袋，另一只手推开了院门。

出来后,他闭着眼狠狠吐了口气,真正的原因其实是太吵了。

几十个人一起嗡嗡,喇叭里还一个劲儿地循环"感恩的心",江尧从睡醒就在发沉的脑袋简直像被加了两块板砖,"咔咔"地往他头上拍,又闷又躁。

他烦躁地甩了甩头,抬脚下坡,看着日头算了算时间,琢磨着他上下溜达一遍,上面那一群也差不多能结束了。

可惜这美好的想法终止于他走了不到五十米时。

一群打扮成圣诞树的"妖怪"在路中间杵着,江尧思考了一下这年头为什么还有人把头发抓半米多高,紧跟着就听见一串破锣嗓门儿。

"哎哟,小脑壳还抹锃亮,什么年代了还有人这么捯饬呢?哈哈哈,笑死了!"这一句竟然出自一个发型像飞船的。

被他们围在当中的是个垂着头的瘦子,一群人把他揉得像根麻秆儿形状的不倒翁。

飞船头先看见了江尧,给其他几棵"圣诞树"递眼色。一群"树妖"扭头打量江尧一眼,纷纷暂停下来,做出"别多管闲事儿"的表情。

江尧本来也没打算管,他抄着兜一脸不耐烦。

麻秆儿像是终于抓住个说话的机会,拽着个包吭哧吭哧地说:"我,我不,不是故意……"

他一张嘴,江尧就皱了皱眉。

没等他说完,围着的几个人已经笑起来了。一个花裤子扬手往他头上拍了一巴掌,"啪"一声把他脑袋拍得歪了歪,大声说:"是个结巴啊?我还是头一回见着活的结巴,哎,你不是装的吧?不想道歉?故意装结巴?"

他说一句抽麻秆儿一下,麻秆儿要是个陀螺这会儿已经飞墙上去了。

"不,不是,我,没有装,装……"

江尧已经快走过去了,听着这动静顿了顿,很烦躁地停下来又点上根烟,抬眼往那人看去。

几个人笑得东倒西歪,花裤子又抽了麻秆儿一下,说:"哎,那你喊爸爸结巴吗?俩字儿都一个音肯定不结巴,或者你喊爷爷也行,来,喊吧,爷爷。"

"这儿呢。"有人在身后说。

花裤子愣了愣,转过脸,一只脚冲着他的脸就蹬了过来。

江尧一手还搁在外套口袋里,另一只手冲地上弹弹烟灰,看他跟个滚地龙似的倒在地上捂着鼻子惨叫,咧嘴笑了。

"乖孙儿。"这一脚蹬出去,江尧从昨天憋闷到今天的心情舒畅了不是一星半点儿。

旁边几个人还没反应过来。花裤子在地上滚两圈了,那个飞船头才龇牙咧嘴地朝江尧身上扑。

江尧把烟往嘴里一咬,薅住他的头发就向后狠狠拽下去,手感像攥一团抹了油的猪鬃毛。他嫌弃地眯了眯眼,飞船头已经被迫仰着脑袋号起来,抱着江尧的手腕连连让其撒手。

江尧拿掉嘴上的烟头往飞船头大张的嘴里一弹,一肘子顶他下巴颏上,抬脚把他踹到刚要坐起来的花裤子身上。

这一连串的动作也就花了半分钟,飞船头一骨碌爬起来往外吐烟头,吐着舌头乱叫。江尧看一眼另外两个人:"还来吗?"

本来跃跃欲试的两人犹豫了一下,七手八脚地过去扶起花裤子和飞船头,恶狠狠地留下一句:"你等着!"

"嗯嗯嗯。"江尧点头,拍拍兜摸出张纸来擦手,"赶紧带我乖孙接鼻子去。"

麻秆儿在旁边傻着眼,跟他对上目光连忙弯腰鞠了一躬,磕磕巴巴地说:"谢,谢谢你!大,大,大哥!"

"谁是你大哥。"江尧掀着眼皮扫他两眼,没见着垃圾桶,走了过去把擦手纸扔麻秆儿兜里,皱着眉问,"你不会还哭啊?"

麻秆儿不好意思地笑笑,抬手摸摸自己的头。

他垂着脑袋,脸上红一道白一道,都是被花裤子拍出来的,二八分也被抽得往上支棱着,衣领被扯得皱皱巴巴,一股窝囊又埋汰的劲儿。

"你说话不顺溜不会直接上手啊?跟那种妖魔鬼怪废什么话?"

他抬手扒了一下麻秆儿的头发:"抽得跟雏鹰起飞似的……哎哟!"刚摸上去,他就甩着手往麻秆儿的衣服上擦,"你们都往头上抹二百斤发蜡干吗啊?"

麻秆儿任他往衣服上抹,不好意思地说:"摩,摩丝。"

底下有车上来,轰轰的,麻秆儿突然动了动,冲身后喊:"送,送……"

送什么?

江尧刚要转头,身后一阵刹车的动静,他只来得及用余光看见一辆白面包车上跳下来一个人,下一秒他就感觉右肩一酸。有人拽着他的胳膊使劲一扳,同时后脖颈被卡着往前一摁,他的脸就被牢牢扣在了旁边的树上。

没错。

江尧又感受了一下,树上。

他脑门儿上的筋狂躁地蹦起来,有点儿不能接受这个状况。江小爷打架斗狠二十年,还从没被人往树上扣过!

他龇了龇牙，毫不犹豫地转身抬腿往后扫，这一脚挨瓷实了少说得在医院躺上个把月，可惜眼下他的姿势跟杂耍顶碗似的，没有准头。身后的人很轻松地避开，还卡着他的脖子又加了几分力气，压过来在他耳后阴沉沉地说："连个结巴都欺负，不至于吧朋友？"

什么玩意儿的朋友？

他抻着膀子又挣了挣，感觉再这么被掰下去要脱臼，江尧逼着自己冷静下来："你要是个爷们儿就先撒手……"

他本来以为是那帮人回来寻仇，结果只有一个人，听这话的意思也好像不是，而且这人的声音……他怎么觉得有点儿耳熟？

麻秆儿这时候才反应过来，跑过来急得踹了两下地，越急越磕巴，一个劲儿地"送送送"。

江尧张嘴要骂，开口的瞬间，一个名字电光石火地从他脑子里闪了过去。

江尧觉得自己差不多被气傻了，但眼下的情况没容他多想，结合着刚才那个声音，他试着喊了声："宋琪？"

身后人的手劲松了松。

等的就是这一刻！

江尧反腿又是一脚，这次身后的人没再擒着他，松开手往后侧了侧，江尧的鞋尖从他腰上蹭过去，刚站稳就抡起拳头回身再挥。可惜江尧还没缓过劲儿来，就被人轻轻松松截住了拳头。终于跟这人对上视线，江尧心里的火"噌"地烧了。

还真就是那个修车厂的老板！后边面包车上还傻兮兮地贴着"宋琪汽修美容"呢！

"你有病吧？"江尧收回拳头甩了甩手，手机在他刚刚抡拳头打人的时候从兜里滑出去了，现在在树下叫，他没心思去捡，腿上续好了力气便恶狠狠地瞪着宋琪，满脸"不给个合理的解释今天这事儿别想完"的表情。

宋琪也惊讶地蹙了蹙眉。

让三磕巴下车后，他拐去旁边的批发市场买了几箱饮料、零食，以为三磕巴早该到了，结果从路口开车上来就看见个熟悉的影子在路旁站着，被人又拨楞头又扯衣服。

他想也没想，踹了车门就把人往树上摁。

看见这人后脑勺上的半个小辫儿的时候，他还觉得好像在哪儿见过，结果一撒手就猝不及防地又对上这张三分像的脸。

"怎么回事儿？"宋琪扭头问拦着他不让他再动手的三磕巴。

"我问你呢!""三分像"暴躁地踢飞一块石头。

宋琪看他一眼没说话,三磕巴见他俩停下来,刚松下口气,就听见上面又炸起来一声叫唤。

三人都愣了愣,江尧扭头看见陶雪川他们晃晃荡荡地从坡上下来,走最前边的赵耀耳朵边儿还举着手机,见了他就把手机往口袋里一塞,大呼小叫地骂:"五分钟没看见你,就又跟人干上仗了?"

他往地上左右看了看,没找着能捡的东西,冲路边一棵树两三下蹿了上去,掰下一截手腕粗的树杈子拎着就往下奔。

其他几人二话不说也要上树。

江尧嘴角一抽,吼了一嗓子:"都给我站那儿!"

树上那几位保持着动作扭头看他,赵耀眨眨眼,吼回来:"打不打啊?"

"宋,宋……"

三磕巴还在那儿坚持,宋琪轻轻地抽了口气:"闭嘴。我问,你点头。"

三磕巴赶紧点头。

"他欺负你?"宋琪指指江尧。

江尧抱着胳膊耐着性子瞪宋琪,三磕巴刚一摇头,他就仰起脑袋狠狠"哈"了一声。

宋琪确定三磕巴不是被威胁得不敢说实话,揪着他的领子将他转过去前后看了看,见没什么外伤,伸手往他脑袋上拍了一巴掌:"你爬树把自己摔成这德行的?"

"嘿,嘿。"江尧不大乐意地咂了咂嘴,"你要问好好问,扯什么上树。"

树上那几人已经下来了,赵耀晃到宋琪身边往他肩膀上一搭,另一只手还拎着那截树杈子,横眉毛竖眼睛的:"怎么回事儿啊?"

"撒开。"江尧瞪他,不动声色地活动两下肩膀。

"他被人欺负了,我正好路过,心情不好顺手帮了一把,他给我道谢呢你就过来了。"江尧不想这么点儿事弄得尽人皆知,虽然肩膀疼得他想跟宋琪干一架,但是更不想被身后这群人知道自己被摁树上了。

他不耐烦地做了个总结:"就这事儿。不知道他是你弟还是你什么,自己教育吧。"

"哎哟,江少今儿做一回好人好事上瘾?"赵耀说完,一群人都乐了。

三磕巴在一旁"嗯嗯嗯",宋琪看着江尧,冲他点了下头:"谢了。"

"你多养两天狗就行。"江尧摆摆手,转身要去捡手机。

"你肩膀……"

宋琪想说肩膀要疼得厉害,他现在就带江尧去医院,还没说完江尧就扭头瞪他:"闭嘴。"

他看一眼簇拥在江尧身旁的这些人，有些好笑："有事儿你给我打电话吧。"他交代一句，拍拍三磕巴的后颈，"上车。"

三磕巴对江尧又磕磕巴巴地道了声谢，拎着包跑回副驾上。

05

在车上，用了二十分钟完完整整地听三磕巴把前因后果都讲完，宋琪盯着他问了一句："疼吗？"

"不，不疼！"三磕巴摇摇头，见宋琪脸色严肃，还笑嘻嘻地安抚他，"没，没事！小时候，在，在大院，挨，挨打都，都挨习惯了！"

宋琪把车开到救助站门前不远就停下了，又问："欺负你的人长什么样，还记得吗？"

三磕巴看他一眼，闭着嘴，使劲摇了摇头。

宋琪把挡光板拉下来露出里面的镜子，弹了三磕巴一个脑瓜嘣："把你发型整整再进去。"

管事阿姨把大门打开，带着几个半大小子迎出来，笑着问："怎么不直接进去？还在外面等。"

宋琪笑笑，停好车下来打开后备厢，冲两个高个子吹了声口哨。他们"哦——"一声拥上来，把大小箱子往屋里搬。

"今天什么日子啊。"管事阿姨笑得很喜庆，拍拍宋琪的肩膀让他往院子里看，"刚有一群学生来做志愿者，前脚刚走后脚你就来了。"

"嗯？"宋琪看了一眼挂在门前的横幅，挑了挑眉毛，"做志愿者？"

"是啊。那群孩子可好了，帮着打扫卫生，带小孩儿玩，还送了衣服、书什么的。现在的学生真是越来越有素质了。"管事阿姨招呼他去屋里喝水，连连感慨着。

宋琪想到刚才一群小孩儿上树撇树杈子的画面，耳边又响起"三分像"那句龇牙咧嘴的"闭嘴"，勾起嘴角笑了笑。

"怎么回事？"面包车开走后，陶雪川问。

江尧弯腰捡手机，站起来的时候脑袋一沉，差点儿一头槌砸树上。

"没什么。"他搓搓脑门儿，转头看一眼已经往坡上开的面包车，心里一阵烦，感觉脚底踩着棉花似的，哪哪都不得劲儿，只想回宿舍安安稳稳地睡一觉。

"那爷儿们谁啊，还挺酷？"赵耀也回头张望一眼，问江尧，"我怎么还听你说了句养狗，你们认识啊？"

认识？头回见面就对呲儿，第二回见面就叫人给摁树上，算认识吗？

江尧不太乐意地点了下头,说:"算吧。我的车在他家修。"

"车?"赵耀愣愣,又问,"你哥送你那辆?昨儿出去一下午飙车呢?"

"车怎么了?"撒淼接着问。

他们一人一嘴,江尧被吵得心烦:"烦不烦?"

"又烦上了!"赵耀摇摇头,叹了口气,搭着撒淼的肩跟着往下晃,"得亏你是跟咱哥儿几个住一个宿舍,这脾气娇气得要命。"

撒淼笑了,捏着嗓子说:"震惊!江小爷真正身份竟是江小姐!"

"小姐不行,得是大小姐。"陶雪川笑着推了推眼镜。

"大小姐都不行,我们尧儿得是千金大小姐!"赵耀做了个捏着手绢捂嘴的动作。

江尧本来不想搭他们的话茬,听到这耳熟的"大小姐",又气又想笑,转身回来抬脚就踹:"都没完了是吧!"

一群人嘻嘻哈哈地散开。

回到学校,陶雪川回宿舍拿了个U盘又出去了。

江尧饭也没吃,倒床拉上被子就睡,撒淼在床头晃来晃去地烦人,一会儿问他"不先去吃了午饭再睡",一会儿说"我给你带饭回来",一会儿说"带鸡腿和手撕包菜行吗"。

江尧蒙着被子胡乱地应"行行行"。

十多分钟后,他渐渐觉得就要进入梦乡了,撒淼又趴在床头悠悠地问:"鸡腿没了,给你带了鱼行吗?"

江尧在被子里"噌"地睁开眼。

跟撒淼这种围着你执着地嗡嗡嗡的动静比起来,他宁愿聆听赵耀那提神醒脑的大嗓门儿。

他拉下被子,扭过头直视着撒淼,没有起伏地说:"淼妈,你让我睡会儿,饿死在梦里算我的。"

赵耀捧着饭盒蹲在旁边的电脑椅上吃饭,听见这声笑得差点儿从椅子上栽下去,他扣上盖子跳下来揽着撒淼往外走:"走吧,你暴躁的小儿子用不着你,跟我去网吧联机去。"

"我怎么感觉江尧有点儿像生病?"撒淼坚持要散发爱的光辉,"暖水瓶里还有水吗?给他倒点儿。"

"哎,我都烦了,你赶紧的吧!"赵耀把他推出去了。

门"砰"一声扣上,江尧几乎是瞬间陷入昏迷。

第二章
寻主启事

01

这一觉,江尧一睡就睡到晚上八点,还不是自然醒的,是被什么嘈杂的动静持之以恒地叫醒的。江尧睁开眼的时候怀疑是不是有人趁他睡着把他拎起来抡了两大圈,脑子蒙得厉害,睡一觉比跑二里地还累。

屋里漆黑一团,在梦里一直嗡嗡的声音变成了不知从哪儿传来的唱歌声,他瞪着头顶的窗子在心里跟着哼了两句才反应过来,吉他社那群人又在宿舍楼下练歌了。

睡是没法睡了,江尧翻个身想坐起来,撑胳膊的时候,嘶着嗓子抽了口气,喉咙到鼻腔跟截消防通道似的,吸进去的是气,喷出来的是火。

盘着腿揉了两下肩膀,他从枕头底下把手机摸出来,摁亮屏幕的瞬间还被闪了一下眼。顾北杨在群里发了一堆看不懂的东西,嚷着这两天要查宿舍。他说完,系主任也跟着发了说要提前看这次课题的作业,五分钟之内改了三次时间……江尧翻了两下,把班级群给屏蔽上,点了个游戏出来打两把,被队友气得嗓子冒烟,一怒之下卸载了。

卸载完,他躺在宿舍床上闲得有点儿无聊。

正考虑要不要干脆去网吧找走光他们算了,脑子里突然蹦出二哈的样子,他当时说要给二哈写寻主启事来着。

本来想直奔打印店印个十来二十张,江尧想了想还是得先研究一下内容,坐在电脑前开个文档开始措辞。

他想取个引人注目的标题,先打了行"悲惨小狗,在线寻主",品了一下感觉哪儿不太对。删掉"悲惨小狗",改成"寻主启事",他皱眉看了一会儿,还是挺怪的。

最后索性直接改成"狗找主"。

把该交代的都写上以后，江尧突然反应过来最关键的一条——他没有二哈的照片。

手指在鼠标上轻轻敲两下，他站起来去兜里摸钱包，从一堆乱七八糟的纸条、卡片里抽出宋琪修车厂的名片，对着联系电话拨了过去。

"喂？"响了没几声，那边就接起来，声音挺欢实。

江尧又看一眼名片上的号码，确定了一下："宋琪？"

"他忙呢，你哪位？"那边说。

"我……"江尧想了想，说，"我在你们家放了条狗。"

"啊！知道了。"那边立马接道，"你有事儿？"

不等江尧接话，他又很快地说："你不用掐着三天领狗，宋哥心眼儿不坏，他就嘴上那么说，你把狗多扔这儿几天也没事儿！"

江尧知道对方是谁了，给他刷卡的小梁。他没接小梁的话茬，直切重点说道："你拍两张照片给我，我做个寻主启事。"

"照片？"小梁重复一遍，明白过来，很利索地答应，"行！你等一会儿。"

很快，手机响了两声，进来两条彩信。

他拿过手机点开，看着图片上加载的小圆圈还怀念了一下，他很多年没收到彩信了，上回收彩信还是以前没4G的时候，宫韩偷拍他们班主任的裤子上破的一个洞……

图片一加载完成，江尧的回忆被迫中止，只是瞬间他就攥着手机瞪圆了眼。

这个小梁脑子被水枪滋了吗？让他发狗的照片，他发两张宋琪的照片来干什么！

其实不是宋琪。

江尧定下神来放大看了一眼，照片的主角应该还是狗，只不过宋琪正在跟狗闹着玩，估计小梁是拿着手机出去现拍的，也没提醒，直接把这哥俩儿捕捉到一个镜头里，随意"咔嚓"两下发过来了。

就是这拍照的技术也太不怎么样了。

一张是宋琪的四分之一侧面，蹲在二哈跟前捏狗耳朵，二哈耷拉个狗头享受，脑袋被挡得就剩一半，打眼一看跟头发了霉的猪似的。

另一张好歹是个侧面，宋琪嘴里叼着烟，掰着二哈的两只前爪眯缝着眼看它，脸上带了点儿笑，二哈吐个舌头，很亲密地跟宋琪对视着。这张好点儿，看上去人畜和谐，就是不太明晰，视线落在画面上就不由得先看宋琪再看狗。

江尧把照片导电脑里，放大了，抱着胳膊靠在电脑椅里，歪着头打量。

其实宋琪这人吧，不说话也不会动的时候看着还是挺好的。上午走光说宋琪挺酷，江尧还在心里嗤了一鼻子。毕竟他对宋琪的意见太大了，古有韩信胯下之辱，今天他虽然没到那地步，但被摁树上之耻也是耻，主观上完全无法苟同。

不过排除主观因素，以一个学艺术的美院学生的眼光来客观看待……

……看什么看啊！他烦躁地踹了一脚主机，握着鼠标打开软件修图。

不是说宋琪在忙呢，忙着玩狗？

这破店一天还能不能有点儿正事了！

江尧本来想把宋琪直接给P掉，但没了宋琪，照片里的二哈就呈现出一种诡异的侧面站姿，狗主人看见了估计都不太愿意往家领。

又捣鼓一会儿，江尧没耐心了。

他思考了一下要不要再打个电话让人重拍两张，想法刚一冒头就被他坚决否定。

快拉倒吧，为了张照片磨磨叽叽的。

而且站在狗主人的角度想，看见这样的照片正好能显出二哈被照顾得不错，一身毛油光锃亮的。

最后江尧给宋琪的脸打了个近乎于无的薄码，再把他的手机号和修车厂地址加上，简单直接地做成了"狗找主启事"，然后把电子版随手发到本地的几个论坛平台，又出去找老板娘打印了几张单子，预备着过两天去修车厂的时候带上。

电视的声音开得有点大。

宋琪关掉淋浴抹了把脸，望着快被水锈堵成实心的莲蓬头凝神听了一耳朵，竟然听见了演员说话的声音。

这房子租了几年了，今天他才发现浴室门的隔音究竟有多差，没了哗哗啦啦的水声掩盖，电视的动静立马冲破浴室门钻进来。推开一条窗户缝散热气，宋琪拔下钉在墙上充当挂钩的大头钉胡乱地通了通莲蓬眼儿，再把钉子摁回墙里，甩甩头发上的水珠拉门出去。

电视里已经不是他洗澡前随手找的电影了，跳到一个不知道在播什么的节目，一群人叽叽喳喳的，很热闹。宋琪打算去厨房随便弄点儿东西吃，经过沙发时顺手捞起换下来的T恤抹了两把头发，手机在衣服底下闪着呼吸灯，提示有未读消息。

旋身把衣服扔进浴室的水盆里，他拿起手机边看边进厨房，是一条来自陌生号码的信息，二十分钟前发来的。

——"做我的狗。"

什么玩意儿？宋琪开冰箱拿啤酒的手在半空中停顿两秒，扬起了眉毛。

垃圾短信谁都收过，可就算是垃圾短信，两天收到两条类似的也有点儿烦人了。

没错，昨天他也收到一条，只不过内容跟今天这个比起来显得很蠢——傻狗，你也被主人抛弃了？

宋琪回了条"你有点儿惨"，随手拉进黑名单。

拿出啤酒，宋琪拉开拉环喝了两口，直接给"做我的狗"拨了回去，号码连归属地都不显示，响了就被挂断了，再打直接变成了无人接听。

宋琪又看了一眼这个手机号，确定是个陌生号码，跟昨天晚上拉黑的不是同一个，估计对面没想到他会在线回电，吓着了。

跟昨天那条傻狗倒是挺般配。

他刚洗完澡胃里燥，两口啤酒下去暂时也不想吃东西，去沙发上坐下，他翻手机想找找哪个软件又把手机号给泄露出去了。

翻到通话记录的时候，一条本地号码的已接来电吸引了他的目光。

毕竟在一堆快递、外卖、房地产公司的未接来电里，这个通了一分二十五秒电话的号码简直太夺目了。

宋琪这些年的社交贫瘠到小梁都对他心生怜悯，联系人里除了过去的老朋友和一个已经变成空号的老号码，全都跟汽修与救助站相关。他仔细在回忆里倒了倒，这两天除了跟进货商联系了两次，确实没接过陌生的电话。

如果是厂里的人帮他接了电话，也都会告诉他，这个号码他是真一点儿印象也没有。

他回拨了电话，把手机放旁边按了免提，空出手来摸烟，点根烟的工夫那边已经接了起来。

"谁？"挺年轻的沙哑男声，听背景音挺吵，跟对街夜市似的。那人声音有点儿大，语气也很直接。

你问我？

宋琪吸了口烟往后靠，把手腕架在膝盖上边摁遥控器调台边说："昨天你给这个号码打过电话，你是谁？"

手机里静了一秒，那边大概是拿开手机看了看号码，宋琪听见他轻骂了一声，喊他："宋琪？"

宋琪弹了弹烟灰，转头再看一眼这个手机号，以为是哪个被遗漏的客户，一通头脑风暴，脑子里突然跳出了"三分像"的脸。

语气是挺像，嗓子哑了？

犹豫了一下，他还是不太确定，继续问："哪位？"

"我是……"对面顿了下，有点儿暴躁，"这什么对话啊！"

这句说完，宋琪确定了，眼前浮现出"三分像"不耐烦的表情，他莫名有点儿想笑，"哦"了一声，说："我知道了。"

"啊。""三分像"没好气地应了一声。

"你昨天打我电话了？找我带你去医院看肩膀？"宋琪接着问。

"看什么看！""三分像"骂，"我打电话问狗的事儿，你厂里人接了。现在没事儿了。"

肯定是小梁接完忘了说。宋琪把烟头丢进喝空的啤酒罐里，想起昨天他龇牙咧嘴的模样，又问了一遍："真没事儿？"

"你没完了是吧！""三分像"恼了。

宋琪笑笑，语气正经起来："昨天确实不好意思，改天我请你吃饭。"

"用不着。""三分像"吸了吸鼻子，估计嗓子哑是因为感冒，不客气地说，"没事儿挂了。你也真闲啊，看见个陌生号还得专门拨回来。"

"嗯。"宋琪没解释，那边已经把电话挂了。

宋琪没管手机，盯着电视看了一会儿，才把手机拿来点两下，手指在"三分像"的号码上犹豫几秒，还是存进了通讯录里。

存不存的其实没什么意义，顶天了也只有三分像而已。

宋琪脑子里又出现了纵康的脸，温和、慈眉善目，跟"三分像"一脸随时孛毛的状态差出个天上地下。

以前宋琪想不明白世上怎么会有纵康那样的人，生活都把他掰开了捏碎了再揉成一团死疙瘩扔地上了，他还能活得津津有味，善良且乐乐和和的。

"三分像"把骂人的话当口头禅，纵康却是个连句重话都不会讲的人，哪怕死之前气儿都倒不上来了，也没对他说过一句重话，连骂都没骂他一句。

也可能骂了。

毕竟最后纵康连声音都发不出来了，他把耳朵使劲凑到纵康嘴边，也什么都没听清。

"我听不见！

"我听不见！纵康，纵康！你再大点儿声！

"什么？你说什……都闭嘴安静行不行！我听不见！"

宋琪回想着当时在医院走廊里的画面，又抽出根烟叼在嘴上，仰着脖子枕在沙发靠背上长长地呼了口烟气。

倒腾这些回忆其实挺受罪的,但每次他都逼着自己不中断回忆。

有些记忆能抹,有些不能;有些过去能逃,有些不能。谁的日子谁过,谁犯的错谁扛,人活着可以什么都没有,好歹得有一点儿良心。

八年前的他就是缺了那么一点儿良心,害死了一个好人。这八年他走在纵康的旧路上,起初是为了赎罪,后来是为了捡起自己的良心。

捡啊,捡啊。

一星一点的,不知道要捡多久才够,好像怎么捡都不够。

上次跟陈猎雪见面,陈猎雪皱着眉问,那你要捡到什么时候才觉得够?

陈猎雪是纵康的半个亲弟弟,是宋琪唯一从小处到大的朋友,也是他混账时代仅剩的见证人,更是他对纵康全部愧疚的投射体。

听陈猎雪那样问,他笑了笑,说:"好歹得让我几十年以后,有脸去地下找纵康赔罪不是?"

陈猎雪看了他一会儿,最后垂下眼皮淡淡地说了一句:"你把自己活得好点儿,别忘了他,就比什么都强。"

活得好点儿。

好说。

宋琪拍拍肚子,从沙发上站起来伸了个懒腰。

今儿晚上出去吃。

拿着钥匙出门前,他还抽空瞄了眼电视,相声播完开始播小品了,是这两年的新小品。

他叹了口气,"砰"地把门扣上。

02

宋琪的房子租在一片旧小区里,距离修车厂有点儿距离,但是便宜,附近街道上各类商铺应有尽有。

小区后门对面就是一条夜市街,夜市街隔着一个T字形路口对面是所学校,是什么学校宋琪没研究过,他平时不往那边去,偶尔经过的时候看着只觉得那学校挺破,连个牌子都找不着。

进出的学生也是各种风格都有,有些土得像刚从地里撅出来的兵马俑,有些穿着说不上是美还是丑的衣服。到了晚上,夜市就如同他们的第二食堂,烧烤、煎饼、麻辣烫,哪家店门口都能看见学生。

宋琪默认它应该是个技校,他没在入口流连,进了夜市就直奔街尾的老三烧烤。

老三烧烤是老店,今天人倒是比平常多,宋琪到了都不用进去,桌已经摆到店门口了,屋里叽叽喳喳的,好几桌学生。老板认识宋琪,见他来了站在炭架后头冲他吼:"得等桌!还是老几样带卷饼?"

"生意火爆啊。"宋琪看他忙得跟八爪鱼似的,笑了笑,找了个背风的位置站着,"我带走,不着急。"

"坐!"老板用脚勾了个凳子给他。

屁股刚挨上凳面,有个大男生从屋里窜出来,在他身边喊了一声:"我们桌的二十串鸡翅好了没,老板!"

"等着!"

老板已经够能吼了,这男生冷不丁一嗓门出来,宋琪差点贴着凳子滑下去。

他侧头看了一眼,正好那男生也扭头看他,刚觉得眼熟,那男生已经"哎"了一声,指着他说:"昨天的酷哥儿!"

宋琪也认出他了,昨天的树杈子。

这倒挺巧的,估计树杈子跟"三分像"就是前面技校的学生。宋琪冲他点了下头,看了眼屋里没瞅见那半个小鬏儿,随口寒暄一句:"出来吃烧烤?"

"班里聚会,改善伙食!"他眉飞色舞,跟昨天一脸不忿地拎着树杈子狂奔的不是他一样。

"你住这片儿?还是……"他上下打量着宋琪,不太确定地问,"学生?"

宋琪笑了,看着他:"你看我像吗?"

"那不好说!"他跟着乐,"我们学校复读几年考进来的也不少!"

技校还得复读几年?

宋琪没说什么,他高中没上完就退学了,不了解现在考学的形式,跟学生也没什么聊头。

树杈子却相当自来熟,没管他不冷不热的态度,"哎"了一声接着说:"瞧我这脑子!什么学生,江尧说他车在你那儿修啊?"

江尧?

"啊。"宋琪点点头,就着"上饶"拆了拆字,有点儿替小梁无语。

想了想,他又问:"三……江尧在里面?"

"没呢,他等会儿就来!"树杈子边扭头张望,边热情地说,"你一个人?那一块儿吃呗!"

话音没落,他眼睛一亮,像是发现了什么目标,边冲不远处扬起胳膊边吼:"尧儿!"

真是说曹操曹操到。

宋琪顺着他扬手的方向望过去，看见一个正横跨绿化带的身影脚底一崴，脸朝下直直趴进了土里。

宋琪："……"

这小孩儿每次出场，都很有想法啊。

江尧分不太清是赵耀那一声吼在前，还是自己一脚绊上草根子面朝土地在前，按照这两年他屡屡被赵耀一嗓子吓醒的经验来说，这两件事之间必然存在因果关系。

总之整个人砸在绿化带上的瞬间，他脑子里闪过的第一个念头是到底应该原地掉头滚马路上等个车来把自己轧死，还是就这么把脸埋泥里活活闷死。第二个念头是幸好自己戴了个口罩。

这一跤摔得他脑子发蒙，江尧捂着头在马路牙子上坐起来，没什么力气地骂了一句。

"怎么还能把你吓摔了哎！"与此同时，赵耀惊呼着冲他跑过来。

江尧懒得骂了，现在赵耀在他心里就是个五毒俱全的魔教中人。

他本想坐地不起，直接把人拽绿化带里也吃一嘴土，反正他脸已经丢出街尾了，患难兄弟一起在灌木丛里打个滚也挺好。

结果还没等赵耀嚷着来到眼前，江尧先抬头看见了宋琪那张不该出现却出现在不远处的脸，差点儿"噔"一声原地弹起。

他心里闪过咆哮三连——

宋琪为什么在这儿？

刚才自己光荣趴倒的英姿是不是都被看见了？

肯定看见了！他还在那儿笑呢！

宋琪本来是想给江尧留点儿面子，扭头假装看不见之类的。但是这画面实在有点儿过于好笑，尤其是江尧一骨碌坐起来想假装无事发生，结果抬头看见他时视线瞬间定格，他垂下眼皮点烟，嘴角也控制不住地往上扬。

江尧远远地看着宋琪笑，人还在路牙子上盘坐着，灵魂已经冲到对面把宋琪的脸往炭架里按了。

他指着宋琪问赵耀："他怎么在那儿？"

"人家就住这儿！"赵耀闪过一辆飞驰的小电瓶车扑到江尧跟前，"你赶紧起来啊！坐这儿装神呢？"

江尧蹬开赵耀要伸过来的手，皱着眉，活动两下脚踝，起身把手揣外套兜里往对面走。

两人眼神都瞥着对方，瞥着瞥着，宋琪嘴角一抽，没忍住又笑了。江尧脚步一停，在烧烤店门前的水泥台阶上猛蹬了一脚。

"摔了？"宋琪勾着嘴角看他。

"你哪只眼睛看见我摔了？"江尧也看着他，隔着口罩说，鼻音比电话里听起来严重得多，"原地俯卧撑，我们年轻人都这么锻炼身体。"

宋琪"哦"了一声，冲他竖了竖拇指："时髦。"

"你也可以试试。"江尧说。

"不了。我们中老年都趴树上锻炼。"宋琪说。

"……"

"你俩可真有意思。"赵耀自告奋勇地拿了二十串鸡翅要帮老板烤，闻言在旁边干巴巴地一咧嘴。

"别惹我。头疼，今天不想干仗。"江尧拧着眉头往店里走，在门口站了两秒又折回来，捞个凳子也坐下了。

"干吗？"赵耀问他。

"吵。"江尧捏捏鼻根儿，往他小腿上踢了一脚，"身上还有喉糖没？"

"昨天不都给你了吗？就吃没了？"赵耀皱着眉，大声说，"不是我说你，头疼嗓子疼你就去医院！"

江尧不堪其扰地往旁边转了转头："闭上你的嘴。"

一板抠得只剩两颗的喉糖从旁边被人扔了过来，落在他外套拱起的褶儿里。

江尧看一眼宋琪，不太情愿地从口袋里抽出手拿起来，闷声说："谢了。"

"买三九感冒冲剂回去冲着喝，拖成发烧更麻烦。"宋琪没看江尧，救助站有小孩儿给他发消息，他正低头摁手机。

江尧慢吞吞地扣着锡纸板，把两颗糖都抠出来，拉下口罩丢嘴里，然后又从兜里摸出烟盒。

宋琪扭头看着他。

江尧下意识想骂人，捏了捏手里的锡纸板，反应过来，用两根手指尖夹起来冲宋琪晃了一下，说："没了，我一次吃俩，你早说我给你留一颗。"

"你吃喉糖是为了抽烟？"宋琪没想要糖，问他。没有头发和口罩的遮挡，江尧的脸看着比前两次又窄了一圈，还有点儿虚白，估计是生病生的，眉眼间的戾气都淡下去不少。

"啊。"他脸瘦，嘴里兜着两颗糖，说话的时候总要把脸颊顶起来一块，江尧把糖从左脸颊卷到右脸颊，一本正经地说，"护嗓子。"

宋琪点点头，配合着他一本正经道："有用吗？"

江尧："有。我们年轻人都这么干。"

两人对视一会儿，宋琪又忍不住笑了，江尧也没憋住，低头拉上口罩闷着声音笑。

赵耀在旁边笑得跟头驴似的，回头骂："有病！"

老板把宋琪的烤串和卷饼打包好了递过来，赵耀又说了一遍一起吃呗，江尧看他一眼没说话。

宋琪自然不可能跟这群只见过半面的半大小子一起吃饭，还是个班级聚餐。不过他去付钱的时候想了想，把这群人的账也给结了。一来刚在电话里跟江尧说过请他吃个饭，二来救助站那边对这群学生印象很好，管事阿姨那天拉着他夸了好几遍，既然都碰到一块儿了，顺手结上也就结了。

他是洗完澡出来的，在烧烤摊绕一圈回来，身上被熏得都快入味儿了，回到家就扒了衣服又去浴室冲了一遍。

冲完出来把饭吃了，宋琪又找了个电影看完，准备上床睡觉的时候来了个电话。

来电人是"三分像"。

宋琪接起来："江尧？"

"你付的钱？"江尧劈头就问。

江尧过去的时候屋里的饭局其实都进行一半了，宋琪走后没过多久班长去付钱，结果老板娘说有人付过了。班里一群人跟击鼓传花似的一个接一个地摇头，都说没去结账。

虽然觉得不太可能，江尧还是只能往宋琪身上想。

宋琪也没否认，他听见江尧的声音就想起对方挂在绿化带上劈叉的模样，又有点儿想笑，脱口逗了一句："怎么，感动了？"

江尧在那头皱着眉，他不喜欢欠人情，尤其这人情欠得莫名其妙的："你冤大头啊，你要请我吃饭单请不得了，你认识我们班谁啊，上赶着付钱？"

其实也就大几百块钱，本来这一片儿东西也不贵。十来个学生看着人多，但到底都是学生，也没喝酒，还没有平时他带二碗他们出去吃一顿花得多。

"省得再单请你了。"宋琪很随意地说，熄了灯掀被子上床。

"你一老爷们儿怎么比我二姨还会算，"江尧很不高兴，"你弄这一出我回头是不是还得再给你请回去啊？"

"没必要。"宋琪带了点儿笑，"你给我批一箱喉糖配包烟就行。"

江尧沉默两秒，笑着骂了一句："我明天去你店里一趟，把打印的启事拿给你。"

宋琪想说为了几张启事专门过去一趟费不费劲,直接在这儿拿给他不就行了,想想也没熟到这份儿上,估计江尧也想去看看狗,就"嗯"了一声,说:"行。"

"挂了。"江尧很利索地又撂了电话。

赵耀瘫在上铺揉肚子,往下押着脖子问:"真是他啊?"

"嗯。"江尧不知在想什么,没什么表情地答应一声。

"我当田螺姑娘显灵了呢,宋哥真是个好人!"赵耀一脸浮夸,折腾着坐起来双手合十高举头顶,"好人一生平安!"

江尧掀眼皮看他,有点儿好笑:"请你吃顿饭就宋哥了?我请你吃两年了也没见你天天喊我尧哥。"

"那能一样吗?"赵耀严格地指正他。

话没说完,陶雪川跟撒淼推门进来,手里各拎着俩暖瓶。

"哎哟,班长跟淼儿又发扬助人为乐精神了。"赵耀在床上蠕动一下,冲二人竖大拇指,"下回打水的活儿还是你们包了!"

"你要脸吗?"撒淼拿个暖瓶的壶盖冲了冲,放桌上倒了半盖子水,又从包里掏出两袋什么东西倒进去用筷子搅和,一股又酸又苦的药味儿立马泛了起来。

"你干吗呢?"江尧有种不好的感觉,靠在床头看他。

陶雪川拿个盆出来倒水泡脚,说:"小淼儿给你买了药,感不感动?"

江尧瞪着那个不知道从哪儿翻出来的暖瓶盖子,很缓慢地摇头:"我真不敢动。"

三个人反应一会儿,开始狂笑。

"不敢也不行。"撒淼把暖瓶盖子往他面前一推,"一捏鼻子就喝了,你自己听听你那鼻子、嗓子还能要嘛。"

"这冲的什么?"江尧叹了口气,把头发往脑后别了别,晃晃壶盖,望着里面颜色诡异的液体。

"板蓝根和九九九。"撒淼说。

江尧一边眉毛扬了扬:"三九?"

"啊。"撒淼点头,"感冒灵,我一感冒我妈就给我灌这个,好使。"

"哦。"江尧朝撒淼举了举壶盖,"谢了,小淼儿。"然后提了口气憋住呼吸往嘴里灌。

什么味道?!

舌根涌上来的味觉体验让江尧感觉灵魂都在颤抖。

这搭配……真是绝了!

03

云一叠叠地摞上房顶,宋琪看了眼天,十有八九要下雨的趋势。

小梁今早在电话里扯着嗓子说"忙死了"还真是没唬他,宋琪过去的时候光排队等着洗车的就有三四辆,司机在休息厅坐得跟聚会似的,还有几位已经拿扑克摆起牌桌了。

今天店里确实忙,二碗上午的运动量超额,累得像个漏了气的煤气罐,宋琪经过他时听见他跟面条小声抱怨。

做生意就是这样没有道理,有时候一天不一定有两单活儿,有时候一忙就是几个钟头,连个歇脚的时间都没有。等终于把早上这拨财神送走,再收拾收拾摆桌子坐下吃饭,都已经下午两点半了。

二哈在院子里嗷嗷叫,屋里一群人狼吞虎咽,谁都不抬头。

宋琪踢一脚小梁:"给狗弄饭去。"

二碗在一旁兴高采烈地捧过碗吃饭,二哈又在外面叫了两声,他顺嘴问:"不过那人还来取狗吗?真就放咱们这儿当土狗养了啊?"

话音刚落,小梁在外面喊了一声:"来人了,哥!"

"今天什么情况?!"二碗一脸愤愤地望向门外。

"你们……"江尧胳膊里夹着一卷纸筒从外面跨进来,本来想问"你们老板在哪儿",刚迈进来一只脚,满桌子捧着碗的小工齐刷刷地抬头看他,行注目礼似的,苦大仇深的阵仗唬得他愣了愣,扭头看看身后也没别人,他犹豫着摆摆手,说,"接着吃吧。"

"大,大哥!"一个人突然从饭桌上支起来,喊了一声。

旁边二碗吓得呛了口饭,抬手推他一把,说:"你吓我一跳!"

"是我,我!"三磕巴见江尧没什么表情地看着他,抬手在自己头发上抓了两把,制造情景还原的效果,"雏,雏鹰起飞!"

"啊。"江尧点点头,"我知道你在这儿。"

他在店里左右看了一圈,没见着宋琪,问:"你们老板呢?"

"里,里边儿!"三磕巴积极地指路。

江尧往隔壁走,听见那个胖子在问麻秆儿什么是雏鹰起飞,他勾着嘴角笑了笑,想起那天麻秆儿的发型,越想越觉得"雏鹰起飞"这个比喻过于贴切。

自己真是好有才华。

他掀开塑皮帘子往里看,宋琪正在跟一个技工看车,两只胳膊的袖子都挽了上去,弯腰撑着引擎盖听技工说话。

商量完这辆车的事,宋琪想再去另一辆车那儿看看,转个身先看见门旁靠着一个人，胳膊弯里夹着一卷纸，戴着黑色的棒球帽，帽檐压得很低，露着白刷刷的下半张脸，见他看过来，冲他扬扬下巴，吹了声短而俏的口哨。

"等我一会儿。"宋琪偏头对技工说，边摘着手套，边往门口走。

江尧没想到宋琪这么快就转过来了，看这架势他以为宋琪至少得再忙会儿。他今天没别的事儿要干，也不急，正眯着一只眼打量宋琪的身体比例——他们这个专业学久了就这点烦人，别人看见个还不错的景儿就是看景，他们视线随便一搭，脑子里出现的就是一幅三视图。

还是那句话，排除主观看法，连他这个艺术生都觉得宋琪生了副不错的身架子。该宽的宽该窄的窄，尤其腰背那几根线条拉得很好看，紧绷绷的，江尧记得他有腹肌，画出来应该很不错。

"怎么戴个帽子？"宋琪走过去说，"头油了？"

"嘴真够欠的。"江尧一脸麻木地看着他，说话还是掺着鼻音，"每次谈恋爱都是姑娘甩你吧？"

宋琪笑笑，没说话，转身去旁边水槽拧开龙头洗手。

把手擦干，他冲江尧招招手，盯着江尧胳膊底下的纸卷。江尧抽出来递给他，说："你附近随便贴贴就行，能找着就找，找不着拉倒。"

"你当时在哪儿捡的它？"宋琪边展开边问。

"忘了，反正特荒。"江尧弹弹烟灰，突然警惕地看着他，"你可别指望我再过去一趟贴纸啊，那块儿开出二里地都没个人烟，不可能是第一丢狗现场。"

宋琪没说话，打开手上的"狗找主"就看见自己醒目的侧脸照片，内心滚过一股无法言说的暴力情绪，抬眼看着江尧，一脸"给个解释"的表情。

江尧本来没觉得什么，结果一看宋琪这当事人一脸严肃地跟启事同框，突然有点儿想笑，解释道："不是我拍的啊，你店里人拍的，我还给你打了个码。"

宋琪屈起手指弹了弹启事，问："你在其他地方贴过了？"

"没有。"江尧摇摇头，想想又"哦"了一声，说，"网上发了几个论坛。"

"都什么论坛？"宋琪又问。

"还能什么论坛，"江尧有点儿莫名其妙，"本地论坛啊。"

宋琪掏出手机摁了几下，举到江尧脸前。

"干吗？"江尧狐疑地看他一眼，把手机拿过来。

是两条拉在黑名单里的短信。

第一条前天发的，内容是："傻狗，你也被主人抛弃了？"

第二条昨天的，对方直抒胸臆——"做我的狗。"

江尧："……"

宋琪给自己点上根烟，横着眼睛看他，没有起伏地说："托你的福。"

江尧的肩膀抖了抖，实在憋不住，骂了一句就开始狂笑。

"你真有意思，还给人回句'你有点儿惨'，"他歪在墙上，笑得烟都快夹不住了，还伸手扶帽子，"也不怕把对面的人给气成狂犬病！"

宋琪本来也没太生气，就是有点儿无语，看着江尧笑了一会儿，他突然也有点儿想笑。

他把手机抽回来，调出相机，对着江尧摁了两下。

"别！"江尧从墙上弹起来，一把攥住宋琪的手机摄像头，想严肃地告诉他自己讨厌拍照。但一跟宋琪对上视线，他脑子里就自动弹出"做我的狗"，"噗"一声直接破功。

"哎，不行，我鼻子都笑通了。"江尧笑得眼泪都快出来了，上回笑成这样还是军训的时候，赵耀踢正步活活把裤裆给踢叉了，"刺啦"一声，教官茫然地冲他们吼"保持安静"。

宋琪挑眉看着他："怎么解决？"

"你不是想把我也挂论坛上给人当狗吧？你幼不幼稚！"江尧偏过头咳了两声，重新望着他说，"还不如你直接揍我一顿，我的错，躲一下我都不是人。"

"我真揍你一顿你就挂树上笑不出来了。"宋琪好笑地看他一眼，把江尧的手甩开，重新戴上手套往修车区走。

"别上劲啊你。"江尧又闷头笑了两声，撑着膝盖缓了缓，他抱着胳膊靠回墙上。

"晚上请你吃饭吧。"江尧往嘴里扔了两颗喉糖，提声说。

下午没有上午那么忙，三点多的时候果然下了会儿雨，店里没生意，距离傍晚也不剩几个钟头，江尧说要请宋琪吃饭，就直接泡在厂里没走。

宋琪没管他，闷着头在修车区忙活，偶尔往外看一眼。江尧总能给自己找着新乐子，要么在玩狗，要么跟几个闲着的小工打牌，中间还找了块鹿皮布擦了擦自己的破车。宋琪发现他的小鬏儿是从帽子的扣带口里掏出来的，支棱在后脑勺上，跟他臭脸形象形成强烈反差，有种跳脱的……童趣。

宋琪忙完去院子里洗手擦脸，看见江尧靠着前台的桌沿，手上托着一张硬纸板正在勾勾画画，姿态放松又随意。

"别动。"他抬眼对宋琪说。

宋琪看江尧一眼，没有刻意不动。天上堆了一整天的云终于散了，露出很淡的蓝天和很浅的太阳，闻了一天的机油味儿，院子里雨后的气味凉丝丝的很沁神。一块儿出来的技工在跟他说进货的事,技工交代完离开后,宋琪掸掸身上的油灰往店里走,江尧已经转移视线,又盯着二碗他们了。

他看了一眼,硬纸板上垫的是一条撕开来的长形烟纸壳,江尧斜斜地捏着一支烂铅笔头,正两笔勾出二碗滚圆的身材,旁边的三磕巴瘦得夸张又传神,跟二碗形成鲜明的对比。

烟纸壳上杂七杂八的几乎全画满了,估计是看见什么画什么。二哈的动态也是寥寥几笔,抖毛、摇尾巴的模样却是栩栩如生。

"像吗?"江尧没看他,笔锋一转给二碗收了边,问。

宋琪才注意到江尧手上的烂笔头粗得跟蜡笔似的,画出来的线条竟然也粗细自如。

"厉害。"他点点头。

江尧勾勾嘴角,捏着笔头在指尖灵活地转了一圈,把压在背面的另半边纸壳翻了过来。

背面也是东一块西一块地被画满了,但是靠近右下角的一处身体线条很显眼。不仅是画大了一圈,在一片汽车齿轮、洗车小工里,那个没有头的人体实在被衬托得相当耀眼。

"像吗?"江尧又问,很自信地转着笔。

宋琪笑笑,"嗯"了一声,说:"跟真人比起来次了点儿。"

江尧手上的笔一停,抬头看他,有点儿好笑:"没看出来啊,够自恋的。"

宋琪在烟纸壳上弹了弹,进休息室换衣服。

换完出来,二碗嘟囔着在门口堵着,对于宋琪要撇下他们先行离开,并且今晚只能吃小梁做的晚饭表示相当不满。

"一块儿去吧。"江尧说。反正他请宋琪吃饭也是还个人情,宋琪请了他们一班,他请宋琪一厂,没毛病。

"谁花钱?"二碗问。

"我。"江尧说。

二碗叹了口气,失落地摆摆大胖胳膊:"那不去了,在厂里吃猪食。"

小梁抬脚就踹他。

"你们厂里人都什么毛病?"江尧皱了皱眉。他真的不喜欢在请客吃饭这种问题上讲究这么多,跟宫韩一块儿的时候是谁有钱谁掏,平时和赵耀他们出去基本就是轮着来,如果是半生不熟的人,他一般都是直接给付了,懒得去计较那些你来我往的,反正只要不让他惦记着欠人东西就行。

怎么到了宋琪这群人这儿,就那么费劲呢?

宋琪笑了一声,从墙上摘下车钥匙抛了抛,说:"一起吧。"

江尧看他一眼，二碗已经欢呼起来，飞快地奔着面包车跑过去了。

"先把店里收拾了！灯！门！车！狗！"小梁跟在后面撵鸡撵鸭似的吼他们，二哈兴奋地挣着绳子乱叫。

江尧蹲下来揉了揉狗头，看着屋里一群人快乐地忙活，对宋琪说："你店里人挺听话啊。"

"我的人当然听我的话。"宋琪套上外套出来，抬手给车解锁。

"嘀嘀"两声，江尧顺着声音回头看，宋琪的面包车正冲他闪了闪车灯。宋琪抬脚要过去倒车，江尧站起来，指着车问："开这个去？"

"啊。"宋琪答应一声，扭头看着他，"不然呢？"

江尧嫌弃得很坦然，垮着脸说："我不是嫌车啊，我是嫌你车上那字儿。"

宋琪汽修美容。

六个大红字，贴在车后窗上就算了，还贴在了车身上。

宋琪看看车，也没恼，还低头笑了笑，说："嫌傻？"

"你也知道啊？"江尧过去拍拍车，"我真搞不明白，你们干汽修的、搬家的、婚庆的，怎么都爱这么打广告？走点儿心设计设计不行吗？"

宋琪抱着胳膊点头，手指在胳膊肘上敲了敲，突然说："那开你那辆吧。"

"我那辆？"江尧愣了愣，"我那辆不是车门都没送到吗？"

"嗯，就那么开，绝对拉风，开出去一点儿也不傻，还吸睛。"宋琪一本正经地说。

江尧瞪着宋琪，瞪着瞪着，脑中出现了自己开着破车在前面飞，宋琪开个面包车在后面追，车尾巴上还缀着二碗、三磕巴他们的画面，没忍住一咧嘴笑了。

他低下头摁摁帽檐，把傻笑的欲望压下去，心想这两天真是感冒让笑点跟免疫力一块儿变低了，随便什么话都能笑上一壶。

"哎。"他摆摆手，拉开车门，"傻就傻吧，反正就傻这一回。"

何止一回。

宋琪眼前闪过好几幅画面，勾着嘴角没说话。

"去哪儿吃啊？很远？"江尧一只脚都踩进面包车里了，想起这一茬，又扭过头来问。

宋琪也在想，其实完全可以不用开车，随便在附近找个馆子吃点儿什么就行，但是二碗已经从屋里奔出来，甩着胳膊喊："酸菜鱼！我这几天就想吃酸酸辣辣的滋味！"

他们常吃的那家酸菜鱼在另一条街上，说远不算远，说近也要走个二十多分钟,不过价格公道,味道也不错,平时去那边确实挺合适,今天……

"开车去吗?"二碗往车门前一站,跟座小山似的,"坐得下吗?"

确实不够,正好匀了两人出去。

江尧立马把脚从车上撤回来,很大度地挥挥手,说:"我打车,你们随意。"

"小梁!"宋琪回头喊了一声,小梁答应着跑出来,宋琪扬手把钥匙扔给他,"你开。"

"得嘞!"

04

宋琪跟江尧去路边拦车,正是饭点加晚高峰,来往好几辆都没有空车,好不容易有一辆停下来,拉开车门里面都坐住人了。

"叫个车吧。"宋琪把手机掏出来。

面包车已经开走好一会儿了,江尧扬着脖子看了一圈,说:"算了,走着去吧,有叫车的工夫估计都走到了,路上看见有空车再拦。"

宋琪在心里叹了口气,说:"等着。"

他回到店里把门拉上去。

过一会儿一阵轰轰隆隆的动静传出来,江尧回头看,宋琪跨着一辆黑摩托过来,闪了闪大灯,停在他身后。

"早说你有这个啊!"江尧有点儿跃跃欲试,"我来开吧。"

"你会吗?"宋琪一只腿撑着地,往手上戴手套。

"闹呢?谁不是从二轮的往四轮的开。"

"开二轮的也撞过狗?"

两人对视一会儿,江尧"嗤"了一声,说:"你这人真没劲。"

他长腿一跨上了后座,一只手向后抓住车屁股上的把手,另一只手往天上打了个响指:"出发!"

"抓稳了没?"宋琪侧了侧头。

"开你的就行。"

话音刚落,宋琪拧着油门就轰了出去。

江尧猛地往后一仰,帽子差点儿被吹飞,他贴在宋琪身后吼:"你干仗去啊!"

宋琪在头盔里弯起眼睛,松了松油门。

也就开头那一下,现在不是半夜,路上车多人多,开不了太快。江尧这几天被感冒弄得无精打采,鼻子都快跟脑仁堵到一起了,这一路被凉风往脸上兜了几个巴掌,吹得整个人都神清气爽,有种肺叶终于张开,闻到新鲜空气的畅快。

没等他爽五分钟，宋琪的速度慢下来，腿一支把车停在一家小超市门前。

江尧左右看看，只看见旁边有家十元鱼馆，嘴角一抽，难以置信地问："到了？"

"没。"宋琪从车上下来，摘掉头盔挂在摩托的把手上，从兜里摸着钱包往小超市里走，"买饮料。"

"酸菜鱼店没饮料？"江尧有点儿茫然。

"贵。"宋琪看他一眼，进超市了。

江尧："……"

在车上等了一分钟，突然从狂风抽脸的动变成百无聊赖的静，江尧摘掉帽子扇了扇风，正琢磨着要不要趁现在往前开个二十米爽爽，旁边十元鱼馆里咋咋呼呼地出来几个人。

江尧掀起眼帘看了一眼就把目光滑开，滑到一半，他眼睛顿了下，疑惑地滑了回去。

这几棵"圣诞树"怎么有点儿似曾相识？

对面几个人跟他的反应基本同步。

"可算叫我逮着你了！"一个飞船头突然跳起来，指着他大声地说。

宋琪在收银台前等着扫码，往旁边小货架上看一眼，顺手又拿了盒喉糖。然后他就听见门口有人叫唤着骂了起来。

宋琪耳边突然响起树杈子那声咆哮——五分钟没看见你，就又跟人干上仗了？！

"塑料袋要吗？"收银员往外看看，扭回头接着问宋琪，一脸习以为常。

"嗯。"

"三毛。"收银员麻利地扯了个袋子。

"谢谢。"宋琪把袋子跟找零接过来，推门出去。

一只脚刚迈出去，他就听见刚才那声音又一声嚷："你以为你躲得过初一还躲得过十五？"

宋琪往旁边看了一眼，只见十元鱼馆门口多了几个穿得花里胡哨的小流氓，炸着膀子跟一窝斗鸡似的要往这边冲。他们的目标——江尧小朋友，正稳稳当当地跨坐在摩托上，一脸不耐烦地皱着眉："不是告诉过你我在哪儿等你们？你们找不着门？"

其中一个脑袋像被大炮轰过的人很暴躁，看起来像一架失控的飞船："你还装？我在美发学校蹲了三天！根本没你这个人！"

美发学校？明明是技校。

江尧面无表情地看着那只斗鸡，宋琪在他眼里看到了一点点无奈，有些想笑。

那群人见宋琪出来犹豫了一下，宋琪没搭理他们，边往车前走边扬手把喉糖扔给江尧。江尧把帽子往头上一戴，张开手稳稳当当地接住，问："什么？"

看清以后，他笑了笑："谢了。"

"我说你们……"飞船头粗着嗓子想继续嚷嚷。

宋琪把塑料袋挂在车上，江尧拆着喉糖问他："买完了？"

"嗯。"宋琪看他一眼，把袋子递过去，"渴了？"

江尧接过来翻了两下，抬头看他："你这买的什么？"

宋琪："花生奶，椰汁。"

江尧："饮料呢？"

宋琪："这不都是吗？"

"你们是不是有病？！"飞船头爆炸了，"要聊滚回家聊去！"

宋琪和江尧拉着袋子扭头看他，宋琪皱起眉："谁？"

"哦。"江尧把袋子挂回把手上，从摩托上跳下来把帽檐拉到脑后，说，"我孙子。"

他指指飞船头："长孙。"又指指剩下几个，"大毛、二毛、小明。"

又看了一眼，他问："少一个，那个花裤子呢？"

"花什么花！那是你跟那小结巴的爹！"飞船头两眼冒火，从旁边的树底下捡了块石头就往上冲。

宋琪抬脚踩了一下阀门，在轰轰声中把摩托的大灯拧开，指着飞船头说，"站那儿。"

飞船头被大灯猛地一闪，下意识顿住，抬手挡眼。

"他说什么结巴？"宋琪看着江尧，问。

"你那儿还能有几个结巴？"江尧跟他对视，反问。

喉糖把他的脸颊顶起来一个小包，江尧决定下回再遇到这种情况改吃泡泡糖，他能吹出贼大的泡泡，脸上总是鼓一块儿显得有点儿蠢。

"知道了。"宋琪点点头，摁上江尧的脑门把他往后推回摩托上，说，"替三磕巴谢谢你，今天我来。"

飞船头："你……"

"别碰我头。"江尧扭头甩掉他的手，也没拒绝，很坦然地靠回摩托上，"你行吗？等会儿被他摁地上搥，我可不帮你啊。"

宋琪抬手指指旁边的树："挑一棵。"

江尧狐疑地看他。

"他们等会儿就挂在其中一棵上。"宋琪说。

江尧咂了咂嘴，想想那个画面乐了："也行，就这么办吧。"

飞船头抓狂地薅了两把自己的头发，拖着嗓子吼："随便谁！能不能赶紧打！我真的好多年没见过像你们这样话这么多的人了！"

江尧跨上摩托轰油门，凉飕飕地看他一眼："你挨起打来还是这么心急。"

"废什么话！"飞船头捞着砖头砸过来，跟着人就往这儿冲。

宋琪都不用多走两步，抬起腿当胸就是一脚。飞船头用胳膊挡了挡，跟跄着后退，还没被身后人扶住，宋琪抬手扣住他的后脑往前猛地一摁，同时膝盖上提，跟盖帽似的，把飞船头的脸在膝盖骨上磕了个稳准狠，然后拎着他后颈转了半圈，把他扣在了旁边树上。

"漂亮。"江尧在后面喊了一声。

"大毛""二毛"直接挥着拳头扑了过来，宋琪左右闪身避了避，横起手肘先顶上大毛的肩窝，另一只手抓着二毛的衣领扯过他脑袋拧了个花，然后将他俩一块儿给扔到树底下。

旁边十元鱼馆的老板不知道在窗缝里偷窥了多久，这会儿"砰"地扣上了门。

剩下个小明拎着半袋子没吃完打包的鱼，被关门的动静唬得蹦了蹦，瞪着眼不知还该不该往上送。

他这个劲儿宋琪懒得管他，侧头看了一眼江尧。这条街在大路后的宽巷里，开的都是些破破烂烂的小馆子、小旅店，没几个行人，店老板们多多少少习惯了时不时的小流氓斗殴，懒得探头，但是闹了这么一会儿，动静还是有点儿大了。

江尧明白他的意思，把车往前轰了几米。宋琪抬腿上车，江尧突然"哎"了一声，抄起车把上的塑料袋往宋琪后脑上兜。宋琪低了低头，听见饮料瓶实实在在夯在肉上的动静，扭头一看，小明已经捂着胳膊往旁边歪过去了，鱼肉洒了他一身。

宋琪看一眼江尧手腕上的塑料袋没说什么，拍拍他的肩。江尧麻利地拧油门加速，载着宋琪开出了巷口。

"可以啊，宋琪哥哥。"重新回到大路上，江尧吹了声口哨，握紧油门在飙车的边缘试探，故意捏出细长的腔调喊他，"一对四，这么能打？"

"他们不会打架，遇上行家就不能这么玩了。"宋琪低头咬了根烟，没点火，有点儿含糊地说。

"遇上行家怎么玩？"江尧问。

"跑着玩。"宋琪说。

"厉害。"江尧笑了两声。

过了红灯,眼见前面不远是立交桥的入口,江尧兴致勃勃地刚想提速,宋琪在后面说:"到了。"

这一块儿是桥头夜市,大路两边全都是饭馆,来吃饭的人也多,到处都停满了车。江尧往路边看了一眼,各家已经把招牌亮起来了,比他们学校后面的夜市街还热闹。

他在宋琪手指的店门前把摩托停下,看见了不远处宋琪的面包车。宋琪下了车没动,掏出打火机把烟点上,让江尧先进去。

一根烟抽完,他才转身往店里走。

这家酸菜鱼店的生意确实好,在这么抢生意的地界上每天也是到点就能坐满了人。三磕巴他们坐在后面靠窗的大桌,宋琪过去坐下,估计他们也是刚排上号,二碗吃得头都没抬,桌上那两大盆酸菜鱼竟然没下去多少。

小梁在天花乱坠地说话,江尧碗筷都没拆,不知在哪儿抓了把瓜子嗑得津津有味。宋琪心里有事,一耳朵进一耳朵出地听了几句,餐具都拆开用茶水滚一遍了,才发现小梁在说他以前打架的光荣事迹。

"……后来那人再也没敢来我们家捣乱,到现在他胳膊上被烫出的花儿还能看见呢。都是同行本来也犯不着,他不找我们家的事儿,宋哥绝对不会动他,后来他们家也凉了,现在那家铺面都租给别家了,干吗来着?卖家具还是瓷砖来着,宋哥?"小梁给他倒上杯花生奶,问。

"吃饭都堵不上你的嘴?"宋琪无奈地看小梁,年轻时干下的莽撞事太多了,他其实不太愿意拎出来提。

三磕巴在旁边磕磕巴巴地接上话茬:"家,家具。"

"对,那我没记错!"小梁开心地搓了搓手。

三磕巴把嘴里的酸菜咽下去,突然放下筷子一抹嘴站起来,凳子在地上"刺啦"一声,他端着杯子挺正式地对宋琪说:"宋哥,我敬,敬你一杯!谢,谢谢你!哥,我干,干了,你,随意。"

说完,他也不管宋琪举没举杯子,很豪迈地一仰脖儿把杯子里的椰汁给干了。

宋琪端起花生奶抿一口,叹了口气:"赶紧吃吧。"

放下杯子,他看向江尧,问:"你告诉他了?"

"啊。"江尧点头,拍拍手上的瓜子皮开始拆餐具,"打个架有什么不能说的?"

宋琪"嗯"了一声,没继续这个话题,只说:"吃饭吧。"

第三章
修车厂的孤儿

01

梦里是混沌的红色,鞭炮纸掺着残雪堆在巷口,被围观的人们踩成一摊摊脏兮兮的烂泥。

宋琪扒开人群往巷子里挤,耳边是嗡嗡的嘈杂,每个人看到他都揣着胳膊往两旁退避,神情微妙,麻木又唏嘘。

"死人了……"

"谁死了?"

"真晦气……"

"你赶紧看看吧。大过年的……"

明明人们都在避开,但他用力地往巷子里挤却怎么也进不去,一个瘦高的男孩子突然从外面钻进来,那是八年前的自己,一脸青年人的毛躁。他手腕上挂着一只塑料袋,从人群里很快地闯过去,往巷子深处跑。

别——

宋琪想伸手拽他,只来得及抓了一把他腕间的袋子,塑料袋里传出玻璃瓶碰撞的清脆声响,男孩儿已经甩开他往里冲去。

宋琪徒劳地又张了张手,望着前方混乱的画面。

别。

"妈……你别这样……"

"琪琪……"

"别碰我!"

别抬手!

"铛——"

宋琪从睡梦中猛地睁开眼，瞪着头顶黑黢黢的天花板看了好一会儿，脑子里还在回荡着这个声音，与纵康被推倒在地上的模样。

搭在床沿外的手指动了动，他闭上眼，吐出一口气，把胳膊抬起来搭在额头上，张开五指虚虚地抓了抓，手腕上好像还残留着梦里被塑料袋勒紧的触感，勒得人有点儿胸闷。

天真是要冷了，贴着床单的后背发了一层毛毛汗，手在被子外面伸一会儿就变得冰凉。

时间刚过夜里两点，宋琪坐起来点了根烟，下床推开窗。小区里还有些窗户亮着灯，隔壁楼的小情侣在例行深夜一吵，入秋的夜风凉飕飕地荡进来，带着雨的味道，他的意识也随着刚才的梦在过去的回忆里荡来荡去。

他一会儿想起窗缝漏风的老房子，一会儿想起自己手腕上叮叮当当的米酒瓶子，再一会儿想起纵康在冬日的清晨裹着旧棉袄起床，缩肩塌背地去门口走廊上提起温了一夜的烧水壶，在小水池边上倒水洗脸。

他打了一夜的工，眼底青黑地从楼梯上晃下来，带着睡眠不足的火气。纵康用手掬着水往脸上泼，问他："琪琪，怎么这么早就起了？"

"你管得着嘛。"那时候他总对纵康说这句话。

纵康从来不生气，他笑着抬起头，却突然变成了江尧的脸，"哎"一声，拎起兜着饮料的塑料袋往他身后狠戾地砸过去。

眉心猛地一跳，宋琪回过神来，恍恍惚惚地竟然跟又做了个梦似的。

他撑在窗台上抽完剩下的半根烟，直到把烟头碾灭在窗棂浅浅的积水里，也没记起第二场雨是在什么时候下的，倒是想起江尧昨天吃饭时走得突然，接了个电话只说有事儿。宋琪没多问，他本来想着过一会儿提前去把饭钱结了，再顺路把江尧带回去，结果江尧很麻利地叫了个车，起身去柜台结完账直接出门了，也不知道那几个小混混会不会跟着找江尧麻烦。

宋琪拿起手机先看一眼有没有未读消息，摁了一圈后他点开通讯录，看看"三分像"的名字，耳朵里又是"铛"的一声。

他锁上屏把手机扔回床头，拉过薄毯沉沉地闭上眼睛。

睡觉。

前几个钟头光做梦了，比修车还累。

这边的美院宿舍，江尧锁上屏把手机扔桌上，往裤兜里拍了拍，没摸着装喉糖的小铁盒，就仰头冲撒淼招了招手："淼儿，帮我把外套里的喉糖扔来。"

"你今天吃药了没？"撒淼把喉糖翻出来倒了一颗扔自己嘴里，再把盒子递过去。

江尧口腔里瞬间涌起板蓝根配三九的诡异味道，皱了皱眉："昨儿我不是喝了吗？"

"净说废话。"撒淼又去找壶盖了。

江尧撑着下巴往屏幕里望，没劲儿。

"请我宋哥吃完饭了？"赵耀随口问了句。

"啊。"江尧答应一声，眼前浮现出修车厂那群人热热闹闹地吃饭的样子，神情放松地手向后撑着身体。没轻松两下，又酸又呛的药味儿又在空气里弥漫开，撒淼泡好他的魔鬼冲剂端过来："喝吧。"

江尧叹了口气，垮着脸咽下人生的苦水。

宿舍晚上九点半锁门，十点半熄灯，撒淼端个盆出去洗头，江尧叼着烟也跟着出去了。

公共卫生间外面是两排公共水房，这个点正是人来人往的时间，一群穿大裤衩、二夹脚的大男生窜进窜出。撒淼在门口看了一眼，叹了口气往回走。

江尧笑笑："明天去澡堂吧。"

"那现在干吗去？"撒淼端个盆发愁。

宿舍暂时是不想回去，想了想，两人决定去趟小超市打发时间。

大门已经关了，要出去得从宿舍一楼尽头的器材室翻窗出去。本来大家默认从一楼窗子最大的那个宿舍翻，那是综绘的宿舍。但是去年他们系跟综绘干了一架，那帮人开始收他们系的翻窗费，赵耀就很有志气地开辟了这条新大路。

江尧腿一蹬先跳过去，撒淼跟在后面翻出来，把他的盆放在墙头上。

"班长又去哪儿了？"江尧随口问了一声。

"还是环艺那个大四的。"撒淼说。

江尧点点头。

从器材室翻出去是一片小草坪，就一盏生锈的路灯勉强当个照明物，虽然照明范围不足一米，但能照顾着翻墙的学生不至于乌漆墨黑地彼此踩着对方的脚。

二人抄着兜轻快熟练地往路上走，还得再拐两个弯才能到有光的大路上，拐过第一个弯，他们都听见不远处传来隐晦的动静。

江尧冲撒淼挑了挑眉，两个人放轻脚步探身看过去。

"干什么？"刚探出个头，对面同时转出个人，不轻不重地问。

江尧吓一跳，猛地往后蹦了两步。本来这个转角就没什么光，来人瘦瘦高高的,把转角后面散过来的一点儿光线挡得结结实实,影子往前拖得老长,跟从地底长出的妖怪似的。

"江尧?"那人顿在原地,又问。

江尧差点儿都骂上了,听这声音耳熟,仔细一看,竟然是陶雪川。

"班长?"撒森也反应过来,揉着被江尧蹬了一脚的小腿蹦过来。他倒是没被陶雪川吓着,光顾着躲江尧了,见是熟人松下口气。

"你们在这儿干吗?"陶雪川推推眼镜,回头冲转角后面轻声说了句什么,又扭头接着问他们。

"我还想问你呢,你在这儿干吗啊?后面是谁?"江尧推开陶雪川挤过去,跟拐角后面的人对上眼睛,认了一会儿,他扬扬眉毛。

小森儿刚刚才说过这人,环艺那个大四的,他没记过名字,只记得姓肖。

"学长。"他喊了一声。

肖大四站在一片投影里,江尧看不太清他的脸,只看见烟头的红点上下晃了晃,是肖大四点了下头。

撒森也伸头过来喊了一声,回答刚才陶雪川的问题:"我们去趟超市。"

陶雪川"嗯"了一声,又推推眼镜,低声说:"我们说点儿事。"

撒森点点头,开始叮嘱:"哦,那你等会儿翻过去的时候,注意窗台上有我的盆……"

"他有卡,刷门就能进。"江尧看了一眼阴影里的肖大四,拉过撒森的领子把人往外推,"走了,你们接着聊吧。"

门禁后在校园里晃荡的学生仍不在少数,不时有三三两两的学生路过。他们穿过楼后这片小草地,拐上大路,撒森压着嗓子喊:"尧儿。"

"啊。"江尧看他一眼,点点头,"你干吗还要小声说话?"

"哎!"撒森清清嗓子,被他说得有点儿想笑,"我没反应过来。"

"走吧,赶紧的。"江尧轻笑一声,一巴掌拍在他后颈上,"等会儿翻窗又得人挤人了。"

等他们在小超市晃荡一圈再回去,楼后已经没人了。

02

断断续续的秋雨飘了两三天,宋琪也连着早醒了两三天,能感到气温一天比一天往下降。店里最近进货交车排得紧,每天醒来收拾收拾就去店里,能一直忙到傍晚关店。

江尧的车门是在傍晚快关门的时候送到的,转天早上宋琪被凉风吹醒,头有点儿沉,他想起江尧感冒到摔跤的样子,起来拉上了几天没关的窗子。

小梁听见院子里的动静，端着碗出来看，见宋琪从车上下来，扬声跟他打招呼："哥！今儿也这么早啊？"

"醒得早。"二哈在门口跳着叫，宋琪过来摸一把它的头，狗毛有点儿湿，他又顺手往小梁肩膀上抹抹。

小梁："……"

"昨天晚上下雨没把它牵到店里？"宋琪跨过他进店。

小工们都在吃早饭，围着桌子的、蹲地上的到处都是，有的连脸都还没洗，头发耷着，喝粥喝得稀里呼噜，跟一栏小猪似的，见到宋琪后纷纷抬头口齿不清地打招呼。

"给它拉后院了，刚牵过来，可能房檐上滴水。"小梁把碗放下。

宋琪点点头，进屋换了衣服进修车间。江尧拿来的那卷"狗找主"还在台子上放着，他又拿起来展开看看，第一眼看到的还是他自己。

他转身出去给二哈拍了两张照片，拍完又觉得没必要，除了手机号，他连江尧的微信都没加。

来提车的时候再让江尧自己拍吧。

刚这么想，下午的时候江尧就给他来了个电话。

宋琪一开始没接着，手机在裤兜里响的时候他在干活，正腾出手要去拿，铃声断了，他就没理，等忙完了掏出来看才发现是"三分像"的来电。

他拨回去，那边接得很快，不是之前不耐烦的"谁"，而是语气低沉甚至温和地"喂"了一声。

宋琪看一眼号码，没打错，他又确认了一遍："江尧？"

"嗯，是我。什么事？"江尧继续低沉温和地问。

"你打我电话了？"宋琪问。

"嗯，嗯……什么？被车撞了？"江尧在那头惊讶地提了提声音。

发什么疯？

"什么被车撞了？"宋琪皱皱眉，"你车门到了。"

"啊，都撞飞了？行，好。"江尧连连答应几声，很快地说，"我这就过去，哪家医院？"

宋琪被他这通电话弄得谨慎起来，顿了下才问："你出事了？"

那边直接挂了。

瞪着这通狗屁不通的通话记录看了半分钟，宋琪摸出根烟衔上，又拨了过去。

这次轮到江尧不接。

五分钟后，电话又响起来，还是"三分像"。宋琪摁下接听键，没等他说话，江尧已经恢复了正常："我没事，刚在辅导员办公室，不那么说我跑不出来。"

宋琪有些无语地说："真没事？"

"啊，没事。"江尧笑了一声，估计自己也觉得刚才的对话驴唇不对马嘴得可笑，很轻快地说，"你电话来得及时，我已经逃出来了。"

"你跟辅导员说谁出车祸了？"宋琪问。

江尧沉默一下，说："你真想知道？"

问完他自己没憋住，闷闷地笑了会儿，说："我姨父。"

宋琪莫名其妙地被他带着笑起来，两人隔着电话傻乐了好一会儿，江尧又问："你刚说我车门到了？"

"嗯。"

"我过去吧，"江尧说，"反正没什么事儿，看你怎么修我的车。"

"你怎么没事儿？"宋琪一本正经，"你姨父都被撞飞了，赶紧看你姨父去吧。"

江尧好不容易刹住笑又被他逗笑："你上瘾了是吧？大马路上别招我笑，够傻的。"

宋琪听见刹车、开门的动静，应该是江尧拦了辆车。

"等着，"江尧"砰"地摔上车门，对他说，"我这就看你去，姨父。"

宋琪挂掉电话，把手机塞回兜里，没忍住又笑了笑。

江尧一下车，三磕巴就看见他了，打了个立正，老远就招呼他："大，大哥！你又，又来了！"

"不欢迎？"江尧走过来，扒拉一把他的头发。

"哪，哪能呢！"三磕巴挺高兴，眉飞色舞地说，"热烈欢迎大，大哥！"

江尧对这个称呼基本免疫了，但还是没忍住仔细看了三磕巴一会儿，怎么看都觉得自己该管三磕巴叫大哥。

"你多大？"他问三磕巴。

"二，二十二岁。"三磕巴说。

江尧拉下口罩指指自己："我比你还小两岁。"

三磕巴有点儿茫然地"哦"了一声，说："知，知道了，大哥！"

江尧："……"他摘下口罩抬脚往店里走。

宋琪挂了电话就开始忙活，指挥着技工拆了门，江尧进来的时候，他刚在净水器旁边接了杯水喝，一抬眼，就看见江尧手指上绕着个黑口罩站在对面。

他目光从杯沿上望过去，抬了下眉毛当作打招呼。

"姨父，"江尧正经八百地喊他，"我看你来了。"

宋琪一口水刚咽进喉咙，跟江尧对视一会儿，一股想笑的冲动无法抑制地往上涌，他喉头一呛，在心里骂了句神经病，放下杯子，侧过身咳了好几声。

江尧弯着嘴角走过来，往台子上一撑，欠身坐上去，接着说："干吗，看见你外甥不高兴？"

"高兴。"宋琪点点头，"就差飞起来了。"

"等着吧，以后指不定还有机会让你飞。"江尧说着，从口袋里摸出板东西扔过来。

宋琪伸手接住，是喉糖。

他看一眼江尧，一顿饭还一顿饭，一板糖还一板糖，小朋友分得倒很清楚。

"你感冒还没好？"他顺手把喉糖跟杯子一起放台子上，问。

"还能听出来？"江尧抬手捏捏脖子，清了清嗓子，"我听着已经没多哑了。"

"你听习惯了吧。"宋琪转身往里间走，"来看看你的车？"

江尧眉心一扬，抄着外套口袋跳下去。

"刚才那通电话到底怎么回事？"两人一前一后地走，宋琪问。

"没什么，辅导员找我。"江尧提起顾北杨有点儿不耐烦，抬手抓了抓头发。

"翘课被抓了？"宋琪看他一眼。

"算是吧。"江尧不想跟他说导火索是宿舍里的喉糖配烟头，够丢人的。宋琪要是想起来他挂在绿化带上面朝地，再笑个十分钟，他绝对能捋起袖子把这破店给砸成垃圾中转站。

"技校还管那么严？"宋琪随口问。

技校？江尧脚步顿了下，有点儿疑惑，哪来的技校？

"你们学校不是技校？"他的表情带动了宋琪的思考。

江尧立马明白过来是怎么回事儿了。上次是美容美发学校，这次是技校。

这事儿也怨不得旁人，他们那学校好歹也是堂堂一美术学院，但当初建校的时候也不知怎么想的，把校区弄得跟流浪者之家一样。入学两年，其中有什么神秘的审美没品出来，他们倒是都习惯被人瞎猜了，上回雕塑院的扛着石头从学校门口过，新来卖煎饼的大姨还问他们是不是刮大白的。

"你看我像学什么的？"他问宋琪。

宋琪看一眼他后颈上散下来的发丝。

"你敢说美容美发我跟你急啊。"江尧指着他。

宋琪看他这副模样，黑眼珠子活生生的，莫名想抓抓他的头发。

这想法刚冒出头，宋琪也就自然地抬起手，拨弄二哈似的摁住江尧的脑袋晃了晃，掌心里发丝的触感让他想到对街中介家的金毛，又滑又密。

"狗毛。"他评价一句，在江尧炸着肩膀跳开前撒开手，继续往车旁走。

江尧眼珠子都瞪圆了，抬脚就往他腿上踹。

宋琪弯着嘴角躲了一下，江尧抓了抓被弄乱的头发，皱着眉说："说过了，别碰我头。"

到修车间，车门已经拿下来了，江尧的车看着像个张着嘴等待被拔牙的怪物。两个技工在车旁忙活着，宋琪挽挽袖子过去帮忙。江尧在靠墙垒起来的一堆废轮胎上揣着兜坐下，无所事事地看。

这辆车是江越送给他的，名义上是给他考上大学的礼物，实际上江越就掏了个钱，到了这边异地提车，上保，上牌照，都是他一个人去办的，丝毫没体会到收礼物的感觉，跑来跑去的只觉得烦。

后来他就租个小车库放着，平时开不着，除了上学期带着赵耀他们去邻市玩了一趟，也就剩他不高兴的时候才开出去逛两圈。

他在修车间门口靠了一会儿，院子外面来了辆车在洗，还有辆车来贴太阳膜。车上下来的两口子在司机休息室拌嘴，小工们进进出出地忙活，每个人都知道自己在干吗。

把手机揣兜里，江尧往身上拍了拍，转身回到修车间进门的台子那儿。宋琪丢在上面的喉糖还在，他抠了两颗丢嘴里。

一个小工过来，在净水器旁掏了几个一次性杯子接水，应该是要给休息室的司机们。跟江尧对上视线，小工腼腆地笑笑，问："喝水吗？"

"不用。"江尧摇摇头，又加了句，"谢谢。"

小工还是给他接了一杯，端过来放在台子上，拿着剩下几杯去了休息室。

拌嘴的夫妻已经升级到吵架了，江尧靠着台子听了两耳朵，全是些鸡毛蒜皮的事，走哪条路能少过一个服务站之类的。

小时候他爸妈也这么吵，不过他妈是个讲究人，他爸又好面子，两人习惯于每天在外面憋得心律不齐，回到家换了居家服舒舒服服地大吵特吵。但是不会吵太久，他爸不善文斗，一般十分钟以内就会采取武力解决。

小时候他光顾着恨他爸，现在想想，他妈也是个人物，隔三岔五地被揍却还憋着劲儿跟他爸过了半辈子，真够想不开的。

"喝什么喝！看不见说话吗？滚开！"

一道尖厉的女高音把江尧从回忆里拽出来，紧跟着，休息室里乒乒乓乓一阵乱响，像是有人摔倒拽了餐桌布的动静。

江尧犹豫了一下，直起身子往休息室看，正瞅见刚才那个腼腆的小工被搡了一把，一个没站稳撞在了身后的货架上，瓶瓶罐罐倒了一地。他手上还端着两杯水，也一点儿没浪费地全泼自己身上了。

江尧皱皱眉，抬脚往屋里走。

与此同时，大门外窜进来一个胖子，比所有人的反应都迅速，边抖着一身肥肉去拉那个腼腆的小工，边扯着嗓子号："宋哥！"

江尧正想回头帮忙传个话，肩膀一紧，宋琪已经握着他的肩头把他推开，大步跨进了休息室。

03

江尧被推开时的第一个念头是宋琪怎么跟个超人似的，随喊随到。

紧跟着他就反应过来，应该是宋琪一听见这边乒零乓啷的动静就起身了，小胖子号的一嗓子正好给他塑造了个英雄式出场。

江尧顺着被宋琪搡开的力道顺势往墙上一靠，嘎嘣嘎嘣地嚼着嘴里的糖，等着看他怎么解决。

这店里可没树。

宋琪倒也没上去就要抡人，他跟小胖子的反应一样，都是先往那小工身前扑，小梁几个人进来也是随手把东西一扔就围过去。

"怎么了这是？"小梁急着问。

这群人反应过度了吧？江尧有点儿奇怪，也就是往货架上撞了一下，跤都没摔，宋琪还摁了摁那小工的心口，挺严肃地问："怎么样？"

"没事。"小工摇摇头，低头扯了扯自己淋湿的T恤。

"去换身衣服。"宋琪拍拍面条的脸，看了一眼小梁。

小梁点点头，拉着小工从休息室出去，几个小工也跟着过去，余下的都门里门外堵着没动。

宋琪这才转过身看向那对吵架的夫妻，夫妻俩也被这阵仗唬着了，刚开始见乌泱泱拥进来一屋子人，以为要挨揍，男的架势都摆出来了，结果没一个人搭理他们，一时间有点儿摸不清状况，站在原地没敢动。

"我不是故意的！"见宋琪看过来，女人抢先扬着嗓子说，"我跟我老公说话呢，他非要问我喝不喝水，我就挡了一下，谁知道他怎么就摔了，我刚还想扶他呢……"

本来没多大的事，一听她这话，江尧的火气"噌"地就上来了，他最烦这种有点儿什么事先二话不说把自己往外撇的人。

宋琪没发火，往地上看了一眼，轻轻地踢开滚到脚边的一个罐子，再掀起眼帘看过去。他动作随意，也没什么表情，但身上那股子劲头明眼人都看得出来。

女人一时间没敢继续,小胖子在旁边挺响地"哈"了一声,夫妻俩这时候倒和谐,立马齐刷刷地转过来瞪着他。

"你哈什么哈?"男人指着小胖子就要过来。

宋琪上前一步,握住男人的手腕给他摁下去,盯着他说:"小孩儿不懂事,有什么招待不周到的,跟我这个老板说。"

夫妻俩的脸色一下子都难看起来,江尧在心里吹了声口哨。

跟你说申请挨揍吗?

宋琪没有故意为难,说完这话就松开了手。休息室另一个司机在旁边看半天戏了,这时候夹着皮包过来,笑呵呵地拍拍男人的肩,说:"秋天到了,天干气燥,谁都有点儿不顺心的,不是什么大事,这家店里的人都不错。"

他又转头对宋琪说:"宋老板,你以后饮水机那儿放着杯子,我们渴了自己去接就好了嘛!"

"王老板说得有道理。"宋琪笑笑,掏出烟盒给二人散了散,"我们改进。"

男人没接他的烟,一脸难看的表情,他老婆还想再说点儿什么,被他拉着张脸嚷回去:"你少说两句行不行?"

"你冲我嚷什么啊!"女人愣愣,又尖叫起来了。

"小梁!"宋琪喊了一声。

"哥?"小梁挤进来,江尧发现小梁才是真的随叫随到,身怀绝技。

"给大哥打个折,将地上的东西收了。"宋琪指指吵架二人组,没再看他们,从休息室出去了。

"好嘞!"小梁招呼一圈休息室的人,留个人跟自己一起捡东西,把还围在门口的一群小工赶走,"都干活去!"

面条在宿舍里坐着发愣,门没关,宋琪在门板上敲了敲,面条抬头看见他,赶紧从床上站起来,喊了声"宋哥"。

"坐。"宋琪拽出个凳子坐在他对面,看看他床边的脸盆里换下来的湿衣服,"换完了?"

"啊。"面条点点头,局促地在床边坐下半个屁股,说,"对不起,宋哥。"

"抬头。"宋琪说。

面条抬起头,宋琪往他脑门儿上弹了个脑瓜嘣。

"你没错,不要道歉。"

面条跟他对视一会儿，突然眼圈一红，连忙又把头埋下去蹭了蹭鼻子。

"我就是……"面条哽了一下，"宋哥你对我这么好，我不想出岔子，也不想……"

宋琪没说话，看着他。

"我不想离开店里，我这样的……要不是你带我来店里，我出了大院都没有地方愿意留我。"面条越说声音越小，他想憋着，但是憋不住，一直抬手往眼眶上抹。

"我说让你走了？"宋琪把胳膊撑在膝盖上，歪着头从下往上看着面条，"这么点事儿犯得着吗？不知道的还以为我天天在店里虐待你们。"

他扒拉一下面条的头，问："我叫宋扒皮吗？"

面条"扑哧"一声笑了。

宋琪也笑了下，他重新坐直身子，把桌上的卷纸拿过来扔面条怀里："擦擦。"

"二碗跟三磕巴刚来的时候也什么都不会，二碗满脑子都是吃，三磕巴到处找人闲聊，两个人都是被小梁一脚一脚地踹着上的道。"宋琪对他说，"你是最省心的一个。"

面条眨巴着眼看他，擤了一大泡鼻涕。宋琪把纸篓往他那边踢了踢，说："知道你来这边以后一直绷着，我想跟你聊聊也没抽出时间，今天正好，有什么想说的都说说。"

"谢谢哥。"面条把鼻涕纸扔进纸篓去，手指在床沿抠着，垂着眼皮轻声说，"我知道我有点儿矫情了，但我刚才就老忍不住想，宋哥你本来能找正常人来干活。找我们这样的人，什么都得操心，挣的钱都给我们发工资了，吃力不讨好，我还这么点儿事都做不好，给你惹麻烦……"

"一天到晚净想这些没用的。"宋琪打断他，"什么麻烦，不就撞了个货架，你把店给我砸了？就算是有事，也有宋哥顶着。我把你们带来，就不会赶你们走。"

面条红着眼圈咧咧嘴。

宋琪站起来，揽过面条的脑袋拍了拍。他从面条的床头拿了个橘子，抛了抛，说："歇着吧。这个我拿走了。"

"啊，我给忘了！"面条忙把一整兜橘子都拎起来给宋琪，"宋哥你都拿走吃！"

"自己留着。"宋琪拿着橘子在他脑门碰了碰，"向你二碗哥学习，脸皮厚点儿。"

面条拎着橘子乐了。

宋琪回到前院，店里的秩序已经都恢复正常，该干活的干活，该……他的目光从院子里滑过去，定了定，又滑回蹲在院里的那半个小鬏儿上。

不知道该干吗的仍然在店里泡着。

江尧正蹲在二哈旁边打游戏，余光看见宋琪在他旁边蹲下，往嘴里叼了根烟。

"忙完了？"江尧正战斗到尾声，手指头噼里啪啦点得飞起。

宋琪"嗯"一声，把二哈拖过来搓了两把。

"三杀"都拦不住队友摇着小旗去对面送"人头"，江尧看着自己的"尸体"被迫脸朝下倒在血泊里，暴躁地点开语音趴在地上骂："都把语音打开，来挨骂，赶紧的！"

没人理他。队友们的"尸体"簇拥着他，像几块草坪簇拥着鲜花。

他眼冒金星，把手机锁上揣兜里。

宋琪看他一眼："这么凶？"

"是啊，吓死了吧。"江尧没好气儿地说，薅了两把二哈的毛。一个黄澄澄的东西抛过来，他伸手接住，一个橘子。

"这么贴心？"江尧也没客气，把橘子皮扒开。

"是啊，感动得快哭了吧。"宋琪说。

江尧瞪着宋琪，莫名其妙地想笑。他收回目光换了个话题："刚那个人，是不是有病？"

说完，他意识到这话有歧义，又补充一句："我是说身体不好？"

"面条？"宋琪看着他问。

谁？江尧愣愣，似乎听到了食物的名字。

宋琪点点头，知道江尧说的是面条，反问他："你怎么知道？"

"看你们的反应。"江尧撕下一块橘子皮给二哈闻，被二哈抬爪子把手推开。

"你们呼啦都围上去了，正常人不至于，除非身体很差。"手刚摸了狗，江尧不想碰到橘子瓣，比了比大小，干脆把橘子整个扔嘴里，囫囵地说。

宋琪侧头盯着他。

江尧："看什么？"

宋琪："你怎么……跟头老母牛一样？"

江尧："……"

他艰难地把橘子咽下去，还被橘汁呛了一下。没等他开骂，宋琪笑笑，说："他们都有病。"

江尧反应了一下，知道宋琪在接刚才的话题，突然后背发麻，脑子里闪过一串串加黑标粗的新闻标题……他有点儿想抠抠喉咙。

宋琪不知道他在瞎想什么，指指江尧的心口，说："这儿，都有先天问题。"

江尧愣了愣："心？"

"嗯。"宋琪看看他，"你们上回不是去了个先心病孤儿救助站吗？他们都是在那儿长大的。"

"孤儿？"江尧问。

"孤儿。"宋琪说。

"有心脏病的孤儿？"江尧又问。

"嗯。"宋琪点头。

江尧一瞬间不知道该说点儿什么，眼下的感受有点儿失真，他这么些年从电视里看过的孤儿加起来也就这个数了。

而且知道孤儿的存在，跟知道自己认识的人是孤儿的感觉不一样，跟知道此时此刻身边认识的人都是孤儿的感觉更不一样。

"严重吗？"他在自己心口比画一下。

"有的严重，有的能活挺久的。"宋琪说。

"你刚说……"江尧抬手在店里虚虚地指了一圈，"都是？"

"基本上。"宋琪朝着修车区扬扬下巴，"给你修车那俩不是，在店里吃住的都是。"

江尧："小结巴也是？"

宋琪："是。"

江尧："小胖子跟小梁也是？"

宋琪点点头。

"那么胖也是？"江尧看着宋琪，"那你……"

"我不是。"宋琪把烟头弹出去，勾着嘴角笑，"我是他们的活爹。"

"……那你很牛啊。"江尧嘴角一抽，冲宋琪竖了竖拇指。

然后他就不知道该说点儿什么了。

"活爹"是个调侃，宋琪不想直说，他也就不问，但是前后一联系，怎么着也能猜到这人是在救助这些……孤儿。

救助和慈善这些词给江尧的感觉熟悉又陌生。

江尧他爸也做慈善，捐个操场、捐个设备、捐上几笔数额看起来挺可观的钱。江尧一直觉得他爸挺有意思的，一个对老婆拳脚相向，对亲儿子不管不问的人，竟然在外面人五人六地装好人。

说出来估计都没人信。

陶雪川也动不动就去做志愿者，在江尧看来，他们组织的那个志愿者协会都比他爸的慈善接地气,甭管有用没用招不招人吧,好歹真的去做了,有那个心思。

但不管是他爸的慈善,还是陶雪川的志愿者,对江尧来说,本质上都是一样的……虚。每个人心里都明白,他们跟自己是两个世界。大家都活得一团乱,所以他从不觉得有谁能真把别人的事当成自己的往身上扛。

结果就在这么个破车厂里,冷不丁地,宋琪给他见了个活的。

"啪"的一声,本该界线分明的两个世界,让人毫无防备地在他眼前炸成了一堆儿。

被宋琪叫作面条的小工换了衣服重新出来,手里拎着袋橘子给大伙儿分。二哈一个闪现过去揣了俩,三磕巴英勇地跟他争抢,跟个螳螂要往猪身上骑似的,被小梁追着用毛巾抽。

江尧怎么看他们都不是固有概念里孤儿该有的模样,不愁眉苦脸,也没趴着等死,这些人根本就是群再普通不过的正常人,他甚至无法将他们跟救助站里见到的那些小孩儿联系到一块儿。

能把这么一窝人养得乐乐和和的,江尧突然有点儿能理解宋琪不管三七二十一就把他往树上摁的行为。

理解一半吧,剩下一半保持丢人。

他不出声,宋琪也没说话,不知道在想什么,眼睛在夕阳底下微微眯着,手有一下没一下地捋着二哈的毛。两人中间夹着条狗就这么蹲着,看院子里生机勃勃地忙活,竟然也没什么不自在。

江尧看了一眼他的手。宋琪的手形挺好看的,手指头也长,但是架不住经年累月干粗活的糙,是沁着力气的爷们儿的手。

"烟。"江尧朝宋琪搓了个响指,说完又犹豫了一下,"他们能闻这个吗?"

"别太近。"宋琪扒拉二哈后颈上的狗毛往肉上看,然后把二哈的狗头往江尧那边扳了扳,他示意江尧探头过来,"它是不是身上有虫?"

江尧凑过去看了一眼,没看见虫,但是二哈老够着后腿挠这一块儿,肯定是不舒服。

"天天在院子里拴着,没虫才稀奇。"江尧站起来伸了个懒腰,把手机掏出来,"我给它买点儿驱虫水,回头再带它去洗个澡。"

"照片,别忘了。"宋琪说。

"什么?"江尧没反应过来。

"狗的照片。"宋琪抬头看他一眼,"你打印的那几张纸还在屋里放着。"

"啊。"江尧想起来了。他有点儿想笑,把相机调出来对着二哈,"你让开。"

宋琪拍拍二哈的脖子撒开手,江尧吹了声口哨逗着二哈看镜头,摁了两下快门，对宋琪说："微信给我，这次做完图我先发给你过目，再出岔子我把自己P上去给你泄愤。"

"我手机号，直接搜。"宋琪起身去旁边洗手。

"能不这么懒吗？"江尧面无表情地看他，"你报一下不比我对着手机号搜更快？"

"小狗的记性不都挺好的吗？"宋琪往他脸上弹了弹水。

江尧"嘿"一声，抬起肘子就横顶过去，被宋琪笑着挡开。

往搜索框里输数字的时候，江尧都做好对着宋琪的微信名字嘲讽一番的准备了，以为肯定还是叫宋琪汽修美容，结果搜出来的竟然是串英文。

不对。

江尧眯着眼睛仔细看了看，z……ong……

拼音。

还是个拼错的音！

"你……"江尧飞快地默背了一遍字母歌，确定"宋"的开头是"s"不是"z"，一时间不知道该先嘲讽还是先笑，甚至有点儿无奈，想给他科普科普拼音法。

"'宋'是这么拼的？"他冲宋琪晃晃手机，又拼着读了一遍，想到宋琪私下里连个拼音都能拼错，想笑的冲动根本压不住。

宋琪没解释，抽下挂在晾绳上的毛巾擦手，看着江尧歪在墙上盯着手机笑，很慢地也扬了扬嘴角。江尧应该是他这几年见过的反差最大的人，没有情绪的时候冷着一张脸，眉梢眼角的线条又凶又躁，时常不耐烦，就差在脑袋上支个"别惹我"的牌子。

结果他笑点特别低，比谁都能笑，动不动就笑得停不下来。

没有表情的江尧跟纵康有三分像，每次他笑的时候，三分像就会噌噌地往四分涨。

如果只看那双笑弯的眼睛……

"哎，那你拼'江'是不是还能拼成……"江尧抬起头，一只手掌捂上他的眼，有点儿凉，带着刚洗过的肥皂气味，指缝处渗透进来的阳光红得沁血。

他愣了愣，刚要伸手去掰，宋琪已经抽回手进店里了。

"……他刚是不是恼羞成怒，想挖我的眼？"他低头指着二哈。

二哈打个哈欠，扫了他一尾巴。

04

宋琪在厨房里撑着案板待了一会儿，眼前乱糟糟地卷过许多曾经的旧画面。二碗嚷着"晚上吃什么"进来的时候,他手一滑,差点儿从横放的菜刀刃上刮过去。

"你干吗呢哥?"二碗侧着身子从厨房外往里挤,丁零当啷地把锅碗瓢盆都掀一遍,拖着长音喊,"还没开始做饭啊?"

宋琪看他一眼,把电饭锅的内胆掏出来放在他跟前,下巴往锅里扬了扬:"你吃了?"

"什么啊?中午剩的米?"二碗眨眨眼,一张"六畜兴旺"的脸无辜得很,"剩着不也剩着吗?"

"要是还剩着,这会儿你就能吃上炒饭了。"宋琪说。

二碗大惊失色,一拍大腿:"那我岂不是亏了!"

宋琪把锅胆塞他怀里,竖着拇指冲身后的米缸比了比:"去淘米。"

"炒米饭?"二碗期待地问。

宋琪掐一把他的肚子:"再切俩红芋,煮稀饭。"

二碗"咻"地垮了脸,撅撅屁股把宋琪顶了个趔趄。

"唉。"宋琪叹了口气,从厨房出去给他腾地儿。

出了厨房就看见三磕巴拎着擦车的小水桶回到店里,扭着脖子左右乱转,凑过来问:"宋,宋哥,我大哥,哥呢?"

"你哪个大哥哥?"宋琪看他。

三磕巴使劲儿地"哎"了一声:"不,不是!就,就我大哥!江,江……"

"江尧什么时候成你大哥了?"宋琪往院子里指指,"在外面跟狗玩呢。"

"没,没啊。"三磕巴又扭头去找,"我刚进来没,没看见他,在啊。"

走了?宋琪走过去扶着门框往外看,院里果然没人,只有小梁带着面条他们在往店里收东西。

"人呢?"宋琪指了指二哈,问小梁。

小梁捏个水管子过来:"走了啊,你进了店里他就走了,没跟你说?"

"你,你怎么不,不留我大哥,吃,吃饭?"三磕巴急着说。

"我不知道啊。"小梁看着宋琪,"要留他吃饭吗,宋哥?"

宋琪没说什么,往路上看了一眼,从兜里掏出手机转身回店里:"接着忙吧。"

他打开微信通过了江尧的好友申请,发了句:"你回去了?"

那边回得挺快:"不然呢,请我吃饭?"

宋琪笑笑,接着回复:"三磕巴想留你吃饭,你没给他机会。"

——"这么感人?"

——"下回吧。"

——"今晚有场儿了。"

江尧连着回了三条。

宋琪回了他一个"行"。

给江尧的微信名改备注的时候,他的手在输入框上停了挺久,最后还是打上了"江尧"。

改好后,他想了想,又点回去加上三个字:"小朋友"。

江尧小朋友。

江尧看着宋琪发过来的"行"想了想,手在输入框上点了几下,也没什么好说的。给宋琪改上备注,他又点进宋琪的朋友圈拉了拉,一下就拉到了底,就几条内容也寡淡得没个看头,全都跟修车厂有关,谁需要的什么货到了,今天有事上午休息之类的。

仅有一条配了张照片,一张拍摄手法相当刁钻的手表图,背景就是他店里前台那盆仙人球——今天下午落在店里的手表,失主看到请联系我。

日期是上个月,看来是没联系他,不然这条肯定也得删掉。

虽然宋琪看着就不是常发朋友圈的人,但江尧看着底部"只显示最近一年的朋友圈"的字样,还是不敢相信地使劲又划拉了下。

这人成天就跟那群小子泡修车厂?

江尧也不发朋友圈,但他是因为现实生活足够充实,懒得跟人分享自己成天高不高兴。他一度以为自己应该是最懒得发动态的人了,这项纪录在今天成功地被宋琪击败。

刚把屏幕摁回主页,手机振动,赵耀的电话切了进来。

"光儿。"他接起来喊了一声,然后迅速把手机拿开放在腿上。

"尧儿!"赵耀的嗓门高得跟被人踩了似的,"到哪儿了?"

江尧这才把手机贴回耳朵上,往车窗外看了一眼,说:"不知道,应该快了。"

"不知道你快什么快!"那头乱哄哄的,赵耀还在对着电话号,"催司机快点儿!都等你呢!"

"啊。司机已经知道了。"江尧无奈地在后视镜里跟司机对上了眼,在靠椅上换了个姿势重新看着外面,说:"唱个歌你们等我干吗,玩吧。"

"这不还吃饭……"

不给赵耀继续嘶吼的机会,他迅速把电话挂了。

江尧跟宋琪说有场儿是真的有,赵耀他们不知道又跟哪个系攒的局,规模还挺大,小视频里一镜到底都是人。

当时他的眼睛被宋琪捂了一下,跟脸上趴着只蚊子似的,鼻子里还能闻到似有若无的肥皂味,等他松懈下来恢复了正常的思维逻辑,人已经在出租车里坐着往赵耀给的地址那儿去了,也没跟宋琪道个别。

太弱了江尧。他在心里抨击自己,都是老爷们儿,被人在脸上盖个帽能怎么着?他怎么想都觉得刚才的行为带着丝丝缕缕的小家子气,较着劲儿地觉得尴尬。

江尧把后脑勺枕在靠椅上闭了闭眼,强迫大脑换个东西琢磨。

路上堵堵停停,差不多半个小时才到了地方,他付了钱从车上下去,看着眼前KTV的招牌已经隐隐觉得脑子涨得疼。

赵耀又打了电话来,江尧被他催得心慌,放弃了先找一家店垫垫肚子的念头,问了包间号,说了声:"就来。"

推开包间门,江尧差点儿被兜头泼过来的音浪给拍在地上。

一个大包间坐得满满当当,灯全部拍灭,五颜六色的镭射光把房间扫得像个盘丝洞。

江尧只能就着屏幕的光看清点歌台前抢立麦的是几个大三的,沙发上东一撮西一撮的人完全分不清。前半夜都没开始,包间里的氛围已经炒得火热,干什么的都有,互相对瓶子吹啤酒的,勾着头聊天的,围着桌子玩真心话大冒险的,角落里还有俩抱一块儿……哭的?

江尧无奈地叹口气,找了个角落窝着玩手机,唱歌这种事其实就是个气氛,只要几个麦霸一直不歇嘴,其他人该玩的玩该闹的闹,场子就冷不下来。

宫韩给他发了几个傻得冒泡的笑话,其中有张走失哈士奇被送去派出所关起来的图,他盯着看了一会儿,突然有了灵感,打开相册找到下午给二哈拍的照片开始作图。

他挑了张二哈大鼻头往上顶着的正面照,离镜头太近,都快瞪成斗鸡眼了,一脸严肃的傻劲儿,抠了张栏杆的表情包图叠上去,在底下配了行字——在?等我拆完这家店,你来派出所接我一趟?

附上宋琪汽修美容的地址和手机号,他打开微信给宋琪发了过去。

过了会儿,那边回过来一句:"待着吧。"

江尧扯扯嘴角,给宋琪发了个满头问号的表情包。

"还没睡?"

宋琪问他。

江尧看了眼时间,回了两条:"中老年才这个点儿就睡。"

"我们祖国的小花朵在夜晚才准备盛开。"

那边安静下来,江尧捏着手机的一个角转了会儿,手机一振,宋琪给他回了张照片。

厨房,小锅里翻滚着小青菜的清汤面与一层刚膨起来的荷包蛋。

宋琪又发过来句话:"中老年的养生局也刚刚开始。"

这份中老年的清汤挂面隔着屏幕给他这祖国的小花朵来了个重创,还是视觉与味觉的双重打击。他给宋琪回了句"大半夜的犯规了啊",打开外卖软件看了一圈,也想吃点儿热的烫的,偏偏肚子里又被啤酒跟汉堡给占了,看来看去要么不想吃要么吃不下。

宋琪那边儿估计给面起锅去了,过了会儿他的消息栏才又在屏幕顶上弹出来。

"早点睡吧。"

又弹出来一条。

"小朋友。"

什么东西?江尧迅速切回微信,瞪着最后三个字说不出话。

宋琪回复完最后一条,把手机放下,关火,抽出香油瓶往锅里撒了两下。面是用小奶锅煮的,他也没往碗里盛,直接连着锅端出去放餐桌上,把电影倒回进浴室前的进度,再去冰箱拿了瓶啤酒,坐下来的那一刻才觉得这一天真正开始休息。

手机上还保留着跟江尧的聊天界面,他点进江尧的朋友圈里看了看,没太多内容,一个月能有一两条,基本上就分享个歌,说点儿他们学生间能看懂的调侃。江尧嘴挺毒的,表现在没有符号的文字上,看着跟冷笑话似的。

他有一下没一下地往下划拉,划到底的时候正好把面都解决了。

好像少了点儿什么。宋琪点击返回的时候还在想,直到他把锅刷了、衣服洗完挂在晾杆上,站阳台抽烟的时候才恍然反应过来。

照片。他刚才划拉江尧的朋友圈,心中隐隐觉得,下一秒就会滑出张"三分像"的脸。

把烟头碾灭在窗台的小烟灰缸里,电视也没关,宋琪回到卧室,仰面朝天地把自己摔倒在床上。

记忆里的纵康很少大笑,有时候被逗急了笑出声,他会下意识抬起手腕挡挡嘴,转开脸去找别的事忙活,只露出双笑弯的眼睛。

下午看着江尧笑的时候,他恍惚间差点儿又把江尧看成了纵康。

在他反应过来之前,他的手臂已经先于大脑发出的指令,抬起捂住了江尧的眼睛。宋琪说不上来为什么会有那样的条件反射,就好像见到江尧的第一面,他下意识的反应是远离。

虽然当时想远离的念头,在仅有的这几次见面里已经冰消雪融了。

除了对那张三分像的脸有点儿不可抑制的亲近感,江尧的性格也让他觉得舒服。宋琪喜欢有生气的人，喜欢看到别人眼里活泛的冲劲儿。每次江尧顶着那张脸生机勃勃地出现在他眼前，他就会假设另一个世界的纵康现在一定也在生机勃勃、没病没痛地活着。

纵康刚死的那一年，宋琪一直在想，如果时间能重新回到那个傍晚，如果他没有失去理智，如果他早一点儿发现纵康不舒服，如果他没有在交钱的时候犹豫那么久，如果纵康能回来……

后来他就不再想了，不敢再这么想。

如果纵康真的能回来，他没法想象该怎么跟纵康解释，当时他是因为在想什么，才错过了给纵康救治的第一时间。

江尧的出现很像一部机缘巧合的电影，相似的眉眼，第一次见面就能直接认错的巧合。

可生活不会给他归档重来的机会，他没资格把人家当成自己缅怀过去、补救良心的处方药。那不是纵康，再像也不是，他可以借着人家的脸悄无声息地怀念，假想纵康在天上的快乐生活，但他不能再把江尧认成一个死人，一个被他害死的人。

眼睛被天花板上的顶灯刺得生疼，宋琪抬起胳膊压在眼眶上。

继续赎罪吧，宋琪。

他对自己说。

谁都帮不了你。

05

被冷醒的时候江尧吓了一跳，屋里太亮，他昨晚有点儿犯困，想眯一会儿不知怎么就睡死了，摸手机一看清晨五点二十七分，才发现头顶的大灯不知被谁打开了。

屏幕上滚动着"距离您的消费时间结束还有十三分钟"，几个小时前闹得欢腾的人睡得横倒一片，推开不知是谁压在他腿上的胳膊，江尧坐起来踢了踢旁边的赵耀："起来了。"

声音出来又吓了他一跳，哑得跟生吞了两盒粉笔似的，明显感觉喉咙肿了起来，差点儿没发出声音。他使劲清清嗓子再说话，嗓子没好到哪儿去，脑袋里的糨糊倒是都给晃开了，又昏又沉。

这一觉把刚要好的感冒又给睡回来了。

"起来贴膜！"往赵耀屁股上又蹬了两脚，赵耀迷瞪着"嗯"一声弹起来，江尧从他脑袋底下抽走自己的外套，站起来直接出去了。天亮得一天比一天晚，温差也越来越大，顶着风在路口拦车的时候，他恨不得蹦两下取暖，坐进去报学校地址的时候牙关还抖着。

车开到夜市街,江尧往窗外看了一眼,六点来钟,早点铺子都支起来了,路边大小店面也七七八八开了门,他冲司机喊了声"停"。

付了钱,江尧推门下车,两步跨到大药房门前才看见玻璃门上挂着的锁。

他转身跑向马路对面的老诊所。

这一片都是老城区,学校后门这个诊所更是老得独特,门口长年累月挂着个毛毡布,江尧伸手去掀的时候差点儿骂出来。

这都油得反光了!就犹豫了那么一秒,里面有人说着话一把扬开了毡布,江尧没躲开,眼睁睁地被这大油布从下巴抽到鼻梁。

他后脑勺上的头发都耷起来了,捂着鼻子就往后蹦了三尺。

"你没长……"

"不好意……"

骂人的和道歉的都只说了一半,江尧瞪着又一次在不该出现的场合出现的宋琪,内心已经快要麻木了,甚至想说一声吃了没?

"你……"宋琪的反应比他还没谱,他盯着江尧皱皱眉,把脸上的口罩拉下去,抽抽鼻子,"身上怎么一股泔水味儿?"

江尧:"……"

宋琪:"你昨晚在马桶里盛开的?"

"我在爱与和平中盛开。"江尧没好气儿地说,同时有点儿心虚地偷偷抽抽鼻子,怕真的带着泔水味跑了一路。

抽一半他就放弃了,什么都闻不出来,一个鼻子就差堵成实心儿的了。

老大夫在屋里问怎么了,宋琪回头说了声"没事",放下掀起的毡布走出来。

"喝酒去了?"他站在江尧上面两层台阶,看着他。

"你什么鼻子?"江尧捏着外套领子往鼻子底下嗅。不应该啊,他昨天最多就喝了两瓶啤酒,味儿能留到现在?

"闻不着?"宋琪往他外套上指指,"吐身上了吧。"

江尧捏着衣领僵在原地。

宋琪的眼睛很轻微地弯了一下,江尧猛地反应过来,松开衣领抬腿要踹他:"一大早找事呢!"

"酒味儿确实挺大。"宋琪拉上口罩,下了台阶给他让路,"进去吧,别挡着门。"

江尧这才注意到他手腕上挂着个装药的小袋子,犹豫一下,问他:"病了?"

"啊。"宋琪又看江尧一眼,昨晚他胳膊盖着眼就那么睡了,今早起来脑袋发沉,知道要感冒,出来买早饭时顺便拿点儿药。小时候不拿感冒发烧当病,现在养着一厂子的人,不敢随便生病,病倒他一个能饿死一大家。

"预防感冒。"他抛了抛袋子,冲路边的绿化带扬下巴,"怕严重了跟你似的……"

"差不多得了啊。"江尧打断他,往四周居民区看看,"你家真住这附近?"

"不然呢?"宋琪反问他,掏手机看了一眼时间。

有什么好不然的?

江尧皱皱眉,莫名有点儿不爽。他"哦"了一声,正要上台阶进诊所,听见宋琪很自然地接着说:"早饭吃了没?"

为什么有种被人抢了词儿的感觉?

他扭头看着宋琪没说话,宋琪在飞快地摁手机,随后掀眼皮往旁边一排早点铺子瞭了一眼,对他说:"去拿药。等会儿带你吃这片儿最地道的早饭。"

"早饭还能有什么地不地道?"江尧想想,也没拒绝。他本来就打算拿了药去吃早饭,不过原计划是去食堂买个大饼卷一切。听宋琪这么说,他"哧"了一声,"包子、稀饭、油条、鸡蛋,来回就那么几……"

他没说完,肚子用百转千回的咕声打断了他。

宋琪带着笑地看他一眼。

江尧啊,你就可着劲儿地丢人吧!

江尧绷着脸两步跨上台阶闯进老诊所里。

老大夫看病很麻利,让江尧张嘴看看喉咙,问几句咳不咳有没有痰,三下五除二地给他开了药。

江尧看着手里的三九感冒灵和VC银翘片叹了口气,指指三九说:"这个我有。"撒森买了一整盒,到现在为止只拆了两袋。

老大夫把三九收回去,说:"那你坚持喝,别一天喝一天不喝的。"

江尧尴尬地抓了抓头发:"大夫,我主要是鼻子不通。"

老大夫从老花镜后面看着他,慢吞吞地说:"少烟酒,感冒好了鼻子自然就通了。"

江尧叹了口气,把两袋银翘片揣口袋里,又问:"您这儿有漱口水吗,大夫?"

顶开毡布出去,宋琪还在外面站着,一手抄着兜,一手一上一下地抛着手机。

抛东西也是有学问的，江尧会习惯性地去研究人的动态，不是所有人都能抛出百分之百的随意，大部分人看着有准头，手腕其实都拿着劲，不放松，动作不好看。

宋琪则是属于有准头又抛得好看的那一类。

"嘿。"江尧唬了他一声。

宋琪稳稳接住手机，回头看他空荡荡的手："你进里面借厕所去了？"

"话真多。"江尧跳下来，把外套拉链拉到顶咬在嘴里，看宋琪，"哪一家？"

"来。"他把手机塞兜里，往马路对面走。

宋琪口中这片儿最地道的早饭不在街边一溜早点铺子里，他带着江尧拐进街后一家看着不能更普通的小门面。别人家好歹叫个"张姐早点""老马早点"，这一家的牌子上直接就俩字儿"早点"，一股子爱吃吃不吃拉倒的气质。

学校后街这一片江尧基本都来过，不过他们都是晚上来吃夜市，这家一眼扫过去都不一定能看见的店还真不知道。

现在正是吃早饭的时间，江尧看着他们家从屋里摆到屋外的桌子，甚至还有两个取餐的外卖员，已经相信他们家的味道应该确实不差。

他们在一张刚清出来的桌子上坐下，宋琪问："吃什么？"

"他家有什么？"江尧往旁边桌上扫了两眼。

"早饭能有什么花样，"宋琪把口罩摘下来，"包子、稀饭、油条、鸡蛋……"

"老板！"江尧抬起胳膊挥了挥，"豆浆！油条！一屉包子、一屉蒸饺！"不知道是这家店的味道确实好，还是江尧昨天一天没正经吃东西的原因，这顿早饭比他以往在学校吃的任何一次早餐都美味不少。

宋琪没吃多少，似乎不太有胃口，江尧感觉他夹着根油条喝了半碗豆浆，又不紧不慢地吃了几个蒸饺，就擦擦嘴撂了筷子。

"你就吃……"他想说"你就吃这么点儿"，抬头对上宋琪的眼，一下子像喝了胶似的张不开嘴。

"看什么？"他抬手搓搓脸。

宋琪没觉得自己在盯着江尧看，凭他俩见面的频率，现在他见着江尧就跟江尧看见他似的，快麻木了。只是昨晚他刚比对了半宿的纵康和江尧，一大早冷不丁见了活人，麻木里就有了点儿说不上来的感觉。

他问江尧吃了早饭没是顺嘴说的，一回生二回熟，第三回就算有仇也能坐在一块儿喝豆浆吃早饭。但当他们真正地在这简陋的早点摊子上坐下来，面对面吃油条时，他看着江尧在外面玩一夜回来有点儿没精神的眼、乱糟糟的头发,以及喝上口热豆浆就挺高兴的模样,刚才似有若无的那点儿怀念突然就有点儿汹涌。

宋琪意识到这么些年连他自己都没发现,他有多想再跟纵康一起这样吃顿早饭。

"擦擦你的嘴。"宋琪揉了揉眉心,指了下江尧的脸,把话题不动声色地带过去。

江尧从桌上拽一截纸擦了擦,继续大快朵颐。

"我的车这两天是不是就差不多了?"他问宋琪。

宋琪在脑子里排了排活儿,点头:"快了。"

"完事儿你给我发消息,"江尧把勺子丢回碗里,伸了个懒腰,"我去提。"

"今天不过去了?"宋琪转身招呼老板娘结账。

江尧站起来跺跺脚:"也得能过去。这两天辅导员盯人盯得……"

宋琪听江尧说了一半没下文了,接过老板娘找的零钱回头看,江尧正一脸活见鬼的表情瞪着路边。

他顺着江尧的目光望过去,看见一辆宝蓝色的小汽车以奇慢的速度从早点摊前驶过,驾驶座的窗户摇下来,一个挺年轻的男人偏着头跟江尧对瞪着,一手把着方向盘,一手跟蜈蚣似的弯着两根手指,指指自己的眼睛,又伸出来指指江尧。

两人就看着他这么一脸严肃地缓缓开了过去。

"谁啊?"宋琪有点儿想笑。

"……辅导员。"江尧已经无力说话了,抓着头发虚弱地回答。

第四章
美食街一日游

01

江尧推开宿舍的门,赵耀他们已经回来了,脸朝下趴在床上睡得正香。

陶雪川换了身衣服从上铺下来,听见动静扭头看过来。江尧冲他比了个刷牙的动作,他点点头,把江尧的杯子、牙刷一并拿上,轻手轻脚地带上门出来。

"去上课?"江尧接过来,问。

陶雪川点点头,他看着很疲惫,扭头看江尧的时候眼皮都耷拉着:"怎么才回来?"

"吃饭去了。"江尧打了个哈欠。

水房进进出出都是洗漱的人,陶雪川挤着牙膏问他:"你等会儿去上课,还是回去睡?"

"上课,还得去趟系里。"提起这茬,江尧叹了口气,收回目光边撩水洗脸,边说,"刚在学校后门被顾北杨看见了,我昨天跟他说我姨父被撞飞了,要去医院陪床……"

他跟陶雪川学了一下刚才与顾北杨的相遇,陶雪川笑得呛了一口牙膏沫。江尧撑着水池台子甩了甩脸上的水,脑袋又沉又困,有点儿心烦地把牙刷咬嘴里。

"去就去吧。"陶雪川把眼镜擦擦重新戴好,又恢复了一丝不苟的气质,劝江尧,"再过一个多月放假回家了,脾气收着点儿。"

江尧算算日子,还真是再过一个多月就放假了。

他想到家里那个等着结婚过寿的亲爹,真要说不痛快,还是那摊子事更让他觉得不痛快。

出了宿舍楼，江尧刚想问陶雪川要不要先去食堂买点儿东西吃，就看见不远处的廊柱上靠着肖大四，不知是刚下楼还是压根没上去，他看着也没等急，插着兜还挺闲适，等看陶雪川时抬起胳膊懒洋洋地招了招。

陶雪川顿住脚，抬手推了推眼镜，看向江尧："我……"

"去忙吧。"江尧说，"给你占位？"

"嗯。"陶雪川点点头。

位子没能占成，江尧头昏脑涨地刚走到系教学楼楼下，顾北杨的声音就从上面飘下来，喊他："江尧！"

江尧抬起头，看见顾北杨端个搪瓷缸子站在三楼的窗户边上。

他在心里骂了一声，别是从刚才来到系里就一直在窗户边守着他吧？

"……杨哥。"他不情愿地应了一声。

"上来。"顾北杨把窗户关了。

江尧一句"我有课"被堵在嗓子眼儿里，把脚下一块小石头踢进旁边的花坛里，他先拐进一楼卫生间抽了根烟，才慢悠悠地往系里晃。

办公室里只有顾北杨一个人，门开着，江尧敲了两下，顾北杨已经坐回桌子前划拉电脑了，从显示屏后面探头看他一眼，说："进来吧，门关上。"

江尧把手里卷成筒的书磕在他办公桌上："杨哥，我上午有课。"

"有课没课对你有区别吗？你昨天也有课。"顾北杨看他一眼，去倒了杯水，"坐吧。早点好吃吗？"

"啊。"江尧答应一声，无奈地在沙发上坐下。

"'啊'是好吃还是不好吃？"顾北杨回来坐在他对面，把缸子放中间的茶几上，叠起腿看着江尧。

江尧最怕的就是顾北杨这副要谈心的架势，话多，还喜欢绕来绕去好半天才让人知道他想说什么。

"你是不是饿了？"江尧坐起来瞪着顾北杨，"我去给你买点儿？"

"那不用。"顾北杨端起水缸吹吹又放下，清了清嗓子，"跟我聊聊你姨父。"

"你心里不都明白嘛。"江尧牵着嘴角笑笑，特想说刚在早点铺子站我旁边那位就是。他本来也没指着"姨父出车祸了"这种理由能骗过谁，就是个逃避念叨的幌子。

"你现在倒是诚实得很啊，江同学，"顾北杨第三次把他的水缸端起来呼呼地吹，一双爱岗敬业的小眼睛从热腾腾的白气后面看过来，"你哥要不打电话，我这个刚入行的小辅导员还真得犹豫两天。"

江尧牵起来的嘴角猛地一僵。

顾北杨没觉察到他的变化，换了个姿势坐着，挺诚挚地接着说："家庭问题呢，对于你这个年龄来说确实影响比较……"

"我哥怎么会给你打电话？"江尧打断他。

"不是给我打，"顾北杨坐得更笔直了些，絮絮叨叨地说，"是打给蔡老师，蔡老师又告诉我。毕竟她是系主任，主要负责你们学业上的问题，生活问题还是得让我这个辅导员来……"

"你算老几？"江尧又打断了他。

"……你说什么？"顾北杨怀疑自己听错了，盯着江尧。

"我说你算老几？"江尧一脚蹬开小茶几站起来。

茶几腿发出又长又刺耳的"叽"声，盛满水的搪瓷缸子爆炸般摔在地上，泡得发胀的枸杞和柠檬干洒了一地。江尧从顾北杨嘴里听到"你哥"这个词以后，就只剩一股邪火顶着天灵盖"嗡嗡"地往外冒。

他站在四溢开的热水里盯着顾北杨，冷着嗓子问："你毕业几年啊？"

搪瓷缸子骨碌碌地滚过来，江尧想压着火逼自己冷静，最后还是没忍住又抬腿踹飞了它。"端个茶缸子在这儿装什么指路明灯！"

茶缸子也不知是砸在了哪儿，"铛"的一声响。顾北杨还保持着刚才的姿势没反应过来，江尧没回头，踩着一地狼藉摔门出去了。

走廊上几个学生在往办公室里看，江尧边往楼下走，边掏手机找江越的电话，手指在屏幕上划拉得飞快，出了楼也不知道自己在往哪儿走。等把江越从黑名单里拉出来，他的牙关已经咬得在脸颊上绷出一块棱角。

他在楼后一处没人的拐角停下，这么多年来第一次主动给江越拨了个电话。

"喂。"电话在响了四声后接起来，传来江越没什么情绪的声音。

"你给我学校打电话了？"江尧逼着自己问他。

江越没有立刻回答，在那头沉默了一秒。江尧暴躁地开口："你说话！"

"你不接电话，也不听宫韩说，我只能这么联系你。"江越说。

"你有理是吧！"江尧觉得自己的胸口快炸开了，怒不可遏地扬起了音量，"你到处宣传你光荣是吧？你有什么资格给我老师打电话？你哪来的脸干涉我的生活？"

"江尧，任性要有个尺度。"江越仍然冷静，"你已经成年了，不要再说这么幼稚的话，也不要挑战爸和我的底线。"

江尧猛地把手机砸在墙上。

墙头几只蹦来蹦去的麻雀"扑啦"一声飞走了，楼后的空旷地重新安静下来。

江尧把后背靠在墙上闭了闭眼，又从兜里掏出烟缓缓地叼上。江越永远都那么冷静，无论发生了什么，他总能毫无起伏地说出来，不讲道理地压着他去接受。

连着抽了三根，情绪平复下来后，江尧才感觉鞋底粘了什么东西，歪着脚脖子看，一颗泡软后被他踩扁的红枣从鞋底缓缓滚下来。

"……神经病。"江尧把大枣踢开，骂了句顾北杨。

三十岁都没到的人，养生养得比谁都积极。

然后他没忍住想了一下自己杀气腾腾地从办公室冲出来，每一次抬脚身后的人都能看见他鞋底嵌了颗大红枣的画面，忍不住低下头笑了两声。

02

宋琪去院子里抽烟，被蹲在二哈旁边揉狗的人影吓了一跳。

江尧抬起头，冲他没有表情地"嗨"了一声。

"今天不是不过来吗？"

"想来就来了。"江尧说完，站起来蹦了蹦，"我车好了吗？"

宋琪打量着江尧的表情，问了句："急？"

"急。"江尧点点头。

"没好。"宋琪弹了弹烟灰，捡起二哈的小碗去给它接了点儿水。

江尧跟在他身后补充："能上路就行。"

宋琪把烟从嘴上拿下来，扭头盯着他，突然问："心情不好？"

江尧跟他对视了一会儿，垂下眼皮拍了拍二哈的脑袋，说："好得很。"

"我的车不能给我，就借你的摩托给我。"没等宋琪接话，他又说。

宋琪看着江尧，转了一下脖子："'造'完你的车，再来'造'我的？"

江尧本来没心情开玩笑，宋琪这句话也不知怎么戳中了他的笑点，二哈刚好舔了两口水抬头摇着尾巴叫了一声，他没绷住嘴角一翘，笑容就控制不住地在脸上扩散开来。

明明心情差得都觉得脱力了，笑起来竟然还收不住，江尧先是垂下头笑，最后干脆蹲地上撑着头笑了个够。

"你小时候跟人比憋笑是不是从来没赢过？"宋琪把烟头踩灭，小臂搭着膝盖也在江尧跟前蹲下。

"我笑的时候你能不能别说话？"江尧从胳膊缝里掀起眼皮看他，说，"谁闲着没事儿比憋笑，傻不傻。"

"试试？"宋琪扬了一下眉毛。

"你幼不幼稚？"江尧迅速调整表情进入状态。

宋琪看了江尧两秒，伸手在他面前轻轻打了个响指："笑。"

江尧:"……"这根本憋不住啊!

"两秒,真快。"宋琪笑着站起来。

江尧仰着脑袋从下往上看他,说:"这傻游戏还带作弊,你多大的人了能不能讲究点儿?"

"让你两分钟你也赢不了。"宋琪说。

"别说没用的。"江尧把话题带回去,"车呢?"

宋琪看着他想了想,说:"车不能给你。"

江尧不耐烦地撇开脸。

"带你出去玩倒是行。"宋琪补充道。

江尧愣了愣才又把头转回来,瞪着宋琪:"带我出去玩?"

"小朋友心情不好就出去玩。"宋琪垂着眼皮看他,拍二哈似的拍两下他的头,"别整天就想着飙车。"宋琪说完便进店里交代小梁今天要赶哪些活儿。

江尧保持着姿势在原地蹲了半天,垂下脖子摸了摸脑袋。二哈瞪着眼在旁边看他,他龇了龇牙:"看什么看。"

二哈"汪"了一声。

过一会儿,宋琪换了身衣服推着大摩托出来,屁股后头跟着三磕巴和正在嚼苹果的二碗。

江尧走过去,三磕巴眼睛一亮,喊他:"大哥!"

"你只在念两个字儿的时候不磕巴啊。"江尧说。

"该让你听听他喊你'大哥哥'的时候。"宋琪笑了一声,跨上车戴手套。

"我,我那是喊急,急了!"三磕巴挥着手腕解释。

"干吗?"江尧拍拍车头,好笑地看着宋琪,"宋琪哥哥嫉妒?"

三磕巴和二碗抱在一块儿打了个寒噤。

"宋琪哥哥牙酸。"宋琪把头盔抛他怀里,"上车。"

江尧没动,他一手接住头盔,另一只手还在车头上放着,屈着指关节敲了一串节奏,对宋琪说:"我开。"

"要么上来,要么坐面包车副驾。"宋琪抱着胳膊往车头上一撑,很随意地看着江尧,"你自己挑。"

"小孩子才做选择。"江尧冷笑一声,抬腿上了摩托。

三磕巴在旁边看着,问:"去,去哪儿啊?"

"中午还回来做饭吗,宋哥?"二碗把苹果啃得只剩一个核,丢进嘴里边嚼边问。江尧被他驴子一样的吃法震惊了,看看三磕巴和宋琪,二人竟然一副习以为常的表情。

"你少吃点儿吧。"宋琪拍拍二碗的肚子叹了口气,发动摩托开出去了。

"我吃得多吗？我还觉得最近天冷了，都把我冻瘦了。"二碗有些悲愤，问三磕巴。

三磕巴没理他，抻长脖子执着地喊着："去，去哪，哪儿啊？"

江尧也想知道这个问题的答案。

宋琪没有要告诉他的意思，看起来很有目的地顺着大路往前开。

江尧想开摩托就是为了吹风，他伸手到处抓了抓，摸不着顺手的东西扶，只能往后抓着座位的把手。

过了会儿，他发现完全没有抓东西的必要，宋琪把车速控得跟老年代步车一样。在第二辆小电驴超过他们呼啸而去后，江尧忍不住往前贴了贴说："你靠边停下，咱俩换两辆共享单车估计能开快点儿。"

宋琪笑笑，稍微提了提速。

"往哪儿开啊？"江尧没忍住问。

迎着风说话有点儿费劲，宋琪偏偏头，说："能吃甜吗？"

"吃什么？"江尧愣愣，怀疑自己听错了。从来都是问能吃辣吗，能吃酸吗，头一回有人问他能不能吃甜。

宋琪没再回答，只对他说了句："坐稳。"

以为终于要加速了，江尧吹了声口哨，手又往后摆了摆，怎么都不得劲。想起上回宋琪一轰油门差点儿把他从后座上甩出去，犹豫了一下，他往宋琪耳边喊了声："我抓你衣服啊？"

"嗯。"宋琪答应一声。江尧在他腰背上看了一圈，想了想还是把手往上抬攥住了宋琪的肩。

油门"嗡"地提了上去。

三分钟后，江尧看着后视镜里保持着稳定距离的两辆电驴一脸麻木。

"你到底行不行？"他拍拍宋琪的肩，"还'坐稳'，我以为多大阵仗，就为赶超个电瓶车？你要不行换我来。"

"质疑谁呢？"宋琪还是不紧不慢地开，偶尔拧拧油门让江尧感受一下强风，"好好坐着看风景。"

江尧叹了口气，仰着脸吹风，按照他说的往四周看风景。

宋琪开的路他没来过，确切地说，除了学校附近和市中心那几块，这座城市他其实一直没好好逛过，偶尔开着车在路上也不管东南西北，反正最后停在哪儿都得开着导航回去。

本来车来车往，他没看见有什么能称得上风景的，从大路转进一条小路以后，周围的景象还给人一种不太一样的感觉。

江尧一直以为在他们那儿才能看见这么多老胡同，没想到在这儿也不少,小路与胡同口成片连着,用一片矮房跟对面的高楼隔开。路与巷子都不窄,除了各种店铺竟然还能看见撑着摊子的小生意。

偶尔轧过一段青石板路,就像有意做旧的景区,结果后面半高不矮的旧楼看上去竟然像是都住着人,支出来的晾衣杆上裤衩、背心成片飞扬。

"这儿是景区还是建的?"他问宋琪。

在这儿想开快都开不了,宋琪慢腾腾地前行着,闻言扭头奇怪地看他一眼,说:"城乡结合部。"

"……挺时髦的。"江尧干巴巴地说。

"我家以前就在那儿。"宋琪抬手往斜前方指了指,说。

江尧顺着看过去,也不知道他指的是前面被路隔开的矮楼,还是更前面的高楼,随口"哦"了一声,问:"你是本地人?"

宋琪点点头。

"我不是。"江尧说。

"我知道。"开出这块时髦的城乡结合部,拐上另一条小路,宋琪又提了点儿速。

到了这会儿江尧已经不追求什么风的速度了,坐在摩托后座上吹着小风,不用认路也不用想目的地的感觉比想象中放松。

电视里闭着眼睛躺草垛子上坐羊车估计就是这种感觉。

又开了一小段路,宋琪把车在路边停下的时候,江尧看着周围真正的城乡结合部风格有点儿没反应过来。

"你车没油了?"他低头往油箱上拍了拍。

宋琪弹开他的手:"下车。"

江尧从车上下来,转头前后左右看了看:"这是哪儿?"

路两边各种半新不旧的店面,路上电动车横行,路边人来人往,眼前的大街简直就是他们学校后门夜市街的翻版,不对……江尧扭头跟身后正朝草丛里撒尿的小孩儿对视,默默地把头转回去。

可能还要更破点儿。

他茫然地踩上脚边的路牙子,心里闪过层层疑问。

宋琪倒是心情舒畅,锁好车后他竟然一抬胳膊搭上江尧的肩,哥俩儿好地揽着江尧往那些门店间的巷口里走。

"干吗?"江尧冷不丁被宋琪这动作吓一跳,下意识要抖掉胳膊拉开距离,反应过来他跟宋琪已经不算陌生人后僵着膀子没动。

宋琪带着江尧钻巷口跟回自己家似的熟稔,还问了句:"米酒爱喝吗?"

"什么?"江尧扭头瞪着他。

宋琪没看他,把着他的后脑勺让他转过脸继续往前看。巷路很旧,是一种明显翻新过却掩盖不了的旧，空气中食物的香味越来越浓郁，转过一道伸进去的矮墙，宋琪终于停下来松开他，说："到了。"

确实是到了。一条看不到头的下坡路长长铺在面前，街上人头攒动，路两旁煎炒炸煮烹，是整整两排的小吃铺面，家家门口都挂着喇叭吆喝生意，油烟升腾，热火朝天。

"老城区第一条美食街。"宋琪说。

江尧侧头看宋琪。对上目光后，宋琪嘴角往上一扬："带你从头到尾吃下去。"

"你是不是总拿这招哄小姑娘？"江尧一脸无奈，揣着外套口袋原地踮了踮脚。

"小姑娘没试过，对付小朋友用这招反正十拿九稳。"宋琪带着他往下走，问，"好使吗？"

"好使。"江尧诚实地点点头。

太好使了。傻子才会拒绝这份大费周章的"哄你高兴"。

江尧对吃东西没什么讲究，自己一个人的时候吃东西是为了填肚子，眼下这样跟另一个人找乐子似的挑着有兴趣的东西一路往下吃，反倒成了另一种放松的状态。

一条街逛到一半的时候，他已经没有一点儿余地去琢磨顾北杨和家里的事了，满脑子只有一个字，撑。

"不能再吃了，明天的份都给吃完了。"江尧摆摆手，深呼吸着拍了拍胸口。

宋琪指指前面一个小摊，说："喝那个吗？解腻。"

"什么？"江尧转头看。

那好像是个专门卖饮料的小摊子，横幅上写着密密麻麻的饮料名字，稀奇古怪，什么爱情水、快乐水，颜色也跟彩虹一样赤橙黄绿青蓝紫，特别像小时候用彩笔泡出来的颜料水。

"有机的！纯天然！"老板热情地招呼，"都是蔬菜、水果鲜榨的，不添防腐剂！"

江尧无言地看着他和他的七色大染缸。

宋琪已经很熟练地盛了杯明黄色的"神仙的眼泪"，插上管子递过来。

"喝完这个我是不是就流泪了？"江尧拎起来晃了晃，皱眉看着里面不知名的……残渣，怎么看怎么像刷锅水。

宋琪没管他，已经转身继续往下走了，一副"我是为你好，随你喝不喝"的模样。

江尧确实吃腻了，而且宋琪推荐的东西好像都还不错。他试着尝了一口，没什么味道，有点酸，口感像添加剂倒多了的柠檬汁。

结果等第二口滑下喉咙，一股诡异的酸辣口感，便以缓慢爆炸的趋势顺着他的喉管在味蕾上炸开来。

他忍着没有在大街上直接喷出来，舌头已经麻了。江尧觉得现在的自己只要往头上扎一排角就是条暴龙，张嘴能喷出火焰的那种。

前面装模作样走路的宋琪这时候才回过头，笑眯眯地看他。

"这是什么东西？"江尧打了个寒战，脸都扭曲了，捂着嘴问宋琪。

宋琪笑得一副恶作剧得逞的模样，接过江尧手里的杯子晃了晃，说："生姜水。"

身后小摊的老板也笑起来："被你朋友骗到啦！"

这里的人幼稚是会传染的吧？生姜水叫什么神仙的眼泪？该叫暴龙的怒吼！

江尧本来想骂，结果舌头还没缓过劲来，就看见宋琪在说完"生姜水"后直接就着吸管尝了一口，然后蹙着眉也打了个寒战："果然还是这个味儿。"

他张张嘴，重新感受到自己舌头的存在后，扭头指着生姜水旁边那缸绿色的不明液体问老板："这个是什么？"

老板："爱情的滋味。"

"……什么滋味？"江尧神色复杂。

"芹菜吧，"宋琪在旁边说，"还是韭菜？"

他还偏过头兴致勃勃地问："尝尝？"

"不了，谢谢。"江尧光听原材料，脸上就呈现出了爱情的颜色，转身就走。

快到街尾的时候，宋琪开始前后左右地看，像是在找什么。江尧警惕地指着他："你再敢骗我一次试试。"

宋琪找到了想找的店，抬脚过去："这次是真的解腻。"他进的是家很小的店，靠墙放着两排条椅，两个人并排走都费劲，墙上挂一块木板写着"冰米酒"。

江尧记起进美食街之前宋琪问过喝不喝米酒，看坐在这儿的食客们碗里都是正常米酒的样子，他将信将疑地挑了个位置坐下来。

"哎哟，好久没来了。"老板娘是个上了年纪的阿姨，该是认识宋琪，认了他两眼，笑着招呼了一声。

"婶儿。"宋琪也笑笑，冲她点点头，"两碗。"

"哎。"老板娘答应一声，"坐吧。"

在江尧的印象中,他只在小时候喝过米酒,长大后这种东西就被他归类到儿童饮料的范畴,看宋琪这副熟客的样子,有点儿跳脱出之前对他的印象。

"没看出来啊,"他撑着下巴歪头看宋琪,"你爱喝这一口?"

宋琪没说话,拿了两把勺子在小碗里用凉茶冲了冲。米酒端上来以后,他才把勺子放在碗里推给江尧:"尝尝。"

江尧搅了两下,端起来喝了一口。

味道就是一般米酒的味道,只不过刚才经历了生姜水的洗礼,这会儿一碗清甜的米酒简直就是琼浆玉液。而且真的解腻,他不知不觉就干了一碗下去,整个人都从油腻的状态下被解救出来了。

"甜吗?"宋琪问他。

江尧把勺子扔回空碗里,点点头:"甜过头了。"

宋琪喝完米酒后心情似乎格外好,伸了个懒腰又一把揽过江尧带着他往下走:"去消消食。"

"哎,你这人……你特有意思你自己发现没?"江尧嘴角微扬,揉着肚子。

03

从美食街下来有一片广场一样的地段,以一个基本干涸的圆形喷水坛为中心,环着一层层杂草丛生的小花坛和掉漆的条椅,中间穿行着疯跑疯闹的小孩儿和宠物狗。

江尧吃饱喝足,瘫在条椅上眯着眼消食。他以为宋琪会问他点儿什么,但是没有,从他连个通知都没有就过去要车,到宋琪带他晃晃悠悠地过来吃东西,再到现在,两人一直维持着一种奇妙的"不闻不问"。

江尧突然幻想出两个路上偶遇的流浪汉,对上一眼后,就相约一起流浪。

算算日子,从他带着二哈去宋琪店里第一次见宋琪,到现在两人莫名其妙地靠在离学校与修车厂十万八千里的地方抽烟,其实连半个月都不到。

除了名字,连彼此属猪属狗都不知道。

他胡思乱想着,一只小皮球滚到他们座椅前面,几个小萝卜头你追我赶地过来捡球。宋琪把烟咬在嘴里,弯腰捏起皮球给他们扔回去,其中个子最高的萝卜头接住球,喊:"谢谢叔叔!"

宋琪弯弯嘴唇,江尧冲他们做了个板脸的表情:"叫大哥哥!"

小萝卜头们吱哇乱叫着跑了,宋琪扭头看他,笑着骂了句"神经病"。

江尧垂着脑袋笑了会儿,撑开胳膊又靠回椅背上,他继续眯着眼仰头往天上看，突然就有了想说点儿什么的念头："我把辅导员的茶缸子给掀了。"

"为什么？"宋琪很淡然地接了一句，"他一上午都对着你……这样？"他学了学早上顾北杨在车里伸着俩手指头的模样。

江尧想想那个画面，没忍住又笑了，他支起条腿踩在条椅边上，说："他要真这样一上午，掀的就是他手指头了。"

"其实他什么都没做错，"顿了下，江尧接着说，"我哥给系主任打电话，可能说了什么，系主任就让他来找我。但是我家的情况……"

"唉。"江尧叹了口气，这些话真的说出来又让他觉得自己特别矫情，烦躁地撸了把头发，他扭头看着宋琪，"你有兄弟姐妹吗？"

"有过。"宋琪深深地看了他一眼，又收回目光继续看那群小孩儿抢皮球。

江尧被他那一眼看得愣了愣。有过的意思是现在已经没有了，就像他曾经有过亲妈一样。

联想到小梁、二碗、三磕巴他们，江尧越来越觉得，宋琪是个……神奇的人。

小萝卜头们突然热热闹闹地跑走了，江尧跟着他们往远处的喷水坛旁边看，眼睛一亮。

"来！"他从条椅上弹起来，往宋琪肩上拍了一下，快步往喷水坛那儿走去。

宋琪一下子还没反应过来，问他："怎么了？"

江尧转身倒退着走了两步，仰起下巴笑得很张扬："教教你什么才叫出来玩。"

江尧奔着过去的是一个套圈摊子。

宋琪还没走到跟前就笑出来了，用笑来形容不太足够，简直有点儿乐不可支的意思。

"乐什么呢？"江尧斗志满满地捋着袖子，用眼尾斜他，"今天就让你见识见识什么叫百分之百套圈不走空。"

"这么厉害。"宋琪看他撵鸡撵鸭似的驱赶那群小朋友。

"我可是我们小区的套圈小能手。"江尧一本正经地说，冲一个小孩儿瞪了瞪眼，霸占了套圈摊最前排的黄金位置。

"圈怎么卖？"他问老板。

"一块钱一个圈，十块钱送两个，十二个。小哥来几个？"老板很热情，捋着手腕上大大小小的竹圈问江尧。

江尧叉着腰往他的地摊上扫视了一圈,小到指甲刀、挖耳勺,大到半人高的山寨粉红豹,什么都有。

"先来十个。"江尧说。

"不如一次来二十个过过瘾?"老板数着圈儿递过来,问。

江尧接过竹圈在手指头上转了转:"来二十个你这个摊儿今天就不用收回去了。"

"小哥很自信嘛。"老板笑呵呵地闪到一旁,拿个长竹竿等着捞圈。

宋琪抱着胳膊在旁边津津有味地看,等着套圈小能手发威,江小能手却没直接出手,先喊了他一声:"姨父。"

"嗯?"宋琪答应一声,看着老板突然震惊的眼神有点儿好笑。

"挑一个。"江尧回头看他一眼,拿着个圈随手比画,"这些,想要什么,十个圈全给你拿下。"

宋琪朝他跟前走了一步。

"陀螺!套那个陀螺!"一个小萝卜头踊跃发言。

"去!"江尧往外扫他。

陀螺、指甲刀跟布娃娃宋琪都不想要,但是看江尧一脸"指哪儿打哪儿"的牛气,他忍不住也跟着起了玩心,挺认真地扫了一圈,指指那个看起来难度系数最高的山寨豹:"这个吧。"

江尧夸张地看他一眼:"这么有童心?"

"托乖外甥的福。"宋琪点点头。

山寨豹是用大塑料袋装起来的,袋口扎了个小礼花,歪歪斜斜地躺在地上。

"这个怎么算?"江尧指指山寨豹问老板。

"这个要套中袋口才算数的。"老板用竹竿打了打系着礼花的袋口。

"知道了,"江尧摆摆手,"你把竹竿拿开吧。"

他右手食指勾起一个环转了转,没有直接往山寨豹上套,看着很随意地先扔了两个出去练手,第一个歪了点儿,第二个就圈中了那把指甲刀。

"可以呀!"老板吆喝了一声。

江尧没反应,往旁边走了两步,又勾起一个环丢出去,套上一个不知道干吗用的小盒子。

再一个,套住了一只手机挂坠。

四个圈中了仨,周围的小孩儿们已经把嘴张成鹅蛋"哇"起来了,江尧这才勾了一下嘴角,往宋琪的方向看一眼,宋琪朝他吹了声口哨。

老板看江尧真有十个圈把他摊子拿下的意思,到第五个圈的时候有点儿急了,江尧抛手的同时他喊了声"厉害",竹竿不知道在摊布哪个角上勾了勾，小竹圈落在八音盒的边缘上弹在了一边。

小孩儿们整齐地"啊——"了一声。

"这就心疼了可不行啊，老板。"江尧看了老板一眼，换了个圈眼明手快地把八音盒拿下了。

"我这是小本生意呀，弟弟！"老板巴望着他的八音盒，称呼都变了。

"这些都不要你的，放心吧。"江尧这才把目光瞄向最远处的山寨豹，"今天只给我姨父抱这个丑孩子回家。"

老板不知道说什么好，面对这对年龄差怎么看怎么奇怪的"亲戚"目光越发茫然。宋琪在旁边没忍住笑出了声。

"尽力就行，姨父不强求。"他对江尧说。

"如果我给你拿下了，"江尧指指歪在地上的山寨豹，"回去我开车。"

"要没拿下呢？"宋琪往老板的竹竿上看一眼。

"要么不拿，要么拿下，我这儿没有你那个选项。"江尧调整一下站立的位置，往宋琪脚上轻踢了踢，"起来点儿，别碍事。"

"有没有人跟你说过一句话，"宋琪给他让了个位置，"轻视中老年可是要跪下哭的。"

"还真没有。"江尧笑着说，想了想，从手上分出三个圈给宋琪，"打个赌？"

"赌什么？"宋琪把圈接过来。

"跟刚才一样，我套中的话，回去我开车。"江尧看着他。

"如果我套中了呢？"宋琪掂着圈瞄了瞄距离。

"你先能套中再说。"江尧说完，转身冲老板比了个手势，"不许再用你那竹竿在布上乱戳了啊，真当人不知道呢。"

老板讪讪地笑笑，嘴里嘟囔着"没有的事"。

江尧说着"开始"，手上已经扔出去一个，挂在塑料袋口的小礼花上晃了晃，掉下去了。他在心里骂了声，转脸看着宋琪。

宋琪嘴角一直挂着笑，跟江尧先前一样，随便丢了个出去练手，没套稳。

"你不行啊。"江尧歪了歪头，比画出圈的距离，"这都差出八里地了。"

"废话真多。"宋琪没看他，又抛出去一个，这回倒是冲着山寨豹去的，比刚才江尧丢出去的圈竟然还稳点儿，至少是挂在了塑料袋口上，虽然还是只挂了一半。

"就差一点儿。"江尧指指挡在袋口的半个圈，"老板。"

老板装傻充愣地在旁边摇头："这是你们自己丢的，十块钱的圈还没结束，扔哪儿算哪儿，不能捡。"

江尧点点头，没再跟他说话，又扔出去一个圈，把宋琪挂在上面的圈儿给打掉了，给他腾了腾地儿："来。"

宋琪抛抛手上的圈，看他一眼："不给自己一个机会？"

"给你机会呢。"江尧抱起胳膊，"当代青年尊老爱幼。"

"真感动。"宋琪没有起伏地说了一句，伸手扬出了最后一个圈儿。

不妙。江尧看着他那个圈飞出去的趋势，心里蹦出两个字。眼见那个竹圈果然就如他所想绕上了塑料袋口，他的手腕立马也甩出一个圈，两个竹圈前后脚在塑料袋口绕了绕，压在礼花上稳稳地套牢了。

"哇！"小萝卜头们集体欢呼。

江尧看向宋琪，宋琪也扬着眉毛在看他，江尧服气地冲他竖了个拇指。

"下跪还是哭，挑吧。"宋琪往地上指指。

"好好好，你赢了，从今天起我套圈小能手的桂冠属于你。"江乐了，接过老板递来的山寨豹看了看，夹在胳肢窝底下走出了人群包围圈，"说吧，想要什么？江尧大哥哥都给你买。"

宋琪笑着看江尧一眼，把之前江尧丢给他的问话丢回去："你是不是就靠这招哄小姑娘？"

"可不。"江尧配合着点头，"一哄一个准儿。"

"留着，等我想起来的时候再找你兑奖。"宋琪拿过山寨豹把外面一层塑料袋拆开，拎着看了看，把着它的两条长胳膊系在江尧的脖子上，山寨豹的脑袋搁在江尧肩上，看着跟背了个丑孩子似的。

"哥俩儿。"他抬手拍拍江尧的脑袋，顺着美食街往回走，"这丑孩子你抱着吧。"

"……他脑子是有什么疾病吗？"江尧扭头问他的丑兄弟，丑兄弟无话可说。

"还想吃什么？"宋琪在前面问。

"哎对，我要买几杯'爱情水'带回去。"江尧解开山寨豹两步追上去，跟宋琪并排往上走。

"喝上瘾了？"宋琪说。

"我疯了还是你疯了？"江尧眉飞色舞地笑起来，"带回去给我上铺的兄弟体验爱情滋味。"

回去的时候江尧又撑住了车头，不死心地再次挑战驾驶权。

"愿赌服输啊。"宋琪给摩托打上火，弹弹江尧的手让他去后头老实坐着。

"我刚是不是也套中了？"江尧努力挣扎，"要不是我把你丢的那个挂在上面当装饰的圈儿给砸掉，现在你已经被我带着在市区转两圈了。"

宋琪的手在油箱上敲了敲,说:"也行。"

嗯?有谱?

江尧立马把山寨豹往他怀里一扔,一抬腿就挤在宋琪跟前跨上了车。

"哎,慢点儿。"宋琪被他挤得一只脚差点儿没蹬住地,把着江尧的肩往后挪了挪,给他腾地儿。

等他坐好,宋琪撒开手正襟危坐,往江尧后背上一拍:"驾!"

江尧被这一巴掌拍得猛地一弹,龇牙咧嘴地扭头瞪了宋琪一眼,咬着牙骂了一句:"你等到了地方⋯⋯"

"我好害怕啊。"宋琪说。

江尧一轰油门开了出去。

04

时间这东西特别奇怪,明明觉得这一天也没干什么,头顶上的太阳竟然就悄无声息地有了西斜的意思。这一阵凉风再往脸上吹就跟打巴掌似的,顺着领口往腔子里灌。

冷是冷了点儿,痛快也是真的。

江尧痛痛快快地在路上开了一阵儿,宋琪起先没管他,开出二里地之后,他看看越来越离谱的路线,拍拍江尧的肩:"你往哪儿开呢,小能手。"

"什么?"江尧吼了一声。

"再往前奔就出省了!"宋琪吼回去。

江尧把速度降下来,有点儿迷茫地回头瞪着他:"我开反了?"

"你以为呢?"宋琪指指前方的跨江大桥,"来的路上你见过那桥吗?"

还真没印象。

江尧直接冲着大桥的方向开过去:"反就反吧,开出国界线也能给你拉回去。"

宋琪说着反了,也没真当回事儿。江尧从后视镜里看见他迎着风微微眯起来的眼,刚看两眼,宋琪在后视镜里跟他对上目光,按一下他的肩膀让他停车。

路边有一个便利店。

"又买饮料?这里的东西估计不比酸菜鱼店便宜到哪儿去。"江尧伸腿往地上一支。

宋琪本来都往店里走了,听他这么说没忍住笑了一声:"你这张嘴也是够不饶人的。"

他拎着一打饮料从便利店里出来,江尧正支着两条胳膊趴在车上摁手机。跨江大桥就在他身后,太阳圆滚滚地踩着江面往下沉,把江尧跟摩托车一块儿用橘红色的夕阳光裹起来,被风吹得舞起来的发丝都显得金灿灿的。

宋琪没直接过去,在原地多看了几眼。

"看够没,我帅得让你走不动路?"江尧没抬头,抠着手机问。

宋琪笑笑,拎着饮料过去:"你知道我在看你?"

"废话。"江尧把后座空出来还给宋琪,"你这么高一大活人在那儿杵着,我要是看不见就直接把眼睛捐了得了。"

宋琪才发现他肚子底下压着山寨豹,本来脸就够不正了,这下直接两只眼都快顺边儿了。

"带孩子辛苦了。"他把山寨豹从江尧肚子底下扯出来。

江尧接过他手里的购物袋往车把手上放,翻着里面的饮料随口接了句:"这么丑,你的基因啊?"

宋琪朝他嗤了一声:"想得美。"

"你……"江尧简直不知该说什么了,低头继续戳他的手机,"脸可真够大的。"

"手机摔了?"宋琪看见他手机屏上蜘蛛网一样的纹路。

"啊。"江尧又摁了摁,不只是屏,内屏也被他摔炸了,"刚来个电话也不知道是谁的,直嗡嗡,再振一会儿我都怕它炸我手上。"

"要打电话吗?"宋琪把自己的手机拿出来。

"现在不用,等会儿吧。"江尧指指他买来的饮料,"这是要去哪儿?"

宋琪朝江尧身后的大桥扬扬下巴。

太阳已经沿着江面掉下去一半了,被风吹得晃晃悠悠。江尧从摩托上跳下来,跨到大桥围栏上张着胳膊叫了一声,被吹得连个音调都听不见,还吃了一嘴头发。

他拉高外套拉链背过去靠着栏杆,看宋琪一本正经地把山寨豹摆成个跟他同方向的坐姿后靠在摩托上低头点烟,心里软了一下,感觉顶着背心的江风都柔和不少。

桥面上呼啸着的车来车往像是全被吸了声,成为宋琪的动态背景。

点完烟,宋琪从袋子里掏出两罐饮料,自己单手开了一罐,另一罐扔给江尧。

江尧从兜里伸手接住,抠开拉环灌了一口,带着泡沫的液体滚下喉管,整个人瞬间神清气爽。

"我之前做梦,梦见我就站在这么一座大桥上,中间断的,我在这头,我爸在那头。"江尧看着桥那头,说。

"今天你跟辅导员吵架和你爸有关?"宋琪看着他。

"差不多吧。"江尧把被风吹得从后面糊到脸上的头发扎到脑后,现在的氛围他很喜欢,不太想说跟他爸有关的事,又喝了口酒,他朝宋琪跟前走了两步,"手机借我打个电……"

没等他说完,宋琪直接一扬手把手机抛了过来。

江尧心里一紧,左右脚差点儿给自己绊个趔趄,饮料都没顾上洒出去多少,抬胳膊牢牢攥住手机:"我背后是床还是什么?你也不怕直接抛江里!"

"能把套圈摊老板给套哭,接个手机还不轻松嘛。"宋琪不以为然地说。

"能一样吗?"江尧瞪他一眼,摁亮手机屏幕,竟然没锁。

绝对是单身。

江尧想了会儿陶雪川的电话号码,无果。

他试着回忆赵耀的电话,只能记起前四个数。深吸一口气,他突然反应过来——跟电话号码死磕什么劲儿,登个微信不就完事儿了。

"微信能退吗?"他冲宋琪摇摇手机。

宋琪夹着烟的手摆了摆,让他随意。

点进宋琪微信的时候他看见了自己的头像,见宋琪给他的备注竟然真是什么"江尧小朋友",他笑了一声:"你今天真是一直在刷新我对你的印象啊,宋琪哥哥。"

"什么?"宋琪问。

"套圈要娃娃,喜欢喝米酒,还一本正经地给人备注成小朋友,"江尧退出宋琪的微信,把自己的登上去,"有个职业肯定特别适合你,幼儿园老师。反正你厂里也带着群小孩儿,技能树都点满了。"

微信登上去江尧就看到小红点铺天盖地,班里能说上话的都给他发消息,问他到底什么情况,怎么跟顾北杨干起来了,现在老蔡跟顾北杨气疯了,让他麻溜地滚回去。

点开几条大概都是这么个意思,江尧没再继续点,直接戳进跟陶雪川的对话框,陶雪川也给他留言了,内容特别简洁,一共两条六个字——

"你怎么了?"

"速回。"

他从陶雪川的微信号上把手机号复制下来,拨过去。

响了几声后那边接起来,不知是在系里还是哪儿,陶雪川的声音不太大:"你好,哪位?"

"我。"江尧说。

"你……"陶雪川顿了下,"江尧?"

"啊。"宋琪往这边看着，见江尧转身撑在栏杆上应了一声。

"你人呢？"陶雪川有点儿急地问他，"我给你打电话也不接，早上怎么了？"

"我手机坏了，这是我……朋友的手机，没什么事儿，晚上回去跟你说，有什么事儿你先打这个号。"江尧大概跟他说了两句，把电话挂了。

退出微信后，他去通话记录里又看一遍陶雪川的手机号，目光随便往下一划拉，在一串号码里看见一个稀奇古怪的备注。

"'三分像'？"他盯着这个备注名愣了愣，对着号码又确定一遍是自己的号，皱着眉看向宋琪，"什么'三分像'？"

宋琪似乎都忘了他在通讯录里还给江尧备注着这么个名字，一时间也蹙起了眉。

两人这么对视了会儿，江尧感觉心里又开始烦躁起来，宋琪终于缓缓地开了口。

"你长得像一个人。"他对江尧说。

江尧说不上来什么感觉，挺奇怪的，他抿抿嘴唇，问宋琪："谁？"

宋琪："我妈。"

江尧："……"

"阿姨知道你这么，"江尧心情复杂地把手机扔回给宋琪，"……有孝心吗？"

"她死了。"宋琪接住手机，在手里转了转。

江尧愣了好一会儿才回过神。一下午的时间，宋琪嘴里都死两人了。

没妈的孩子像根草，江尧感觉与宋琪的距离一下子又拉近了很多，虽然拉近的契机挺让人唏嘘的。

"不好意思。"他犹豫了一会儿，又说，"我妈也不在了。"

宋琪在傍晚的江风里看着他。

"我上初中的时候，他们都说她是生病去世的。"江尧重新靠回栏杆上，这是他头一回主动跟别人聊家里的事，比他预想中要自然得多。

"她断气儿的时候脑子里还有血块呢。"他指指太阳穴。

宋琪看了江尧一会儿，突然冲江尧张了张胳膊。

"干吗？"江尧没动。

"你脸上写着'我想要个抱抱'。"宋琪说。

江尧把脸一偏，绷了会儿没绷住，笑得差点儿从栏杆上仰下去："脑子有病，抱你旁边的丑儿子去吧！"

宋琪笑笑，把胳膊收了回去。

宋琪妈是跳楼死的，死在八年前的大年三十。

"她脑子不太好，前几年一阵儿清醒一阵儿糊涂，后来就彻底疯了。

"她自杀过三次，上吊、割腕、跳楼，特别执着。那天下午我出去了，再回来的时候，她人就凉了。"

回去的路上，江尧夹着山寨豹坐在宋琪身后，听他像讲别人家的事一样平静地说。

"那你爸呢？"宋琪把车停在他学校后门，江尧从摩托上跨下来后，忍不住问。

"死了吧，不知道，没见过。"宋琪连表情都没有，点了根烟。

江尧已经不知道该同情还是该笑了。

怎么他活得跟个孤星似的，这么一对比，江尧都快觉得自己生活在蜜罐里了。

觉得该说点儿什么，但没等江尧想出合适的话，宋琪已经把山寨豹从后座上抽下来，跟那几袋爱情水一起扔他怀里："回去吧，有话好好说。"

后面一句指的应该是顾北杨。

江尧"啊"了一声，犹豫一会儿，说："今天谢了。"

"嗯。"宋琪看着他。

"这个你不要了？"江尧举举山寨豹。

"姨父送你了，抱着睡吧。"宋琪说。

"我可真高兴。"江尧说。

再这么耗着就太磨叽了，江尧转身往学校里走。

后门的路灯隔着很远才有一盏，校门口的还不知道被哪一届的学生给打碎了，江尧没走两步就不知道绊了个石头还是塑料袋，踉跄一下，心想米酒混着饮料竟然还能喝上头。

"喀。"宋琪几乎是同时打开了摩托的大灯。

周围突然就亮了，江尧在乱糟糟的小路上逆着光回头看，宋琪仍跨在摩托上，在明亮刺眼的灯光后，在摩托轰鸣的发动声里，映着没有星星的夜幕，像一道无声又孤寂的剪影。

唉。

江尧听见自己叹了口气，他猛地垂头，大步朝宋琪迈了过去。

"怎……"宋琪想说怎么又回来了，没等他说出口，江尧伸出一条胳膊猛地揽住他的脖子，劲儿还挺大，勒得他往下弯了弯腰，只来得及把烟从嘴里夹到手上。

"你才是想要抱抱的那个吧。"江尧脸皮也不要了，反正抱都抱了，索性仗着这股冲动一咬牙说，"行了，'妈妈'抱。"

他说完还学着小时候他妈哄他时的动作,拍拍宋琪的后脑勺,僵着嗓子说:"琪琪乖啊。"

江尧一只胳膊夹着山寨豹,搂着宋琪的手上还挂着他带给赵耀他们的爱情水,这么一拍,那几袋爱情水也"哗哗"地往宋琪后颈上拍。

宋琪左脸贴着江尧的脖子,右脸挤着山寨豹,被他这一串突袭搞蒙了。听江尧说"妈妈抱"时,他差点儿没忍住笑出来,再听见后边那声"琪琪乖啊",心里某个位置突然就塌了一块,纵康的声音瞬间从那个缺口溢出来,卷满整个颅腔——

"琪琪。"

"琪琪!"

"琪琪,好好活着。"

"……啊。"宋琪回过神,很慢地举起胳膊扣住江尧的背,放纵自己闭了闭眼。

好好活着呢。

放心吧。

"谢谢。"他抓抓江尧的头发,笑着低声说,"小……'妈'。"

"这都什么辈儿啊。"江尧叹了口气,松开了手,也没再看宋琪一眼,夹着山寨豹转身就走。

"嘿。"宋琪在后面喊了他一声。

江尧不想回头,他不知道此时此刻该用什么表情回头看宋琪。

圣母玛利亚平时看人都是什么眼神来着?

"顺拐了。"宋琪说。

"管得着吗你?"江尧原地蹦了蹦把脚倒过来,步履生风,"我爱怎么走怎么走,再拐两步还能飞!"

宋琪看着他闯进校门里,很轻地笑了一声。

从江尧学校后门到宋琪家楼下,油门一拧三分钟就能到。

宋琪在小区门口犹豫了两秒,不知道要不要再去店里看看,摸手机出来看了眼时间,等他开过去估计都十点了,就给小梁打了个电话,知道店里没什么需要他去处理的,打亮车灯进了小区。

宋琪在漆黑的楼道里熟练地摸到家门,掏钥匙开门,迎面扑来的是另一个漆黑的空间。

他关上门把灯摁开。阳台的窗户他早上走的时候忘了关了,宋琪换了鞋过去拉窗,脱掉外套扔在沙发上,再捞起遥控器开电视,随便换两个台,停在一个热闹的频道,抬胳膊脱掉T恤进浴室。

这就是他每天回到家固定的一系列仪式。

洗完澡后的安排就很弹性化,洗衣服或做饭,或者给屋子里做做卫生,更多时候什么都不干,他叼着烟看会儿电视,困意就会从操劳一天的四肢百骸涌出来。

今天他基本没干活,带着江尧出去吹了一天的风,洗完澡没觉得累,倒是打了个喷嚏。

甩甩头发上的水,宋琪去厨房把热水壶接上水,早上买回来的感冒冲剂还在冰箱上放着,他咬着根烟在热水壶前等水开,有一耳朵没一耳朵地听着电视里的声音。

热水沸起来的动静跟大桥上刮来的风似的。

江尧在桥上攥着手机问他"三分像"是像谁,他看着江尧被江风吹得乱七八糟的头发,说"我妈"。

他没骗江尧。

很多年前宋琪第一次见纵康的时候,他记得清楚,陈猎雪带着纵康来他家楼下租房子,让他扮演一个人傻钱多的房东。

他趴在老居民楼生锈的栏杆上往下看,纵康在下面一层仰着脸跟他对视,午后的太阳很大,打在人脸上金灿灿的。他看着纵康微微眯起来的眼,问纵康:我是不是在哪儿见过你?

当时纵康很温和地笑了笑,说自己比较大众脸。

"你看他像不像我妈?"他对纵康身边的陈猎雪说。

记忆开了头就像倾斜的水壶,哗哗往外淌。宋琪冲上一杯冲剂,去卧室床头的抽屉里掏出已经很多年没碰过的相册。

相册很小很薄,八年前他妈与纵康在大年三十那天相继去世,这本又破又烂的小相册是他唯一从老房子里带走的东西,里边的照片少得可怜,几张年轻时的他妈,几张年幼时的他,几张他妈还没疯时,带着他的合影。

没有别人,没有他爸,也没有纵康。

照片褪色得厉害,氧化后又脆又粘,有几张粘在了一起,宋琪费了点儿心思把它们分开,看着斑驳的胶纸上他妈年轻时明丽的脸,在心里冲她"嗨"了一声。

妈,在那边找到宋显国和你儿子了吗?

宋显国是他妈疯了以后时常挂在嘴边的名字,因为都姓宋,宋琪推测宋显国应该就是他那活在传说中的爸。

他妈发疯时念叨来念叨去的就那两句——

宋显国你个王八蛋。

宋显国你赔我儿子。

有时候宋琪还挺想笑的,他的人生好像老早就跟"孤儿"这个词系上了。纵康是孤儿,先心病,跟陈猎雪一样,都是在还不记事的时候就被扔在了救助站门口,苦哈哈地在救助站里互相照顾着长大。

可惜同病不同命,陈猎雪的命太好了,被捐心、领养,纵康的命就飘飘荡荡地落在了他家楼下的出租屋里。

救过他妈,照顾过他。

最后被他失手害死。

如果当年他能早一点儿把纵康当成自己的兄弟,而不是用一句玩笑般的"你不会是我妈的另一个儿子吧"把纵康渴望拥有家庭的心愿一语带过,结局应该会大不一样。

可是哪来的什么如果。

灌下冲剂,宋琪掀起一层没塞照片的塑料膜盖在斑驳的照片上,如同加了层朦胧的特效,照片里的人模模糊糊地带上了另一层影子。

宋琪眉头一挑,盯着塑料膜下他妈又黑又直的长发,不得不想到江尧的脸。然后他耳边响起江尧那声僵硬的"妈妈抱",本来有点儿起伏的心潮一下被想笑的冲动搅散了。他是真没想到江尧会做出那样的反应,明明时刻顶着张"看什么看"的脸,做出的举动却总是出乎意料的……温柔。

把车撞得跟龟壳一样,还把肇事狗捡回来。

拉着张臭脸去救助站当志愿者,因为心情不好所以不管三七二十一地帮三磕巴干了一仗。

牛哄哄地横跨绿化带结果栽成倒插葱。

不会说话,就自告奋勇去套娃娃。

莫名其妙被说成长得像"我妈",竟然真的代入角色,给他来了一个小妈的拥抱。

越想越想笑,本来空旷发麻的胸腔都被想笑的情绪给胀满了,宋琪勾着嘴角摇摇头,把相册合上放回抽屉里。

走出卧室,电视里不知什么时候跳到了《动物世界》,在播一群刚出生的瞪羚。宋琪看了一眼,正好看见一只走路不稳的瞪羚幼崽摇摇晃晃地跪倒在地上,屁股朝天,奋力挣扎。

他忍不住笑了一声,迅速地用手机拍下来,发给"江尧小朋友"。

五分钟后,手机振了一下。

江尧小朋友:"一边儿去!"

05

江尧在宿舍楼下的小花坛边上坐下。

冲动真的是个可怕的东西，他想。

早上他被冲动顶着掀了顾北杨的茶缸子，刚才又被冲动顶着去抱了抱宋琪，全都是放在他平静的时候——比如现在，想都想不到的事。

顾北杨那边还不知道怎么个后续，江尧现在能琢磨到最严重的后果是退学。

因为这种事被退学丢人了点儿。明天先去系里跟顾北杨道歉吧，要真被退学了他也无话可说，自己犯的浑自己担着。

江尧把手撑在花坛的瓷砖上，想清楚后，整个人都轻松了很多，撇头时被旁边丑得惊人的山寨豹吓一跳，他就着呼出的气又叹了口气。

活着的人都揣着一肚子糟心烂事儿，交个不错的朋友，比一时冲动发展一段三无关系靠谱自在多了。

对吧？

江尧弹弹山寨豹的脑袋，将它往胳膊底下一夹起身带它回宿舍，边走边忍不住在心里拖着嗓子慨叹：真是越活越多愁善感啊，江尧同学。

第二天早上，江尧去洗漱完回来，看着整装待发的另外三人有些无言。

陶雪川整着他一丝不苟的领口说："老蔡昨天问我你在哪儿的时候真挺生气的，不过也没说怎么处理，他那人只要还冲你发火问题就不怎么大。但是顾北杨天天想着招儿地逮你把柄，你这回是自己摘了脑袋往上送，也不知道他会是什么态度。"

"反正他说什么你就听着，"撒森接着说，"别又跟他顶起来，不然十个头也架不住你送啊。"

江尧本来挺坦然的，早就做好了顾北杨给什么结果他都认的准备，昨天夜里老早就睡了，连个梦都没做。但这一刻听着他们啰啰唆唆地交代，他还是感到点儿说不上来的情绪。

"没事儿，我头铁。"江尧把头发绑起来，冲几个人笑着打了个响指，"走！"

一直到系办公楼楼下，撒森和陶雪川还一板一眼地给江尧分析着各种可能性，从检讨到退学连各项百分比都算出来了。

赵耀比江尧还先受不住，捂着耳朵痛苦地说："求求你们别说了，真没这么严重，我打赌尧儿进去道个歉，十分钟不到就得被赶回去上课！"

江尧揽过他的肩拍了拍："好兄弟，就指着你这张开光的嘴了。"

估计大喇叭嘴真有什么神力,江尧他们连系办公室都没进去,还在楼梯上跨着腿准备上楼,就听见旁边闹哄哄的,一群人从隔壁楼搀着个捂着脑袋的人出来,捂脑袋的大哥手指缝里都渗出血了,还中气十足地冲楼里骂着"反了天了",被劝着扯着风风火火地往校医务室去。

现在正是上课的时间,路上都是学生,看到这一幕都愣了。

"干吗呢这是?"赵耀目送他们远去,扭回头问。

"刚那人是老师还是学生?"撒淼也跟着问。

陶雪川皱着眉没说话,往隔壁楼上看。江尧看见搀着那大哥的几个人里有个眼熟的是环艺的,隔壁楼前面还站着几个围观的环艺学生,他冲一个认识的抬手打了个招呼,问:"你们系的?"

"我们系主任。"那人走过来说。

赵耀的嗓门又要起来,被撒淼踢了一脚,勉强压了压声音:"你们系主任被打了?"

"嗯啊,被大四的打了。"

江尧扬了扬眉毛,莫名想到肖大四那张脸,身旁一直没出声的陶雪川已经快步往隔壁楼里进去了。赵耀看着他三两步没了身影,奇怪地问:"班长干吗去?别的系的事儿也轮得着他去发扬风格?"

"他那个朋友不是环艺大四的嘛。"撒淼轻声说。

"谁啊?"眼前的环艺学生挺八卦地问。

撒淼笑笑没说话,江尧看他一眼,跟环艺学生点了下头,说:"走了。"

赵耀和撒淼从身后跟上来,撒淼压着嗓子说:"这算好事儿坏事儿啊?跟打老师比起来,尧儿就砸了个茶缸子,直接可以忽略不计吧?"

"但是昨天砸办公室,今天就敢打老师,"他又换了个思路,"连在一块儿听怎么成递进关系了?"

江尧:什么逻辑。

顾北杨正撑着窗台全神贯注地往楼下看,江尧敲门的动静吓了他一跳,瞪着眼转过身。

"你干什么?"看见是江尧,他表情变了变,绷着脸不说话。

江尧先观察到他手上换了个新保温杯,不太自在地揉揉鼻子,关上门进来。

"杨哥。"江尧喊他一声。

"别,受不起。"顾北杨懒得看江尧,坐回自己的办公桌前,把保温杯放在桌上,拖着鼠标在电脑上乱点,"我算老几啊?"

江尧在心里叹了口气。

"你来干吗啊?昨天那一脚没踢过瘾?"顾北杨说,"受隔壁启发再来打我一顿?"

"昨天是我不对。"江尧打断顾北杨的阴阳怪气,直接说,"我太冲动了。"

顾北杨从电脑后面看他一眼。

"我是来道歉的。"江尧挺认真地看着他,"不好意思,杨哥。"

"就完了?你来说一声,就当这事儿过去了?"顾北杨端起保温杯吸溜着喝一口,杯口浮着俩红枣,堵得严严实实,江尧看着都替他费劲。

"你该怎么处理怎么处理,我就过来道个歉。"江尧说。

"你是真潇洒啊,江尧。"顾北杨终于又说话了,慢悠悠地叹了一声,像感慨又像讥讽。

"还行吧。"江尧笑了笑。

"别跟我耍贫啊。"他往椅子上一靠,那副招人烦的架势又端出来了,"现在过来说得好听,你早干吗去了?昨天跟我这儿发什么疯?"

"昨天不得等你先消消气,我今天才好过来。"江尧说。

"你少给我扯淡!"顾北杨指了江尧一下,他平时说话做事都端着老夫子的派头,信奉的是"春蚕到死丝方尽,蜡炬成灰泪始干"这一套,恨不得往身上背俩剪刀真去给祖国当园丁。

江尧烦他挺久了,还是头回听他这么……青春洋溢地骂人。

"没看出来啊,"他没忍住笑了一声,"我杨哥还会这么说话。"

"平时我是给你们留着面子。"顾北杨白他一眼,"一群不知道感恩的,真当谁都乐意管你们的闲事儿?"

"嗯嗯嗯,我的错。"江尧憋不住地想笑,低头掸掸外套忍住笑意,"歉我道完了,你看着处理吧,我上课去了。"

他说完真的转身就要出去,顾北杨"嘿"了一声,喊他:"给我回来!"

"真当学校是你家啊,这么随便?"顾北杨皱着眉瞪江尧,"你跟我好好说说,你昨天为什么一听你哥打了个电话就抽风,你是不是有什么心理障碍?"

江尧:"……"这是什么问法啊,没听说过聊心理障碍还有打直球的。

顾北杨十指一交叉,往前倾倾身子看着他,认真地说:"江尧,你家里的情况我不了解,但是身为你现阶段的辅导员,你在校期间的身心问题我都是要负责的,我得知道你心里在想什么,你有什么问题要及时跟我沟通,明白吗?"

"啊——"江尧懒洋洋地答应一声。

"昨天是在办公室,要是在街上呢?在马路上呢?在……"顾北杨张张嘴,断词儿了,"在什么危险的地方呢?你想没想过你那一脚要是把杯子从窗户踢出去，砸谁脑袋上，这个责任你担得起吗？"

"不要拿肆意妄为当作自己的资本，暴躁和暴力解决不了问题，一个连自己脾气都控制不了的人，能指着他干成什么事儿？"

江尧看着他。

顾北杨一口气说了一堆，又抬手指着江尧："你别这么看我，你就算今天给我开个瓢，该说的话我还是得说。"

江尧揉揉脸："我没要揍你，我压根儿没表情。"江尧知道自己脾气差，一直都知道，但他从来没想过，或者说抗拒去想，自己易燃易爆炸的脾气跟他爸之间的联系。

他一直理所当然地觉得就算脾气再差，自己也不会成为他爸那样的人。现在想想这份理所当然简直是无凭无据。

意识到自己越来越像一个厌烦的人，这感觉挺差劲的，光想想这个可能性都让他……压抑。

"我……"江尧顿了下，"等我愿意说的时候再找你，行吗？"

顾北杨点点头："随时。"

"谢谢，"江尧又说了一遍，"昨天对不起。"

"别整这些虚的。"顾北杨摆摆手不再看江尧，电脑里估计弹出了什么消息，他重新勾着头往显示屏上看，"五千字检讨，明天给我交上来，必须手写不许打印。隔壁的事儿比你大，我看那边什么结果再处理你。"

"行。"江尧笑笑，"走了，杨哥。"

"滚滚滚。"顾北杨又拧开瓶盖吸溜他的养生茶。

"尧儿！"江尧出了办公室，赵耀猫在楼道口小声喊他。

赵耀蹲着听他没受啥大惩罚，支着胳膊往晾台上一趴，故作失望地说："我以为怎么着也得大过啊，进档案、全校通报什么的。顾北杨不像那么好说话的人啊。"

江尧望着系楼后边的空旷地轻笑了声，昨天他就是在这儿给江越打电话、摔手机。

"光儿。"江尧喊了一声，"我脾气是不是挺烂的？"

"你用错形容词了吧哥，"赵耀嘴一撇，"你那是'挺'吗？你把脸一挡就跟个洲际导弹似的，指哪儿炸哪儿！"

说完他自己乐了半天，看看江尧的表情才正经了点儿，赵耀转过身靠着栏杆问："你认真的？"

江尧脸上写着"你觉得呢"。

"还行吧！是凶点儿，但算不上烂。"赵耀挠挠头，"炸点跟笑点齐低,有点儿不耐烦的就能发火,但你也不冲着我们发,知道你不高兴了我们就躲着点儿呗!"

江尧点点头,微挑起眉,钩着赵耀的脖子推着他直接往楼道里走:"去食堂。"

"疼疼疼疼!"赵耀肩膀还拧着,蹦跶着拍掉江尧的手,"你是不是不禁夸!刚说你两句好话又发疯!"

"我请你。"江尧说。

"走!"赵耀健步如飞。

结果食堂也没吃成,离食堂门口还有二十米的时候手机响了,江尧换了手机,听着"我的中国心"一时间没反应过来,还是赵耀捣了他一肘子:"你电话!"

江尧难以置信地从兜里把手机掏出来,说:"没看出来啊,你还挺正能量。"

赵耀跟着哼哼两句:"多有情怀!"

江尧冲他竖竖拇指,把电话接起来:"谁?"

"你每次接电话都不看来电显示?"江尧愣愣,迅速地看了一眼来电人,宋琪,还真是。

他把电话扣回耳朵边,说:"我以为是快递。"

"你车好了。"宋琪单刀直入。

江尧脚下一停:"这么快?"

宋琪"嗯"了一声:"你有空的时候过来提。"

"知道了。"江尧把电话挂了。

"谁啊?怎么了?"赵耀看着他,突然谨慎起来,"你是不是要放我鸽子?这可都到食堂门口了啊,江尧同学!"

江尧转着手机犹豫了会儿,从兜里把自己的饭卡抽出来,放进赵耀的掌心,严肃地看着他:"我姨父。"

赵耀:"……"

江尧:"飞了。"

赵耀:"……"

"Piu——"江尧一本正经地在头顶划了个弧线,"这种。我得去看看他。"

"你那天跟顾北杨瞎编的时候,我就在边上你还记得吗?"赵耀不客气地把饭卡往屁兜里一塞。

"啊。"江尧没绷住笑了。

"还'piu'!"赵耀也笑了,抬脚往江尧小腿上踢,"你给我Piu——piu,滚!"

第五章
碎了一地的米酒瓶

01

江尧进修车间的时候,三磕巴正撅着腚往车窗玻璃上哈气擦车,从车头到车尾锃光瓦亮,跟抛了光似的,江尧差点儿没敢认。

"这么干净。"他往三磕巴肩膀上一拍。

"大,大哥!"三磕巴看见他就笑得喜气洋洋,"你来,来了?"

"来了。"江尧拽开车门看看,又"砰"地扣上。宋琪这家店看着破,技术倒确实可以,车门开合的动静跟原装的没什么区别,刮痕也处理得漂亮,看不出什么来。

"昨天宋哥走,走之前交代,让给,给你赶赶工,今天就成,成了!"三磕巴绕着车转了一圈,也跟着检查,问江尧,"怎,怎么样大哥,你还,还满意吗?"

"挺好的。"江尧点点头,往四周看了一圈,"你们宋哥呢?"

"后,后面躺着呢。"三磕巴挺开心地继续擦车。

"躺?"江尧皱了皱眉,"他不刚给我打电话了吗?"

"他给你打完就,就说进去躺,躺会儿……"三磕巴解释道,"他说等你来,来了,再,再喊他。"

既然睡了就好好睡,江尧没打算让三磕巴去喊宋琪,他犹豫了一下是直接把车开走,还是扔在这儿回头再来一趟,就听见三磕巴继续说:"宋哥今天不,不舒服。"

江尧"嗯?"了一声,看着他。

三磕巴拍拍自己脑门儿:"感冒,看着有点发,发烧。不然他平时都,都不,不会在厂里休息,息的。"

"昨天吹风吹发烧了？"江尧愣愣，想起在药房门口碰上宋琪时他拎着的小纸袋。

"吹什，什么？"三磕巴问。

"吹风机。"江尧随口说，往后指指，"他就在后面躺着？"

"嗯。"三磕巴一头雾水地点点头，"从那个门进，进去就是！"

"你忙吧。"江尧往后院走过去。

从三磕巴指的小门拐进去是片挺小的空地，宋琪的修车厂他也来挺多次了，但都在修车间和前院打转，后院还是第一次进来，江尧挺新鲜地先看了一圈。

两个墙角堆着些废弃的轮胎、铁皮，靠墙的地方放了个洗脸架，地上一个大铁盆里还盛着没倒掉的洗衣水，半空中拉了两根晾衣绳，挂着住店的小工们换洗的衣服，后面两间屋子应该就是睡觉的地儿。

东西多，不过拾掇得还算整洁，空气中微微荡着洗衣粉的味道，跟前面忙进忙出还带着机油味儿的环境比起来，完全是另一个小世界。这个时间正好有太阳洒进院子里，地上投着光怪陆离的阴影，给人一种富有生活气的别有洞天感。

适合画速写。在心里评价了一句，江尧低头从一串汗衫、背心、大裤衩底下过去，敲敲门。

没人应。

他又试着推了推，门吱吱呀呀地开了条缝。

犹豫一下，江尧放轻脚步走进去。

屋里的陈设跟他们宿舍差不了多少，几张上下铺的铁架床，几张堆得乱七八糟的桌子。跨过横在门口的一只拖鞋，他在靠窗的那张最干净的床上看见了宋琪，瞬间理解了为什么三磕巴说他是躺一下而不是睡一会儿。

宋琪今天穿了件有些修身的黑色高领线衣，没盖被子，鞋也没脱，一只脚架在床尾的栏杆上，另一条腿从床沿随意地垂在地上。他整个人浸在窗棂下的阳光里，横起一条胳膊盖住眼睛，用小臂挡着窗外射进来的金灿灿的光。

江尧走过去，抱着胳膊往床头柱上一靠，歪着头看他。

宋琪的下半张脸生得特别好，不论下巴还是嘴唇，都有股凌厉的线条感，鼻梁高挺，被黑色衣袖衬托出石膏像一般的质地，头发蓬松地搭在额际，被风微微扬开，在阳光下泛着淡淡的金属色泽。

明明就是随随便便甚至不修边幅地一躺，宋琪总是能给他特别"欠画"的感觉。

这种感觉就跟爱做菜的人研究有兴趣的菜谱，爱唱歌的人哼哼喜欢的新歌一样。又看了会儿，江尧鬼使神差地把手机从兜里摸出来，对着宋琪打开了相机。

偷偷拍一张回去画成……

"咔嚓。
"咔嚓嚓嚓嚓嚓嚓——"

赵耀！开快门音效就算了还连拍！
江尧的头皮在连续又清脆的快门声里直发麻，恨不得抓着自己的头发从窗子里扔出去。

他手忙脚乱地一阵操作，结果相机没关掉还卡了，指头一抖，手机就这么从指缝间掉了下去。跟慢动作似的，江尧看着手机往宋琪的鼻梁上砸去，脑子里闪过画室里的大卫石膏像脸朝下摔在地上的画面。

"啪！"
江尧在心里咆哮，眼见宋琪压在眼睛上的手臂一抽，幸好还有条胳膊缓冲，不然这一下真磕鼻梁上能疼得人从床上弹起来。

他慌忙弯腰去捡手机，还没碰上手机的边儿，手腕就被攥住了。
宋琪拿下脸上的手机，从下往上看江尧，眼睛眯着，眉头皱成个死疙瘩。
"……闹什么？"他嗓子有点儿哑。
"你脸上掉了个手机。"江尧感觉嗓子眼儿快跟手腕一样紧了，明明也不是多严重的事儿，偏偏跟做贼被抓了似的心虚，"我……捡起来。"

手机正"咔嚓嚓嚓嚓嚓嚓——"
"……闹铃，最新款。"江尧一脸寸草不生的麻木，"潮吗？"
"哦，我信了。"宋琪在直射的阳光底下懒洋洋地扯扯嘴角，松开手，"你什么时候来的？"宋琪揉着鼻梁坐起来，转转脖子伸了个懒腰，衣摆随着他的动作带起来，晃过一小截线条利索的腰腹。

江尧在对面的床边坐下，手指在手机上随便乱摁着，说："刚来。"
"车看见了？"宋琪又问。
"看了。"江尧重新抬头看他，清清嗓子，"你这体质不行啊，人家吹吹冷风会清醒得多，你直接给吹成发烧。"
"这什么歌？"宋琪哼了一句。
"忘了。"江尧也哼了哼，"你们那个年代的老歌吧。"
"嗯，是不太行。"宋琪站起来，东一句西一句地倒回刚才的话题，"再烧厉害点儿走着走着就摔个狗啃屎。"

"你想摔的话我现在就能满足你。"江尧说。

宋琪笑笑,短暂的小憩让他身心舒畅了很多,按着江尧的脑袋晃了晃,从宿舍出去了。

02

这会儿没生意,二碗去厨房巡视了一圈,现在正在院子里冲小梁号,看见宋琪出来立马往他这儿扑,一身肉团着,跟个狮子头成了精似的。

宋琪被他撞了一次,冲击程度能赛一辆小电驴,连忙远远地朝他一抬手。二碗刹住脚,哀哀地喊:"我的哥啊!"

"活着呢。"宋琪从他身边走过去,就着水桶旁的水管洗了洗脸。

"咱中午吃什么啊?"二碗跟在他屁股后面问。

"你不刚吃完吗?"宋琪皱着眉回头看他,脸上挂着水珠。

二碗麻利地够下挂绳上的毛巾,殷勤地讨好:"你没买菜啊,咱厨房可是连粒米都没了。"

江尧刚出来就听见这么一句,差点儿笑出来。

三磕巴头上估计扎了俩专门探测江尧的雷达,不知道从哪儿窜出来接了句:"大哥你,你中午留下一,一块吃,吃饭!"

江尧一时没有说话。

"宋哥做,做饭,可,可好吃了!"三磕巴以为他在犹豫,邀请得更加热情,还喊了宋琪一声,"对吧宋,宋哥!"

二碗明白这是个改善伙食的好契机,跟着点头如捣蒜地热情起来:"留下!"

江尧看了宋琪一眼,宋琪也在看他,眼神挺平和的,也有点儿询问的意思。

"方便吗?"江尧问。

"没什么不方便的,加双筷子。"宋琪点了下头,推开二碗去前台拿车钥匙,"我去买菜。"

"开我的车吧。"江尧掏出钥匙抛了抛。

宋琪脚步一顿,扭头看着他:"你也去?"

江尧:"不然呢?"

"没。"宋琪想了想,"我以为你更想留在店里玩。"

你店里是有金子还是银子,我这么想待这儿玩?

"正好试试车。"江尧把钥匙抛给三磕巴,比了个手势,"把车倒出来。"

"好嘞!"三磕巴接住钥匙去了。

宋琪倚着柜台看江尧一会儿,把小面包车的车钥匙放了回去。

面条在外面扫地，看见三磕巴开着江尧的车出来，以为江尧要走，见宋琪也一块儿上了车才知道二人要去买菜，没忍住笑了一声。

"乐什么？"小梁问他。

"没有。"面条摇摇头，目送江尧豪气冲天地把车开出去，说，"小梁哥，你有没有觉得，每次小尧哥只要一过来，宋哥心情好像都蛮好的？"

"觉得。"小梁点点头，叹了一声，"他就该多开心点儿。"

江尧开出去二十米后把车停在了路边，无奈地看向旁边没什么表情的宋琪："坐得挺滋润，你倒是给指个路啊。"

"我在想。"宋琪说。

"还用想？"江尧说，"你不天天去吗？"

"这个时间去菜市场只能捡烂菜叶子，不划算。"宋琪往前指指，"路口左转。"

"这是去哪儿？"江尧踩下油门。

"超市。"宋琪降下一点儿车窗，舒舒服服地往椅背上一靠，"凑合买点儿。"

"我还在这儿呢。"江尧手指敲了敲方向盘，朝着宋琪指的路上开。

宋琪笑了一下："凑合做也比你们学校的食堂强。"

"这么自信？"江尧努力回忆了一下食堂饭菜的味道，他在吃东西这方面着实是不太敏感，进食的标准只有吃饱不饿，"我们学校的伙食好像也差不到哪儿去。"

"你是不挑食。"宋琪表示赞同，"给什么吃什么，比二哈好对付。"

"嘴欠成这样，你是没被人揍过吗？"江尧看见路口大型超市的指引牌，又提了提速，"前面那个？"

宋琪从鼻子里"嗯"一声，勾着嘴角说："有这种想法的一般揍不过我。"

被扣在树上的记忆再一次爬到肩膀上，江尧把车头往停车场一拐："闭嘴吧，树神！"

这家超市刚开业不久，楼前还挂着好几条红幅，开业酬宾，人挺多的。江尧在停车场绕了半圈才抢了个位置，差点儿被旁边冲过来的车顶墙上去。

江尧朝它闪闪尾灯，摔门下车。

"你……"宋琪从副驾下来，晃了晃脑袋。

"什么？"江尧抬手锁上车。

"没事儿。等会儿买东西你推着车。"宋琪摁开电梯走进去。他本来想说你开车怎么比脾气还冲，话到嘴边又咽了下去。

"为什么？"江尧没反应过来。

"没逛过超市？"宋琪一脸"你有事儿吗"的表情，"大人带小孩儿逛超市，都是小孩儿推车。"

这人到底怎么做到胡说八道还能说得振振有词的？

旁边一大姨没忍住从头到脚打量他两眼。江尧一阵暴躁，压了压声音瞪着宋琪："谁是小孩儿？！"

"嗯，你乖。"楼层到了，宋琪往他脑门儿上弹了一下，驴唇不对马嘴地敷衍着出去了。

推着车一跨进超市，江尧就愣了愣，差点儿没忍住骂出来："今天什么日子？"

"全国人民一起逛超市的日子。"宋琪掏手机看一眼时间，习以为常地带着他往里走。

一个不知道是酱油还是醋的牌子在打折，购物台被围得像个碉堡。江尧眼见着一个老头儿直接拎出一扎往小车里堆，惊得下巴都有点儿兜不住了。

"太夸张了吧？"他拽拽宋琪，示意他看。

宋琪欣赏了两眼，说："你看没看过一个新闻，有人抢巧克力抢到骨折。"

江尧张了张嘴："……巧克力骨折还是人骨折？"

抢酱油大队挤了一下，江尧被晃了个趔趄，宋琪扶他一把，说："传染了？"

"跟着我，别被挤没了。"宋琪边往果蔬区走，边问江尧，"想吃什么？"

"能点菜？"江尧想了想，"锅包肉？"

宋琪："不会。"

江尧："水煮肉片？"

宋琪："麻烦。"

江尧："鲫鱼豆腐汤？"

宋琪："没时间。"

江尧看着他。宋琪挑了棵圆白菜包起来，放进小车里，接着目标明确地开始挑西红柿。

"所以你问这一句的意义到底在哪儿？"江尧往他袋子里砸了个洋葱。

"走个流程。"宋琪弯着腰把洋葱挑出来，码回属于它的队伍中去。

买完菜，江尧又跟着他去买调料，把小车留在宋琪手边让他挑着，江尧随便沿着货架逛了逛。

他记忆里正儿八经逛超市的部分其实能追溯到十多年前，学校里组织什么春游秋游,他妈就会带他和江越去买一堆吃的喝的,然后因为太多了书包塞不下而通通扔在家。

卖调料的货架后几排就是各种零食,一个小男孩正躺在两排巧克力之间的空地上翻滚,龇牙咧嘴地哭叫"两个都要",家长举着两袋巧克力一本正经地堵着路,慢悠悠地冲小孩儿重复第一万遍:"不可以,只能选一个。"

"我都要!"小孩咆哮。

江尧看得一阵烦躁,转身去了对面的货架。

"江尧。"宋琪买完调料过来,看一眼这排货架上摆的东西,抬了抬眉毛,"想要?"

"嗯?"江尧顺着他的角度看,宋琪已经抬手从他脖子边伸过去,拿了一罐……软糖。

小熊形状的,还裹着亮晶晶的砂糖。

"宋琪哥哥给你买。"宋琪忍着笑,把小熊软糖往购物车里一扔。

"我有病还是你有病?"江尧往车筐里指指,一堆瓜果肉菜上放着这么一罐东西,他简直不知该做什么表情。

宋琪又拿起另一罐不同口味的抛了抛,说:"挑一个。"他把两罐软糖都递过来。

江尧想到刚才在地上蠕动的小孩儿,突然涌起股想笑的冲动:"我都要。"

"不可以,只能选一个。"宋琪嘴角都扬起来了,还憋着劲儿一本正经地说。

江尧瞬间破功,胳膊往小车上一撑,开始闷着头狂笑:"你也听见了?"

宋琪没说话,笑着把两罐软糖都扔进车筐里。

"哎。"江尧笑得脸酸,叹了口气,"我真不要。"

"你不是喜欢吃糖吗?"宋琪把他从小车上扫开,推着车把手往外走。

"喉糖跟这能一样吗?"江尧也伸了只手去把着车。

"都是甜的。"宋琪说。

快到收银台的地方又有一个促销台,本来他们已经推着车走过去了,江尧余光扫见一排"米酒"的字样,顿了下脚步。

"你先过去。"江尧说。

他往那些摆得像小山一样高的瓶装米酒和水果罐头走过去,刚才那个嚷着"我都要"的小男孩跟他家长也在朝这边走,小孩儿到最后也只得到了一袋巧克力,还在不屈不挠地哭叫着。

江尧挺心烦地看他一眼,去台子前拎起两瓶捆在一起的米酒转身就走。

收银台前面排着长队，宋琪在队尾等着，听见那小孩儿一路哭着过来，还有越号越大声的架势，扭头看了一眼。

江尧跟他对上目光，举了举手里的米酒瓶子，宋琪的脸色却猛地一变，推开小车就朝他扑过来。

几乎是同时，江尧听见身后传来清脆到刺耳的响声，像一整片屋顶的瓦片在朝他兜头倾泻。第六感升腾起来，江尧迅速回头，伴着周围人的惊呼与那小孩儿尖锐的叫声，看见本来稳稳当当的米酒塔正稀里哗啦地分解，流星似的朝他头上砸过来。

这得毁容吧，江尧电光石火间在心里说了一句。

下一秒，他头皮一紧，一只有力的手拽上他后脑勺上的小鬏儿，不由分说地把他往后狠狠一拽，江尧随着力道整个人都向后歪去，倒退着踉跄两步，被扣进了一个稳稳当当的胸膛。

米酒瓶在他脚下噼里啪啦炸开了花，在瞬间弥漫开的米酒气息里，江尧不敢置信地缓缓瞪大了眼。他，江尧，从小打架没输过，继毫无防备地被人扣在树上以后，又实现了被人攥着头发拖开半米多远。

还是那熟悉的力道和手掌，一手拽着他的头发，一手扳着他的肩膀，跟拖猪似的，硬生生地把他拖了过去。

头皮炸开似的疼，江尧捂着脑袋想蹲在地上缓缓，腰都没弯下去就又被抄着肋窝翻了个面儿。宋琪的脸色难看得吓人，盯着他的眼睛，不由分说地把手往他心口上扣，摁压他的心跳。

"我没事儿。"江尧被宋琪这条件反射的动作搞蒙了，一时间连疼都忘了，有点儿尴尬地挡开宋琪的手。

"你把我当谁了？"他冲宋琪笑笑，随口说，结果神经一通乱牵，又疼得他龇了龇牙，忙抬手揉脑袋，"你这手劲儿……哪有这么个扯法儿？头皮掉了不更完蛋？嘶——"

宋琪维持着压心的手势怔了怔，突然像醒过来一样，身上紧绷的气场瞬间散了，胳膊也缓缓垂在身侧，很轻微地颤着。

"你买米酒干什么？"他盯着江尧的脸问，嗓子干得差点儿没发出声音。

江尧抚着头皮随口说："你不是喜欢……"

"买它干什么？"宋琪一下子提高了音量。

周围乱得厉害，他嗓子又沙哑，其实听起来并没有高出多少，可语气中无法忽视的情绪还是唬了江尧一跳。

江尧保持着揉脑袋的姿势抬头瞪着宋琪，没说话。

"……对不起。"宋琪跟他对视一会儿，很浅地呼出一口气，逼着自己移开目光去找刚才被推开的购物车。

小孩儿在撞上米酒台子后就被这动静吓得收了声，抱着家长的大腿一动不敢动。

他家长瞪着这满地狼藉的大场面，耐性荡然无存，先揪过小孩儿转着圈儿地看看受没受伤，然后将其摁在腿上裤子一褪就是两巴掌："让你给我闹！再闹！"

小孩儿嘴一咧又开始哭。江尧本来没打算跟个不懂事的小孩儿怎么样，他刚被宋琪跟训小孩儿似的怼了一通就有点儿说不上来的烦，面对小孩又不想说难听的，简直是火上窝火，想踢一脚骨碌碌乱转的碎瓶子，顾北杨那张脸又往他脑子里一弹。

他火冒三丈地骂了一声，转过身想快步走开，眼不见心不烦。

不知道是见他没有要计较什么，还是当家长的终于想起来了，江尧转过身后才听见那家长大声地对小孩儿说："给叔叔道歉！"

江尧懒得回头。

经理迅速带着几个保安过来，起先以为有人闹事，看监控弄明白状况后，见也没人受伤，安抚了围观群众几句，就安排清洁工拉绳打扫，带着那家长去处理后续。

这一切都发生得很快，超市里已经恢复了平静与秩序，一团糟的除了地上的米酒就只剩下江尧的心情。

重新绑好头发，他盯着拎出来的两瓶米酒看了两秒，还是甩进了购物车里。

宋琪没说话，看了江尧一眼，江尧也没看回去，揣着兜往小车上轻轻踹一脚，去收银台前继续排队。

结账的时候收银员小小地惊呼了一声，指了指宋琪的手，江尧才发现宋琪右手靠近手腕的地方被划了道口子，不知道深浅，出血量倒是足够骇人。

宋琪举起手看一眼，估计是拽江尧的时候被溅起来的碎片划了过去，也没觉出疼。他用另一只手随意地抹了一下，对收银员笑笑："不好意思。"

"处理一下吧。"收银员从收银台前的小货架上拿了包纸巾"嘀"地扫上码，丢给宋琪。

"谢谢。"宋琪抽出张纸摁了摁血口，白色纸巾上瞬间洇开一大片。

江尧在旁边看着，眉头越皱越紧，突然推开购物车就要往回走。

"干吗?"宋琪一把握住他的手臂。

"松开。"江尧不耐烦地抖了抖肩膀。

宋琪没说话,也没撒手,他以一种看起来像随手一搭,实际上藏着暗劲儿的力道揽上江尧的肩,把江尧扣在自己身边,说:"小口子,不疼。"

"……我管你了吗?"江尧有点儿绷不住脸,收银台前位置有限,他刚才已经丢过一次人了,不想再跟宋琪弄得跟打仗似的吸引目光,小幅度地挣了挣,没挣开,就屈起手肘往宋琪肋窝上捣。

宋琪侧侧腰,意思意思地躲了一下,让江尧既能捣上个实在的,自己也不会太疼,垂下头没什么起伏地"啊"了一声。

江尧胳膊一僵,他这一下虽然伤不着人,但也是真带着力气的,没想到宋琪躲都懒得躲。

"疼啊。"宋琪叹了口气,麻利地用渗血的手结了账,拎过收银员递来的袋子,揽着江尧往外走,"我可是病号,虚着呢。"

江尧的头皮一跳一跳地疼,甩掉宋琪的手。

03

回到车上,江尧在导航上搜了搜,想找个药店去把宋琪的手包扎上。

"直接回去。"宋琪知道他在想什么,在副驾驶座上用纸巾擦着袖口沾上的血。

这伤口要放江尧自己身上他也不会专门去包,但宋琪肯定是因为拽他才被划出的口子,这么不管不问的有点儿说不过去。

"店里有药箱。"宋琪接着说,"酒精、纱布,都有。"

江尧看他一眼,把车开了出去。

前面半截路上两人都没说话,在路口的红灯前面停下,江尧掏出烟盒叼了一根,趴在方向盘上盯着计数牌低声说:"谢谢。"

"够客气的。"宋琪看他一眼。

然后又陷入了沉默。

江尧其实很想问刚才你为什么……发火,生气,着急?

担心到要发脾气肯定不至于,但他想不到一个合适的说法,还是把话闷在了肚子里。

回到修车厂,院子里在洗车,宋琪拎着袋子下去,江尧把车停好,望着窗外忙得一头劲的面条,在驾驶座上把一根烟抽完才开门出去。

三磕巴抻着脖子跟他打个招呼,江尧答应一声,看了看四周,问:"小梁呢?"

"里,里面!"三磕巴甩甩浸满泡沫的海绵。

小梁在前台给人结账,笑得热情又讨喜。江尧在门口跟二哈玩了一会儿,等他忙完了才喊了一声:"小梁。"

"啊?"小梁探个脑袋出来,"这儿呢。"

"酒精和纱布给我。"江尧说。

他也不知道为什么,就是笃定宋琪肯定还没处理。

"伤着了?"小梁正了正神色,在柜台底下稀里哗啦地掏了一通,拎出个小药箱在桌上打开。

江尧洗洗手过去看了一眼,东西还挺齐。

"哪儿碰着了?"小梁趴在台子上打量他。

"你们宋哥,"江尧打开一小瓶碘伏闻了闻,冲小梁晃晃手腕,"划了个口子。"

"哦。"小梁挠挠头,"那没事儿。"

江尧:"……"宋琪在你们眼里已经厉害到脱离人类范畴了怎么着?

"他心里有数。"小梁拽张纸巾擦擦药箱上的浮灰,一点儿也不紧张,对江尧说,"宋哥惜命着呢,要觉得严重他自己会处理的,用不着操心。"

江尧听着小梁这通看似在解释实则什么都没说的发言,突然有点儿烦。

他本来觉得跟宋琪与这厂里的人即便说不上多熟,也基本脱离了"陌生人"与"普通顾客"的范畴,但就从宋琪那通短暂的无名火开始,他恍惚地感觉到,这空间里的每个人都有着一种深不可言的默契。

他虽然身处于这个空间,却被排除得像坐在两条马路以外。

宋琪那天捂面条心口的画面,跟刚才往他心口摸的模样在他脑子里交替出现,配合着一句单曲循环的"我坐在你左侧,却像隔着银河"。

江尧烦躁地甩了甩头,想把这些思绪都给丢出去。

"不过,手怎么能划着?"小梁问了句。

"玻璃划的。"江尧又叼上根烟,用牙咬着烟蒂,没点。

"要火儿?"小梁掏出打火机"咔"一声打着,用手拢着举过来,"哪来的玻璃?"

"你不能抽烟吧?怎么随身揣着火儿?"江尧摆摆手,"超市架子倒了,米酒瓶子摔一地。"

小梁"嘶"了一声,比听见宋琪手被划伤反应大多了,打火机差点儿烧着手,一脸肉疼地说:"得罚多少钱啊?"

"跟我们没关系,一小孩儿乱撞。"江尧说起来,头皮又开始隐隐作痛,抬手揉了揉,他左右也心烦,索性跟小梁聊起来,"得亏没砸着人,我要是他妈非把他撂那儿抵账。"

"是啊,够吓人的。"小梁咂了咂嘴,接着收拾药箱和柜台,说,"那玩意儿看着没什么，真挨上一下能死人。"

江尧手一顿，有什么念头跟风似的从他脑袋里卷过去。

"你没看我们店里什么东西都不往高了堆？宋哥以前有个兄弟，跟我们一样心脏不好，就是被酒瓶子还是什么当胸捶了一下，"小梁往自己心口比画着，"当时就不行了。宋哥看不得店里有那些瓶瓶罐罐的东西……"

"谁？"江尧打断他。

"忘了。好几年前了，他比宋哥还大几岁，我在大院的时候就没见过。"

江尧咬着烟看他，不知道在想什么，眼睛都没眨一下，有点儿愣。

"好像叫什么康？"小梁又想了想，摇摇头，"忘了。"

宋琪把刨好的土豆一个个扔在水盆里，涮了两遍，再一个个拿出来放案板上切丝。他切得很快也很稳，动作像机械一样流畅，如果不是手腕上的伤口浸了水，有点儿蜇得慌，还能更快点儿。

"手指头要抵在刀背上，跟着刀走，你摁着土豆就不挪手，不切你切谁？"纵康说。

指尖一辣，刀锋从食指上划了过去。

"烦死了！能吃不就行了？跟个土豆较劲。"当年的他说。

宋琪垂眼看着刀口上缓缓渗出的血线，从鼻腔里呼出口气，转身拧开水龙头冲了冲，重新摁上没切完的土豆。

"别碰我！"他挥着手腕上的米酒瓶子，狠狠往纵康肩上一推。

"铛！"刀刃下猛了，重重地刮过案旁的瓷砖，宋琪脑仁一跳，把菜刀往案板上一拍，撑着案台闭了闭眼。

有完没完了今天？

"吱呀"一声，厨房的门被人推开，带进一股流动的风。

"饭没好，出去。"以为是二碗，宋琪重新抓起菜刀，头也没抬地说。

来人叹了口气。

宋琪抬眼看过去，江尧望着案板上刚进行到切丝的土豆，手上抛着卷纱布，一脸不耐烦。

"就你这效率，我想吃什么都凑不上口热乎的。"他挽着袖子挤进来，往宋琪腰上一扯，拽下宋琪的围裙，"靠边儿！"

江尧系围裙的动作特别潇洒，"啪"地抖了个响儿，往腰上一捆，反手扎了个蝴蝶结。

宋琪瞄了一眼，还是个对称的。

"给。"系完围裙，江尧把纱布卷扔过来，换走了他的菜刀。

"你来干什么？"落在掌心里不是纱布该有的重量，宋琪捏了捏，里面塞着的是消毒酒精。

"送温暖。"江尧一本正经地说,盯着他从纱布里取酒精,"会包吗?"

"闹呢?"宋琪看了他一眼。

江尧这张脸在这时候出现,对宋琪来说心情不是一般的微妙。他把胸口的潮热归咎于发烧,尽力让自己不要把江尧跟纵康联想在一起。

"一卷纸我就能把你扎成个带花边儿的木乃伊。"他转了个方向冲着洗手槽开始处理伤口,反问江尧,"你会做饭?"

"你觉得呢?"江尧大刀阔斧地对着土豆剁了下去,"哐"一声,道,"看我像会做饭吗?"

挺像的。

宋琪没说话。

但江尧这动静跟剁猪似的,不用尽力,宋琪都没法把他跟纵康往一块儿想。

"虽然不会……不过,没看过猪跑……"江尧一刀刀砍着土豆,时不时还要弯腰把土豆条从刀身上拨下去,"我还没吃过……猪肉吗?"他"哐"一刀蹦一个字儿,听着特别掷地有声。

"说反了吧?"宋琪在心里念了一遍。

"你见过猪跑?"江尧反问。

厨房里陷入没有意义的沉默,宋琪点点头赞同了江尧的逻辑,重新转回去收拾纱布和酒精,慢悠悠地说:"猪摔跤倒是见过,现在还见识了猪切土豆。"

宋琪感觉后腰一紧,江尧无声地用菜刀把手抵上了他。宋琪笑了一声,举举手做了个投降的动作。

"你这土豆丝怎么切出来的?"江尧继续研究土豆,挺好奇地问。

他本来没把切土豆当个事儿,把东西切成条谁不会,他甚至怀疑自己能拿萝卜雕朵花,真上手了才发现真是各行有各行的门槛,他一根土豆条能赶上宋琪切的三根的粗细。

"一刀刀切。"宋琪说。

"厉害。"江尧面无表情地竖竖拇指,"一下就让我掌握了精髓。"

宋琪只用酒精消了个毒,伤口看着吓人,其实不深,没必要包。他洗洗手把东西收好,把江尧往旁边推推:"手要稳。"

回到案台前摁住剩下半个土豆,宋琪流畅地切了一排细丝出来。

"摁住,别滑,也不要死抠着不放。"宋琪边切边说,"手指头抵在刀背上,跟着刀走。"

以前纵康对他说过的话,现在却由他来说给江尧。

宋琪想着，手上的动作顿了下，江尧立马兴致勃勃地把他挤开，重新拿过菜刀："我试试。"

他学着宋琪的样子站好，摁住土豆，把架势摆出来。

别滑。

手稳。

抵着刀……"哎！"

江尧把刀往桌子上一拍："滚。"

他扔完又不服气地捡回来，继续跟剩下的土豆较劲："我还不信了……"

一盆土豆折腾了半个钟头，最后江尧也没切出朵花儿来，只砍出了一案板奇形怪状的土豆积木。宋琪嫌他碍事，但也没往外赶他，在"哎哎"的菜刀声中利索地干活。

炒菜时油烟升腾起来有点儿呛人，宋琪从烟气中去看江尧，觉得时间似乎与过去头尾折叠，让他一会儿能看见纵康，一会儿能看见自己。

宋琪做菜的水平没有二碗他们吹嘘得那么神，江尧吃起来觉得跟学校食堂里的味道差不了多少，就是莫名其妙地下饭，一不留神就多吃了一碗。

他仰头靠在椅背上消食儿，心想上回跟宋琪在美食街也是吃到撑。

再看看身旁还在埋头苦干的二碗，江尧突然有点儿能理解他的饭量了。

——宋琪这人就容易让人食量失控。

吃完饭，江尧没继续在这儿待，车也好了饭也吃了，店里都忙着，他一个外人总在店里泡着说不过去。

"回学校？"宋琪问他。

"啊。"江尧答应一声，"把车送车库里，回去上课。"

"慢点儿。"宋琪点点头。

江尧上车后，想了想又把车窗降下来，看着宋琪说："你那个手……"

"没事了。"宋琪举起来给他看看。

"还有脑子。"江尧往自己的太阳穴上指指，"该打针打针该吊水吊水吧，回头烧开了。"

"……烧什么？"宋琪看他怪认真地说这种话，一时间不知道该跟着严肃还是笑。

"直接烧熟拉倒。"江尧叹了口气，一脚油门走了。

回去的路上他确实没开快，想快也快不了，肚子撑过火了，整个人只想窝座椅里瘫着，没有跟风搏斗的激情，脑子里还在琢磨小梁跟他说的那些事。

共情这种能力也是要分情况的。

如果宋琪跟他的关系再近点儿，听着这样的事他肯定觉得"唉，真惨"。

如果没什么关系，或者哪怕他对宋琪停留在最开始互相看对方一眼都满脸"有事儿吗"的不耐烦，别说知道宋琪身边一个活着的亲戚都没了，就算这些人都是被宋琪给克死的，他听完也不会有什么起伏。

最尴尬的就是现在这样，他看宋琪觉得"真惨"，宋琪看他却基本还停留在"有事儿吗"的阶段。

上回脑子一热，还是因为知道宋琪跟他都属于"没妈的孩子是根草"的段位。

结果今天他却突然从别人嘴里得知，宋琪其实早就是"没爸没妈没兄弟，一家人要么惨死要么失踪"的状态。

同病才能仗着一时脑热去抱一下怜一怜，现在他一个得感冒的，怎么跟癌症患者相怜？

当时听小梁说完那些话，江尧想了好一会儿，他回想起宋琪在超市里下意识的举动，再看着一院子集邮似的先心病孤儿，从心底觉得宋琪太惨了。

但他没法表现出来。

毕竟人家活得挺好的，去扒拉一个爷们儿过去的疤没意思。

04

江尧把车送回车库，再打车回学校，下午的课已经快上一半儿了。他直接去上课的阶梯教室，赵耀在倒数第二排冲他伸伸手，他快步上去在赵耀旁边坐下。

"尧儿，班长找你没？"撒森勾着脖子问了一声。

"陶雪川？找我干吗？"江尧往左右看看，从兜里掏手机，"他没来？"

"一天没见他了。"赵耀说，"早上出了那个打人的事儿以后就没再看见人。"

江尧打算通过微信找陶雪川，刚解锁就看见屏幕上两条未读消息。

宋琪的。

第一条是张照片，照片里是两瓶并排码着的小熊软糖。

第二条：你的益达。

江尧看着这两条消息，不知道怎么就特别想笑，也不是被戳了笑点的笑，就莫名其妙地笑了起来。

"让你找班长，你冲手机笑什么呢？"赵耀瞥了江尧一眼，拱过来往他手机上看，被江尧一肘子格开。

——"益达给你多少钱？"

——"我绿箭出两倍。"

他给宋琪回过去。

"哎,对了尧儿,早上那个打了系主任的你猜是谁?"赵耀又凑过来,老母鸡一样用胳膊肘"扑拉"地捅他。

"谁?"江尧去好友列表里找陶雪川,心里差不多有个答案。

"就那个环艺大四的!"赵耀说。

江尧不出所料地抬抬眉毛。

他半天不在,就成了全校最后一个知道这消息的人。各种"据说"满校园地飞,下课回宿舍的路上但凡经过三三两两走一块儿的人,耳朵里听见的都是"哎,你知道大四有人把系主任揍了吗?还是学生会的干部来着"。

"班长理你了吗?"赵耀问。

"没有。"江尧看一眼手机,"你今儿怎么这么上心?"

"我好奇啊!"赵耀说,"肖大四……他都大四了!马上毕业了怎么想的?"

撒淼摊摊手,做了个"不懂"的表情。

江尧叹了口气,把手机揣回兜里:"管好你自己得了。"

"是不是快期末考试了?"撒淼换了个话题。

"几号啊?"赵耀迅速抓住重点。

江尧算算日子,不是下周就是下下周,他点点头:"快了。"

那天陶雪川旷了一天的课,谁的消息都没回,晚上熄灯门禁的时候撒淼给他去了个电话,没响几声就给挂了。

"算了。"撒淼说,"应该跟大四的在一块儿呢。"

"我以为他们就一块儿在学生会待着,没想到关系这么瓷?"赵耀在上铺跷着腿赶作业,手绘板被笔尖磨得刺啦乱响,"大一到现在……这可是班长头回旷课吧?"

江尧没接话,他还在东拼西凑地从网上找检讨,半个小时了,五千字才够八百。

"你俩闲不闲?"他头也没抬地说,"要不困就一人给我抄一千字。"

"你快饶了我吧!"赵耀拖着嗓子号,"马上结课了,画成这样老蔡得给我也开个瓢……到时候我就跟环艺那系主任床对床,问他到底干什么事儿了,能让优秀学生代表亲自给他脑袋上炸个花!"

他自嗨着演起来了,撒淼笑着说了句"戏精",拧开床头的小台灯对江尧说:"我给你写点儿吧。"

江尧打个响指,掇起一摞稿纸递过去:"来吧,淼儿爷!"

磨蹭到夜里两点多，江尧才四舍五入地总算是把这五千字给攒出来，赵耀和撒森已经睡了，陶雪川还没回来，他关上小台灯轻手轻脚地出去。

走廊里很静，能听见楼外呼呼地起了风，他就穿个沙滩裤趿拉着二夹脚，没坚持走出两米就转身窜回宿舍里，往身上套了件卫衣。

说冷就冷起来了。

楼道尽头的公共卫生间的灯是声控的，老楼，声控不太灵。江尧叼着烟跑到门口，灯没亮他也没细看，拐进去在乌漆墨黑中撞见个杵在洗手槽旁边的人影，差点儿膝盖一麻把自己顶墙上。

灯亮了，陶雪川的脸在光下暴露出来，江尧骂了一声："吓死了，不回宿舍你在这儿干吗呢？"

陶雪川的脸色看着很疲累，声音也有点儿沙，他掬水抹了把脸，问江尧："还有烟吗？"

"有，火儿在里面。"江尧从兜里掏出烟盒扔给他，转身进隔间。

上完厕所出来，陶雪川已经点上了，江尧去他旁边洗手。

这是江尧头回见陶雪川抽烟，一口一口抽得很慢，但是动作很熟。

"你困吗？"他问江尧。

"还行。"江尧看他一眼，"去天台？"

他们住的宿舍楼一共有六层，但是只住了五层半的人，顶楼有个小铁门能直接上楼顶天台，平时挂着锁，不知道被谁给捅开了，一直也没人来扣上。

江尧推开门差点儿被夜风把裤腿拽下来，特别想转身推着陶雪川去楼道里坐坐算了，暖和。

陶雪川却跟没感觉似的，头发被风扬得像盆海草，随便找了个风口坐下了。

江尧在心里叹了口气，原地蹦了蹦，揣着手往他旁边一蹲："学校说怎么处理了吗？"

陶雪川摇了摇头。

江尧在认识陶雪川以前从不相信真有人能活得跟《学生行为规范手册》一样，做什么都一丝不苟，学习好、素质高、严于律己、五项全能，宫韩见到陶雪川这样的人都得跪下磕头。

这样的人用不着旁人揽着肩膀刨根问底，他这会儿只想身边有个会喘气的陪着，江尧就当那个会喘气的。

"江尧。"陶雪川喊了他一声。

"啊。"江尧答应一声。

"你做过什么出格的事儿没？"陶雪川问他。

"出格"这个标准对江尧来说太宽泛了，他想了想，问："你指哪方面？"

陶雪川看了他一眼，说："比如你的头发？"

江尧笑了笑："算不上。"

"对我来说算。"陶雪川说，捡起手边一块小石子抛出去，"留长发、旷课、成绩不好、没拿到奖学金、说话不得体……对我来说都算得上出格。我就是这么长大的。"

"看得出来。"江尧弹弹手指。

他大概能猜到陶雪川在克制什么，一个循规蹈矩的乖小孩，遇上一个看着就不是一路人的肖大四，却意外地成为可以结伴同行的知己好友，还是格外交心的那种，看着对方深陷困境，自己却无能为力。

江尧莫名联想到宋琪拽着他的头发一把将他拖过去，像是把他拉进了另一个世界。

"我有时候挺羡慕你的。"陶雪川突然说。

江尧扭头看着他，一时间不知道该接什么。

"感觉你想干什么就能干什么，随心所欲，好像没什么好顾虑的。"陶雪川用半开玩笑半认真的眼神看过来，"你到底怎么做到的？"

谁也做不到啊，小班长。江尧在心里说。江尧又想到了宋琪和他那一窝不着四六的孤儿，什么都不知道的时候，看着他们也觉得挺潇洒的。

"可能我比较会装。"江尧笑着说。

陶雪川也笑笑。又吹了会儿风，陶雪川说："你没事儿了吧？"

"什么？"江尧回过神。

"顾北杨。"陶雪川说。

"没事儿了。"江尧抓抓头发，"五千字检讨。"

"没事就好。"陶雪川点点头，站起来，说："回宿舍吧。"

沉下心来干正事儿的时候时间就过得飞快，江尧跟赵耀、撒淼一块儿闷在宿舍对着陶雪川的书画重点，就是心里时不时惦记一下那两罐小熊软糖。宋琪那天给他拍完糖之后就没再发消息，江尧回了他那两句无聊话，他便没再回过来。

直到考试周结束，宋琪也没回他消息，倒是一个消息在整个设计院里口耳传开。

——肖大四辱骂、殴打老师，且不思悔改，行径态度极其恶劣，予以开除学籍处分。

依然没人知道肖大四与他们系主任之间究竟发生了什么。陶雪川应该是唯一知道内情的人，但是从始至终，他什么都没说。

期末考试后还有几周选修课，江尧忘了这码事，宫韩问他什么时候放假他还愣了愣，扭头问撒淼："不都考完试了嘛，什么时候放假？"

"放什么假？"撒淼奇怪地看他，"明天开始上选修课，走光还要绣花呢。"

赵耀在上铺打游戏，长长地"哎"了一声："你能不提这茬吗？我都快给忘了！"

"哦。"江尧笑了一声，想起来了，他和撒淼这次选中了同一节课，赵耀选了个刺绣工艺，整个系就赵耀一个男同志选这个课，还选上了。

"要不是上学期被挤得什么都没选上，我说什么也不去试它！"赵耀跺了脚床板，"糟心的系统！"

"绣选之子。"撒淼笑着提醒，"别忘了买工具。"

"咱们用准备什么？"江尧问。

"不用吧？"撒淼说，"咱们是艺术鉴赏，应该就写论文或者交个画。"

"班长呢？"江尧看着陶雪川。

陶雪川在帮系里整理文件，在电脑前面坐半天了，腰背还挺得笔直。

"我是文化课。"他敲着键盘说。

"你们都是贴膜四子的叛徒！小人！"赵耀边打游戏，边冲他们咆哮。

江尧笑着骂了一声。

肖大四被开除这事儿对陶雪川多少有点儿影响，这点凭他半夜拉着江尧去天台上吹风就看得出来。至于影响得多还是少，陶雪川不显山不露水的，只要他不想说，江尧就看不出个门道来。

"班长最近在宿舍待的时间还挺多的。"第二天去上课的时候，倒是撒淼提醒了他一句。

江尧想想还真是，以前一天都见不着陶雪川一回，现在除了开会，他开始把作业和工作都往宿舍里转移。

"挺好的。"撒淼又接着说。

江尧看他一眼："什么？"

撒淼组织了一下语言，用一种含蓄的眼神望着江尧，委婉地说："生活什么的……正常了，跟一个圈子里的人待在一起，蛮好的。"

江尧有点儿想皱眉，撒淼这副隐隐松了口气的态度，让他觉得不太舒服。

"是吗？"他接了一句，接着看讲台上的PPT（演示文稿幻灯片）。

老师讲课挺有意思的，不枯燥。然而江尧的思绪一下子有点儿倒不过来，他撑着下巴，慢悠悠地转着笔，心里说不上来的滋味儿。

"咱们这门课的作业很简单，结课的时候每人交一幅4开的画上来，题材不限工具不限，你们觉得符合你们的审美就行了。"老师在台上说，底下的学生们伸着懒腰答应着，纷纷站起来往外走。

江尧脑子里浮现出那几张偷拍的照片。

第六章
九八九十十九八九四

01

十二月底的时候下雪了，今年的第一场雪，来得又快又大，江尧断断续续感冒了半个月，眼见终于要好了，一觉睡醒被这场初雪给彻底撂倒。

被赵耀炸醒的时候江尧都没力气抽搐，冷气直往天灵盖上蹿，他天旋地转地睁开眼，赵耀正趴在窗户上往外看，撅着个屁股冲着他，聒噪地喊："今年这雪真的大！"

睡是别想睡了，江尧在被窝里翻了个身，摸出手机划拉着，顺着朋友圈无所事事地往下翻，看见顾北杨发的照片，问："今天系里有晚会啊？"

"啊。今儿晚上。"撒森答应一声，"班长不已经过去帮忙了嘛。"

他们系老蔡每年都会攒个'双旦'晚会，不管大一的还是大四的都能过去，虽然没几个学生真乐意去跟他们联欢，可老蔡也不喜欢冷场，每年会强行指定一个年级必须全员到场。

去年被选中的是大三，今年就是他们。

"哎呀，我们尧尧真可爱，床头还放个驴。"赵耀在床上弹了弹，压着江尧扯他的被子。

"人家是豹子。"江尧本来想直接把赵耀掀下去，手指又往下一划拉，翻过宋琪的名字，还以为自己看花眼了，也没顾上踢赵耀，又拉回去看了一眼。

还真是宋琪，而且还不是跟修车厂有关的东西，他发了张雪景的照片，估计是从他家阳台上拍的，放大了能看见他们学校食堂的方形顶。

稀罕，发个朋友圈还跟着时令走。

江尧给他点了个赞，继续往下划拉。

就点个赞的工夫,被窝失守,赵耀的手在他头上脸上一阵乱拍,炸着嗓子叫了一声:"你的头怎么这么烫?又烧了?"

"消停点儿!"江尧屈起膝盖往在床之间乱蹦的赵耀的肋窝底下一顶。

晚上七点多,陶雪川在班级群里喊人过去,江尧头昏脑涨地把围巾拽出来裹上,扣上帽子又捂了个口罩,跟赵耀、撒淼一起往系里走。

雪后的空气很凛冽,江尧使劲地吸了两口,又把口罩拉回去。他也不想去系里的晚会,但顾北杨对这种事总是特别热忱,在朋友圈和班群里吆喝好几次了,江尧还是想给他个面子。

进了系楼,果然顾北杨已经在教室门口等着了,举着他的新茶杯,就差去楼道里蹲着拽人。

他往江尧三人口袋里一人塞了把瓜子,乐呵呵地说:"年轻人,朝气点儿!"

所有人一起叹了口气。

到晚上八点钟正式开始的时候,三三两两地也来了不少人。专门向学生会借来的大音响里一直在播着老年迪斯科歌单,头顶还绑了个颜色鲜艳的五彩灯球,灯一关,全班人好像集体穿越 1998 年。

第一个人上台点歌后,江尧开始往后门移,悄无声息地推门出去。

这种情况一般他都躲不过,要搁平时也就唱了,但今天他实在没那个劲儿,就想去诊所打个吊水趁机安稳睡一觉。热闹的动静渐渐被甩在身后,他下到二楼的时候,头顶有人喊了一声:"尧儿!"

江尧小腿一抽,差点儿跪着滑下去。

赵耀从楼上蹦蹦跶跶地下来:"去诊所?走!"

"你回去玩吧,我自己去就行。"江尧有点儿不情愿让赵耀一起,他耳朵疼。

"我一个人也是无聊,走吧!"赵耀十分热情,"我还能给你端茶送水什么的!"

江尧没力气说话,无奈地揣着兜往下走,随他去。

后门的小摊都架起来了,在灯下热气腾腾,看着很有感觉。路两边都堆着雪,最黑的那截路也比平时亮堂不少。

江尧在路口让了两辆车,朝对面挂着黑毡布的诊所小跑过去。

"哎,我跟你说了没?我那个刺绣选修课,竟然不让我从网上买图样绣!"赵耀仰头哈了一口白气,"我还得自己画个小花、小草、小蝴蝶给她绣上!"

"你绣得不是挺像样的。"江尧笑了一声,想到赵耀盘腿坐床上跟绣棚较劲的傻样儿，"狗熊捏针。"

赵耀没忍住也跟着笑："还是你跟森儿轻松，爱怎么画怎么画……哎，你那张无眼男画完没？"

江尧画的是那天宋琪用胳膊挡眼睡觉的样子，赵耀提起来时他心里一蹦，想起上回在这诊所门口被宋琪扬一脸毡布，莫名有点儿没底。

"什么无眼男。"他踢踢赵耀，"掀门。"

"给你娇气的！"赵耀斜了江尧一眼，把毡布扬起来，"进来吧爷！"

毡布后面当然不可能再站个宋琪。

江尧从赵耀的胳膊底下弯腰进去，摘着围巾、口罩跟正从屋里出来的老大夫说："发烧，来吊水。"

"体温量了吗？"老大夫递给他一支甩过的温度计，往屋里看看，"没床位了，跟谁合一张床吧。"

"合床？"江尧愣了，没听说过跟陌生人合床的。

"我坐着就行。"江尧把体温计夹腋窝里，赵耀吸溜着红薯往里屋走。

"就是坐也坐满了啊。"老大夫说。

"我看看！"赵耀往屋里一探头，刚环顾半圈就叫了一声，"这不我宋哥嘛！"

江尧脑门一跳，挤开赵耀也伸头往里看，靠窗的床位上坐了个人，靠着墙，被子只盖到小腹，腿上还搭了本书。

宋琪抬眼望过来露出的惊讶跟江尧一模一样的，也不知是病糊涂了，还是也没反应过来，他合上书来了句："……来了？"

江尧简直不知道该怎么接，他本来想说句"这么巧"，结果宋琪一句"来了"，弄得他像直接到了宋琪家一样。

"啊。"江尧答应一声，犹豫一下还是接了句，"这么巧。"

"认识正好，你俩认识那就直接一块儿吊吧。"老大夫示意江尧抽出体温计，看一眼度数，说，"好家伙。"

诊所里一共就两张床，加上靠墙的长条椅勉强算两张半，条椅上坐了两个吊水的病人和一个家属，家属屁股都快挤悬空了。另一张床上是两个小孩儿，挤在一块儿盯着墙上的小电视看，一个"咔咔"地咳，一个"嚓嚓"地嚼着薯片。

还真是只有宋琪那一张床上有位置。

"我……"江尧又往四周看了看，想找个凳子什么的将就着，赵耀已经自来熟地奔着宋琪床边过去了。

"你也生病啊，宋哥！"赵耀往床沿一坐，扭头冲江尧招招手，"过来啊，尧儿。"

你积极个什么啊!

"挨不住了？"宋琪直接掀了掀被子，笑着说了句。

"你不也是嘛。"江尧抵着拳头咳了一声，把赵耀往旁边赶了赶，在床头坐下。

"你呢？"宋琪看着赵耀。

"我来玩的，坐这儿就行！"赵耀支起一条腿架在床沿上，掏手机打游戏。

老大夫拿着一大一小两个药水瓶和挂针过来，江尧往后靠了靠，床板硌得后背不舒服，他看了一眼宋琪身后，伸手拽宋琪的枕头。

"干什么？"宋琪扭头看他。

"枕头。"两人之间也就一本书横过来的距离，江尧偏偏头，目光往宋琪在看的书上扫了一眼。

——《现代实用养猪大全》。

江尧："……涉猎挺广啊。"

宋琪从腰后掏出一个枕头给他，看着书名笑了一声："从大夫桌上拿的。"

"这本讲得好啊，全面。"老大夫往江尧手上系止血带，拍了拍，"攥紧拳头。"

赵耀跟着看了一眼，乐了："大夫你怎么还研究这个啊？给猪看病？"

江尧和宋琪同时看向他，两人一个表情一个动作，齐刷刷的。

"小伙子说话过脑子啊。"老大夫笑呵呵地说。

"闭嘴吧。"江尧无奈地叹了口气。

赵耀在嘴上比了个滑上拉链的动作。

针头扎进江尧手里，老大夫起身调了调滴管后往外走。

宋琪突然把手伸进被窝里摸了摸，没等江尧想明白他要干吗，他已经掏出个巴掌大的小圆筒出来，筒身上有曲线形的凹槽，在被子上扔给赵耀。

"啥？"赵耀拿起来看了看，又捏了捏，"暖宝宝啊。"

"给他缠上吧。"宋琪冲江尧的针管扬扬下巴。

"这么体贴！"赵耀吹了声口哨，凑过来笨手笨脚地摆弄。

江尧看了宋琪一眼。

"凉。"宋琪指指他的药瓶。

"我让大夫给我拿一个就行了。"江尧说。

"用着吧。"宋琪无所谓地说，重新翻开《现代实用养猪大全》。

老大夫拿着个新的暖宝宝过来，见江尧的滴管上已经缠好一个了，就把新的重新给宋琪缠上。

"大爷，我也要一个！"赵耀举手发言。

"你又没病。"老大夫转身就走。

"嘿？"赵耀弹起来追上去，"头回有人说我没病。大夫！不行你卖我一个呗！"

赵耀一走，整张病床好像突然宽敞了不少，刚才江尧老觉得腿伸不开肩膀也放不开，趁现在抓紧抻了抻膝盖。

这种不用靠自己龇牙咧嘴焐被窝的感觉还挺好的。

再蹬了蹬，他就碰上一只脚。

"你的脚？"江尧收了收腿。

宋琪看着他："不是。"

江尧还往宋琪脚上踢了一下："这什么？猪脚？"

"知道你还问？"宋琪也踢了踢他，"床上一共就两个人四条腿。"

他换了个姿势，让自己靠得舒服点儿，整个人都放松下来。

"今天没去厂里？"江尧抬眼望着小电视里的动画片，问宋琪。

"雪大，休息。"宋琪说。

"怪不得有心情发照片。"江尧说。

宋琪点点头，"嗯"了一声："看见你点赞了。"

"我当你不看微信呢。"江尧没扎针的手摊在两人中间凹陷的被子上，冲他比了个中指，"能看见赞不回我消息？"

宋琪扳起江尧的食指，把他的中指改成V字手，问："你找我了？"

那倒也没找。

"找我的糖。"江尧随口胡侃。

"哦，糖给你留着呢，没人抢。"宋琪拿出手机看聊天框，笑了笑，"我以为我回了，忘了。"

"你这毛病怎么跟走光似的。"江尧叹了一声。

"走光？什么走光？"宋琪重复了一遍。

"就那位爷。"江尧冲床尾指了指，"整天想一出是一出，风风火火还说完就忘。"

"他不叫赵耀嘛。"江尧在被面上比画着写字，"走字底，光字旁，他有回把名字竖着写书上，字儿又傻大，书一卷就只能看见个'走光'。"

宋琪在脑子里拆了拆字儿，重点歪了个十万八千里："'耀'的偏旁是光？"

"那不然呢？"江尧愣愣，他是典型的"生字读一半"，默认所有汉字的偏旁都在左边。

"右边那一堆吧。"宋琪也在被子上写,"'翟'?"

"那也太大了。"江尧把他手挤开,接着写,"要么就是底下那个'佳'。"

"你高考语文有四十分吗?"宋琪无言地看着他,"那是'佳'吗?"

江尧眨眨眼,瞪着宋琪:"我写二十年的'佳'了,你跟我说不是?"

"你写成'住'都比写成'佳'靠谱。"宋琪叹了口气,打字给江尧看,"四横,弟弟。"

宋琪是右手扎的针,用左手举手机得侧侧身子,江尧从他右边凑过去看,两人都穿着外套没脱,挤挤挨挨的,从侧面看跟多亲近似的。

赵耀抛着他死皮赖脸磨来的暖手宝进来就"嘿嘿"地咂嘴:"看什么呢?"

"这字儿我见都没见过,当什么部首,读得出来吗你?"江尧迅速转移自己写了二十年错别字的话题,绕回部首上去,扭头问赵耀,"'耀'的偏旁是不是光?"

"'光'还是'翟'?"宋琪补充。

"光什么翟?"赵耀都愣了,"就聊这个聊得一头劲?"

江尧朝他龇了龇牙:"你就说是不是'光'?"

"什么乱七八糟的,"赵耀都迷茫了,"那是羽字旁!"

"……哦。"江尧靠回床头,一本正经地重新盯着电视看,"我就说不是'翟'。"

"神经病!"赵耀瞪着他。

宋琪笑了半天,没忍住抬手撸了一把江尧的后脑勺。

"离我远点儿啊。"江尧绷着脸看电视。

"咦?"赵耀走过来往床上一弹,见江尧被碰了脑袋竟然没发火,稀奇地说,"我还等你针管一拔暴力转体三百六十五度把我宋哥的手给拽下来呢。"

江尧盯着电视的眼睛顿了下才转向赵耀,一瞬间不知道该说什么。

被拍习惯了?

"脑袋烧得跟块火山岩似的,哪来的力气转体三六五。"宋琪在旁边接了一句。

"也是。"赵耀乐了。

大药瓶滴滴答答地挂下去三分之一的时候,宋琪突然轻声说:"你们同学都叫的什么名字?"

"你那儿不也面条、二碗、三磕巴嘛。"江尧说。

"也是。"宋琪点点头,"那你呢?"

"我?"江尧想了想,他名字太普通了,从小到大还真没什么外号,

"也就尧哥哥、尧爸爸、尧爷爷吧。"

宋琪勾着嘴角看他,没忍心告诉江尧小梁管他喊过一星期的"那个上饶"。

02

宋琪比江尧早来十分钟,药水先吊完,老大夫来给他拆针。

江尧看一眼自己吊瓶里还剩下一小壶嘴的药水,问老大夫:"我的是不是差不多也能拆了?"

"你这多着呢,再等会儿。"老大夫给他调了调针速,都转过身要走了又转过来,体贴地问,"想上厕所?"

"没有。"江尧摇摇头。

宋琪用棉球摁了会儿针口,也没管还渗不渗血,擦了两下就把棉球扔进床头的垃圾桶。

"你手腕好了没?"江尧突然想起来。

"早好了。"宋琪举起来给他晃了一眼,把外套拉上,掀被子准备下床,问,"你的糖还要吗?"

"要啊。"江尧说,也把腿从被子里伸出来,准备给宋琪腾地儿。

"你躺着就行,别碰针。"宋琪摁了他一下,本来想直接从床头板上翻下去,挨着墙没法过人,只能从江尧身上跨。

"怎么给你?去我那儿拿?"他站起来看了眼距离,指指江尧的腿,"跨了啊,狗主人让让道。"

宋琪抬脚迈过去。

江尧"嘿"了一声,作势要抬膝盖顶他。

"别动……"宋琪下意识往旁边避,他一只脚还没落实,另一只脚刚要接着迈,这么一避就晃了个趔趄。

江尧忙伸手要拉他,心里还在想这下丢人了,两人加一块儿奔五十岁了,还能从诊所的床上往下栽。

对面看猪的俩小朋友还往这儿盯着呢,这下真成看猪了。

好在宋琪反应快,原地晃了晃及时收了脚,栽是没栽下去,以一个很不美观的姿势固定住了身体。他一只脚成功着陆,另一条腿屈起来用膝盖压在江尧腿边,两只手也撑在被子上。

安全是安全了,就是有什么地方不太对。

江尧的目光下滑,由于过于震惊,一时间竟然做不出表情。

"不好意思。"宋琪把手收回来,笑了笑,"压着你了。"

"很疼吗?"估计是见江尧僵着脸不说话,宋琪很体贴地又补了一枪。

"啊——"江尧这下是真遭不住了,他在床上猛地翻了个身,把脸往臂弯里一埋,不堪忍受地喊了一声。

"趁我的药水没吊完赶紧滚!"他感觉自己快忍不住暴起揍人了,用手挡着脸恶狠狠地说,"法治社会救了你!我手上要没针,这会儿你就被打趴在地上了。"

宋琪似乎是在他背后又笑了一声,戏弄了小朋友多愉快似的,穿好鞋子后站起来,又按着江尧的脑袋揉了一把,说:"走了。你什么时候想拿糖给我打电话。"

"啊!"江尧没好气儿地应了一声。

赵耀上完厕所回来的时候,宋琪已经走了,床上只剩江尧一个人,扎针的手在被窝里揣着,屈着膝盖半躺半坐。

"宋哥走了?"赵耀把原先宋琪靠的枕头拿过来垫着,靠在床尾开始摁手机。

"嗯。"江尧没看他。

药水全部流进输液管时,老大夫刚好算准时间进来给江尧拆针。

"摁一会儿不渗血了就成。晚上看看体温,年轻人恢复快,明天再过来吊两瓶就差不多了。"他拔掉针让江尧自己按着棉球,边收药水瓶边交代。

"行,谢谢大夫。"江尧从床上下来,边穿鞋子,边抬头在诊所里四处看了一圈,"有二维码吗?"

"你朋友帮你付过了。"老大夫说。

江尧动作一顿,赵耀已经大呼小叫地喊了起来。

"宋哥也太贤惠了吧!"赵耀接了句,"这长相,这身高,得多少女生喜欢啊!"

江尧掀起眼皮看过去,冷笑:"他有女朋友还能沦落到跟你挤一张床?"这话说出来江尧其实心里也没底,宋琪没跟他聊过这个,但想想宋琪那个生活状态,一天围着车厂那群半大小子转,还得自己买菜做饭,估计有女朋友也留不住。

"是跟我们。你——我,们。"赵耀突然说,"咱们宿舍是不是全员单身啊?"

"你怎么不等毕业了才发现?"

"太虐了吧!"赵耀做出一副痛心疾首的表情。

"大学生就谈谈恋爱嘛。"老大夫接了句,"不趁年轻的时候谈恋爱什么时候谈?你们这个年龄又没有生活压力,又不用急着买房养家的,毕了业想这么自由都没戏。"

"大爷够潮的。"江尧笑着说。

"不过,我宋哥是不是钱多得花不完?怎么总干这种感天动地的事儿?"赵耀还在一旁纠结,深情地压低声音,往江尧肩膀上一拍。

"你脑子怎么成天就跟缺了一块儿似的。"江尧差点儿让他一巴掌给搧地上,无奈地直起身子说。

江尧挡开赵耀站起来,把围巾、帽子、口罩都重新武装好,冲老大夫点点头:"走了。"

赵耀喊着:"你不感动吗?"跟着江尧推门出去。

宋琪回到家,照例先把电视和各处的灯打开,找个无聊又热闹的节目播着,去厨房淘米、切菜给自己熬了碗蔬菜瘦肉粥。

粥顶着盖子开始咕噜的时候,他刚把今天在诊所里穿了几个钟头的衣服换下来洗好挂上,拉开阳台的窗户叼根烟。

手机响起来时,他就猜应该是江尧,拿过来一看果然,他边摁了接听键,边"咔"一声点上烟。

"你这回发烧是不是钱太多烧的?"江尧在电话里永远单刀直入,他应该是还没到宿舍,电话里能听见"咯吱咯吱"的踩雪声,还有冬日里说话特有的气声。

宋琪笑笑,把烟从嘴里拿掉说:"又感动了?"

"啊,感动死了,又得给你批两箱子喉糖。"江尧拖着嗓子说。

"没见过比你更会客气的。"宋琪说,"赶紧回去吧,过会儿喝一肚子风,今天两瓶水白吊。"

江尧其实就在宿舍楼下,从诊所回来有一会儿了。为了感谢赵耀一晚上的捣乱相陪,他给赵耀买了碗粉,让赵耀趁热拎回宿舍去吃,自己在楼下打个电话。

"已经回来了。"江尧说,在小花坛边的雪堆上有一脚没一脚地踩,犹豫了一下还是决定不绕弯子直说,"哪天有空,请你吃个饭。"

"不是买喉糖吗,又变成吃饭了?"宋琪弹弹烟灰,语气挺轻松也有点儿认真地说,"你客气起来没个完啊。面条都被你比下去了,你收拾收拾来替他干活吧。"

"说正经的,你别跟我扯淡。"江尧仰头望着路灯底下飞舞的毛毛雪,哈了口气把它们吹走,"定个日子。"

他这次想请宋琪吃饭跟上回烧烤的回请不一样,虽然也是出于不想欠人情,但其实挣一挣,从宋琪带他去小吃街开始,要真一桩桩地码,他欠宋琪的人情都能摆一桌流水席了。

说到底还是他乐意跟宋琪待在一块儿。

宋琪在那头轻轻叹了口气，又把烟咬上了，声音有点儿模糊地说："元旦吧。给他们也放假，不用去店里。"

"跨年啊？"江尧脱口说。

"嗯？"宋琪想想，当学生的时候确实都挺把这个节那个节的放心上，日子过得稀巴烂也还是想有点儿仪式感。

后来出了事，他的节日表里就只剩下一个"除夕"。

"你得跟朋友一块儿吧，那换个日子。"宋琪说。

"没。"江尧打断他，"我们也放假，正好。"

"哦。"宋琪不知道为什么有点儿想笑，嘴角也确实不由自主地往两边扬了起来，"那就那天吧。"

"你故意抢着付钱是等我请你吃饭吧。"江尧清清嗓子。

"是啊，我故意的。"宋琪心情愉悦地顺着他说，"这都被你发现了。"

两人你一言我一语，扯了好一会儿没营养的废话，宋琪把烟头碾灭在阳台外窗棂上的一小片积雪上，说："回去吧。"

"挂了。"江尧说。

宋琪突然"哎"了一声。

江尧又把电话扣回耳朵边儿，问："还有事儿？"

"没，就是突然想起来，"宋琪的声音带着笑，轻声说，"小朋友就是朝气蓬勃。"

一股热流倏地滚到江尧脸上，脏话满脑子飞，但是人僵在原地忘了接话。

宋琪吹了道口哨，把电话挂了。

几分钟后，江尧的微信炸了过来——

江尧小朋友："？"

江尧小朋友："宋琪你是不是有病！"

元旦一共三天假，学校调来调去，把三天假挤成周日、周一、周二，分别对应着12月31日、1月的1日2日。

赵耀从床上弹起来掏出手机问："明天去吃火锅？我团个券。"这口火锅从江尧发烧那天起他就开始念叨了，连着念了三四天，把江尧从38.9℃念到痊愈。

江尧刚想说明天他要出门，一直坐在电脑前没说话的陶雪川先抬起头，推推眼镜说："我就不去了，我明天……有事儿。"

"啊。"赵耀愣愣，"那后天？"

"不用，你们去就行。"陶雪川表示没关系，回过头继续敲键盘。

"那咱们三个？"赵耀看向江尧和撒森。

"我明天……"江尧举了举手,赵耀"唰"地转过来盯着他,目光如炬,脸上写满"劝你谨言慎行"。

"也有事儿。"江尧轻叹一声。

赵耀把手机往床上一掼,口音都出来了:"你们太不够意思了!都干吗去啊?"

陶雪川去干吗江尧不知道,他要去干吗也没打算跟他们细说。吃火锅本来就讲究个氛围,一个宿舍拢共就四个人,两个都没空,赵耀骂骂咧咧地抱怨半天,最后跟系里玩得好的几个单身老哥攒了个跨年局,拉着撒淼去小超市先买两盒自热火锅解馋。

晚上宫韩来了个视频问江尧元旦的安排。

江尧正在专心磨他的画,听到这个问题,铅笔在手上转了两个花儿,凶着脸说了句:"跟人干仗去。"

03

宋琪被太阳照醒的时候有点儿没反应过来,他一年到头睡不了几天自然醒,捞过手机看见时间奔着十点跳过去吓了一跳,差点儿从床上弹起来,心想这个时间赶去菜市场真是连烂菜叶子都捡不着。

弹到一半儿他才想起来这两天休息,不用去店里,今天唯一需要出门的事只有跟江尧一起吃饭。

宋琪腰一软,伸了个懒腰又躺了回去,重新把手机拿过来,他给江尧发了条消息。

上面还留着前几天的聊天记录,江尧小朋友被他一句话惹得恼羞成怒,在微信上追着他骂了半个钟头。

宋琪那天连电视都不用看,逗逗江尧就够下饭的了。

现在回想那天的情形他还是有点儿想笑,宋琪闭上眼调整了个舒服的姿势,手机在枕头底下"嗡"地振动,来电铃声跟着唱了起来。

"哎!"宋琪猛地睁开眼,把手机摸出来,看着来电人是"三分像"简直气得想笑。

"你欠不欠啊?"电话接通,江尧在那边劈头就说,声音听着挺清醒的,不像刚睡醒。

宋琪摁了扩音把手机放在脖颈边,反问他:"起来了?"

江尧听他这嗓子就知道他刚醒没一会儿,说:"起了,套上外套就能出门。你收拾收拾,尧哥哥带你去吃好的。"

"嗯。吃什么?"宋琪问。

"你定。"江尧说。

"饭点还早。"宋琪想了想，"你不是要拿糖嘛，先来我这儿吧。"

"也行。"江尧犹豫了一下，很快地答应，"你家怎么走？"

"早点铺对面那个小区，进了门直走。"宋琪闭上眼，"打电话，我在阳台接你。"

"够省事儿的，阳台接人。"

江尧到早点摊子的时候发现竟然还没有收摊，就顺手打包了点儿蒸饺、油条、豆浆、麻圆，照着宋琪说的，进小区大门往前直走。

电话刚拨出去宋琪就接了，说："我看见你了，抬头。"

江尧朝前看，宋琪又说："右边，十号楼。"

右前方的第二栋楼上果然站着一个人，穿着黑色毛衣，叼了根烟，明显是刚从床上起来，头发睡得蓬松，在斜射进阳台的阳光里眯着眼，朝他抬了一下手。

江尧挂掉电话走过去。

"五楼。"宋琪趴在栏杆上看着他，弹了弹烟灰。

很老式的小区，居民楼没有电梯，楼道逼仄，大白天的也不见多亮堂，楼梯有高有低，江尧两级并一级地往上走，感觉比爬宿舍天台还费脚。

到五楼的时候一扇门已经开了，一眼望过去屋里没人，电视开着，能听见稀里哗啦的水声，像是有人在洗脸。

"宋琪？"江尧喊了一声，宋琪应该是从浴室里应了一嗓子，他才抬脚进去。

房子的结构在门口就一目了然，小二居，玄关对着两扇房门，一扇半开一扇关着。过了玄关左手边就是浴室，宋琪刚洗漱完，正用毛巾擦着脸出来。客厅里只有沙发和电视柜，往右挨着的就是宋琪刚才站着的阳台，阳光斜进来，把客厅照得很敞亮。

跟居民楼的风格一样，一看就是统一装修的老公房，里里外外的摆设算不上多讲究，倒是意外地整洁，好过大多数独身男性的房子。

"要换鞋吗？"江尧问。

"也没有你的鞋，直接进来吧。"宋琪接过他手里大包小包的早点看了看，转身往厨房走，"这么体贴？"

"没收摊，顺手就买了。你家别连碗都只有一只。"江尧关门进屋，把围巾外套都摘下来，看了一圈没找到衣架，见沙发靠背上搭着宋琪的两件外套，就也把衣服挂上去。

"谁家过日子只有一只碗。"宋琪把早点分门别类地在碟子里装好，端出来放在餐桌上，洗了两双筷子，又给江尧的豆浆碗里放了只不锈钢小勺，问他，"加糖吗？"

"不加。"江尧靠在墙上看他忙活。等宋琪出来后去厨房洗了洗手，然后在餐椅前坐下，捏了个麻圆咬嘴里。

"中午吃什么？"他问宋琪。

宋琪看一眼墙上的挂钟，用筷子指指满桌子早点："你现在问我？"

江尧顺着他的目光看一眼时间，快上午十一点了。他愣了愣，又夹起一根油条蘸着豆浆嚼，说："忘了，我以为现在刚早上六点半。"

午饭计划被突如其来的一顿早点打乱了，江尧学着宋琪那样趴在阳台的栏杆上，从这个角度能看见他们学校食堂的顶，跟宋琪上次发的照片里角度一样。

他有点儿迷茫接下来该干吗，在这儿等到两人都饿了直接去吃饭？

"看电影吗？"宋琪在江尧身后问。

江尧回过头，宋琪在电视前摁着遥控器，另一只手冲他抛过来一罐东西。

是糖。

"什么电影？"江尧拧开瓶盖往嘴里丢了两颗，去沙发上坐下。

"找着什么看什么。"宋琪说。

江尧看着他电视里两只手都数得过来的几个台，遥控器没摁一圈就回到初始频道。

"哪来的电影？你这儿连个天气预报都找不着。"江尧无奈地说。

"我说碟片机。"宋琪冲闭合的电视柜指了指。

"这年头还有这个？"江尧蹲过去把柜子打开，拖出碟片机挺有兴趣地研究。旁边一个小纸箱里全都是碟片，他索性往地板上盘腿一坐，把纸箱抱在腿上研究。

"脏不脏。"宋琪扔给他一个靠垫。

"垫着就不脏了？"江尧拽过来垫在屁股底下，掏出一摞碟片一张张看，什么风格都有，搞笑的惊悚的，得奖的三流的，老片子比较多，竟然还有几张动画片。

"这就是你每天的娱乐活动了吧。"他冲宋琪举了举手里的碟片。

"以前还有个小游戏机，后来手柄坏了，就没再用过。"宋琪把连接碟片机的频道调好，放下遥控器进厨房，"喝点儿什么？"

"有什么？"江尧挺认真地挑着片子，随口说，"手柄坏了换一个不就行了，我带你打。"

话说出口以后他顿了下，清清嗓子去看宋琪。宋琪正"咣"的一声拉开冰箱门，没听见他后面的话，说："啤酒。"

"大冬天的。"江尧说。

"那你整点儿白的?"宋琪从厨房的木窗棂里往外看他。

"干喝?"江尧摆摆手,"吃饭的时候再说。"

"冰箱里还有不少东西,晚上打个火锅吧。"宋琪拿了四罐啤酒过来,还有半袋花生米,也拽了个靠垫在地上坐着。

"你们怎么都……"江尧叹了口气,感觉到了冬天就跟火锅较上劲了似的,走哪儿都脱不开。

"什么?"宋琪"哧"地拉开一罐啤酒的拉环,放在江尧手边,又给自己也拉开一罐,伸直腿往沙发上一靠。

"没,走光这几天也号着要吃火锅。"江尧在几张碟片里犹豫着,又想看点儿刺激的,用胳膊肘捣了宋琪一下,"鬼片有吗?"

"你敢看?"宋琪看他一眼。

"你觉得呢?"江尧也看着他。

宋琪伸手把架在他腿上的小纸盒掇过来,翻着说:"你一看就是那种带着女朋友去看鬼片,想借机展现男子气概,结果先被吓得连厕所都不敢去的人。"

江尧乐了,抄起啤酒喝了一口,冰得一激灵,"嘶"一声把易拉罐放回去,又点上根烟咬着,说:"少把自己往别人头上套,你吓得尿裤子我都不带眨眼的。"

宋琪笑了笑,说:"我有一个朋友就这样。"

"'我的朋友就是我'系列?"江尧看着他。

"你看过那个没?"宋琪报了个经典鬼片的名字,江尧看片记不住名字,摇了摇头。

宋琪慢条斯理地接着说:"我有一个朋友特别爱看鬼片,但是胆子又小,容易害怕。后来每次看到吓人的地方呢,他就用手捂着脸,从指缝里看。"

"然后呢?"江尧"哧"了一声。

"然后他看那个片子的时候发现,女主角每次从指缝里往外看,都能看见鬼。"宋琪淡淡地说,也扭头看着江尧,"后来他就再也不敢看鬼片了。"

明明也不是多恐怖,但这种事情太容易让人感同身受了,比光看恐怖片更让人浮想联翩。江尧刚被冰啤酒滚过去的牙关有点儿发紧,使劲地吸了一口烟问宋琪:"真的假的?"

"假的。"宋琪嘴角一翘,扭回头接着找片子。

江尧骂了一声,伸脚要去踢宋琪,想到自己还穿着鞋,半路把鞋一蹬,往宋琪的膝盖上来了一脚:"神经病!"

"你怎么……穿着毛袜子?"宋琪躲都懒得躲,看一眼江尧脚上厚实的黑毛袜子,再看看江尧气势汹汹的脸,没忍住直接笑出了声,"跟个婴儿似的。上回去诊所也这么穿?"

"我怕冷行不行?"江尧把脚收回来,重新盘上腿。

"行。"宋琪点点头,"小朋友干什么都行。"

"你才小朋友!"

"这个吧。"宋琪翻出一张被其他碟片压在盒子底下,都没开封的碟,利索地撕开,"忘了什么时候买的,还没看过。"

"吓人吗?"江尧凑脑袋过去看,国外的,封面一只大眼珠子,也看不出什么来。

"不知道。"宋琪把碟片抠出来塞进碟片机,冲江尧抬抬下巴,"把窗帘拉上。"

"这么讲究?"江尧站起来拉窗帘,厚毛袜子直接踩在地上也觉不出凉,扭头看客厅里真是瞬间就暗了下去,屋里唯一的光源来自厨房的排气窗,与卧室门后透进来的光线。

"厨房呢?"他问。

"留着吧。"宋琪说,去卧室拿了个小太阳出来在墙角插上电,冲着江尧的方向打开,"省得你看不见一点儿光再吓哭了。"

靠垫、啤酒、电影、小太阳,完全充裕的时间与隔绝外界的窗帘,江尧坐回去倚着背后的沙发,突然觉得宋琪这人特别会制造氛围,整个环境不知不觉就让人放松得不得了。

连鞋都蹬了,跟自己家似的。

"谁哭谁是狗。"江尧舒舒服服地伸了个懒腰,刚伸到一半,电影里传来"哐"的一声巨响,他保持着伸懒腰伸一半的姿势瞪着电视,"这百万音效啊!"

"不好意思。"宋琪笑笑,把遥控器拿来减了减音量。

都说恐怖片就是听音效,这话太有道理了,针对这部片子尤其适用,开头才十来分钟,导演就把能使的损招都使了个遍,赶鸭子上架似的把观众的注意力集中到电影里来。

江尧对恐怖片虽然说不上怕,但这乌漆墨黑的,盯着这么个有年月的电视机,耳朵里一声接一声的诡谲动静,他想不入戏都有点儿难。

一颗不怎么美妙的人头突然从画面里滚出来,江尧低低地骂了一声。

"坐过来点儿?"宋琪抱着胳膊看他一眼,突然说。

"怕了?需要尧哥哥的温暖?"江尧清清嗓子,梗着脖子坐过去,挨着宋琪的胳膊,顿时找到感觉了。

看鬼片就得跟人挨着，不挨人也得挨条狗，被吓得踏实。

宋琪笑着"啊"了一声，捞起啤酒喝了一口。

他放回去以后，江尧也去拿，举到嘴边的时候还心想怎么易拉罐好像轻了，听到宋琪扭头冲他说了句话。

"我的。"宋琪说。

他说话的同时，刚才那颗头又觍着脸滚出来，江尧手一抖，凉丝丝的啤酒顺着倾斜的灌口泼出来，一点儿没浪费，不偏不倚全浇他裤子上了。

"……你吓得尿裤子我都不带眨眼的。"

江尧瞪着自己多灾多难的裤裆，二十分钟前说过的话在脑中飞速激荡。

如果按照阳历来算，过了今天晚上，明天迎来元旦1月1日，江尧即将跨入二十一岁的绚烂人生。

而在第二十年的最后一天，在这个尾巴根儿上，他把裤子给……泼湿了。

如果往前倒个两小时，有人说"江尧你等会儿会尿一裤裆"，江尧能给他拴个小绳挂阳台上去。现在他蹙眉盯着脱在地上的裤子，手里攥着不知道该不该脱的内裤裤边儿，心情是难以言喻的复杂。

"我进来了？"宋琪敲了敲卧室的门。

"你敢进来我杀了你！"江尧一把拽过被子把自己下半身包上，他腿还光着，脚上一双毛袜子。门没关，宋琪一推就开了，他手上挂着条裤子，跟江尧一对视上就倚着门框笑起来，实在是忍不住。

虽然不合时宜，但江尧此刻着实是十分佩服赵耀，他要是能有那家伙的脸皮，这会儿都会把内裤扒下来直接糊宋琪脸上。

"你再笑一声。"他一手攥着被子，一手指着宋琪。

虽然语气足够狠，但江尧无奈地发觉对于在宋琪跟前时不时的吃瘪丢人，他竟然都快习惯了，内心基本零波动，甚至还有点儿想跟着笑。

"你就穿一条裤子？"宋琪看了一眼地板上团成一团的泡了酒的裤子，把刚从阳台收回来的休闲裤扔给江尧。

"我们时尚弄潮儿都这么穿。"江尧接过宋琪的裤子抖了抖，在心里比画了一下腿长。

"挂空挡？"宋琪问。

江尧忍无可忍地把被子一掀，敞着腿大爷似的坐在床沿上，"看见了吗？"

他还自暴自弃地弹了一下裤边儿，很狂地扬起下巴："纯棉的！"

宋琪这下真憋不住了，头一撇直接笑出了声。

反正脸丢得差不多了，江尧索性坦然了起来，蹬着腿打算套裤子。裤子是湿得彻底，内裤其实还有救，说湿也没湿透，毕竟第一时间反应过来了,但大冬天的裹在身上总归是不舒服,也不好真在人家这儿脱个精光,靠体温焐焐得了。

"哦。"宋琪笑着冲江尧抬抬下巴,"那一块儿脱了吧,洗完给你放小太阳上烤烤。"

"……"

"还是你想穿我的?"见江尧没反应,宋琪又问。

江尧瞪着宋琪:"你在这儿等着干吗呢?"要脱也不能这么当着面脱啊。

宋琪又笑了一声,摇摇头出去了,还体贴地带上了门。

江尧感觉自己的丢人程度能直接刻上碑文流传后世。这裤子穿他身上裤脚长了点儿,宋琪穿着还能露个脚踝,在他腿上快咬着脚面了。不过休闲裤无所谓,宽松,长点儿短点儿都一样穿。

料子还挺舒服。江尧揣着裤兜原地蹦了蹦,拿着换下来的裤子拉门出去。

刚出去肩膀就被人拍了一巴掌,"啪"的一声,把江尧都拍楞了,跟被人拍了脸似的,瞪着宋琪就原地弹出二尺远。

"你什么毛病?"江尧心里滚过一串脏话,他推开宋琪走过去把裤子扔洗衣机里,乒零乓啷地折腾一通,坐回电视前面。

"不是胆子挺大?"宋琪的笑从看见江尧把啤酒倒裤子上开始就没消下去过,抱着胳膊戏弄地看他。宋琪打心眼儿里觉得这小孩儿太有意思了,时时刻刻都能给人惊喜,抽完一根烟才压下笑意重新过去。

04

鬼片是看不下去了,江尧再看见那颗脑袋滚出来只想踹电视。

"换个喜剧。"宋琪从刚才江尧纠结的几张碟片里挑了一张。

江尧面子里子一并丢光了,也再没什么顾及的,他伸手想拿啤酒,看着两个混在一块儿的易拉罐也分不清个你我,直接问宋琪:"哪个是我的?"

"多的。"宋琪说着,眼角带着笑地看过去,随手拿了一罐闷一口,又说,"反正两个你都喝过了,无所谓。"

江尧被宋琪看得来气,劈手从宋琪手里把易拉罐给夺过去,灌了一大口,挑衅地一抹嘴:"我的!"

"哎。"宋琪转身从沙发上拽了两张抽纸,擦擦地上溅出来的酒,又顺手往江尧嘴上胡噜了一下,笑得十分无奈,"你幼不幼稚?"

这纸刚擦过地!

江尧嫌弃地撇着头躲开,宋琪把纸团抛进垃圾桶里,拎过剩下两罐没开的啤酒垒在江尧手边:"都是你的,行吧?"

两人恐怖片、喜剧片倒着看，感觉也没过去多久，阳台没拉严的窗帘缝就不透光了，厨房外的天色暗了下去，屋里渐渐黑了个透，只剩电视和小太阳明明灭灭地闪着。

"饿了没？"宋琪问。

"还行。"江尧感受了一下，"一肚子水。"

"卫生间在那儿。"宋琪指了指。

"也不是这个意思。"江尧说。

"怕你再尿一条裤子。"宋琪说，躲过江尧的袭击站起来开灯进厨房，"过来洗菜。"

"我一个客人还要动手？"江尧伸了个懒腰。

"你来干吗的？"宋琪开冰箱往外拿菜。

"也是。"江尧笑笑。

本来说请人家吃饭，结果一本正经地享受起来了。

"你这冰箱纯素的啊。"江尧从沙发上把外套拽下来套上，"我去买点儿熟食吧，附近有熟食店吗？"

"小区门口右拐。顺便带包底料，家里只有锅。"宋琪说。

江尧差点儿没反应过来什么底料，拎着围巾张了张嘴，说："合着你家连底料都没有。"

宋琪没理江尧，见江尧已经麻利地穿好鞋要出门了，又掀了掀眼皮说："这下真是穿一条裤子出门了，别冻着。"

江尧被他嘲得都快没脾气了。

宋琪笑着朝江尧弹了弹水，把手上的一捧菜叶往盆里一摔："这盆菜等会儿都是你的啊。"

"多吃一口你都不是人。"江尧拽拽外套就要转身出门，"我去了啊。"

"嗯。"宋琪答应一声，手上继续洗着菜，声音有点儿模糊地说，"慢点儿。"

"啊。"江尧摔上门出去了。

外面不比屋里，猛地一出去冷风激得江尧一个哆嗦，他跺跺脚往楼下跑，也没觉得多冷，腔子里热烘烘的。

出门有人交代"慢点儿"，比他自己那个真家还有"家"味儿。

宋琪甩甩手上的水，去客厅抽了张纸边擦边往阳台走，掀开窗帘，正好看见江尧从楼后转出来，往小区门口小跑过去。

他倚上窗门，望着江尧的背影感受了一下，这是这八年来，他头一回又找到了点儿"等人回家"的感觉。

这么形容也不对，以前他什么都不懂，从来没觉得等人回家是件有滋味儿的事,也没觉得有人需要等。

他甚至都没来得及把纵康划进"家人"的范畴。

"宋琪,你知道那天下午,纵康哥对我说了什么话吗?"
"他说他想再加把劲,租个更好的房子,把你和你妈妈接过去照顾。"
"他真情实意地想跟你们一起好好生活,他说他有家了,说那是他最高兴的一个年。"

想起陈猎雪在纵康墓前对他说的话,宋琪眯着眼呼出一大口烟。

陈猎雪说他不配,说得挺对的。

人啊,真是丢了什么才知道惦记什么。

江尧不止买了熟食和底料,还在门口的小超市装了一兜子零食,什么顺眼拿什么,结账的时候想起宋琪说喝白酒,又抄了瓶二锅头。

已经走出超市了,他想了想,推门探个脑袋问老板:"棉拖有吗?"

拎着满满当当一袋子吃的回到宋琪家门口,江尧特别有成就感。

他其实挺爱买东西,一大包一大包地买,拎回住的地方会觉得自己过得特充实,把冰箱塞得满当当的,或者分出去给一群人吃,看着就舒服。

像过日子,特安稳的那种日子。

宋琪刚打开一道门缝,江尧就推开他挤进去,把东西往沙发上一扔跳了两下:"冻死了!这小区的楼道怎么一层有灯一层没灯的?台阶还都不一样多,老踩空。"

"哪层有灯?"宋琪倒了杯开水给江尧。

"隔壁三楼。"江尧接过水杯往旁边楼指指。

宋琪看了他一会儿,说:"你自己琢磨琢磨这问题傻不傻?"

江尧笑了一声,把杯子放在餐桌上,开始摘围巾脱外套。

"怎么买这么多东西?"菜已经洗好放餐桌上了,宋琪回厨房收拾他的汤,掀开盖子一股白气滚出来,那种家里做菜特有的朴实香味儿在屋子里弥漫开来。

他用勺子搅了搅,问江尧:"料买了吗?"

"买得多证明尧哥哥疼你。"江尧先把棉拖拿出来踩上,小区超市太小了,没什么好看的居家鞋,要么码小要么丑,唯一一双能穿的还支了俩耳朵,大毛团子看着有点儿傻。

他直接把塑料袋拎进厨房,拉开冰箱门在跟前蹲下,一边往里塞东西,一边把三袋火锅底料递给宋琪:"不知道你吃什么口味,自己挑一个。"

宋琪接过来看看,摁了两下电磁炉,捋着袖子也蹲了下来。

"干吗你？"冰箱前面就那么点儿大的位置，蹲一个江尧和一大袋子东西就够费劲了，宋琪再往这儿一挤，江尧差点儿后背贴着橱柜直接坐地上。

"刚出去买的？"宋琪先注意到江尧脚上的丑棉拖，然后理着塑料袋里的东西问了一句。

"那不然你说你变出来的也成。"江尧边说，边继续往冰箱里塞。

"二锅头就别往里搁了。"宋琪拎出几袋菜站起来。

"哦。"江尧才看见手里拿的是什么，胳膊一抬把瓶子放案台上，"顺手了。"

"一肚子啤酒，你喝得了这个？"宋琪把酒瓶往里放放，从上往下看着江尧的后脑勺，他今天没扎小鬏儿，头发说服帖不服帖，说顺滑又被静电扬得有点儿参差。

宋琪多看了两眼，发现江尧头顶有个位置特正的发旋，从这个角度看，像颗挺圆的瓜。

敲上去会"嘭嘭"响的那种。

"看不起人啊。"江尧拍上冰箱门站起来，重新露出消瘦泛白的脸，撕了根棒棒糖塞嘴里"咯嘣咯嘣"地咬，"我有一回中午跟我妈去吃什么宴，忘了怎么着了反正红白色兑着喝，喝完我就接着上学去了，还做了张数学卷子，考了107分。"

"那你挺强的。"宋琪递给他两盘菜，"端过去吧。"

"也就那阵儿，后来我妈死了我就开始浑了。"江尧接过来闻了闻，点点头，"香。"

宋琪看他一眼，说："再后来呢？"

"再后来？再后来就不想在学校待，找了个画室学画画，再再后来就到这儿了。"江尧倒坐在椅子上把胳膊往椅背上一搭，垫着下巴看宋琪，"哎，你是不是还当我学校是技校呢？"

"你们学校那个门实在破得可以，让人联想不出什么好地方。"宋琪把汤锅端出来接上电，拆了底料进去让锅滚着，又去电视前面重新换了张碟。

"那破门后边是美院，搞艺术的，艺术殿堂明白吗？"江尧敲了敲碗。

"那这殿堂够低调的。"宋琪过来在餐桌前坐下，抽掉他手里的筷子，"要什么小料自己进去调。"

"不用。"江尧直接舀了一勺汤底在碗里，"其实还是画画，只不过就是学校里什么风格的人都有，占了个样式齐全。"

"看出来了。"宋琪点点头，拧开二锅头给自己倒上一杯。

江尧弹了弹自己跟前的空纸杯。

"真喝？"宋琪扫一眼沙发前还没收的几罐空啤酒，给他倒了个半满，"行吗你，等会儿再吐我一锅。"

"恶不恶心。"江尧嫌弃地闭了闭眼，把筷子放下，"我是不是还得当场做套卷子给你看啊？"

"不用，给我画个画就行了。"宋琪说，用筷子捞了捞菜。

还真画了。

江尧清清嗓子没接话，他把椅子倒了过来，也没好好坐，两条腿往上一盘，不知道从哪儿摸出根小皮筋，抓起头发利索地捆上，冲宋琪举起酒杯接着扯："我们那儿喝二锅头就跟喝豆汁儿一样，有事儿没事儿整一口。"

"差不多吹过了啊。"宋琪翘着嘴角笑笑，用杯口碰了碰江尧的杯口，仰脖喝酒。

第一批下锅的菜浮起来了，江尧捞了一筷子，说不上好不好吃，在家用料包煮出来的火锅跟外面的肯定不能比，主要就吃个氛围。

"这么看，一个人出来住还挺舒服。"啤酒压饿，江尧吃了会儿就得放下筷子缓缓。

他从咕嘟冒泡的火锅打量到顶着蒸气的天花板，阳台的窗帘拉开了，玻璃窗上映着外头的天幕与灯火，眼前儿是一个让人舒服的宋琪，胃里有酒桌上有肉，一肚子凉飕飕的酒水被热气腾开，顺着血管全身游走，让他整个人都放松下来，从里往外地舒坦。

"自在。"把不知不觉见了底儿的最后一口二锅头咽下去，江尧眯缝一下眼。

"跟家里关系特别紧张？"宋琪不急不缓地吃菜，靠着椅背看江尧。

"不紧张。"江尧摇摇头，他吃得耳根发烫，扯了扯毛衣领口咬上根烟，低头点上火才抬起眼皮继续说，"就跟没关系似的。"

他手指搭在盘起来的膝盖上敲着节奏，说："从我记事起，我爸妈就天天打、骂、吵、闹。"

"他俩可有意思了，在家掐得直号，出了家门还要装模范夫妻，我和我哥在外面都不乐意陪他俩演。"江尧笑笑，"忒假。"

"亲的？"宋琪问。

"亲哥。"江尧又点了下头。

"我妈死了以后我爸基本就不管我，我也懒得理他，江越……就我哥，"江尧解释，"他也烦，他那时候大学刚毕业，我初中，都不回家，见面就呛，呛起来就打，后来呛都懒得呛了，就谁都不搭理谁。"

"我小时候，一直以为每个人家里都这样，吃着吃着饭就掀桌子，后来发现竟然不是。"江尧挠挠脸，"我也不知道为什么我家这样，明明别人家看着都挺好的。"

江尧不知道在想什么，脸上表情有点儿空，他重新捡起筷子又吃了两口菜,简单地发表个总结:"反正就是一窝疯子。"

"唉,不说了。"他拽张纸擦擦嘴,把筷子往桌上一扔,"提起来都心烦。"

江尧说后面那些话时,宋琪一直没再插嘴,很安静地听。

江尧说完,宋琪把火力摁小了点儿,也叼上根烟,把手举到江尧脸前,慢慢比了个一二三。

"什么?"江尧看他。

宋琪搓个响指,指了江尧一下:"笑。"

江尧想起来了,那天他去找宋琪拿车,宋琪跟他玩了个看着有点儿蠢的憋笑游戏,他还输了。

同样的路数,他这次又输了。

"毛病……"江尧嘴角一扬,瞪着宋琪笑得停不下来,感觉喝下去的酒全都一荡一荡的,涌进脑子里晃得他发晕。

宋琪也笑了笑,冲江尧推推酒瓶子:"还喝吗?"

"不了。"江尧笑得腿麻,叹了口气站起来感受一下,脑袋有点儿晕,浑身的经络倒是被酒精滚得舒展过了头,只想有个能靠的地方瘫着,他就歪回电视前的垫子上伸了个懒腰,"现在刚刚好,再喝就高了。"

"还挺自律。"宋琪抬起一条腿踩在椅子边儿上,胳膊架在膝盖上抽着烟。

"毕竟我一大好青年,没有借酒消愁的习惯,点到为止。"江尧倚着沙发看电视,舒服地说。

江尧的骨头生得好,很适合这样把脸全部露出来的发型,从额头、鼻梁到下巴,起伏有致的一条线在电视屏幕五彩晦暗的光线里非常漂亮,像一柄凌厉纤薄的刀刃,明明只是面无表情地看电视,眼皮一耷拉,就带上了一种桀骜不驯的活泛感。

他张牙舞爪地在软垫上翻了个身,歪在沙发上冲宋琪伸手摆了摆:"你去冰箱给我掏点儿东西来吃,我撑得动不了。"

"……撑得动不了还能吃?"宋琪说。

"哎,你不懂,这是氛围。"江尧一本正经地说,"你就当我是条暴龙,守着堆财宝什么都不干也高兴。"

"什么东西。"宋琪笑着站起来,去厨房开冰箱。

他也没挑,抓着什么是什么,连吃带喝地给江暴龙兜了半怀"财宝",关上火锅和客厅的大灯,也在沙发前重新坐下。

江尧满意地吹了声口哨:"等会儿我刷锅。"

"我要感动吗?"宋琪伸手在零食堆里翻了翻,边找遥控器边说。

江尧看着他刚想说话,窗外突然炸了一朵烟花,"嘭"的一声,璀璨夺目。光芒从阳台映进客厅,接着就一朵接一朵,在二人身上浇了一层层转瞬即逝的光斑。

江尧吓了一跳,打了个激灵往窗外看,若有所思:"就跨年了?"

"应该是……"

应该是学生放着玩儿的,宋琪想说。

然而没等宋琪说完,刚才还瘫在软垫上的江尧突然一跃而起,一手捞起搭在沙发上的外套,一手攥住宋琪的手腕用力一扯,很嚣张地冲宋琪扬眉毛:"带你放烟花去!"

要是纯论力气,江尧生拽肯定拽不动宋琪,但是宋琪看着他亮晶晶的、在酒精作用下带着点儿兴奋的眼睛,眉心一跳,莫名就顺着江尧的力道站了起来。

接着一连串的动作就行云流水,江尧风风火火地拉着宋琪闯出了家门。

他一个没反应过来,门就在身后"哐"地阖上了。

05

"江……哎!"宋琪想让江尧停一停,好歹让他把手机摸出来照着,结果名字都来不及喊全,脚下一空,江尧已经拉着他在楼梯上狂奔起来。

他骂了一声,只能随着江尧的节奏一块儿跑下楼。

不跑不行,楼道里黑灯瞎火,跟下山似的,惯力推着人往下,这时候谁脚底打绊来个倒栽葱,起步就得是个九级伤残。

幸好还有烟花在天上噼里啪啦地炸着,投射在楼道里勉强能辨个楼梯转角,让他俩不至于窜猛了一脑袋扎别人门上去。

烟花爆炸一般的动静配合他俩这速度,宋琪莫名地产生一种战乱逃命的错觉,他只觉得喝下去的酒全都被江尧这出其不意的举动给晃了起来,激得肾上腺素狂飙,耳朵里全是鼓膜的躁动,浑身热腾腾的,脑子也跟着发晕。

整得跟拍电影一样。

"到了!"江尧喊了一声,猛地刹住脚。

"嘭!"

宋琪随着声音抬头,一篷硕大的烟花在眼前绽开,动静比前面所有的加起来都大,无数光点在漆黑的天幕中四散开来,乌漆墨黑的世界突然亮如白昼,亮到宋琪能清晰地看见江尧仰起来的侧脸上绚烂的光线,与映在眼睛里的火花。

这一朵硕大无比的烟花消散以后，四周迅速陷入黑暗，好半天也没有再炸起来。

"没了？"江尧等了两秒，有点儿蒙地看向宋琪。

"放完啦放完啦，回家！"跟回答似的，隔壁楼的一家四口欢天喜地地欢呼着，脚步声由近及远，逐渐消失。

这下连声音都没了，除了二人带着酒味儿的大喘气，楼道口一片黑寂，外面昏暗的路灯缓慢地将光线蚕食进来。

"怎么没了？"江尧才觉得冷似的，把顺手抄来的外套递给宋琪，自己搓着胳膊往外蹦，伸头看天，"我们学校那帮人不是年年都得闹半宿吗？"

宋琪往外套口袋里摸了摸，摸到钥匙后松了口气，还好江尧手够稳，没给他把钥匙甩出去。然后他掏出手机摁亮看一眼，举到江尧眼前。

"八点……四十七？"江尧被手机屏幕光刺得眯着眼，使劲儿睁开瞪完手机瞪宋琪，"不是要跨年了吗？"

"喝高了。"宋琪点点头，收起手机下了个结论。

"不是……"江尧莫名有点儿想笑，他用力撸了把头发，"我真以为十二点了！"

"所以你疯狗似的把我扯下来，就为看这么一眼？"宋琪指指天空，又踢了一脚江尧的棉拖，"脚上也跟踩个狗似的。"

江尧低头看一眼自己脚上俩挂着耳朵的大毛球，再看一眼宋琪的室内拖鞋，两人在昏暗的楼道口对视一会儿，同时往旁边撇头，闷笑起来。

江尧往墙上一靠，笑得脑袋发晕，整个人直想往下出溜："什么玩意儿……"

"够能疯的。"宋琪把外套套上，掏出钥匙来给江尧，自己抬脚往外走，"上去吧。"

"你干吗去？"江尧从墙上弹起来，攥住宋琪的胳膊。

"我……"宋琪脚都还没迈出去，看看江尧抓着他的手，"离家出走？"

江尧目前的状态就是听什么都想笑，他也没客气，把宋琪的衣服往身上一披，学着电视里那样展开另一半襟口冲着宋琪，豪情万丈地说："来，共享温暖。"

"你买着假酒了吧？"宋琪推了他脑门儿一下，把外套扯回来，"不穿给我，赶紧上去，我去门口买烟。"

"那我跟你一块儿。"江尧这会儿是真上头了，穿着毛衣就想往外走。

宋琪指了他一下："上去，不然揍你。"

"厉害啊，宋琪哥哥。"江尧扬扬眉毛，他也知道自己现在有点兴奋过头了，"行，我鞋丑，我认尿。"

江尧没直接上去，打算吹吹风清醒清醒，结果一会儿不到，宋琪就出现在了楼道口。

"哎。"两人一对眼，宋琪无奈地叹了口气。

"你鞋带加速功能啊？"江尧瞪着他。

宋琪没理江尧，似乎是想了想，他把拎在手里的小纸筒拿出来，蹲下来往地上一磕。

"什么？"江尧也在宋琪对面蹲下。

"你不是想看烟花吗？"宋琪把打火机打着，凑近引线。

"你疯了吧！"江尧差点儿弹起来，"这么近你这边点上等下咱俩直接飞天！"

宋琪笑了一声，没当回事儿："那你再往后点儿。"

"我往后几米也……"江尧话没说完，宋琪就把引线点着了。

"唰——"十来朵二十厘米高的小烟花从纸筒里直直蹿起来，跟个巨型仙女棒似的，把楼道照得透亮。

"我……"江尧张张嘴，蹲在原地没再动。

"九八九十十九八九四。"看着烟花，宋琪突然说。

"什么？"江尧有点儿愣神，隔着烟花看他。

"每一层有多少楼梯。"宋琪点上根烟吸一口，"下回像疯狗狂奔的时候数着跑，不会摔成狗吃屎。"

"……啊。"江尧愣了好一会儿才答应一声，他刚才费了一根烟的时间清醒，现在被宋琪这么一支烟花一串数字整稀碎。

"虽然我不过元旦，但是你们好像都挺在意这个。"宋琪又说，他透过小烟花看着江尧，翘翘嘴角，"早了几个钟头，先祝你元旦快乐，小朋友。谢谢你请我吃饭。"

江尧说不出话，盯着宋琪，在心里翻江倒海地骂。

最后一捧烟花落了下来，楼道口重新变暗。

"爽了吗？"宋琪站起来把纸筒踢开，走到江尧跟前弹了他一个脑瓜嘣，"爽了就上去，忒冷。"

以前江尧不怎么觉得他会被情绪完全操控，即便他能一言不合地踹了顾北杨的茶缸子，也觉得自己心里有着度。

可是人在某些时候，脑子是真的会烧成一团糨糊。

比如喝多了。

受刺激了。

兴奋了。

冲动了。

被戳着胸窝缝里说不上来的某一块儿软肉了。

或者以上种种情况综合在一起,江尧觉得自己要不做点儿什么说点儿什么,今天晚上就要憋死了。他从宋琪报那串数字开始就一直死盯着宋琪的脸看,现在宋琪走过来了,他还是盯着宋琪看。

"不爽。"他脚下没动,听见自己说。

"不爽也没了,想玩下回自己去买。"宋琪没搭理江尧,从江尧身边错过去。

"跟你说个事儿。"江尧浅浅地抽了口气。

"嗯?"宋琪转过头,空气中带着点儿烟花的硝烟味儿,江尧攥着他的领子撞了上来。

"谢谢。"跟上次安慰宋琪的拥抱不同,这一下他磕得脑子发麻,心里却莫名地生出了一种安定感,像一直以来飘浮在空中的生活突然有了重量,缓缓地平安地降落在地。

宋琪推开家门,电视还在黑洞洞的客厅里放着,屋子里飘着火锅的香味,暖洋洋的,还是同一个舒适的氛围。

大灯亮起来的时候,江尧心里还滚过一句"快乐的时光总是如此短暂"。

宋琪家那个看着起码有二十年寿命的洗衣机没有烘干功能,江尧把裤子掏出来才发现竟然还是潮的,宋琪也"哎"了一声,说忘了。

"你先穿着吧。"他指指江尧腿上自己的裤子,"你的裤子,先挂这儿晾着?回头再来取。"

要搁先前江尧也就同意了,不是什么大事儿,也没更好的招儿。但现在他怎么琢磨怎么奇怪,总感觉自己透着股臭不要脸的气息。

"我拿回去晾吧,你有袋儿吗?给我一个。"江尧抖了抖裤子,把内裤团起来塞进裤子里卷上。

宋琪看他一眼,没说什么,在屋子里找了个纸袋递过去。

江尧快速地扫了一圈落没落东西,然后拎起自己的裤子和两袋垃圾就准备撤。宋琪抱着胳膊靠在墙上看他穿鞋,突然说:"水晶鞋别落了。"

"什么?"江尧扭头看他。

"看你急得跟睡美人一样,踩着点往回赶。"宋琪说。

江尧直起身想了想,严肃地说:"那是灰姑娘吧?"

"是吗?"宋琪点点头,"我都没看过。"

"戏精。"江尧笑了会儿,指指地上的大毛拖鞋,"水晶鞋给你留这儿了,走了。"

"糖。"宋琪把软糖罐子抛过去。

江尧接住小罐子后抛了抛,塞进纸袋里。

本来下一步直接拉开门也就走出去了,因为这罐糖,江尧想到刚才的小烟花和那一串数字,心里猛地软了一下,还是想跟宋琪说点儿什么。

他握着门把手想了想,咬牙说:"我……跟你说个事儿。"

"什么?"宋琪还是靠在墙上抱着胳膊看他,"还想再来一下?"

江尧手上一使劲差点儿把门把手掰下来,心里的小火苗因为这句话"唰"地蹿起一人高,盯着宋琪说:"我怎么觉得你还挺期待的呢?"

宋琪无所谓地扬着嘴唇笑笑,示意他继续说。

"我今晚有点儿嗨过头了,你别那什么……"江尧清清嗓子,有点儿挂不住脸,手指在门把手上一下下敲着。

"那什么?"宋琪继续看着他,逗耗子似的问。

"什么那什么,"江尧耳朵烧得后脑勺都发麻,做出不耐烦的表情说,"我就是怕你被吓到,礼貌性地安抚一下……"

宋琪没有反应。

或者说,他淡定过头了。

"我知道。"宋琪说,还点了点头。

两人对瞪了一会儿,江尧撑不下去了,他跟挨了烫似的拉开门就想往外窜,窜了一半忍无可忍地转过来,硬邦邦地扔下一句:"元旦快乐!"

"砰!"这下真的摔门跑了。

宋琪看着江尧这一连串的反应,忍不住笑了一声,拧开房门冲乒零乓啷往楼下冲的江尧说:"九八九十九九八九四。"

"滚!"江尧喊。

不知道几楼的邻居被吵着了,传来使劲开关门的动静,宋琪没管,直到江尧跑下了楼,楼道里没有脚步声了,他才关上门。从兜里摸出刚买没拆的烟打开衔上一根,慢慢走到阳台门前靠着,他也没走到窗前露出影子,就只在门框上靠着。

一根烟不知不觉就下去了,宋琪转身回到客厅把烟头摁进烟灰缸。电视还在放着,他把沙发垫子一个个捡起来扔回沙发上,自己也坐进去屈起腿靠着,又咬上一根烟,也没想什么,盯着电视放空了一会儿。

脑子里出现纵康的脸时,嘴角猛地一蔫,宋琪摁了摁,突然发现自己在反思。

有时候他跟江尧开玩笑的尺度,是不是有点儿……太过了。

第七章
跟三磕巴他们一样

01

江尧走到宿舍楼下,揣着兜在小花坛边上坐下,两只脚踝互相架着,瞪着地面不想动。

回去还得迎接赵耀的大嗓门儿,江尧想想就一阵头疼。

之前他觉得把宋琪当个普通朋友,维持着待在一块儿比较自在、互相也保有距离的感觉就挺好。但此时此刻,他想要把这个人留在自己的生活里,当可以一辈子喝酒谈心、互相支撑的兄弟、家人。

江尧心里乱得很,想起那群在修车厂的孤儿,他醍醐灌顶,终于想明白了自己在不舒服什么。现在的他对宋琪而言,好像最多算是个稍微认识的,偶尔闲下来可以聊聊的,带着条狗突然闯进修车厂的脾气不好的小孩儿。

学校里这会儿很热闹,一眼扫过去全都是小情侣,走在路上的都是要去过节的,前后左右搂着的坐着的,窸窸窣窣的悄悄话直往耳朵里钻,想装听不见都不行。江尧觉得自己在这儿坐着特不合时宜,跟杵了个巨型电灯泡似的。

只穿了一条裤子的腿抻了半天有点儿僵,江尧把两条腿换了个位置,看着这裤子叹了口气。

他真说不上来现在的情绪是怎么回事儿。

按常理来说,宋琪任由着他脆弱、胡闹、情绪化,这是件挺不错的事儿。

但这不也同时证明,人家压根就没把你当回事儿吗?

在宋琪眼里,估计就跟他那个"江尧小朋友"的微信备注一样,全是在逗小孩儿。

江尧试着从头到尾捋清楚这层逻辑，结果越理越烦，到最后什么也没理通，还给自己理了一肚子郁闷。

掸了掸裤子上看不见的飞灰，挂在手腕上的纸袋也哗啦啦响，江尧又叹了口气，他明白自己现在的状态有点儿别着劲儿的意思。但他这么爱面子一人，冷不丁反应过来自己在宋琪眼里一直就是个小屁孩儿的形象，着实是有点儿心梗。

也不知道在楼下待了多久，等整个宿舍区"唰"地暗下来，江尧才发现竟然已经熄灯了。再不回去不行，他站起来跺跺冻得有点儿发麻的脚，活动活动脖子准备上楼。这一活动没事儿，头刚偏过去，一抹眼熟的人影闯进视线，他又把脖子慢慢地拧了回去。

"江尧。"陶雪川推推眼镜，走过来喊了他一声，"你在这儿干吗？"

"啊。"江尧答应着，下意识地往陶雪川身后的灯柱子上看，总觉得能逮着个肖大四。

"我坐会儿。"江尧挠挠脸，被风吹得打了个寒战，看着陶雪川问，"你刚回来啊？"

"嗯，今天有点儿忙。"陶雪川清清嗓子，眼也不眨地说。

"哦，那上去吧。"江尧点点头，没再说什么。

也不知道为什么，翘火锅二人组猛地一打照面，各自都有点儿心虚的意思，谁也没逮着谁问，打了两个哈哈一块儿上楼了，迎接来自火锅战士赵走光的咆哮。

那之后几天，元旦假过去，寒假真正来临之前，所有人都莫名地忙了起来。

"每到要放假的时候，事儿就贼多，烦都能把人烦死！"赵耀甩着他那巴掌大的小刺绣从A楼一路骂到C楼，越骂越铿锵，原因是他熬了三周的刺绣选修课，临近交作业结课被老师给驳回了。

江尧被他聒噪得耳朵疼，皱着眉"哎"了一声。

赵耀消停了两秒钟，没憋住又开始愤愤不平地说："你跟森儿那个选修课怎么那么省事儿，画个画就行了！"

说到那幅画，赵耀又往江尧肩膀上一捣，眉飞色舞："你挺聪明啊，尧儿！画个不露脸的，一条胳膊横过去挡得一干二净，大色块铺出来还挺有感觉，学习了！"

"……"

江尧不想提那幅画，提到画上的宋琪他就想到这造型的由来，就想到当时他拍照片那一连串"咔嚓嚓嚓嚓嚓"的动静，就想到宋琪一把攥着他手腕，蹙着眉头问"闹什么"。

自己是真丢人。

人生啊就是这样，当你在某个节点突然认清自己在某个人心中的定位，往前回首，就会猛地发现，你在对方的世界里没有一桩不犯蠢的事儿。

江尧推开宿舍门，撒森又用晾衣杆举着条裤子杵到鼻子跟前问他们："这是你俩谁的裤子？我问了班长说不是他的。"

"不是我的，我没这种裤子。"赵耀拽过来看一眼，又闻闻，跟着就要往腿上套，"尧儿身上的味儿！"

"你还能不能学会说人话？"江尧把裤子夺回来扔床上。

"你的洗衣液不就这个味儿嘛，我又没说错。不过你什么时候买的啊？我都不知道。"赵耀没试成裤子也无所谓，敞着他紫色的毛秋裤在床上盘腿坐着，划拉着手机说，"对了，你们都记得抢票啊，后天放假了！"

宫韩早上刚在微信上催了一回，江尧看好了买票的日子，想了想，决定走之前把宋琪的裤子给他送回去，已经拖好几天了。

给宋琪发消息的时候他还斟酌了一会儿语气，最后把自己斟酌烦了，磨叽得心头火起，他麻利地发过去一句话："裤子给你送回去。"

反正他在宋琪面前都出那么多次糗了，早就面子里子一块儿丢了个精光，管他宋琪是把自己当小孩儿还是什么，他放假前能在宋琪那儿多待一会儿就多待一会儿。毕竟后头家里一屁股糟心事，这个年过不出什么好滋味儿，当下攒点儿快乐值最重要。

宋琪直到两个小时后才把消息回过来，这期间江尧都快把手机给转烂了，"嗡"地一振，他点开看，终于是宋琪的回复。

——"来店里吧。"

四个字儿，干净利索。

三磕巴蹲在店门口逗狗，宋琪从旁边过去，看他一眼，往他脑袋上弹了一下。

"哎，哎！"三磕巴捂着后脑勺叫唤，把二哈吓一跳。

一人一狗同时拧头往回瞪，见是宋琪，三磕巴把手放下来，蔫蔫儿地喊了一声："宋、宋哥。"

"愣什么呢？"宋琪一打眼就看出他情绪不对，把手上的活计放在一边儿，摘掉手套也蹲了下来，视线在三磕巴全身扫了一圈，"死样活气儿的，没吃饱？"

"我，我又不是，是二碗。"三磕巴垂着脑袋说，捡了块小石子丢出去。

宋琪在兜里摸了摸，掏出一颗糖扔给他。

"面条给，给的吧？"三磕巴把糖纸剥开将糖扔嘴里，嚼着说，"他给我们都，都分过了。"

"嗯。"宋琪点了下头。

"宋哥你，好像从来不，不吃糖。"三磕巴说。

"我不爱吃甜的。"宋琪看他一眼。

"我不，不信。"三磕巴摇摇头，"哪有人会，不，不喜欢吃甜的。"

三磕巴用舌头"嘎啦嘎啦"地卷着糖，垂着眼皮说："就我们这样，不，不知道什么时，时候就，死了的，也，也……"

他话没说完，宋琪就往他后脑勺上拍了一巴掌。

"哎。"三磕巴摸着头笑笑，手搭在后脑勺上就没放下来，屈起膝盖把脸埋进去，瓮声瓮气地说，"宋哥，我，我最近老觉得累，胸口的气一，一会儿上得来，一会儿上，上不来的。昨天睡觉，突，突然就被憋，憋醒了，特别，难受。"

宋琪看了三磕巴一会儿，从救助站过来的人都知道自己的情况，每个人都有种置之死地而乐观的精神，很少这样跟宋琪身体上的事，知道这些事儿提起来谁都不好受。三磕巴是这一厂子人里最瘦的一个，宋琪隔着棉服都能摸到他凸起来的颈骨，脆弱得像捏一下就能碎。

"吃得太少了，"宋琪使劲胡噜了一把三磕巴的头发，"以后你跟二碗一样，多吃两碗饭，什么事儿都没有。"

"哦！"三磕巴"吭吭"地笑了一声，抬起头说，"那，那我晚上想吃猪，猪脚！"

"买。"宋琪点点头站起来。

他刚戴上手套准备继续去干活，三磕巴搓着二哈的头突然又说了句："我大哥最，最近都没来了。"

"你还惦记上了？"宋琪看他一眼。

江尧别说最近没来店里，那天拎着裤子从他家逃走以后，连个消息也没再发来。

快年底了活儿多，宋琪白天忙得脚不点地，晚上回到黑洞洞的家里开灯开电视的时候，就不由得会想到那天江尧在这儿铺的一地软垫，滚的一地啤酒罐。

"他，他热闹。"三磕巴圈着二哈说，"他一来，店里就，就喜庆。"

宋琪没接他的话，勾起嘴角笑了笑。

"哥！电话！"小梁从隔壁探出身子，把手机递过来，"王老板的！"

接完电话，宋琪才看见屏幕上的几条未读消息里有一条来自"江尧小朋友"，他点开来看，发来的时间已经是两个小时以前，江尧要把裤子给他。

"给你变个魔术。"回复完江尧，宋琪又摁着三磕巴的脑袋晃了晃。

"什，什么？"三磕巴瞪着眼珠子往上看。

"等着。"宋琪敲他脑门儿，笑着进屋了。

忙活到了下午，二碗徘徊在厨房门口揉肚子，朝宋琪喊："哥，不说晚上吃猪脚嘛，天都要黑了，你要走不开我去买啊？"

话音刚落，二哈突然在院子里狂叫起来，一股兴奋劲儿。几个人一块儿往外看，江尧手上拎着东西正往里走，被二哈的热情欢迎吓一跳。

"哎！"二碗看清来人后，立马扯着嗓子喊，"三磕巴你大哥来了！"

三磕巴不知道从哪儿钻出来，高兴地迎上去：大，大哥！你真来，来……

"来了。"江尧把手上拎的一袋子卤肉递给他，跨进店里。

二碗鼻子抽了抽，跟头熊似的扑过来把肉往厨房端，小梁和三磕巴边骂边追着他过去，江尧眼前这才有空间去看宋琪，宋琪正靠在柜台上看着他。

"扶贫来了？"宋琪扔了根烟过去。

"啊。"江尧往前走两步停在宋琪跟前，把装裤子的纸袋递过去，"上回请你吃饭没花出去钱，怪没面子的。"

"真讲究。"宋琪把袋子接过来。

"可不嘛。"江尧说。

两人就这么看着对方没再说话，看着看着，也不知道谁起的头，突然就都笑了。先是嘴唇往上一弯，弯过了头就直接笑出声。

"有病吧，笑什么笑。"江尧低下头揉揉鼻子，嘴角仍然控制不住地往上翘，心里那点儿疙瘩全都笑没了。

"问你自己啊。"宋琪说，他看着江尧头上那个小鬏儿，伸手想抓一抓，手腕已经抬起来了，想想又压了回去，只弹了弹江尧的额头。

"谢谢。"他重新抱回胳膊，看着江尧说。

02

江尧没在宋琪那儿吃成饭，他都准备落座了，宫韩一个电话打了过来，喜气洋洋地说："尧儿！我宫韩啊！"

他听着电话那头嘈杂的背景音，眉心一跳，问："你在哪儿？"

"你猜！"宫韩继续喜气洋洋。

"不说挂了。"江尧把手机从耳边拿下来。

"别！"宫韩在电话里喊了一声，"我在你们这儿的机场，快来接我！"

江尧竟然没觉得有多意外，就是看着大圆桌上刚摆上的饭菜在心里叹了口气，对宫韩说："我知道了，等着。"

机场距离学校大约四五十分钟的路程，但是从宋琪这儿过去近一半，路上不堵车的话应该二十分钟就能到。

江尧走的时候三磕巴有点儿不舍得，嚼着一块卤肉在门口送他："大哥你，你不留，下吃饭啊？"

"急事儿。"江尧拉着外套拉链说，"你们吃吧。"

"要走？"宋琪从厨房出来，见江尧把围巾、手套都戴上了，问他。

"朋友来了。"江尧说，冲着店里的镜子拨了拨头发，"在机场，到了才告诉我。"

"要我送你吗？"宋琪从镜子里跟他对视着问。

这个提议有点儿让人心动，江尧犹豫了一下，但也就那么一下，还是摇摇头从软件上叫了个车，转身说："不用，叫过车了。"

"行，慢点儿。"宋琪看看时间，点了下头。

江尧答应着，车来得很快，再过一个红灯就能到，他又看了宋琪一眼："那我走了。"

二碗他们吃肉吃得正欢，一个个都举着油手跟他道别。

"再，再来啊！大哥！"三磕巴说。

"走吧。"宋琪拽张纸擦擦手，套上外套送江尧到路边，"下回再请你吃饭。"

这就是句客套话，江尧自己也常跟人这么说，但是到了宋琪这儿，他忍不住就多了句嘴："那你得等明年了。"

"放假了？"宋琪很快地反应过来。

"就这两天。"江尧说。

"开心点儿。"宋琪看着他，突然伸手往他头上揇了一把，"过年不高兴容易长不高。"

江尧知道宋琪指的是他跟他爸的关系，他隔着宋琪的胳膊看宋琪的眼睛，没忍住又多说了句："要是高兴不起来呢？"

"高兴不起来，你就会越来越矮。"宋琪收回手在自己腰上比画了一下，"过完年回来你就只到我这儿了。"

"……"

冬天黑得早，温度这会儿已经降下来了，大路边上风吹得狠，张嘴说两句话都能灌一肚子凉风。江尧看着宋琪一本正经的表情，嘴角一抽，还是忍不住闷着头笑了出来："神经病。"

"不高兴就多要几个红包。"宋琪也笑了笑，"假装自己回家创业。"

"记着了。"江尧点点头，揣着兜原地蹦了两下，扭头看车来没来，"到时候找你要你可别耍赖，不高兴了我就找你。"

"高兴了也可以找我。"宋琪说。

红灯那儿堵了一小排车，一串车喇叭声被寒风吹过来，把宋琪的声音挤得有点儿散。

江尧迎着风眯了眯眼，盯着他："什么时候都行？"

问完这句话，江尧脑中突然想起上回在超市被撞倒的米酒塔下，风驰电掣地把他拽开的宋琪；上上回面条被泼了一身水，二碗喊一声"宋哥"就出现的宋琪；还有上上上回在救助站门口，以为他在欺负三磕巴，踹了车门就把他往树上摁的宋琪。

这么连在一块儿想他才发现，这人怎么跟个超人似的，总能及时赶到。

江尧甚至发现他现在再回想被摁在树上的光荣历史，竟然都不觉得咬牙切齿了。

甚至有点儿动容。

"什么时候都行，姨父给你包个大的。"宋琪说着，冲前面开过来打着双闪的汽车抬抬下巴，"是那辆吗？"

江尧对了一眼车牌号："是。"

上车前，他又扭头问了宋琪一遍："什么时候都行？跟三磕巴他们一样？"

宋琪看着江尧，不知道为什么，江尧觉得他一瞬间有点儿出神，像是想到了别的什么人和事，他眨了下眼才继续说："嗯，跟三磕巴他们一样。"

江尧嘴角扬起来，他打了个响指，满意地坐进车里："走了，明年见。"

车子一驶入机场送客区，江尧就远远看见了宫韩的影子。

他身上就一件外套罩着厚卫衣，这会儿估计冻得不轻。江尧让司机把车停过去，开门冲宫韩说："上车。"

"你可算来了！"宫韩拍拍车屁股，把行李往后备厢里一塞，"刺溜"一声钻进后座，瘫在座椅上长长地呼了口气。

"有狗撵你？"江尧看着他。

"我撵狗来了。"

宫韩勾勾江尧的下巴，被江尧蹬了一脚，他歪斜着坐起来搓搓脸，朝手心里哈着气往车窗外看，说："你们这儿也太冷了，一落地给我吓一跳。"

江尧看一眼他的装扮，骂了句活该。

"你怎么突然过来了？"他问宫韩。

"元旦不就说找你嘛，现在彻底放假了，我跟同学出去玩了两天，顺路正好来找你一块儿回家。"宫韩往兜里掏了一把，什么也没摸着，又去拍司机的座椅，"车上有设备吗，师傅？我给手机充个电。"

"也不说一声，就不怕我先回去。"江尧说。

"我还不知道你？"宫韩把手机递给司机，舒舒服服地往椅背上一靠，"明天晚上过年你恨不得明天中午才到家,你能提前一天回去我都掌嘴。"

江尧笑了一声，把手机掏出来点了几下举到宫韩眼前："五十下就行。"

"后天？真的假的？我票还没买呢。"宫韩眨眨眼，看着江尧，"你中邪了吧？"

"滚蛋。"江尧给了他一下，把手机揣回去，"老头子又等不到年后结婚，再不回去小弟都给我生出来了。"

宫韩欲言又止地看着江尧："其实吧……"

"什么？"江尧指他一下，"你要敢说结婚也挺好的，你自己开门下去。"

"哎，没有！"宫韩搓搓肚子，"我说其实这一天我还没来得及吃东西，现在是去哪儿啊？你直接带我吃饭去得了。"

江尧叹气，重新把手机掏出来划拉："想吃什么？"

"你们这儿有什么啊？"宫韩想了想，"算了，也别整地方菜了，这么冷，直接去撸串吧，把你宿舍的人都叫上，我跟那个赵走光兄弟神交已久，正好见见面。"

江尧点点头："你俩肯定聊得来。"

宫韩这回千里迢迢飞过来，攒头加尾拢共待了一天半，除了多吃几顿饭，花四十分钟把他们毫无游玩价值的学校逛了一圈，余下的时光都用来跟赵耀、撒森他们打成一片。

"不是我吹！"赵耀跟宫韩搭着脖子在前面走，"宫韩，我真是一见你就觉得面善，跟认识似的。尧儿的哥们儿就是我的哥们儿，都是自己人！还玩一个游戏，联机我跟你说！回去就联！"

"必须联！我也这么想，尧儿你说神不神？"宫韩拍着赵耀的肩膀，扭头问江尧。

"挺神的，跟你每次给我发视频他们都能看见你绝对没关系。"江尧摁着手机说。

"他这人有时候就是没劲！"二人摆摆手继续往前走。

江尧笑了一声，懒得理他们。三磕巴刚加了他微信，正"大哥"长"大哥"短地喊他。

——"昨天谢谢你请我们吃肉啊大哥。"

——"还有上次的酸菜鱼怪不好意思的，嘿嘿。"

——"下回让宋哥再给你请回去。"

三磕巴打字又快又长，不打标点符号就算了也不分句子，一口气读起来跟听他说话似的。

——"小事情。"

——"从宋琪那儿加的我?"
江尧给他回。
三磕巴:"是啊我找宋哥要的早就想加你了大哥。"
三磕巴:"我们要干活了大哥我先去忙了。"
三磕巴:"回头聊拜拜。"
连着回了三条,三磕巴又录了个小视频过来,证明他们真的在忙。
江尧点开,一眼就从画面里捕捉到了宋琪的身影,他咬着根烟,手里拿着个纸筒还是什么东西,正和另一个技工边说着话边走过去,经过几个犯懒的小工,掂起纸筒一人头上敲了一下。
"看什么呢?"撒淼在旁边问。
"没。"江尧退出小视频,回了三磕巴一个"拜",把手机锁上。
"跟你说,"撒淼压了压嗓子挨过来,"班长昨晚没回来。"
"啊。"江尧看他一眼,陶雪川昨天吃饭的时候就有事儿没来,"他回家了吧。"
"没有,他昨天是去找那个大四的了。"撒淼皱了皱眉,看着江尧。
江尧知道撒淼是什么意思,他突然有点儿烦,老在背后琢磨别人的私生活实在有点儿没劲。
"是吗?"江尧没情绪地接了一声,重新打开手机,"去吃烤肉吧。"
"嗯。"撒淼点了下头,收回目光没再继续这个话题。

广播响起飞机起飞前的最后一次安全事项通知,江尧从微信里找到宋琪,拍了张窗外的照片发过去:"走了。"
然后他把手机关上,窝进座椅里调了调姿势,等待起飞的颠簸。
从起飞到落地一共两个小时,飞机降落的时候,江尧打开了手机,在忽强忽弱的信号里收到了宋琪的回复:"关机。"
江尧笑了笑,给他回复一句:"落地了。"
宫韩对于传说中的宋琪好奇到极点,从下了飞机一路问到出航站楼。
"我倒要看看哪个酷哥这么大魅力,能被我'尧大小姐'纳入朋友队列!"他拖着行李箱像只斗鸡似的乱蹦。
"你怎么比我还激动?"江尧好笑又无奈地看着宫韩,听见那句"大小姐"都懒得纠正了。
"我也想知道!"宫韩跳着说。

03
两人的家不在一个方向,分开的时候宫韩终于冷静了点儿,他又换上那副欲言又止的表情,对江尧说:"你要心烦就去我家啊,我这几天都在家。"

"知道。"江尧拉开车门上车,"估计两个小时以后你就又见着我了,还能赶上晚饭。"

宫韩咧嘴笑笑,心想半小时就差不多。他把车门用力拍上:"走你!"

从落地开始,江尧的心情就开始稳步走低,眼见着离家门越来越近,他就跟被人搁在炉子上似的,一股压抑不住的烦躁把整个人裹得严严实实。

来到小区门口,江尧拖着行李下车。门岗亭换了个新来的保安,从江尧下车起就戒备地盯着他看,走出十米了,江尧还能感觉到后脑勺上挂着两柱视线,烦得他差点儿把行李箱砸过去。

家门口停了两辆车,一辆老头子常坐的,一辆新的,江尧踢了脚车轮胎,摁亮门锁开始输密码。

电子锁"嗡"的一声,提示他密码错误。

摁错了?

用袖子抹了一把锁面上的雾气,江尧耐着性子重新输了一遍,一个键一个键地按过去。

0、2、8、#……

"嗡——"还是错误。

家门密码是他妈去世那天的日期,江尧亲手改的,不可能记错。

他"咣"地朝门锁狠踹上去,刚要收脚,门锁"嘀"一声从里面打开了。

江尧差点儿劈出个大叉,忙扶着门框站稳,才看见来开门的是个小孩儿。

五六岁的小男孩,顶着一脑袋泰迪小卷毛,小得像个萝卜丁,两条胳膊抻直了才能够着门把手,瞪着俩大眼珠子从下往上地看他。

"……你谁啊?"江尧皱眉看着萝卜丁,一瞬间以为自己走错门了。

萝卜丁没敢说话,估计是被大人派过来开门的,也不敢跑,只扭着头往客厅看。

客厅里在播京剧,江越不紧不慢地走过来,看见江尧突然回来也没什么表情,好像上个月把江尧气得摔手机的人不是他一样,他从鞋柜里拿了双拖鞋递过去,语气平平地说:"回来了。"

他又朝萝卜丁伸出一根手指头,毫无亲和力地说:"过来。"

萝卜丁不是很情愿地攥上去。

江尧没换拖鞋,他的注意力被鞋柜里的两双女靴吸引了,再结合眼前的江越和萝卜丁,他指着萝卜丁问:"你儿子?"

萝卜丁睁圆了眼猛猛摇头，松开江越，在自己的小背带裤上擦擦手。

"乱说话！"客厅里传来他爸的声音。

"喊哥。"江越没有表情地指着江尧对萝卜丁说。

江尧花了两秒来理解这句话，在萝卜丁张嘴的瞬间，猛地一指他："闭上。"然后撞开江越就往客厅里闯。

到了客厅他才发现家里不止这三个人，一个比江越大不了几岁的女人正慌慌张张地从沙发上站起来，一个劲儿地拽他爸的衣服。

他爸听着京剧，在沙发上端着架子看他。

江尧抄起墙角木架子上的不知道什么东西就扔了过去。

伴着女人的尖叫，那东西越过沙发"铛"一声砸到地板上，老头子瞪着眼，扬起手杖站了起来。

"反了你了！"他爸跟头暴躁的狮子似的，腮帮上的肉也不知是被气的还是被震的，跟着一阵乱抖。女人忙抱住他爸的胳膊，她不知道该怎么办，为难地喊了江尧一声"尧尧"。

江尧认出她了，还是那时被他拦在家门口的女人，她比前几年老了点儿，估计是生养了的原因，比以前富态了些。

"趁我没动手你自己滚出去。"江尧使劲地喘了口气，他在逼着自己不动手，耳朵里有道电流一样的声音在尖啸，穿过他整个脑子，快要把他引爆了。他连手指尖都绷得有点儿抖，朝玄关指了一下，尽量冷静地控制着音量，"我说过，你敢进这个门，我就让你横着出去。"

"尧……"女人又想喊他。

"反了你了！你敢！"江尧他爸的声音盖住了她。

"别瞎喊！这名字是你能叫的吗？"江尧踢翻了木架子，忍无可忍地骂回去，又瞪着他爸，"你看我敢不敢！"紧绷的理智"啪"地断线了，他踩着茶几就要往他爸那儿扑，却被江越勒着肩膀拖在原地。

"你撒手！"他脖子上的青筋都暴了出来，抬起手肘要捣江越的脸。

"你放开他！"他爸也暴跳如雷，直接把手杖砸了过来，"我倒要看看他敢把他老子怎么样！老子供他吃供他喝！就养出来条白眼狼！"

江尧本来能躲开，被江越拖着却只来得及偏偏头，眉弓靠近眼角的部位硬是挨了一下。江尧身后的江越闷哼一声，他也被砸着了，但江越木着脸不为所动，仍捆着他不撒手。

女人又尖叫了。

萝卜丁在身后"哇"地哭了起来。

挨砸的地方第一时间是没有痛感的，像被冰锥捅着心口，皮肉破开的是一种微妙的冰冷感受，接着，破开的口子里有液体渗透出来，这时候才觉出辣和疼。

血水从眼皮上糊下来的那一刻，江尧心里一空，突然觉得特别没劲。

见了血，客厅里乱作一团的每个人都渐渐静了下来，京剧咿呀呀地在空中荡，江尧抹了一把眼皮上的血水，冷冰冰地看一眼还在瞪着他喘气的他爸，拍拍江越的胳膊："松手。"

江越看一眼对面的老头子，把胳膊松开，杵在旁边随时准备在江尧又发疯的时候拦上去。

江尧懒得看他们，转身往门口走。萝卜丁还挡在玄关口抽抽搭搭地哭，江尧本来想直接抬腿把他扫开，忍了忍，不耐烦地说："滚。"

他去把电子锁的密码换了回来，在"嘀嘀"的操作声中，他一字一句地说："密码是我妈的忌日，谁动谁去见她。"

"咔嗒"一声，密码修改成功。

江尧摔上门走了出去。

看着家门口连屋都没进的行李箱，江尧特别想一脚踢开，把所有麻烦的东西都跟这个家一起抛在脑后。

但是不行。

行为上他把行李箱蹬出去好几米远，理智还是逼着他怎么踢的怎么弯腰捡回来。

捡箱子的动作有点儿丢人，可发火和哭闹都是需要有观众的技术活儿，没有人追出来拉他回家，也就无所谓有没有面子。

里子都没了，哪来的面子。

江尧没有直接去宫韩那儿，他现在一身低气压，走路上能把迎面过来的狗吓一跳，不想去别人家里碍眼。

就是可惜没能看一眼大毛、二毛、三毛。

江尧想起他养在家的三条狗，竟然一条都没出来找他。三条狗加一块儿都比不上二哈。

他养狗可真像老头子养他，都够失败的。

他先去小区卫生站把眼皮上的伤口止血，口子不大，不用缝针，就是消了毒以后迅速发肿，跟被谁啃了一口似的，丑得让人心慌。

从卫生站出来，江尧也没有想去的地方，他不想让自己停下来，就这么拉着行李箱在路上漫无目的地走，不知道走了多久，一阵香味拱进鼻子里，才发现自己饿了。

天已经暗了，他费了点儿劲辨认自己在什么地方，看了一圈发现竟然走到了高中学校的后门。香味是从卖炸串的路边摊传来的，中学生们还没放假,正趁着晚自习前的休息时间三五成群地溜出来开小灶。

他坐在行李箱上算了算距离,从他家到这儿得跨整整一个区的脚程。

走的时候他没觉得,现在停下来了,就觉得手也冷脚也冷。手机上有宫韩的未读消息,问他现在心情怎么样,要不要过去。江尧给宫韩拨了个电话,接通后只说了两句话:"学校后门,来接我。"

宫韩不知道在吃什么东西,隔着手机都能听见他的动静,口齿不清地答应了句:"了解。"

"你可真会找地方,在这儿成仙呢?"二十来分钟后,宫韩从学区房后的小路跑过来,围着江尧转了两圈,才一屁股在路牙子上坐了下来。

江尧坐在行李箱上,对着一盒烤串吃得满地竹签。

他把盛满炸串的盒子递给宫韩。

"不吃。"宫韩摆摆手,一说话一嘴白雾,他比画一下嗓子眼儿,"刚吃完饭,都堵到这儿了。"

他说着又伸头看看盒子里的阵容,直咂嘴:"你这是把人家摊子给洗劫了啊,一样来一串。"

"嗯,炸茄子最难吃,以后别买。"江尧也饱了,还有点儿腻。他用脚把地上的签子拢了拢,隔着塑料袋一把抓起来绑上,扔进几米外的垃圾桶里。

"见着你那个……小弟了?"宫韩揉揉鼻子,还是问了出来。

江尧从上往下地看着他。

宫韩怕江尧蹿火冲自己发飙,屁股往旁边挪了半米,抬起头飞快地说:"我没见过啊!你哥让我给你打电话的时候说的,你当时在路上飙呢,我怕你直接怼天上都没敢告诉你。"

这么一对视,他才看见江尧的眼皮上还渗着血丝的口子,不知道是被风吹的还是就那么严重,跟刚从冷藏室拿出来的鲜猪肉似的。

宫韩一骨碌从路牙子上弹起来,急得都跳了:"不至于吧你?一家人还真上手了?"

这话在这时候听起来可真够嘲讽的。

"还没消?"江尧抬手摸了摸,"我都感觉不到了。"

"细胞冻死了吧!"宫韩说,把他的手拍下来。

"你怎么整天说话就跟个傻子似的?"江尧很认真地想了一下,被宫韩这句傻话逗得直乐,一乐就停不下来,乐着乐着灌了两口寒风,又停不住地咳了半天。

估计细胞真给冻死了,连着下午沸成一锅粥的情绪也给冻死了,把那些废料都咳出来后,江尧莫名有种说不上来的轻快。

他还记得回家之前,他跟宫韩说晚点儿回来老头子连小弟都给他生出来了。

回来一看何止是小弟,简直跟生了个哪吒一样,萝卜头出现在他眼前直接就能跑能走能开门了。

江尧能预想到的最糟糕的结果,已经以更糟糕的情况展现在他眼前,一点儿防备都没给,逼着他不接受都不行。毕竟小孩儿长那么大了,他也不能真把母子俩给扔出去。山不滚我滚,反正那个家他也没什么记挂的。

就是有点儿对不起他妈。

"那你就这样了?不回去了?"往家走的路上,宫韩挺操心地问。

"我回天上?"江尧看他一眼,倒也认真地想了想,说,"过两天我直接回学校吧,在你家待到过年也不是个事儿。"

"你拉倒吧,又不是没待过。"宫韩无所谓地摆摆手,拉着江尧的箱子下了车。

04

如果宫韩的二姨没来跟宫韩一家一块儿过年,江尧还真不是不能在宫韩家再过个自在年。

江尧一只脚跨在门里,一只脚还在门外,瞪着一屋子乌泱泱的人头,真是想拎着箱子转身就走。

"江尧来了吗?"宫韩妈在稀里哗啦的麻将声中喊。

"来了!"宫韩答应着,把江尧拽过去,分别给他介绍麻将桌上的人,"我爸妈就不用说了,都认识。这是我二姨、二姨父,沙发上的是大宝,骑着大宝的是二宝,都是我外甥……不对,二宝好像是女孩儿。"

二姨二姨父和大宝二宝齐刷刷地望过来。

宫韩抬手钩着江尧的肩膀拍了拍:"这是江尧,我哥们儿。"

江尧扯扯嘴角依次打个招呼,宫韩妈摸着牌忙里偷闲地看一眼江尧:"哟,江尧的眼睛怎么了?吃饭了没?没吃让宫韩给你弄点儿饭。该谁了?"

最后一句是冲牌桌说的。江尧已经习惯了宫韩家的氛围,一家三口说话都跟跳棋似的,他挑着需要回答的问题答了句:"吃过了,阿姨。"

"你俩玩去吧,我牌都摸乱了。"宫韩爸挥挥手。

宫韩妈又"哎"了一声,说:"把大宝二宝带过去,小孩儿在牌桌上晃悠烦人……"

"快饶了我们吧!"宫韩推着江尧的行李箱迅速跑进了房间。

"唉。"江尧皱着眉往宫韩床上一躺,"我怎么觉得比在我家还累。"

"你别矫情了,还当自己大小姐呢?你现在就跟个孤儿没两样。"宫韩"哧"地笑了一声,把投影布从墙上放下来,掏出游戏手柄往江尧腿上拍一巴掌,"来!"

"不来。"江尧用膝盖把他顶开,欠欠身子把手机掏出来摁着。

"那我继续单机了啊。"宫韩把音量调到最大,用愉快的背景音盖住大宝二宝的嘶吼。

江尧拽了个靠垫在床头倚着,一下午光心烦了,刚才宫韩一说"孤儿",他就想到了三磕巴他们,紧跟着就想到了宋琪。

微信上跟宋琪的聊天界面停留在那句"落地了",宋琪没再回他。

江尧捏着手机的一个角转悠着,眼下的情况让他不由得假想了一下跟宋琪一块儿过年的情景,估计就跟元旦那天一样,两个人自由自在地放个电影,守着小太阳窝在软垫里趴一天,晚上下点儿饺子看看春晚,过了零点再出去放挂鞭炮。

江尧左耳朵是大宝二宝的号叫,右耳朵是《超级马里奥》的音效。

刚把手臂放下来,手机突然"叮叮咚咚"地开始振动,他举起来看一眼屏幕,迅速撑着胳膊从床上坐了起来。

"'宋琪'邀请您进行语音通话。"

一连串问号先敲锣打鼓地从脑子里滚过去,江尧边举着手机在身上拍来拍去地找耳机,边盯着宋琪的头像有点儿回不过神。

这人……也太不经念了!

怕耽误久了宋琪那边挂断,他朝卧室连着的小阳台走。

"动静小点儿,接电话。"

"谁啊?"宫韩飞快地扭了一下头,"我现在没手,你自己……"

江尧没理他,直接把窗户推开摁了接听键。

下一秒就被二十三楼的北风兜头拍得脑子发蒙。

"在外面?"宋琪在那边都听见"呼"的一道风声,顿了下问。

"没,开了个窗。"幸好也就开窗这么一下,江尧打了个激灵,把毛衣厚实的高领又往脸上拽了拽,撑着窗框往外看,他清清嗓子说,"你干吗呢?"

这话是脱口而出的,问完江尧就觉得不对——他平时接电话三连问明明是"谁""干吗""没事儿挂了",这怎么还直接进入闲聊模式了。

"打电话有事儿?"他又补了一句。

"刚洗完澡。"宋琪先回了他头一个问题,声音挺轻快,似乎心情不错。江尧听出他在用毛巾擦头发,窸窸窣窣的,背景音里电视的音量降了点儿,"忙了一下午,我刚才想起来还没回你,顺手就拨过来了。"

宋琪接着说:"怎么样,回家第一天的心情?"

江尧愣了愣,没想到宋琪会专门为这个给他拨语音电话,为了一种于他而言看不见摸不着的、情绪性的、别人嘴里的故事一样的……别人的情绪。

江尧神经再糙,也会有点儿突发性的感触。

这个时代的人每天与无数人产生交集,骨子里却好像都独惯了。手机上随便点开一个APP就能接收到无数的故事与信息,是许多人精神食粮一样的慰藉品,但同时他们都格外清醒,难过、心疼、羡慕、感动……所有的情绪在手机锁定后统统与"我"无关。

即便像他真实地接触着宋琪这样,养着一群先心病孤儿足以上新闻的人,他除了震惊、佩服和一点儿疑惑不解,也没想过真的去关心这背后根植着什么故事。

满脑子的"厉害",从没想着问一句"宋琪累吗"。

厉害的人好像都不会累。

而他闲扯淡时跟宋琪说的那些乱七八糟的家里事,宋琪却真跟关心小朋友一样,从出发前的叮嘱具体到回家后的电话。

江尧莫名其妙地胡想了一通,一时间竟然有点儿说不出话。

"被欺负了?"宋琪听他"啊"完就没动静了,笑笑,"怎么办,要哄你吗?"

这句话激得江尧手指一弹,竟然猛地有点儿心酸。

本来蛮好,你问了就一点儿也不好。

就像一头被人夺了地盘惨败的棕熊,这么多年本来都是常规操作了,随便找个山洞树洞进去睡上一觉,再不济自己舔两口就没事儿。结果被另一头孤熊突然敲门进来晃了晃,问他"你没事吧""你还好吗",顿时伤口也开始疼了,心里也酸楚了,整个人都矫情了。

别这么好啊。

"没——事儿。"碰了碰有点儿发胀的眼皮,江尧拖着嗓子轻快地说,"你怎么跟个老妈子似的,照顾三磕巴他们上瘾了吧。"

"哦。"提起三磕巴,宋琪想起什么来,问江尧,"三磕巴加你微信看到了吗?"

"已经加上了,还聊了会儿。"江尧换了个姿势靠着,"大哥长大哥短,他打字不断句,看着比听着还累。"

宋琪又笑笑,他不知道在干吗,一会儿走路,一会儿乒零乓啷的,对江尧说:"他挺喜欢你的。"

"用你说，"江尧一本正经，"我自己天天都不敢多照镜子，太帅了。"

"你困了吧，睡觉去吧。"宋琪说。

江尧笑着骂了他一声。

宋琪这么说，也就是借着开玩笑准备挂断了。江尧心里毛毛糙糙的有点儿痒，这不是他第一次跟宋琪打电话，但是头一回没什么正事儿地打电话扯淡。

放以前根本想都不要想，宫韩跟他视频的时候多说几句话他都要不耐烦。

"姨父。"江尧抓抓头发，把挨砸的那边眼睛给挡上，冲着玻璃照了照，"挂个视频吧。"

宋琪的声音断了一下，江尧还没反应过来，手机就重新"叮叮咚咚"地响了起来。

江尧差点儿把手机从耳朵边扬出去，慌忙地把镜头冲着自己完好的半边脸摁下接通键，说："你怎么一点儿缓冲也没有啊！"

"摁一下的事儿，还能怎么缓。"宋琪没冲着镜头，不知道是在煮面还是熬粥，手机应该是竖着支在冰箱上，只能照到他的侧脸和上半身，白茫茫的雾气从下往上滚，加了个烟雾特效似的，他转脸看一眼江尧，扬扬眉毛，"有话要跟我当面说？"

江尧本来有点儿紧张，结果宋琪自然得跟远程开会似的，还在行云流水地煮面，他也就松懈下来，重新往窗台上一撑，说："在煮面？"

"汤。"宋琪举着汤勺抿了抿味道，他穿着睡衣，额前还搭着几绺半干的头发。江尧想到那天宋琪在厨房准备火锅的样子，在暖黄的灯光底下，温柔得完全不像个酷哥。

宋琪放下勺子调了调火，又看向江尧，眯了下眼："你这是在……画框里？"

"窗框里。"江尧叹气，"刚说开了个窗。"

"不冷？"宋琪去拿了个汤碗用水冲了冲。

"还行，习惯了就没感觉了。"江尧又把鼻子往领口里埋了埋。

"忘了你是下着雪还穿一条裤子满街跑的人。"宋琪开始盛汤，"吃了吗？"

他也没继续问江尧视频的目的，两人就这么闲扯，明明连个话题都没有，竟然也聊得下去。江尧刚想说话，卧室外面有人敲门，宫韩坐地上扯着嗓子喊："尧儿！开门！"

"你哥？"宋琪也听见了，挺好奇地问。

"不是，"江尧犹豫了一秒是把视频挂断还是就这么举着手机去，正好宫韩"战死",又喊着"不用你了"爬起来去开了门,他就在阳台待着没动,"我朋友,那天去接的就是他,来找我一块儿回家。"

"哦。"宋琪看他一眼,"没回家?"

"在家里待得烦。"江尧说。

"没——事儿。"宋琪学他刚才的语气重复了一遍。

"你几岁了?"江尧笑了笑。

"你在视频啊?"宫韩跟大宝二宝在门口搏斗了半天,夹了自己半只脚才守住阵地没让两个"魔王"进屋,他端着两个果盘朝阳台蹦,挤到江尧脑袋旁边凑着手机看,"二姨给你拿的水果。你不冷啊,这跟谁视频啊都二十分钟了?"

"滚。"江尧把他的脸捣开。

"啊,我知道了!"宫韩一拍巴掌,抓着手机又挤到镜头跟前,举举手"嗨"了一声。

宋琪冲他点了下头。

宫韩眉飞色舞地吹了声口哨,兴奋地看着江尧:"这酷哥是不是就那个……"

"赶紧滚!"江尧抢着手机,宫韩这前半句一出来,他差点儿抬脚塞他嘴里,一手刀劈过去。

宫韩笑着蹦回去打游戏了。

江尧抓了把头发,直接伸手往挂断键上摁:"喝你的汤去吧,挂了!"

"哦。"宋琪看着他,轻轻地笑了一声。

听江尧挂了电话,宫韩弹起来就想跑,弹到一半被江尧飞起一脚当场镇压,两个人跟滚地鼠似的撂在地毯上打滚。

"酷哥挺帅啊,"宫韩没忍住又笑了半天,欠欠身拽了张纸把山竹包起来扔开,重新剥了块柚子边掰边说,"今天冷不丁看见真人了,我还有点儿激动。"

江尧抬胳膊把宫韩的脸推开,懒得接话。其实别说宫韩,想想从他第一次见宋琪到现在的过程,他自己都觉得……神奇。

他先前还在考虑这个那个的,宋琪这通电话打过来后,跟大冬天给他浇了一桶热腾腾的温泉水似的。

像家人会给的感觉。

05

游戏还没打两把,大宝二宝又开始挠门,宫韩把音量再往上调了调,对江尧说:"这一个冬天你就得在这样的动静里度过了。"

话刚说完,手机也跟着吱吱哇哇地叫起来,江尧炸得脑仁疼,踹宫韩:"别打了,怎么都是死,去接电话。"

"我这是让着你!"宫韩挣扎着又摁了两下,把手柄一扔爬起来拿手机。

看见来电人,他的表情有点儿紧张,扭头看江尧:"尧儿,你哥。"

"让他滚。"江尧盯着屏幕眼都不眨。

"我这一天天净干里外不是人的事儿。"

宫韩把电话接起来:"喂,大哥,我宫韩啊……"

这通电话没接多久,就听见一串"嗯嗯嗯,我知道了",宫韩重新坐回来的时候,江尧还在紧锣密鼓地操控着按键往终点冲,他随口问:"说什么?"

宫韩挠挠脸,有点儿不知道该怎么开口,反问江尧:"你身上的钱还够用吗?"

江尧手指一顿,隐约猜到了什么。

"你哥说你爸给你断粮了,"宫韩叹了口气,"你们家可真有意思。"

"Winner——"

大屏幕里,江尧操控的小人冒着一屁股烟冲过终点,抱起了巨大的、盛满金币的赢家奖杯。江尧手上没停,连姿势也没变,他盯着屏幕,推着摇杆让春风得意的小人继续晃了两圈。

他怕自己忍不住把手柄往墙上砸。

"肯定不能真不管你,就是想逼你回家,毕竟大过年的。"宫韩不知道说什么好,两分钟里叹了三口气,心里也挺不是滋味儿,"再说了还有我呢,大不了今年我争点儿气,多跑几家,把什么七大姑八大姨的压岁钱都要上……"

一年回趟家,家里多了两口人都不知道,没个解释没个欢迎的,先挨顿打,半天没到连生活费也不给了。

都是什么事儿啊。

江尧没接宫韩的话,仍盯着电视,嘴唇紧紧抿着,攥着手柄的指头用力到泛白。

过一会儿,他忍无可忍地把手柄往地毯上一丢,往后撑着胳膊仰头深深吸了口气,感觉心口结冰一样,涌进肺里的全是冰碴子。

还以为下午的时候已经把能失望的都失完了,没想到这玩意儿还是可再生废料。

连他因为宋琪刚沸起来的好心情都给污染了。

"江湖海是真牛。"江尧扯扯嘴角,笑着说了一句。

"你别……"宫韩抬胳膊往江尧肩膀上搭，被江尧挡开。

"我去洗个澡。"江尧站起来把行李箱拽过来打开，往外翻睡衣。

他开了条门缝，看了眼大宝二宝没在，迅速出去了。

进到浴室锁好了门，在独自一人且密闭的空间里，江尧绷直的肩膀猛地垮了下来，他先原地站了会儿，然后去把淋浴打开放水，回到外间把马桶盖放下坐上去，弯腰撑着脑袋缓缓地叹了口气。

紧跟着，江尧意识到一个比寒心更严重的问题，自己竟然没脸去为爸爸的行为感到寒心——花着他的，吃着他的，冲他又扔又骂，怪不得他能理直气壮地骂自己"白眼狼"。

人醒悟有时候就是一瞬间的事儿，明明前二十年都这样理所当然地过着，花爸爸的钱天经地义，跟爸爸对着干也天经地义。真的被爸爸往心上捅这么一下，江尧在寒心之后只觉得脸火辣辣地疼。

这一招比直接在他脸上甩巴掌都好使，让他突然就看见了他们视角里的自己——在江湖海和江越眼里，他一直就是吃着糖的小孩儿在撒泼。

丢不丢人啊江尧！

尴尬来尴尬去的，这么多年他自己才是最尴尬的一个。

这种头皮发紧的感觉让江尧恨不得倒回到两年前，掐住十八岁自己的脖子来上两拳——你是个人了，自己养自己吧，别等着你爸往你脸上甩巴掌！

江尧在心里骂了一声，重新坐起来掏出手机查账。

所有的账只有人情账难还，如果他跟江越还有一辆车的感情，那他和江湖海之间除了一半基因，是真真正正连半丝情分都没有。

不就是钱嘛。

江尧咬紧牙压下心头复杂的怒气，既对自己，也对江家。

我剔骨削肉地还给你。

第八章
新年快乐

01

腊八那天,宋琪一早就到了店里,小梁蹲在院里窸窸窣窣地就着水管刷牙,二哈听见动静开始摇着尾巴叫,他赶紧放下牙杯去给宋琪开门。

"哥,今天这么早啊。"小梁打完招呼又去拽二哈的链子,"去!"

"都没起呢?"宋琪从后备厢里把菜拎出来,揉了一把二哈的头,直接朝厨房走。

"冷,一个个都懒。"小梁笑着说。

二碗是被香味儿勾起来的,迷瞪着两条睡成缝的眼睛下了床先直奔厨房,看见宋琪就"哈"了一大声:"我就说今天宋哥得来做粥,一准儿没跑。"

三磕巴揣着手在厨房门口看了会儿,吸吸鼻子,掏出手机冲锅里录小视频。

"镜头都被雾气糊完了。"宋琪侧身给他让让位置。

三磕巴咧嘴笑了笑:"没事,就意,意思意思,给我大,大哥看看。"

"你是真喜欢他。"宋琪看着三磕巴这一通动作,轻轻笑了笑。

三磕巴和二碗他们从小就是一起长大的,身体不好,性格上多多少少也受了影响。宋琪总觉得他们说不上对谁有格外亲疏喜恶的概念,难得江尧成为那个让三磕巴有强烈向往的人,活泛、健康、善良、直来直往,三磕巴天天觍着脸喊人大哥,估计心里也一直藏着成为洒脱少年的梦。

"每天都聊?"宋琪调了调火,又往锅里倒了点儿食材。

"没。"三磕巴摇摇头,"大哥有,有时候回我,有时候看,看不见。他最近好像挺,挺忙的。"

宋琪点点头,又拍了拍三磕巴的后脑勺。

江尧最近确实忙，宋琪自己忙得脚不点地都能感觉到的忙。

那晚和江尧打了语音电话以后，两人基本就没再联系，偶尔江尧看见什么笑点很低的笑话会发过来，宋琪很多时候不太能理解哪里好笑，但是想想江尧因为这种东西就能笑得倒抽气，嘴角也不由得往上扬。

纵康去世以后，他光逼着自己一年年撑住、站直，竭力地去补救对纵康的歉疚，就把能用的心力都用光了。

江尧的出现很夺目，即便抛却那张与纵康三分像的脸，他身上也有一股让人不由得被吸引的特质，跟他相处让人很放松，宋琪也没有克制与江尧的来往。

他喜欢看江尧笑，这样的一张脸就该笑起来。他做梦都想让纵康重新笑起来。

"纵康"于是成为他与江尧之间一道微妙的牵连，他因为纵康不由得与江尧越走越近，也因为想到纵康，明白应该将他与江尧的关系控制在一个合适的程度。

江尧不该是他怀念纵康的手段，这份压力太沉了，他活该扛一辈子，不该往任何人肩膀上分摊。

宋琪又一次警告自己。

那之后，随着年关的逼近，宋琪也没心思再去多想关于江尧的事。

因为纵康的忌日到了。

大年三十的鞭炮声在清晨准时响起，宋琪从阳台看出去白茫茫一片，隔着玻璃窗都能闻到凛冽的气息。

他拎着准备好的东西从楼上下来，整个楼道里都是放鞭炮留下的红纸，看着挺喜庆。出了楼道口，红纸跟没扫干净的残雪混在一块儿，被来往行人踩成一摊脏烂的泥水。

路上车多人多，几个大路口堵得喇叭声一片，宋琪从市区驶到市郊，又从市郊驶上半山公路，周围的人越来越少，越来越静，除了去陵园的专线大巴，看不见几辆车。

陵园守门的老头儿前几年换了一个，不过新老头儿也记住了宋琪的脸和摩托，宋琪去写登记表，他坐在窗后捧着一缸茶水点头说："来啦。"

"来了。"宋琪掏出一小罐茶叶放在他桌上，不贵，收拾东西的时候看见了，顺手就带来了。

老头儿也没客气，笑呵呵地拿过去转着看。

以后老了，如果干不动店里那些力气活儿，来这儿看门似乎也是个归宿。

宋琪挺平静地想着，穿过一片盖着雪的石碑，在一条伸向陵园角落的小道上放慢脚步。

真要命，第九年了，我还是不太敢来看你。

宋琪在心里苦笑一声，缓缓走向纵康的碑。

碑被人扫过了，放祭品的石台上有一束花和一瓶糖水罐头，干干净净的，一看就知道来祭奠的人刚走没多久。

宋琪并不吃惊，他知道是陈猎雪来过了，先抬手在碑角上摸了摸，随后望向纵康的照片。

照片会定期更换，防止氧化发锈，只是换来换去也还是纵康当年还在救助站时留下的那张合照。那时的纵康面孔青涩得很，身体并不健康，却有着少年特有的青春气，那时他的眼睛还是亮晶晶的，想要靠自己养活自己，在天地间立下一方小小的安稳家室。

宋琪看着纵康的照片，浅浅地叹了口气。

并不是幻觉，江尧跟纵康真的像，尤其看着纵康少年时的脸，如果把他温和的线条切割得更锋利些，笑容更张扬些，说江尧与他有五分像也不为过。

"跟你说个好玩的事儿，我遇见一个……小朋友。"宋琪看了纵康一会儿，蹲下来把带给纵康的罐头和书拿出来，跟陈猎雪留下的放在一起，轻声说。

"他跟你长得很像，"宋琪笑笑，"第一次见他的时候吓了我一跳。他跟当时的你差不多大，是个大学生，学艺术的，画画很厉害，很有才，就是偶尔脾气不太好，像个炮仗，一点就炸。这点跟你不像，我越来越像你，他倒是像以前的我。"

顿了下，宋琪有点儿不好意思地垂垂眼皮，改口："这么说也不对，以前的我浑多了，他其实挺乖的，三磕巴被小混混欺负，我没赶到，他帮着出了手，我还把人往树上搋，这种事儿你可做不出来。"

有风吹过，吹得常青和松柏簌簌落雪，像笑声。

宋琪盯着纵康的照片又看了很久。

"店里新来的小工叫面条，性格挺好的，他是真的有点儿像你，老好人。"

"我不知道你当时想开的是多大的店，现在好像还不够，二碗太能吃了，我看着他都有点儿发愁。"

"……其实也没有那么愁，他们能吃能喝，我挺高兴的。"宋琪又笑了一声。

"你当时照顾陈猎雪，照顾我，照顾我妈，也是这样过来的吧。"

树叶沙沙响。

"对不起。"宋琪抿了抿嘴,每当跟纵康说这三个字时,他的嗓子都控制不住地开始沙哑。

"我当时不是故意要推你,我没有一天不后悔拿了那两瓶打折的米酒。

"那天江尧差点儿被米酒瓶子砸一身,我看着他那张脸,冷汗都下来了。

"我是想……熬甜汤给你和我妈喝。

"没想到最后会砸在你心口上……看见我妈跳楼,我没能反应过来。

"我也……"捏开掉在纵康碑上的松针,宋琪慢慢地呼了口气,张张嘴,没能继续说下去。

我也没有一天不在后悔,竟然为了一千块钱,犹豫要不要救你。

九年了,这句话他仍然无法在纵康面前说出来。

"你可千万不要原谅我啊。"宋琪重新跟照片里的纵康对望,扯扯嘴角,"我说真的。"

手机突然响起来时,宋琪心里猛地一蹦。

这里太静了,声音被雪吸得一干二净,铃声像是被放大了一百倍。来电的是个陌生的号码,宋琪皱着眉看了一眼就挂断了。

没有半分钟,对方又拨了过来。

宋琪以往来看纵康时会提前把手机调成静音,今天不知道怎么忘记了,他不太想接,又怕是急事,犹豫了一会儿还是站起来摁了接听键。

"谁?"宋琪问。

"请问你是江尧的……姨父吗?"对面很嘈杂,一个挺年轻的女声不太肯定地说。

宋琪下意识看一眼碑上纵康的照片,不知道江尧在搞什么鬼,没否认也没承认,只说:"你是哪位?"

"是这样,这边是第三医院护士站,"对面听出宋琪跟江尧认识,语气顺畅了很多,快速地说,"江尧他小腿骨折,现在在我院做石膏固定手术,联系人留的是你的号码,需要你过来一趟。"

宋琪听见"骨折"先是一惊,但也没直接相信。

江尧不是回家了吗?

"他怎么了?"宋琪皱着眉继续问。

护士估计是新来的,或者忙晕了脾气不好,有些急地张嘴答了句:"开车,都被撞飞了。"

宋琪:"……"

"麻烦你尽快过来吧。"

这个理由实在是真实得由不得宋琪不信,他瞪着手机给"三分像"拨了电话过去,简单地跟纵康告个别,收拾好东西大步朝外走。

这小孩儿真是邪了门了。

江尧的手机关机,宋琪骂了一声,只能先奔着医院过去。

从陵园到三院得开上一阵子,把车停在门诊部楼下时,他感觉膝盖都往外透着寒气,宋琪顺着指示牌去找骨科的诊疗室,人很多,又闹又乱,他的眉头在他每穿过一簇人流后越皱越深。

他不喜欢来医院,小时候是因为穷。在他妈三番五次的自杀以后,他对医院的感觉变成了抵触,直到九年前的今天,他眼睁睁地看着纵康在医院里油尽灯枯后,又变成了彻底的厌恶。

除此之外,宋琪对于医院,或者说对于每回来到医院的自己,还有一股无法言说、也不愿去细细体会的恐惧——

似乎只要在这个环境里,他就会变回那个无法自控、暴躁又愚蠢的宋琪,会把为了救割腕的他妈而跪在地上几个小时的纵康一拳捶倒,会眼睁睁地看着纵康在急诊的条椅上面色铁青,直到无力回天。

这是个让他永远无法掌控的地方,谁都说不好下一秒会出什么意外,尤其又是今天这个日子,一不小心晚了一步,就可能……

没有。

不是。

看错了。

找不到。

宋琪一间间诊室掠过去,快速找遍半个科室,始终没看到那熟悉的小鬏儿。他脑中开始一阵阵回想过去的画面,纵康的脸与江尧的脸一点点重合,最终嵌合成同一个人,气息奄奄地看向他。

闭了闭眼,宋琪停下脚步让自己平复下来,掏出手机边回拨边去找护士站。

从电梯前经过的时候,几个人架着一个头发半长的青年一瘸一拐地蹦过来,宋琪伸手就攥过去,小青年"嗷"一嗓子挤出了泪花,龇牙咧嘴地扭头瞪他:"你是谁啊?!"

不是。

"……认错人了,不好意思。"宋琪侧侧身子,让他们先过去。

护士站旁边凑着些病患和家属,几个值班护士忙得脚不沾地,宋琪挤过去刚说了个开头,感觉小腿被什么东西撞了一下。

他没理,又有人往他小腿上轻踢了踢。

"姨父,"江尧的声音从身后响起来,"这儿呢。"

宋琪回过头，第一眼都没看见人，目光迅速下滑，才看见了坐在轮椅上的江尧。

在看见活着的江尧以前，宋琪根据护士的"撞飞了"想象出了无数种血腥的场面，又不停地被另一句"小腿骨折"给推翻。听见江尧声音的这一刻他心里猛地一松，看见江尧的现状时，他却说不出话来。

绷带。

一眼看过去全是绷带。

打了石膏的右腿在轮椅上支棱着，左手绑着绷带挂在胸前，脑门上绕了一大圈纱布，还若隐若现地渗着血，连举着苹果的右手手背上也全是擦伤，整个人都……

举着什么？

宋琪的目光迅速凝聚于一点。

"我刚才就看见你了，都没来得及喊，你就过来了。"江尧"咔"地咬了一口苹果，弯着眼看宋琪，"以为我被撞死了？"

"你哪来的苹果？"宋琪说。

"护士给的。"江尧说，抬手冲服务台里指指，"那个大姐。"

宋琪转回去，被叫"大姐"的护士整理着表格飞快地说："你就是江尧的姨父？还挺年轻……这边签个字。"

"谢谢。"宋琪点了下头，看江尧一眼，配合护士把该进行的工作都给做了。

02

江尧在一小块人少的等候区里前后左右地转着车轱辘，心里飞速闪过一串串数字，越算嘴角抿得越紧。

他叹了口气，抬着眼睛找宋琪的身影，人没看见，轮椅先被人转了过来，他下意识地绷出一副不好惹的表情，转过去后发现是宋琪，整个人又缓和下来。

宋琪拎着装X光片的袋子和取好的药，不知从哪儿还搞来了一条小毯子，蹲下身，避着石膏裹在江尧的腿上。

江尧的腿现在有点儿狼狈，确切地说是裤子有点儿狼狈。他是自己打120被救护车送过来的，打石膏的腿不能穿着裤子，他就让医生直接从膝盖往下把裤子给剪了。现在石膏跟烂裤脚之间还露着一条窄窄的膝盖，有点儿肿，像变异的猪后腿。

"哎，其实不用这么麻烦。"江尧唯一能灵活动弹的右手在轮椅把手上攥了两下。

宋琪抬眼看他，他又不怎么自在地清清嗓子："谢谢。"

给江尧裹完毯子后，宋琪也没站起来，他蹲在江尧跟前研究一会儿。小腿是骨折，胳膊是骨裂，一个打了石膏，一个上了夹板，他屈着指头在石膏上轻轻一弹，问江尧："你是怎么把自己撞这么对称的？"

"我……"江尧张张嘴，看一眼自己身上行为艺术似的绷带，其实挺难受的，他现在浑身都疼，还很困，但这句话听得他莫名其妙地想笑，"哪里对称……"

宋琪这回没跟江尧一起笑，他仍看着江尧，脸上没什么表情。

他不笑，江尧也就笑不下去了。

"我能不能在你那儿待几天？"顿了会儿，江尧支起两根指头，看着宋琪，"顶多两周，学校宿舍开放了我就走。"

宋琪在回去的车上听江尧大概地讲了始末，总结一下就是叛逆青年被断粮，开车赚钱为哪般。

司机帮忙从后备厢里拿出轮椅，宋琪半托半搂着把江尧从车后座上抱下去，跟司机道了声谢，推着轮椅往楼道口走。

"你那个朋友呢？"宋琪问。

"你说宫韩啊？"

宋琪对这名字沉默了一瞬："是吧。"

"他要是一个人住，我在他那儿赖到开春都没什么，但是他家有亲戚，人家一大家子，我成天在那儿白吃白喝的算什么？"江尧把往下滑的小毯子拽了拽，"而且，有钱的时候在别人家叫做客，没钱的时候在别人家……心里不是那么回事儿。"

"你听没听过一个笑话？"宋琪的手指在轮椅的把手上敲了敲。

"什么？"江尧直觉不是好话，警惕地支着耳朵。

"我的朋友小明死于感冒，因为横穿马路去买感冒药被车撞死了。"宋琪没有起伏地说。

"……今天一天我躺平任嘲，你要说什么抓点儿紧，过了晚上十二点就没这待遇了。"江尧两眼一闭，什么都不想说了。

要不是实在没有合适的人联系，他也不想在宋琪面前丢这个人。

总不能给顾北杨打电话吧。

"什么时候回来的？"宋琪又问。

"回来没几天。"江尧吸吸鼻子，没细说。

"所以你现在还有多少钱？"来到楼道前，宋琪停下轮椅，开始琢磨怎么把江尧给运上去。

江尧犹豫了一下，说："不到一万块。"

"一万块花完呢？"宋琪说。

"还能等花完？"江尧拽着小毯子露出他的石膏腿，"这脚能沾地我就找活儿去，拿钱砸死老头子。"

"志向远大。"宋琪指指楼道，"这么有骨气，自己上去吧。"

江尧瞪着宋琪，宋琪跟他对视着不动。

看宋琪还真有不帮忙的意思，江尧右手往轮椅上一撑，顶着一口气试图金鸡独立："我还不信了。"

从刚才到现在，宋琪终于缓缓地有了点儿笑模样，他在江尧面朝大地扑倒之前过去捞住江尧的胳膊，往自己肩上一搭，扶着江尧往楼道走。

"疼吗？"他问江尧。

"别问，问就把我扛上去，我蹦不动了。"江尧说。

"出息。"宋琪调整一下姿势，扛猪似的，抄着江尧的大腿把人架上了肩。

这么挂着任谁都不会觉得是个好受的姿势，江尧头朝下，随着宋琪上楼的脚步一顿一顿地充着血，觉得困劲儿都快把疼给盖过去了。

但这也是他这几天来，最放松的姿势。

踏实。

"琪琪超人。"江尧闭上眼，不清不楚地从嗓子里吐出一声。

"什么？"宋琪没听清。

"我说今天过年。"江尧说，"反正你也孤家寡人的，就当我陪你过年来了，奢华版新年大礼，不用谢了。"

"闭上嘴。"宋琪把江尧往肩上颠了颠，开始掏钥匙。

"你这体质不行啊，宋琪哥哥。"江尧笑着说。

"再说两句，等会儿让你趴这儿哭着喊宋琪哥哥拖你上去。"宋琪跺了跺脚底的台阶。

"最后一句。"江尧用下巴在宋琪背上磕了磕，"新年好。"

算好吗？宋琪想想还扔在楼下的轮椅与三院的摩托，没扫完的墓与肩上乱七八糟的大礼包，心里说不上是什么感觉。

"啊。"他答应一声，算作他听见了。

不好也没办法，姑且好着吧。

到了家，宋琪下楼把轮椅拿回来的时候，江尧已经躺在沙发上迷迷瞪瞪睡着了，睡得不踏实，听见门响抽了一下，绑着夹板的胳膊直接挥到沙发靠背上，一下子就给疼清醒了，要不是腿太沉，他能整个人横着弹起来。

"这都能睡着？"宋琪把轮椅推进屋里，诧异地看了江尧一眼。说完他想起江尧能发烧到在绿化带上劈大叉都没觉出难受,感知神经可能是真的有点儿粗。

"你买东西去了?"轮椅座上搁着超市的大塑料袋,江尧捧着胳膊欠欠身坐起来,他还没清醒,歪着脑袋,眼皮直磕巴,看看时间也就过去二十来分钟,都想不起来自己什么时候闭的眼。

宋琪把外套脱掉,摸了把剪子过来开始研究江尧的裤子。

"真剪啊?"江尧撑着沙发又往上坐坐。

宋琪扯了一把医生剪了一半的破裤脚,说:"你看呢,都这样了还心疼?"

"不是心疼。"江尧抓抓头发,叹着气冲沙发靠背一扭脖子,"你剪吧,别戳着我。"

宋琪没忍住笑了一声,他扳开江尧的腿在沙发上坐下,先把裹了石膏的部位搁在自己腿上,跟着剪刀就利索地伸进江尧的裤脚里,顺着外裤缝往胯骨上剪。刀刃贴着肉的感觉不怎么样,江尧绷着腿感受剪刀的寒气,"咔嚓咔嚓"的动静听得他心头一跳。

不过也没"咔嚓"几下,宋琪把裤子剪了个裂口以后就把剪刀抽出来,攥住布料左右那么一撕。

江尧仰着脑袋往后枕,用完好的手挡住眼,一句话都不想说。

右腿的裤子从侧面整个裁开以后,另一边拽着裤脚往下一脱就完事儿。他腿上一空,从旁边拿了个软垫盖着自己。

也是没地儿说理了,来这儿一回脱一回裤子,理由还一回比一回傻。

拆完裤子,宋琪去卧室挑了会儿,把自己的睡裤拿了出来,睡裤宽松,不会勒着腿。

"能自己穿吗?"他冲江尧抖了抖睡裤。

"你帮我把伤腿塞进去就行。"江尧摁着软垫说。

宋琪过来一条腿压上沙发,握着江尧的脚踝往睡裤里塞,塞完石膏腿,看他这副半残的费劲模样,索性把好腿也给套上,俯身帮江尧往上拉裤子。

拉到屁股底下就拉不上去了。

"我自己……"江尧挣扎了一下。

"抬。"宋琪平静地说。

江尧在心里骂,看一眼宋琪微微垂着的眼皮,朝上挺了挺胯。

宋琪快速把裤腰拉了上去,松紧带还在江尧的腰上"啪"地弹了一下。

"跟照顾狗似的。"他直起身叹了口气。

江尧:"……"

等再把江尧上身的毛衣、衬衣换掉,宋琪觉得自己累得背心都沁了一层毛毛汗。扯了扯毛衣领口，他也去卧室换了一身轻便的出来，把江尧上回留这儿的毛团子水晶棉拖翻出来扔沙发前，问："你现在是睡一觉，还是吃点儿东西？"

他问完又补充了句："有什么想吃的？"

江尧的灵魂恨不得扑在床上睡到开春，然而他感受了一下，比起疼，还有个更为急迫的问题需要解决。

"我先去趟卫生间。"他一只脚踩进拖鞋里，撑着沙发扶手晃晃悠悠地站起来。

宋琪的目光微妙地在他脸上定了定。

"这个事儿不用你扶！"江尧差点儿把软垫捞起来砸宋琪身上，可惜他刚从两条腿变成一条腿，灵活度达不到，到底还得由宋琪把他搀到卫生间里，站在马桶前。

"自己扶稳，一脑袋撞里面没人伸手拽你。"宋琪说，"要不你再往前点儿。"

"滚！"江尧半靠着洗手池站稳，骂他。

宋琪笑了一声，多好玩似的，掩上门出去了。

等马桶抽水的声音响起来了，拧水龙头洗手的声音也有了，卫生间里安静一会儿，传来江尧憋屈的喊声："宋琪！"

宋琪就抱着胳膊靠在门口，伸脚尖轻轻踢开了门，半笑不笑地看他："喊哥。"

江尧："……"

"你要脸吗？"江尧简直被这人趁火打劫的厚脸皮给惊着了。

"你要啊，那你自己来。"宋琪往后退一步，拍了拍手，做个招小狗的动作，"加油。"

"……我也不要了，谢谢琪哥。"江尧绷着脸朝宋琪伸手，"快点儿，我腿抬不动了。"

宋琪扬着嘴角把胳膊递了过去。

江尧对于睡觉的强烈渴望在真正要往宋琪床上躺倒的那一刻，产生了些微的不好意思。

男生之间都不怎么讲究，赵耀有时候在外面滚一身泥回来爬不动床了就往江尧铺上一歪，还能睡得雷都打不醒。

"你没洁癖什么的吧？"江尧在床尾坐下，小心翼翼地边把腿往床上搬边问。

"你还能干吗？"宋琪正在拉窗帘，在暗淡下来的光线中扭头看他一眼，眼神毫不掩饰地透露着"怎么老说点儿没用的废话"。

江尧无言地瞪了宋琪一会儿，也懒得假客气了，拖着腿倒在床上。

他浑身又疼又胀地绷了半天，抻着腰躺倒这一下是真的爽。宋琪给他拽拽被子，又从柜子里拿了个小被子叠好，伸进被窝里垫在江尧脚底下。

要是说前面剪裤子、穿裤子、上厕所都让江尧觉得丢人大于不好意思，这一下垫脚他是实打实地被宋琪给戳了一下心。

亲妈活着估计他也就这待遇了。

江尧把下巴从被窝里伸出来，歪着脑袋往下看。宋琪以为他不知道这是在干吗，随口解释了一句："垫着不充血。"

"啊。"江尧答应一声，看着他，"医生跟我说了。"

宋琪跟江尧对视着，从这个角度看过去，江尧的脸挡在纱布和被子后面，露出来的就巴掌大，毕竟是断了骨头，虽然能说能笑的，但其实脸色又差又憔悴，加上犯困，脸上常带着点儿的戾气都散没了，配合着今天这个日子，怎么看都跟纵康像得过分。

"疼吗？"宋琪第二次问。

你说呢？江尧张张嘴，又闭上，困劲拦不住地往上涌，他眯缝着眼笑了笑，声音飘得都快飞了："多大的事儿，老爷们儿谁没折过⋯⋯"

"嗯。"宋琪隔着被子捏捏他的脚，"睡吧，睡着就不疼了。"

江尧这一觉从下午三点一口气睡到了晚上十点，连个身都没翻，能醒过来完全是因为腿疼和口渴。

他天旋地转地从梦里滚出来，睁开眼都没反应过来自己在哪儿。房间黑洞洞的，有什么东西在"砰砰"地响，一声接一声，伴随着晦暗不明的闪光，他转了转发酸的脖子朝窗外看，耳朵里的声音逐渐明晰起来，是烟花。

对，今天大年三十，他在宋琪家。

得看春晚。

也不知道这莫名的执着是怎么来的，江尧撑着床龇牙咧嘴地坐起来，裹着石膏的腿在小被子上架得发麻，胳膊、腿的每一条骨头缝都往外沁着胀钝的疼，可能是乳酸堆积或者是心理作用，身上没受伤的地方也又僵又酸，肩胛骨"嘎嘣嘣"直响，跟要变身似的。

江尧没忍住骂了一声，嗓子好像在他睡着的时候被砂纸磋磨了，连个单音节都断成两段。

这罪受的。他在床头摸了一圈，没摸到床头灯，又把手往枕头底下探，拍了半天才想起手机在外套兜里没拿过来。

拿来也没用，从昨天开始就没电了，一直没想着充。

江尧叹了口气，挺挫败地重新往床头一靠。白天的时候都活泛着还好，这种一觉醒来连个开关都找不着的茫然让自己像个真正的废人，他想开灯得下床去门口，想下床得喊宋琪，想喊宋琪得有力气。

可他现在既没什么力气也不怎么好意思。

死局。

七荤八素地又靠了会儿，江尧逐渐适应了屋里的光线，他盯着从房门缝隙里透进来的光，在烟花炸完后听见了客厅里电视的动静，不知道是什么歌舞，挺热闹，空气里还有淡淡的香味儿，很淡，那种家里煮面食的质朴味道。

江尧这么看着听着闻着，心里慢慢地又安宁下来，感到股莫名的踏实。

也不是非得让宋琪来扶着他才能下床，下午去卫生间的时候不也胳膊一使劲儿就从沙发上站起来了嘛。

恢复了点儿力气，江尧掀开被子挪到床边，先把好腿伸下去踩进拖鞋里，然后撑着床头柜在心里默数"一二三"。

给我起！

03

"……我知道，嗯。你呢？"宋琪把火关上，用漏勺翻了两下锅里漂浮的饺子，夹在肩头的手机保持着通话。那边不知道说了什么，他笑笑，从橱柜上拿了两个盘子放在水槽里涮涮，接着说，"陈叔也挺好的吧。"

卧室的门响了一声，他扭头往外看，见到卧室的门把手转了两下，先是开了条缝，门缝后的"绷带怪"单脚向后一蹦，门缝也跟着被拉大。

"回头说，我这边有点儿情况。"宋琪说了一句，挂断电话大步走过去。

"干吗呢你？"他先从门缝里把胳膊递过去让江尧扶着，才推开门把人放出来，"在这儿再摔一跤算你的算我的？"

"我的。"江尧攥住宋琪的胳膊往外蹦，成功来到有光的地方心情很好。

"憋醒了？"宋琪带着他朝卫生间门口走。

"还行。"江尧洗了手出来扶着宋琪往沙发跟前蹦，"主要是起来看看春晚。"

宋琪有点儿好笑地看江尧，用脚把轮椅勾了过来，让江尧坐进去自己转着玩儿。

"饿了没？"他转身回厨房，再泡会儿饺子都要烂了。

本来没觉得饿，宋琪这么一问，江尧的肠胃跟才睡醒似的，猛地记起自己一整天只吃了一个苹果，胃瞬间缩得直泛酸。

"你一说就饿了。"江尧说。

宋琪端了只小碗从厨房出来递给江尧，江尧接过来："是什……"问了一半问不下去了，宋琪给他端了小半碗……面汤。

真的面汤，连片面都没有，纯汤。

"你是人吗？"他瞪着宋琪，简直惊了。

"给你喝的。"宋琪指指面汤，"睡半天你不渴吗？"

"哦。"江尧把小碗举到鼻子底下闻闻，"饺子啊？"

"嗯。"宋琪应了一声，"你吃饺子带不带汤？"

"不带。"江尧说。

宋琪盛出两盘干饺子，调了碗蘸醋。江尧推着轮椅想去餐桌旁等着，滑到桌子前面一米的地方他停下来，换了个角度再往前推了一下，又停下来。

轮椅的高度比凳子矮了差不多一半，他倒也不是够不着桌子，但这看着也太傻了，跟个巨婴似的。

"吃吧。"宋琪把筷子放在盘子上，招呼江尧。

"扶我一把。"江尧朝宋琪抓了抓手。

宋琪看看他跟桌子间的距离，笑了一声，把人掇到椅子上。

电视里锣鼓喧天地连着表演了好几首歌舞，江尧一口气吞了半盘饺子，缓过来喘了口气，跟宋琪闲聊："播小品了没？"

"还没。"宋琪给自己倒了点儿白酒，喝了一口。

江尧往桌上看看："我的呢？"

"医院里。"宋琪眼皮都没掀一下。

江尧抓抓额头上的纱布，有点儿焐得慌，索性直接拆了下来："大过年的，喝一口没事儿。"

宋琪看着他，往嘴里送了个饺子，没说话。

算了不喝了，断胳膊断腿儿的。

"你刚接谁的电话，小梁他们？"又吃了两个饺子，江尧盯着电视换了个话题，随口问。

问完他在心里骂了一声，对啊，大过年的宋琪本来该跟那帮人抱团取暖，结果一个电话之后他现在只能跟自己在这儿吃饺子。

"你要不要过去一趟？"他看向宋琪。

"不是。"宋琪摇摇头，刚才给他打电话的是陈猎雪，问他要不要一起吃年夜饭。

他不怎么饿，放下筷子去厨房把剩下的饺子都给江尧端来，又拆了盒牛奶放桌上，点了根烟重新坐回凳子上说："是我一个朋友。年三十不跟店里过,他们自己玩儿。"

"哦。"江尧点点头,自在了点儿,"你同行啊?"

"我就不能认识点儿同行以外的人?"宋琪好笑地看着他。

能,不还有一堆孤儿嘛。江尧在心里说。

"做翻译的。"宋琪弹了弹烟灰,"德语还是什么,忘了。"

"那挺厉害啊,"江尧又给自己舀了勺饺子,"你还能认识这种大佬,我国汽修产业日渐国际化。"

"是很厉害。"宋琪点点头,也说,"这么些年九死一生的,也是争气。"

"什么意思,也跟三磕巴他们一样?"江尧问。

"嗯。"宋琪说。

还真是各种各样的孤儿。

"怎么这个就这么厉害,基因好?"江尧挺好奇地问。

"命好。"烟气往脸上飘,宋琪微微耷拉着眼皮,转着手里的打火机,"啪"地把打火机盖顶开,又"嗒"一声合上,"他换过心,撑过来了。"

"啊。"江尧一直当这种事只出现在杂志上,又有一种在听故事的不真实感。

他想起宋琪那个死了挺多年的兄弟,小梁口中被米酒瓶活活砸死的倒霉蛋儿,明明都是一样的病一样的没爹没娘,有的人能换心当翻译,有的人在汽修厂打工,有的人却稀里糊涂就这么没了。

犹豫了一下,江尧把好奇了挺久的问题问出来:"那你是怎么跟他们认识的?"

宋琪重复着玩手机的动作,明明脸上也没什么表情,江尧就是觉得他有点儿分神。两人对视了一会儿,江尧扭头看向电视:"哎,是不是要演小品了?"

"你头上再包一下吧。"宋琪放下打火机站起来,进卧室找了点儿药水、胶布、棉纱,"看着还有点儿渗血。"

"哦。"江尧盯着电视,继续往嘴里塞饺子。

宋琪把东西放桌上,洗洗手过来掰江尧的头,用棉签三下五除二地开始擦。

"你家里怎么还备着这些?"江尧翻翻桌上的零碎物品。

"给店里买的时候顺手拿了点儿回来。"宋琪说,没拿棉签的手拽了拽江尧的耳朵,把他的脸拉过来,"疼就吱声儿。"

"知道。"江尧往外侧了侧身,避开宋琪的胸膛继续看电视。

"我跟你说过,我有过一个兄弟,后来死了。"宋琪清理着江尧的伤口,突然开口说,没什么起伏的声音像一圈圈波纹一样在江尧头顶扩开。

"啊。"江尧愣愣，点了下头，"记得……嘶！"

"别动。"宋琪赶紧把戳着伤口的棉签撤开，给他铺上层纱布，"他不是我亲兄弟，刚打电话那个翻译，他俩是一块儿在救助站长大的。"

"我跟那个翻译呢，是高中同学，他有助养人，帮他换了心。那个兄弟没有，自己打工养活自己，条件挺苦的，翻译就帮他在我家楼下租了个破房子，让我装房东，骗他说租金很便宜，他才愿意住。"

"我们就认识了。我妈那年自杀了三次，有一次就是他救的，最后一次跳楼，直接砸在他眼前，他……"

宋琪把纱布贴好，收回了手："他会死，我的责任很大。"

江尧眼也不眨地盯着电视，在心里不知道作何感想地喊了一声。

别说心脏不好的人了，就是一个十项全能的人眼前冷不丁砸下来个自杀的人，也遭不住啊。

而且……可能是因为对这个目击自杀现场的倒霉兄弟没什么实质性的概念，江尧听完这些，觉得最惨的反而是宋琪。

这人从小到大都经历了些什么啊，能不能有一件好事安排给他？

宋琪没有说太多，到这儿就住了口，收拾收拾桌上的东西打算放回去。

他刚一动，江尧突然"啊"了一声，无比生硬地捂着额头刚包好的纱布往前倒，用天灵盖顶上宋琪不知道是胃还是胸口的部位。

"怎么了你？"宋琪愣愣，以为江尧刚才被捅那一棉签的后劲才上来，任他顶着没敢动。

"吱一声儿。"江尧说，抽出他的好手环到宋琪背上。

"都过去了，大老爷们儿，洒脱点儿。"他拍拍宋琪的背，瓮声瓮气地说。

宋琪抬手搓了搓江尧的脑袋。

"该洗头了。"他说。

江尧面无表情地把人松开："知道你为什么只能跟孤儿交朋友吗？"

宋琪笑了一声，又在江尧头上搓了两把，把桌上的东西收回了卧室。

江尧继续吃饺子，超市买来的速冻水饺说不上来好不好吃，但这是他和宋琪的"年夜饭"，就着闹哄哄的春晚和窗外时不时响起来的烟花鞭炮声，倒是莫名地有感觉。

最后他不止把剩下的饺子包了圆儿，连汤都给灌了，吃得一肚子面水咣当才有了饱腹感。

"还吃吗？"宋琪问他。

"不行了。"江尧很困难地在凳子上挪了一下。

"喝那么多汤，要不要在床头给你放个尿盆？"宋琪的表情竟然有点儿认真，"或者放两个瓶子？"

江尧想象了一下宋琪口中的情景……

"你能不能操心点儿有用的?"他简直没眼再看宋琪,目光朝旁边一扫,开始思考一个被忽略到现在的问题。

晚上他岂不是要跟宋琪睡在一张床上了?现在再说"我睡沙发上就行"似乎有点儿太矫情了。

"晚上你要是有事儿就喊我,别自己乱蹦。"宋琪把锅碗料碟摞起来扔进水池。

"啊。"江尧撑着桌子把自己挪到轮椅上,在客厅里滑了两圈,又滑着到厨房门口看宋琪刷碗,"你不打呼吧?打呼我会踹你的啊。"

"不打。"宋琪洗碗跟洗脸一样利索,水花开得巨大,"打了你也听不见。"

"我是死了吗?"江尧说。

"大过年的。"宋琪有点儿好笑地看他一眼,收回目光继续洗碗,"我睡隔壁。"

"哦。"江尧愣愣,反应过来后又"啊"了一声,跟着就感到一股自作多情的淡淡尴尬。

江尧脸上有点儿烧,转了两下轮椅扶手滑出去,说:"你这人真有意思,跟个大姑娘似的。"

"逗脸啊。"宋琪在后面跟了一句,"我不是怕再把你仅剩的好胳膊好腿给压断了嘛。"

江尧脱口而出:"啧,那你得是个什么睡姿?"

"话真多。"宋琪说。

春晚主持人们的零点倒计时和"哗哗"的水流声从空气中淌过。小区里已经有炮仗声此起彼伏,江尧去阳台拉开窗,撑着窗台站起来朝外看:"我特爱闻这个味儿。"

"什么?"宋琪洗完碗出来,把阳台地上的小凳子、小刷子踢开,问江尧。

"放炮的味儿,一听这动静就觉得有氛围。"江尧抽抽鼻子。

"……三!二!一!新年好——"电视里开始喊。

大规模的炮声炸起来,江尧忙把窗户关上,晃晃脑袋:"你们这儿迎新年也太热情了,我们那儿放炮都得挑地方,被逮着罚款。"

"想放吗?"宋琪把他赶回轮椅里,拉上窗帘。

"成吗?"江尧跃跃欲试。

"做梦。"宋琪说,从江尧身旁经过径直去了卫生间。

江尧:"……"这人有病吧?

"你要洗洗吗？"洗漱完，宋琪肩头搭着条毛巾出来，问。

江尧想洗，听见宋琪在里面水声呼啦的，他就开始嫌弃自己脏了，但眼下这一身木乃伊似的，总不能让宋琪给他洗吧，照顾亲爹都顾不到这份上。

"我洗个脸刷个牙就行。"江尧说。

宋琪把自己下午拎回来的购物袋拿出来，给江尧拿了两条新毛巾和一支新牙刷。

"你去买这些了啊。"江尧接过来。

"你的行李在哪儿？"宋琪又不知从哪儿摸了根小皮筋，把江尧的头发绑成个朝天辫，推他进卫生间。

"在我租的车库。"江尧说。

"地址给我，明天去给你拿来。"宋琪说。

江尧叼着牙刷往上挤牙膏，呜呜噜噜地说："我等会儿发给你。"

宋琪叹了口气，把牙刷从江尧嘴里抽出来，挤上牙膏又塞回去，提醒他："你的手机给你充上电了，在沙发后面。"

江尧把牙刷拔出来，被牙膏刺激的薄荷味呛得干呕一声。他抹抹嘴看一眼宋琪，突然翘着嘴角用胳膊肘捅宋琪："哎，宋琪哥哥。"

"又怎么了？"宋琪用眼角往下看他。

"你有没有发现你身上其实有种……"江尧故意停顿了一下，"贤惠的特质？"

宋琪看着江尧，缓缓地扬扬眉毛。

"没觉得吗？"江尧自己说着说着都忍不住笑了，"吭吭"的，"又会做饭，又会做家务，又会关心人，还会带小孩儿……"

"还会挤牙膏。"他冲宋琪扬扬牙刷，也扬扬眉毛。

"还很会揍人。"宋琪屈起食指哈了口气，照着江尧脑门上的纱布不轻不重地一弹。

江尧捂着脑袋倒抽一口气，怒吼道："宋琪你下毒手啊！"

宋琪笑了一声，把拧好的热毛巾搁在江尧手边，从卫生间出去了。

江尧出去的时候，宋琪已经不在客厅了，次卧的灯亮着。他推着轮椅过去，这间他还是头回进，在门口看见屋里的构造他愣了愣："这是杂物间啊？"

桌子、柜子、衣架子，全是不用的，靠墙放着一张行军床，整个房间挤得就能转个身。

这都算了，关键房间里连个窗都没有，就墙角一个气窗，好像还给封上了，空气里一股凝滞的霉味儿。

"书房。"宋琪正在铺床，边抖床单，边跟江尧解释，"这些都是房东留下来的家具，平时用不着，就都堆进来了。"

"你管这叫书房啊？厨房都比这透气，你怎么不干脆把床搬厨房睡去，半夜饿了一拽冰箱有吃有喝。"江尧往里滑了两轮子，还没到床边就被柜子腿卡得寸步难行。

他皱着眉调了调方向，不是前面挡个腿儿就是旁边伸出个角，他有点儿起火，踢了一脚柜子："这是能睡人的地方吗？浇一桶水泥直接当防空洞了。"

宋琪看他一眼，把床单继续铺上："哪这么大脾气，又不是让你睡。"

就因为是你睡，我才火大行吗？

江尧是真的很烦欠人情，宋琪帮他已经够多了，人家原本什么都没必要为他做，被个半残讹上领回家，还得给他腾床，江尧心里要一点儿感觉都没有那还是人吗？

"你这嘴都能把房东说哭。"宋琪没忍住乐了。

"别扯没用的，"柜子被踢开点儿空隙，江尧终于能继续往前滑了，他把轮椅往床边一停，赶宋琪，"你赶紧回你屋里睡去。"

"我回去，然后呢？"宋琪把枕头放在床头，又开始套被子，"你睡这儿？"

"是啊。"江尧瞪着他说。

"好主意，半夜你摸不着灯磕柜子上，疼得蹦起来把胳膊往墙上一砸，明天我就能给你送医院吃病号饭了。"宋琪不急不缓地说。

"我有病还是你有病？"江尧嘴角抽了一下，抱着他的伤胳膊往轮椅上一靠，"你要不过去我也不过去了，咱俩耗吧。"

"哎。"宋琪匪夷所思地看向江尧，终于不继续忙活了，脸上藏不住地想笑，"小朋友好有威慑力啊。"

江尧还没说话，宋琪伸脚往他轱辘上轻轻一蹬："真够吓人的。"

"……"江尧往后滑了半米。

"等会儿你急了是不是还能直接从轮椅弹床上？"宋琪把被子往床上一扔，过来握着轮椅把手直接把江尧推到门口，"那你在这儿待着吧，旁边有电视，无聊了就看。"

"宋琪！"江尧暴喝一声，额角暴起丢人的青筋。

不喊还行，喊完这声宋琪直接绷不住了，靠在门框上看着江尧笑个没完。

江尧看着他笑了会儿，嘴角也忍不住扬起来，撑着额头跟着宋琪一块儿笑："……服了。"

"我跟你说真的。"笑过劲儿了,江尧板板脸,挺认真地跟宋琪说,"要么我睡这儿,要么你回你屋该怎么睡还怎么睡,我睡觉老实,不占地儿,挤不着你。两米来宽的双人床你至于吗?"

宋琪本来还有点儿没刹住笑,听江尧这么说,他轻轻叹了口气。

"别废话。"江尧豁出去了,不就是脸嘛,早没了,他透出股痞劲儿来,"反正你要么过去睡,要么今夜咱俩都无眠。你看着办吧。"

宋琪从兜里掏出烟盒,点上一根。他看着江尧,往外呼烟气的时候跟叹气似的。

江尧在客厅里随心所欲地画圈,目光看似瞄着电视,实际上一直绕着宋琪打转,看宋琪把铺好的被子连着枕头一块儿送回主卧去,心里才舒坦下来。宋琪看过来一眼,他又不怎么好意思地把脸转开。

《难忘今宵》的旋律起来,春晚结束了。宋琪把该收拾的都收拾完,来到客厅问江尧:"你再玩会儿?刚醒两个钟头,现在还能睡得着吗?"

江尧知道宋琪是要睡了,他滑到电视柜前把电视关上,自己推着轮子进卧室,说:"能,你关灯吧。"

其实有点儿难,他撑着轮椅单腿蹦到床上,看看两个并排摆放的枕头,自觉地给自己划拉了一半的地盘,把腿搬床上坐着。

宋琪检查了一遍门、灯、窗,把小太阳拿到房间角落打开,还给江尧接了杯水放在床头,问他:"还要什么?"

"什么都没。"江尧把被子拉在身上,靠着床头摁手机。

"啪"的一声,灯灭了。

江尧听着宋琪朝床边走过来的脚步声,另一端的床铺稍稍下陷。

"腿别忘了。"宋琪突然说。

"什么?"江尧往宋琪那边看,黑咕隆咚没能看清什么,反应过来宋琪在说他的腿,江尧"哦"了一声,在被窝里蹬到了宋琪给他叠的小被子,把脚架上去。

他就着手机光又朝宋琪那儿看了一眼,这回终于看见了宋琪的脸,也就是个轮廓,在黑暗里用手搭着眼睛。

江尧把手机光调到最暗,清清嗓子说:"再谢你一遍。"

"什么?"这回是宋琪问他。

"挺麻烦你的,有点儿不好意思。"江尧说,他的好腿屈着,手机隔着被子放在腿上,用手指头一个个地戳字母,把车库的位置发给宋琪。

"我是不是还得坐起来回你一句不客气啊。"宋琪有点儿无奈,把胳膊放下去看一眼江尧,"能睡就睡吧,睡觉长骨头。"

江尧把手机扣在床头,撑着床平躺下去。

04

  房间里陷入彻底的黑暗，呼吸声变得格外明显，本来以为这么跟宋琪一块儿躺着多少会有点儿不自在，所以江尧才坐着玩了会儿手机，结果真倒下来后发现也没什么值得担心的，知道有这么个靠谱的人在旁边的感觉还挺安宁。

  江尧"哎"了一声，他没法转身，只能扭扭头冲着宋琪的方向，问："今天护士给你打电话的时候，你在干吗呢？"

  他的本意是想知道耽没耽误宋琪自己的事儿，等了两秒没等着回话，还以为宋琪这么一会儿就睡过去了。旁边的被子动了动，宋琪翻了个身面向他，黑沉沉的眼睛跟他对了个正着。

  吓死个人！江尧眼皮一颤，在心里骂了一句。

  怪不得刚才平躺着内心一派祥和，因为看不见人。江尧的心潮在五分钟内高低起伏，他看着宋琪在黑暗中半眍着眼，嗓子带点儿犯困的喑哑，不紧不慢地说："去看了个老朋友。"

  "啊。"江尧答应一声，咽咽喉咙，转回来瞪着天花板闭上眼，"困了，睡吧。"

  不知道是不是受伤的人确实缺觉，江尧本来以为自己会睡不着，怎么说也得精神到半宿，结果闭上眼没一会儿，他的意识就飘飘忽忽地散开，一觉好眠到天明。

  真正没睡着的反而是宋琪。

  他就着透进来的月光打量江尧脸上的线条和轮廓，白天在陵园抚掉一半浮尘的回忆起起伏伏地在脑子里闪现，一阵阵儿的，随着困顿的叠加，让人一会儿清醒一会儿眯瞪，直到天快亮了才睡过去。

  睡也睡得不踏实，梦里纵康站在十万八千里以外跟他喊疼，纵康从来没跟他喊过疼喊过累，他心里着急，冲着那个虚虚实实的影子跑，可怎么也跑不到地方，好不容易快拽到纵康的衣摆，耳边一阵河水咆哮的汹涌动静，纵康在从天而降的巨河对岸扭头看他，额头上贴着一块与江尧同款的纱布。

  你到底是谁啊？宋琪皱着眉头在心里喊。

  一个巨浪兜头朝他泼过来，宋琪后退一步，睁开眼看见江尧额角贴着纱布的侧脸。

  他手指动了动，差点儿想伸手去抓人，身体牵动的真实感让他从梦里抽了出来。

  闭了闭眼，宋琪仰面朝天地翻了个身。

从窗帘缝透进来的天色已经冒白了，宋琪感觉没睡几个钟头，有点儿恍惚地眯着眼，耳朵里仍有河水湍流，是窗外打仗一样的炮仗声，大年初一早上永远这么热闹。

真快啊，又到大年初一了。

第九个大年初一。

宋琪从床上坐起来，伸了个懒腰，扭头看着身旁的江尧，牵了牵嘴角。

睡得跟活猪似的。

江尧觉得自己应该是魔着了。

他睡得挺美的，没想起床，隐隐约约的鞭炮声也没能让他睁眼，就是不知道是梦里还是真的，他总觉得宋琪在看他。

还在他枕头边放了什么东西。

随着卧室门"咔"的一声响，他挣扎着睁开眼，床边并没有坐着宋琪，整张床上就睡着他自己。江尧抬手往枕边摸，想拿手机看看时间，手指先戳到了个半软不硬的东西。

顿了下，他拿起来眯着眼看，红的，纸袋，袋子上印了个金灿灿的倒"福"。

是红包。

江尧一下子清醒了，捏着红包上下左右地看了会儿。

他挺多年没收到这种像礼物一样的小红包了，以前他妈在的时候会给他和江越发压岁钱。他妈死了以后，他爸给钱从来不亲手给，只给他一张卡随便花，亲戚间八百年见一面，名字都喊不出来，所谓的发红包都是做给彼此的大人看，一点儿意思也没有。

这还是他这么些年，头一回在大年初一收到正儿八经的红包。

钱不多，两张粉红的票子，不过这东西不能用金额来算，江尧说不上来的舒心，头一回觉得被宋琪当个小朋友也挺不错。

拧着腰在床上翻了翻身，他冲着宋琪那半边床继续美了一会儿，伸手探进宋琪的被窝里摸了摸。

还温着，估计是刚起。

把手伸进枕头底下又摁了两下红包，江尧眯瞪着瞎想一气，重新睡了过去。

这一觉睡得更死，醒来的时候都上午十点半了，江尧蹦下床推着轮椅去卫生间，刷了个牙出来在屋里转了一圈，连个人影都没有。

电视也没开。宋琪出门了？

厨房里倒是有熬好的粥和小菜、煎蛋，江尧捏了根油条叼着，拿手机给宋琪打电话。

"你人呢？"那边接得很快，江尧劈头问。

"去了趟店里。"电话里有点儿吵，宋琪像是在商场之类的地方，问江尧，"中午想吃什么？"

江尧夹着电话把电视打开，今天天气挺好，阳台上全是阳光，他推开窗吸了口冷冽的新鲜空气，说："都行，你看着整。"

"行。"宋琪把电话撂了。

微信上一堆小红点，各种新年好，江尧挑着回了回，先点开宿舍群和宫韩的聊天框把红包领了，以前这种过年砸红包雨的事儿都是他干，今年也沦落成了捡钱的那个。

目测还将是长期沦落。

真是风水轮流转啊。

宫韩："你在哪儿过的年啊，尧儿？"

江尧拍了张阳台的照片给他发过去。

三磕巴发了一篇少说二百来字的新年作文给他，一个断句没有，江尧看得眼皮直跳，回了个"同乐同乐"。

宋琪估计是去给三磕巴他们发红包去了。

正想着，门就被敲响了。

回来得这么快？江尧滑着轮椅过去，边开门边说："你没带钥匙啊？"

门外站着的人却并不是宋琪。

一个跟宋琪差不多大的男人，清秀、瘦高、白，虽然胳膊肘里托着个大牛皮纸袋，袋子里还伸出来一把芹菜，也影响不了他身上文化人的气质。

两人一对视都愣了愣，江尧电光石火间联想到昨晚才听宋琪说过的那个翻译。翻译不知道把他联想成了谁，盯着他的脸半晌都没说话。

江尧有点儿尴尬，虽然自己浑身的绷带看着不像什么好人，但这人这么盯着他不吭气儿，他也没法确定对方身份，万一不是翻译呢？

"你哪位？"他只能主动问。

"你好。"翻译回过神来，冲江尧点了下头，虽然还是用一种说不上来的眼神看着他，但也挺有礼貌地问，"宋琪不住这儿了吗？"

"啊。"还真是那个翻译，江尧把轮椅往后让让，让翻译进门，"你是他朋友吧。他出去了，等会儿就回来。"

"陈猎雪？"翻译刚想说什么，宋琪的声音从身后的楼道里传了过来，"怎么现在就过来了？"

被叫作陈猎雪的男人回头，直直地看着他。

这个人的出现很突然，宋琪的介绍也说得很简单。在楼道里喊完那一声，他上楼把取回来的行李箱拉给江尧，然后很顺手地接过陈猎雪抱在怀里的大纸袋，对江尧说："他就是我昨天跟你说的那个翻译。"

然后他对陈猎雪说："这是江尧。"

两人互相点了点头。

接下来，宋琪和陈猎雪就自动进入了一种"自己人"的模式，从进门放东西、脱外套、倒水，进厨房开始准备午饭，包括跟宋琪的对话，陈猎雪的每个动作都像回自己家一样自然，像江尧还有经济来源时在宫韩家一样自然。

只是他跟宫韩不会一块儿在厨房做饭罢了。

怎么都会做饭，很时髦吗？

宫韩的消息跳了出来："你不会投奔酷哥去了吧？你太不仗义了！"

江尧收回目光，点开聊天框看了一眼也懒得回，关上后在桌面漫无目的地摁了会儿鼠标，又把宫韩拉出来，问他："你平时下厨吗？"

宫韩："方便面啊？"

江尧在聊天框上点了叉。

宋琪在厨房基本上将他跟江尧从见第一面到现在的相识历程一五一十地告诉给了陈猎雪，包括那条碰瓷的二哈和昨天意外摔伤的腿。

陈猎雪的眉毛就没怎么展开过，盯着宋琪问："那他跟纵康哥……"

"没关系，就是单纯长得像。"宋琪耷拉着眼皮切肉，"我也不想知道有没有关系。"

炒菜锅里的油开始冒烟，宋琪放下刀具冲了冲手过去炒菜，用胳膊搡了一下陈猎雪："靠边儿，碍事。"

陈猎雪腾了地儿，抱着胳膊靠在冰箱上看着宋琪。宋琪朝他手旁指了指，他捞过酱油瓶子递过去，问："你知道他不是纵康吧？"

宋琪丝毫没有卡顿地颠勺炒菜，往锅里加了点儿水，盖上锅盖等着。

陈猎雪看着他。

"我知道。"宋琪掏出根烟在嘴上咬着，没点，望着锅盖边缘腾起的热气说。

"九年了，宋琪。"陈猎雪说。

"我知道。"宋琪又说。

中午是三个人一块儿吃的饭，江尧倒也没产生自己是个外人的感觉，因为陈猎雪对他实在太自然了，明明头一次见，却像认识很久一样自然。陈猎雪帮着宋琪把做好的菜端到餐桌上，招呼江尧吃饭，还给他盛汤。

做这些事时陈猎雪也没怎么热络，整个人都保持在一个让人舒适的度里。

　　"晚上在这儿吃还是回去？"宋琪在餐桌上问陈猎雪。

　　"等会儿就回。"陈猎雪说，举了举手里的水杯，同时看向江尧，"新年快乐。"

　　"年年都一样，我就多余问。"宋琪拿起杯子跟他磕了一下，又碰了碰江尧的，"新年快乐。"

　　真没看出你们哪儿乐了。

　　江尧在心里说了一句，扯着嘴角配合："快乐。"

　　一顿饭吃到快尾声的时候，陈猎雪问了问江尧的学校，知道江尧身上的一圈圈绷带是怎么来的以后，他先是眨了下眼，有点儿惊讶似的，接着就很自然地笑了笑。

　　宋琪也笑笑，给江尧的汤碗里又舀了两块排骨，问陈猎雪："你需要吗？"

　　"我好得很。"陈猎雪没吃多少就撂了筷子，他似乎不爱吃太油的东西，吃下去的菜还没喝进肚子里的水多。

　　他爱吃不吃的，宋琪也没管他，好像很习惯陈猎雪这样不太健康的胃口。

　　江尧想到宋琪说陈猎雪做过换心手术，要说不好奇那不可能。"换心"听着就是个奇妙的词，他其实一直都挺想知道，换心的人跟心脏的原主人之间会不会有什么感应。

　　但他也就在心里想想，不可能半生不熟地直接开口就问。他的目光从陈猎雪胸口前掠过去，结果跟陈猎雪的目光对个正着，他没停顿，把视线挪到餐桌正中的排骨汤盆上。

　　饭后没多久，陈猎雪接了个电话，套了外套就准备离开。

　　"我送你。"宋琪拿了钥匙一块儿出去，把塞在兜里忘了掏出来的烟盒扔给江尧，"过会儿就回来。"

　　"啊。"江尧答应一声，扭头冲二人摆摆手，"慢点儿。"

　　陈猎雪冲他笑笑，本来就偏白的脸色在黑色大衣的映衬下几乎显得病态。

　　房门关上后，江尧滑着轮椅去阳台，趴在窗台上看宋琪跟陈猎雪的背影并排往小区门口走。

　　陈猎雪上车前说了很多的话，宋琪站在路边听着他说，这几年陈猎雪跟他说过的话估计都没有这回见江尧之后说得多。

　　纵康刚死的那几年陈猎雪很少劝他，毕竟纵康是像他亲哥哥一样的人，被自己失手用米酒瓶子给砸个半死，还在花钱的时候犹豫，白白丧了一条命，陈猎雪和他自己都需要看得见摸得着的愧疚，从某种程度来说，也算得上一种自我救赎。

这几年陈猎雪偶尔会提一下，但宋琪一直不愿意走出来，他也不会多说。

"我不知道你怎么想的，但你如果是因为他像纵康哥所以跟他越走越近，那你趁早清醒清醒。"有风刮过来，陈猎雪拢了拢大衣的领口，"你乐意怎么活是你的事，别等哪天你终于放下了，结果回头看人家觉得不顺眼。"

这话宋琪越听越觉得不对，听到最后他缓缓蹙起眉："你还行不行了？往哪儿想呢？"

"你自己心里有数。"陈猎雪用眼角斜着看他，"除非你是把人当儿子养。"

宋琪哑然失笑。

叫的车来了，陈猎雪拉开车门进去，看看宋琪，像小时候一样从车里伸脚踢他小腿："回去吧。"

"你多注意身体，感觉又瘦了。"宋琪点了下头，叮嘱道，"有事儿就说话。"

"死不了。"陈猎雪笑笑，把车窗摇上去。

车开走了，宋琪在原地站了会儿，点上根烟默然地抽，直到脚底多了三四个烟头才转身往回走。

05

推开家门，江尧还在阳台坐着，手上噼里啪啦地摁着手机打游戏。

"你那手还能用？"宋琪看了一眼，去厨房接了杯水喝。

"我是胳膊裂了，又不是手指头断了，有什么不能用的。"江尧头也没抬地说。

宋琪三下五除二把堆在水槽里的锅碗瓢盆给收拾了，擦擦手出来，伸长了腿瘫坐在沙发上，捏了两下眉心。

"他走了？"江尧问了一句。

"啊。"宋琪答应。

"他真换过心啊？"江尧从阳台转过来，面朝客厅。

"好奇？"宋琪仰着头，枕在沙发靠背上看电视。

"好奇。"江尧诚实地点点头，"没见过。"

"刚怎么不直接问他？"宋琪说。

"那多不好意思……哎！"估计是输了，江尧把手机往沙发上一丢，滑着轮椅也挪到沙发上坐着，跟宋琪一块儿看电视，"都不认识，上来就问人这么私密的事儿。"

"他无所谓。"宋琪笑笑,"从小就这么过来的。"

江尧"哦"了一声,往后靠了靠,又问:"那他是不是还没女朋友什么的?"

宋琪的目光扫过去看着他。

"身体看着不怎么好。"江尧加了一句,"换心就算成功了,也还是有风险吧。"

"你觉得呢?"宋琪反问他。

"脸挺好看的。"江尧说,"活得这么小心可惜了。"

宋琪屈起一条腿踩着沙发边沿,用膝盖架着手臂,歪头似笑非笑地看着江尧:"有想法?"

江尧看宋琪一会儿,突然把胳膊搭在宋琪肩上凑过去,挑挑眉毛笑着说:"琪哥,你是不是也没跟姑娘处过啊?要不然我给你介……"

他故意拉长了声音,宋琪偏过头看他,他一瞬间没能继续说出剩下的话。

"想去地上躺着?"宋琪很轻地笑了一声,扭了扭手腕,枕着沙发靠背说,"都断几截了,掂量掂量自身情况行吗?"

电视里乱七八糟地播着一个不好笑的搞笑电影,在演员浮夸的大笑声中,午后的阳光打在江尧侧脸上,有点儿痒。

"你刚想说什么?"宋琪叼出一根烟,"啪"地点上。

说什么?谁还记得刚才想说什么。

有点儿尿。

接下来两人都没再提这茬儿,跟什么都没发生似的有一句没一句地闲聊。宋琪歇了会儿就起身去了厨房,拾掇东西准备包包子。

快傍晚的时候宫韩憋不住了,打了个电话过来。

"喂,尧儿,我宫韩啊。"宫韩在电话里嚷嚷,听那边的动静估计是刚从麻将桌上下来,背景音嘈杂得很,问江尧,"你干吗呢?"

"说事儿。"江尧把耳机插进听筒里,边往耳根儿上挂,边转着轮椅去洗手,准备帮着宋琪一块儿干活。

"没什么事儿,就确认一下你的存活状况。"宫韩说,"你家联系你没?要不要哥们儿再给你点儿财力支援?我跟你说我这一天可收入颇丰啊。"

宫韩要不提江尧都没想起来,大年初一都要过去了,他家那两位别说钱不钱的,连他还活没活着都懒得问。他也压根儿忘了自己还有个名存实亡的"家"。

江尧在心里叹了口气。

"不用，小金库自己攒着吧，暂时还饿不死。"江尧没跟宫韩说自己横空飞越大年三十的事儿，穷就穷点儿，又穷又残也太窝囊了。

"怎么着，又有经济来源了？找着工作了？"宫韩问个没完，又咂着嘴"啧啧"两声，"你别是上酷哥那儿给人修车去了吧？"

江尧不想在宋琪家里跟旁人聊宋琪，被宫韩问得一阵烦："你等我出了十五啊好歹，谁家大过年的干活。没事儿撂了，拜拜。"

没听宫韩又在那头说什么，江尧麻利地把电话给摁了。

不过说起宋琪的修车店，宫韩还真是提点了他一下。

宋琪把调好的馅料和包子皮搬到餐桌上开始忙活，江尧把手机扔回沙发，转着轮子往餐桌前拐，被不知道什么东西硌着轮子，他换个方向去把客厅的灯给打开。天黑得太早了，外面天色看着还有光，屋里已经昏昏暗暗地模糊起来。

撑着把手在餐桌前坐下，江尧捏了一张包子皮托在手上问："你们店里什么时候开门？"

"初四初五。"宋琪说，看了他一眼，"你会吗？"

"瞧不起人啊。"江尧等着宋琪舀完馅儿，接过他的勺子依葫芦画瓢，"一搁一包还能不会到什么份儿上。"

宋琪没理江尧，捏了一个十八褶的大圆包子放他跟前。

"幼稚。"江尧笑起来，仔细把手上的四不像团成一个球。

"你那儿人手是不是已经够了？"包到第二个四不像的时候，江尧问了一句。

宋琪"嗯"一声，反问他："你问这个干吗？"

"没有，我想着你要是需要人，我能去帮着干点儿什么，把我这半个月的房租水电抵过去。"江尧说。

"没病吧你？"宋琪看他一眼，"学艺术的大学生去车厂打工，有点儿追求没有。"

江尧愣愣，没忍住乐了："我上回听见这种'学历决定身份'的调调还是十年前从我二大爷嘴里，他去年五十七得脑癌了。"

宋琪扯了扯嘴角，很快又包好一个包子："那你多多珍惜你二大爷的话。"

虽然语气挺淡，都是玩笑的语气，但江尧能听出来宋琪不想多聊学历打工这方面的事儿，也就没再继续往下说。

这还是他头一回从宋琪身上感受到不那么自如的情绪，宋琪给他的感觉一直挺飒，说起自家妈妈和兄弟，以及院里那帮生死随天的孤儿，都透着股想说说不想说就懒得跟你提的洒脱，唯一一回情绪波动猛了点儿，是在超市把他从一堆米酒瓶子里拽出来的时候,紧张也是强势的紧张,天生没怯过场似的。

没想到他会在学历这个问题上有心结。

其实即便他们没聊过,江尧也大概能猜出宋琪是什么时候开始自己打拼养活自己,养活那一群先心病孤儿。宋琪昨天说他妈是跳楼砸在他那个兄弟眼前,一个自杀一个受刺激,两人估计是一块儿就去了,当时宋琪能有多大?

估摸着也就是个高中生。

他高中的时候要不是对画画还有点儿兴趣,加上运气好,现在指不定是个什么歪瓜裂枣的臭德行。宋琪在他那么大的时候经历了他没得比的变故,还能没学坏没长歪,堂堂正正地活成现在这样,够了不起了。

想到这儿,江尧心里突然有点儿不是滋味,估计是这么些年没少吃这方面的苦,才让学历成了宋琪心里一根挺在意的小刺。

他刚想说点儿别的调剂一下,眼前"砰"地一暗,咋咋呼呼的电视与里里外外的电灯一块儿灭了,整个屋子乌蒙蒙地沉寂下来。

"跳闸了?"江尧问。

"应该是停电。"宋琪站起来往阳台走,看看小区里其他楼层的反应。

"哦。"江尧答应一声,放下包子皮去沙发上找手机,"大过年还停电啊?"

"小区老,过年用电多,用电一多就总得维修。"宋琪说着又进了那间乱七八糟的书房,翻了截蜡烛出来,"打火机放哪儿了?"

"用手机照着不完了吗?"江尧打开手电筒,撑着沙发垫子单脚站起来摸索。他下午抽完最后一根烟顺手把打火机搁沙发扶手上了,这会儿摸不着,估计是掉进了沙发垫的夹缝里。

"不知道什么时候来电,省着点儿。"宋琪过来跟他一块儿找。

"那它要是一晚上都……"江尧又蹦了一下,想转过来跟宋琪说话,拧了一半,脚底踩了个方形的小硬块,他话都没来得及说全,整个人就晃悠着朝后歪倒过去。

其实他身后正好就是沙发,倒进去也没事儿,但视物不清让人来不及保持快速清晰的判断,已经金鸡独立了,再给摔个好歹可真让人受不了。他的手在失衡状态中下意识抓了一把,正好抓上宋琪伸过来想扶他的胳膊,他薅着宋琪的毛衣袖口狠狠一带,"砰"的一声,两人在黑暗中一起摔进沙发里。

江尧在心里中气十足地骂了一句。

手机也落在耳朵边,正屏幕朝上荧荧地亮着,宋琪蹙着眉,第一反应先把手滑下去摸摸江尧的石膏腿,问:"压着没?"

"没。"江尧朝上欠了欠身。

"行,"宋琪撑起身体,把身旁的手电筒放在茶几上,"那就起来。"

江尧用手挡在眼睛上喘气,脑子在摔倒的后劲儿里腾云驾雾。

吊灯闪了闪,来电了。

宋琪在他旁边收拢呼吸,从靠背上拽了盒抽纸下来擦了擦手上的面粉。江尧依然仰面撑在沙发上没动,从手臂的缝隙里感受着刺眼的亮光,听电视里不知道在喧哗什么的广告。

丢脸都似乎成了他在宋琪身边的日常现象了。

江尧把胳膊垂下去在地板上摸了摸,够到一个方形长条状的东西,用手指夹上来。

一个打火机。小玩意儿,你就是导致现在这场面的元凶。

看了眼江尧的后续行为,宋琪轻笑一声。他心情放松地站起身来往卫生间走去,自己洗完手没忘了拧个热毛巾过来给江尧擦擦手。江尧刚点上一根烟仰面朝天地叼着,宋琪就把他的烟掐下来自己夹着,换成热毛巾盖在江尧脸上。

"宋琪。"江尧慢腾腾地用毛巾擦着脸,瓮声瓮气地喊他。

宋琪"嗯"一声,捞过遥控器换了个台。他从上往下看着江尧,手里夹着的烟袅袅地往上飘,有点儿挡眼。

第九章
他叫纵康

01

大年初四,宋琪的店开始准备营业。

江尧听见宋琪起床的动静,想睁眼都睁不开,眯瞪着捞过手机看一眼,时间才早上七点半。听见大门合上的声音,他闭上眼又睡了过去,一阵儿清醒一阵儿迷糊昏沉地睡到快上午十点,他坐起来伸了个懒腰。

躺不住了。宋琪都要重新开业了,他一毛钱没掏在人家这儿白吃白喝还不着急,简直不是个人。

打工找兼职是现在搁在江尧心里最大的事儿,看宋琪那意思去他店里帮忙是没门儿了。江尧自己想想觉得宋琪说得其实也有点儿道理,好歹他学的是画画,一年光学费都一万七千八,哪怕去给人画个墙绘之类的,做个跟专业沾个边儿的好歹能在心里产生点儿安慰。

一万七千八。

江尧心里跟挨掐似的拧巴一下,以前这些钱他都没当个事儿,手一伸就刷卡,现在还没开春,他已经开始发愁下半年去哪儿挤这笔钱了。

学费、生活费,还有欠宋琪的人情……他现在的人生,就是起落落落落落。

江尧从胸腔里吐出口浊气,摸过手机开始划拉。

微信里有挺多学校的群,什么美院二手货交易群、兼职群、代课群、外卖红包群……除了红包群是走光把他强拽进去凑人头,其他乱七八糟的江尧也不知道是什么时候进去的,一直屏蔽没认真看过,这会儿挨个点进去扫了一眼。

真说起来缺人的也有,画室招助教的,幼儿园招老师的,包括学生找人补考代课之类的都算上,看着也是一笔笔商机,结果要么是立马就要人,要么都排到了开学以后。

要是腿没断他也能配合着定个时间,但是拖着这么条不知道什么时候能拆石膏的伤腿,江尧实打实地体验了一回"有心无力"。唯一一个不需要出门就能干的活儿——工作室找画手接外包,看看时间竟然发布于年前。

而且就这群里更新的频率,等找到能干的活儿大一的都能毕业了。

江尧成功给自己收获一肚子暴躁,二十分钟后他把手机一扔,下床去冰箱里翻东西喝。

宋琪从早上忙活到下午,列了张单子出来给小梁,让他照着上面的盈缺该进货进货,该换新物件的换新物件。

看看时间,宋琪把外套穿上去拿车钥匙,跟小梁说:"你去拿两个饭盒给我装上饭菜,我回去一趟。"

"啊,小碰哥还在你家呢?"小梁答应一声,利索地去厨房装饭。

"小碰哥"是店里这群人对陈猎雪的称呼,陈猎雪小名叫小碰,纵康给取的,纵康走之后一直没人再喊过,这名字也不知怎么被这群同样大院出身的"病友"给继承了。

"不是小碰哥,是小尧哥。"宋琪戴上手套,接过小梁递来的纸兜,还挺沉。

"今天剩这么多?"他问。

"二碗过年吃腻了,这两天难得没胃口。"小梁随口解释,一点儿也不好奇大过年的江尧怎么会在宋琪那儿。

宋琪拧开阀门,冲小梁抬抬下巴:"你看着他们,下午要是没急事儿我就不过来了。"

"快回去歇着吧!"小梁拽着二哈的链子摆摆手。

刚过年没几天,街上该开门的店面倒也七七八八开了张。

今天好像有什么庙会,路上人多,宋琪没开太快,转个路口就到小区门口的时候他想起个事儿,掉转车头朝附近的医疗器械商店开回去。

他给江尧买了副拐杖。

买完又找旁边药房的药师咨询了点儿骨折该注意的情况,药师一个劲儿地推荐他买两盒钙片,吹得神乎其神。

宋琪笑笑,把钙片跟医用拐一块儿付了钱,拎出去后对着摩托思考该怎么往车上绑。

手机响起来时,他第一反应是江尧,掏出来一看不是,来电人是陈猎雪。

"怎么了?"接起电话第一句他就直接问。

宋琪跟陈猎雪也就过年期间联系多点儿，两人不是一个活法儿，谋生的路子也不一样，平时各忙各的，宋琪心里倒是巴望着陈猎雪没什么事儿少找他，陈猎雪这种跟时间耗命的人没消息往往就是好消息。纵康死了以后，他总是生怕接起电话对面传来的是噩耗。

"跟你没什么关系。上回江尧是不是说他是美院的学生？"陈猎雪也没跟他废话，直奔主题地问。

"啊。"宋琪靠坐在摩托上点了根烟，掸掸裤子上的飞灰，"是吧。"

"他还找兼职吗？我这儿对接过一个机构，开学想找个教设计的实习老师，要求就是美院的。你问问他愿不愿意。"陈猎雪说。

宋琪没立即说话，他吐出口烟气，慢条斯理地笑了笑："没见你对我厂里那群小孩儿这么上过心。"

"今天聊到，正好想起他而已。"陈猎雪说，"你厂里要有会画画的小孩儿我一样问你。"

"知道了，回去我问问他。"宋琪说。

"行。"陈猎雪交代，"他想试试的话让他直接加我。"

"陈猎雪，"临挂电话前，宋琪又喊了他一声，"你让我趁早清醒，你自己可别昏头了。"

"你不要看他像纵康就想帮他，他不是。"宋琪强调，"就算你是冲着他那张脸忍不住想帮他，你也别表现出来。"

那头沉默了片刻。

"不会。"陈猎雪说。

电话挂了。

宋琪回到家，江尧没像平时一样盘坐在客厅玩电脑，他两年前的旧音箱不知怎么被翻了出来，歪在卧室门口连着电脑放歌。

挺舒缓又富含节奏的外文歌。

客厅地板上闪着没晾干的拖把水痕，歪七扭八，看着像小学生干出来的家务活儿。宋琪换了拖鞋从电脑上跨过去，朝卧室里看一眼，江尧正跷着腿坐在床边翻东西。

"你干吗呢？"他把带回来的饭盒放在桌上，招呼江尧出来吃饭。

江尧打石膏的第三天就不乐意老在轮椅上瘫着，也蹦出经验来了。

"拖了个地，干活抵账。"江尧抓着本相册从卧室蹦出来，坐上凳子接着翻，"哎"了一声，"你妈跟我还真是挺像的。"

宋琪正在厨房里洗筷子，闻言隔着木窗棂回头看，江尧正盯着那本放在床头抽屉里的旧相册看得一脸专注。

"从哪儿淘弄出来的?"他在江尧对面坐下。

"你床头。"江尧头也没抬地说。

"我说那个。"宋琪用筷子头指指地上的小音箱。

"啊。"江尧转脖子看一眼,笑笑,"防空洞里拽出来的,我在家无聊。"

宋琪叹了口气,把饭盒都拆开摆好:"吃饭吧。"

"你说,你有时候冷不丁看见我,会不会想到你妈啊?"江尧把相册往旁边推推,接过宋琪递给他的筷子,突然盯着宋琪问。

宋琪跟他对视一会儿,移开目光夹菜:"问点儿废话。"

"也是,再怎么眼拙也不至于男女都分不清。"江尧点点头,又冲相册里小时候的宋琪"哧哧"地笑,"你小时候黑得跟个煤球似的。"

宋琪没接他的话,朝玄关比画一下:"你要是不想坐轮椅就拄拐吧,也能练练你的腿。"

"你买的?"江尧的注意力终于从相册上转移过来。

"它俩自己走来的。"宋琪平静地说。

"……神经病。"江尧想想两根拐杖自己走过来、自己上楼、自己进门躺倒的画面,没忍住笑了一声。

笑完他往后瘫靠着椅背,轻轻地叹了口气。

"我能走路了就去找活儿干。"他晃晃腿说。

"你这个脾气是不是受不了小孩儿?"宋琪放下筷子去厨房盛汤。

"什么意思?"江尧的视线跟着他。

"陈猎雪认识教小孩儿画画的机构负责人,那里开学要招个老师。"宋琪大概齐地跟江尧说了说情况,"要美院的。问你愿不愿意去看看。"

江尧眨眨眼,反应过来宋琪是什么意思,他喊了一声:"你们都什么人啊?"

"嗯?"宋琪扭头看他。

"不是,等我捋捋语序。"江尧把筷子往桌上一拍,挺认真地迷茫了一秒,蹙着眉说,"是我太冷漠还是当今社会太温暖?你跟你的小伙伴怎么都跟做好事上瘾似的?"

"感动吗?"宋琪说。

"有点儿。"江尧点点头。

这不是感不感动的事儿,他上午翻微信翻出了一肚子邪火,陈猎雪这是给他雪中送炭急救救火啊。

"感动等会儿把碗洗了。"宋琪端着汤碗过来重新坐下。

"洗。我连锅带灶台一块儿给你洗了。"江尧把他的石膏腿往宋琪腿上一架,"我洗完锅你给我搓背?"

"排着吧。"宋琪把江尧的腿扫下去。

准备帮江尧洗澡的时候,宋琪还思考了一下,要不要直接在卧室关门关窗开暖炉给他擦擦了事。

毕竟卫生间太窄了,江尧坐在轮椅上转进转出都费劲,两个成年人进去想活动开基本不可能。

"就擦个背,你打算弄多大阵仗。"江尧有点儿想笑,"琢磨什么呢,宋琪哥哥?"

宋琪干巴巴地在江尧后背上拍了一把。

"哎!"江尧往前挺出去半米远,拧着胳膊往背上护。

"琢磨的就是这个。"宋琪把他摁回小凳子上,套上澡巾不留情面地开搓,"忍着吧。"

"轻点儿!嘶——"江尧绷着肩头挺了会儿,习惯宋琪的力道后一点点儿放松了肌肉,开始问正事儿。

"你朋友说的那个机构,我怎么联系人家?"他半扭着头问宋琪,盯着宋琪捏在自己肩头上的手。

"等会儿你加他,你俩自己商量。"宋琪拍拍他的后颈,"低头。"

"哦。"江尧答应一声,把头垂下去,又问,"他今天跟你说的?"

"嗯。"宋琪从鼻腔里回答他。

"好人。"江尧说。

"是不错。"冲着江尧的后颈又胡噜两把,宋琪拧了湿毛巾给他擦干净,顺手抓抓他的头发,"头还洗吗?"

"洗洗吧。"江尧把后脑勺往宋琪手心里顶顶,"我们残疾人干净一回不容易。"

从浴室出来,江尧从宋琪那儿扫了陈猎雪的微信,坐在光线充足的沙发里边擦头发,边噼里啪啦地打字。

"我叫他什么啊?"他问宋琪。陈猎雪通过了他的好友申请,他得跟人打个招呼。

"陈哥?雪哥?"江尧念叨两声,"感觉都有点儿怪。"

"你怎么喊我就怎么喊他。"宋琪洗了点儿水果端过来放在江尧手边。

"姨父啊?"江尧掀着眼皮看他,"总不能管人叫雪姨。"

宋琪笑一声,去阳台靠着点了根烟:"你就喊他……"

"小碰"两个字已经滚到嘴边了,宋琪又看了眼江尧,没说出口。

江尧的头发从放假开始到现在一直没修,长了点儿,半湿着从搭在头上的毛巾两旁散出来,贴着肩窝糊了一脖子,在冬日午后的阳光里反射出淡淡的金光。

这造型一点儿也看不出纵康的影子。

"'陈哥'就行。"宋琪临时改了个口,"你俩也没熟到那份儿上。"

"小陈哥吧,加个字亲切点儿。"江尧跟陈猎雪打完招呼,把手机锁上随手一扣,盘着条腿歪在沙发上看宋琪。

他迎光,眼睛睁不太开,眼梢半开半合地弯着,嘴角一点点地往上翘。

宋琪微微扬起下颌呼出个烟圈。

02

陈猎雪让江尧腿好之后去找他,带江尧去那个机构认门。

江尧坐不住,听陈猎雪的描述,对方给出的条件待遇还蛮好,对现在的他来说一节课的工资能顶上食堂一周的饭钱,他怕自己的腿耽误事儿,被别人捷足先登。

"我跟他们推荐的你,这个位置已经给你留着了,等你腿好了再来,先好好养伤吧。"陈猎雪干脆给江尧拨了个电话,在电话里这么跟他说。

估计是怕他不放心,陈猎雪又加了句:"要不踏实的话,他们这边开学你可以先过来见见人。全都看你方便。"

"那行。"江尧被陈猎雪说得有点儿不好意思,不想让对方觉得自己吃相太难看,先答应着,"到时候你通知我就行,小陈哥。"

"嗯。"陈猎雪在电话里笑笑,"再见。"

"拜拜。"江尧等那边先结束通话才把电话从耳边拿下来。

真是人以群分,他看着在厨房做饭的宋琪心想,善良的人真是聚一堆儿。

"不是,你不觉得奇怪吗?"转天,宫韩在视频里抱着半个西瓜边吃边瞪着江尧,冲着镜头直喷汁水儿。

"你哪来的西瓜?"江尧有点儿嫌弃地问。

"哥,现在都大棚栽种了行嘛,什么时候都有的吃!"宫韩说着往嘴里又舀了一勺。

"别打岔。"他含着一嘴西瓜把话题带回来,盯着江尧问,"酷哥的朋友帮酷哥还差不多,人家对你这么殷勤干吗?看你长得帅?"

"这还用你强调?"江尧皱皱眉,"什么殷不殷勤,他就是看见有这么个职位正好想到我,捎带脚地帮我提一下。你这思想略肮脏啊。"

"快拉倒吧。"宫韩把勺子往瓜里一插,"提你一下是捎带脚,这都整个给你提进去了,还捎带脚啊?怎么没人这么捎带捎带我?"

"你是谁啊？"江尧乐了，在宋琪家养伤这阵儿骨头见没见好不知道，他的脾气是真好了不止一星半点儿，宫韩这么说话他都没想着跟宫韩对呲儿，只笑了一声，"人家凭什么捎带你？"

"就是这个理儿啊！"宫韩一拍大腿，"你跟那个什么雪非亲非故的，生拉硬拽着算充其量也就是朋友的朋友，人家又不是什么慈善组织，凭什么对你这么上心？"

是不是慈善组织还真说不好，江尧心想。

"管那么多干吗？"已经欠陈猎雪一个人情了，还跟这儿婆媳剧似的在心里弯弯绕，是人干的事儿吗？

江尧不愿意考虑这么多，本来找着兼职是个挺开心的事儿，但这么嘀嘀咕咕的搞得他也忍不住往深了想。

"吃你的瓜去吧，挂了。"宫韩还在对面科普警惕的重要性，江尧不耐烦地把手机给扣上。

脾气好不好还是得看对谁。

不过有些话听的时候无关痛痒，左耳朵进右耳朵就出去了，可就这么一刮风的过程，还是能在心里种下个小疙瘩。

即便江尧有心不去多想"陈猎雪好端端地干吗费心帮他一陌生人这么大忙"，在宋琪家养腿伤等着去兼职的日子里，每回跟宋琪聊到打工的话题，他还是不由得会在心里捣鼓捣鼓宫韩那些话。

越琢磨越觉得奇怪，他和陈猎雪就见了一面，而且他当时还跟个木乃伊似的。

难道是看出了自己……还算可以的内心？江尧杵着拐站在镜子跟前打量自己，费解地挑挑眉毛，你这魅力也太大了点儿吧，江尧同学。

晚上宋琪到家后，江尧还开玩笑地跟他提了一句："你朋友帮我这么个忙搞得我怪不好意思的，现在我穷得叮当响，也就能出卖出卖这张脸回报人家。"

宋琪听完就笑了，看了眼江尧，跟看小孩儿似的，眯了眯眼甩给他一句："美得你。"

江尧瞪着他。

"他看不上小朋友。"宋琪又说了句话，把从店里带回来的盒饭放进锅里热着，洗洗手转身往客厅走。

"什么意思？"江尧都顾不上为自己的魅力正名了，拄着拐跟在宋琪屁股后头问。

问完又想这到底是陈猎雪的私事儿，自己跟宋琪都还算个"外人"，打听这么多没意思，况且陈猎雪看得上什么样的他也没多好奇，于是又把话题绕回去重新问宋琪："那他怎么会想到帮我？"

宋琪举起一只手往江尧脑袋上拍了一下，带着笑地说："可能是看在我的面子上？"

"我才发现你也够自恋的啊，琪哥。"江尧也笑笑，靠在门框边稳住自己的腿，眉清目朗地盯着宋琪，语气里带着几分调侃。

有了盼头以后时间像开了二倍速似的，江尧也没觉得怎么着，日历就在一天天的炮仗声里掀到了正月十五。

打石膏后的第二周末尾，江尧要去医院复查。本来他想自己去，宋琪听他说完也没二话，直接把人怎么扛上来的怎么扛下去，叫了个车将他塞进去直奔医院。

"恢复得不错，继续保持。"年后家家户户毛病都多，医院里挤得活像春运，宋琪帮着江尧楼上楼下地折腾半天，最后就为了等医生这么句话。

"那我什么时候能拆石膏啊，大夫？"江尧跷着腿给医生看，皱着眉问，"再过半个月成吗？"

"急什么？"今天坐诊的是个有些年纪的老医生，说话不急不缓，笑呵呵地摆摆手让江尧出去换下一个，"伤筋动骨一百天，你就照着三个月来养，下个月再来看吧。"

"唉。"

出了医院，江尧靠坐在门口的石墩子上点了根烟，他揉揉鼻子看着宋琪说："我那什么，你今天忙吗？不然等会儿回去你帮我把箱子搬下来，我直接拎着就回宿舍了。"

宋琪看江尧一眼，江尧当时跟他说的就是住两个星期，原话他都记得——"多一天我都不是人"。

"你学校开学了？"算算日子，宋琪问。

"啊。"江尧模棱两可地答应一声，也没说开没开，"宿舍开了，能住人。"

"那等你开学再说吧。"宋琪听明白了，他也没多问，只说了这么一句，接起电话告诉司机他们在哪个路口。

江尧盯着宋琪看了半天，直到上了车在后排坐好都有心想客气一下，说句"不太好吧，多麻烦你，都给你添半个月麻烦了"之类的。结果他两边嘴角都憋不住地一个劲儿往上扬，纠结一宿的心事一下子放开了，跟开花儿似的，简直想把宋琪捞过来抱一下，怕把司机大哥吓着，只能偏偏头望着窗外"哦"了一声。

"你现在想回家吗？"宋琪划拉着手机问他。

"你是去店里吧?"江尧扭头看回去,还是没忍住伸手在宋琪肩膀上搭着。宋琪用眼角扫扫他的手,也没打开,目光重新回到手机屏幕上,依然没什么表情地"嗯"着点了点头。

"我跟你一块儿吧。"江尧心情很好地笑了笑,"总在家窝着要长毛了。"

"也行。"宋琪收起手机招呼司机一声,"不好意思师傅,换个地址。"

江尧在路上看了会儿手机,他们宿舍小群里这两天开始互相打听几号回学校,以往每学期都是江尧头一个回来,撒森或者走光其次,现在他在宋琪家又能赖一阵子,就没给他们具体的时间,目前撒森买的票时间最早。

三院、学校、车厂,这三个地方正好在三个区,路线就那么几条,从这儿到那儿总得经过一个。从他们学校附近开过去的时候,宋琪随口说了句:"你们学校的人都回来挺早。"

"学艺术的都是在家闲不住的。"江尧把手机塞回兜里,太久没见天日了,体质都跟着往下降,在车里看会儿手机竟然有点儿眼晕。

他们到店里正是最忙的时间,院前三辆车在洗,路边还排着两辆,三五个司机在店门里外或坐或站。

"生意兴隆啊,宋老板。"江尧扶着车门蹦下来,点评了一句。

宋琪把他的拐杖递过去:"不赔本就不错了。"

三磕巴闻风而动,把满手刚甩干的车垫放在面条怀里就弹过来:"大,大哥!"

"啊。"江尧原地顿下来没敢动,怕三磕巴脸朝脸地跟他撞一块儿去,就三磕巴这体格,他怀疑就算撞过来也是他把三磕巴给弹飞。

"你腿,腿怎么断了?"三磕巴也没敢离江尧太近,谨慎地围着他转了两圈。

"还'腿腿'。"江尧笑了一声,想起之前宋琪调侃他的话,"腿腿太浪了,被你宋哥活活敲断了。"

三磕巴听不懂,大惊失色地瞪着宋琪:"什,什……"

"干活儿去。"宋琪推推三磕巴的脑门儿,径直先进了店里。

小梁、面条他们都各自忙着,见了江尧分别跟他打个招呼,又分别问一句腿怎么了,江尧耐着性子一人答一遍,绕开二哈去店里找个清闲的角落坐着。

其实来店里也没什么事儿干,在宋琪家也是坐着,来这儿也是坐着。

只是这儿热闹,在这儿待着能觉出人气儿,江尧是个有事儿没事儿都喜欢在人堆里待着的人,成天一个人在屋子里闷着,不生病心里也容易烦得慌。

三磕巴特别关心他的残腿，一会儿一趟地过来转悠两圈，问问疼不疼，或者给他塞个果子。

"大哥你，好，好像瘦了。"三磕巴认真地端详着他，说。

"谁，我？"江尧刚开了局游戏，不急不缓地边操作边看一眼三磕巴，又扫了眼慢腾腾地从眼前经过的二碗，"二碗瘦了点儿吧。"

"他？"三磕巴夸张地摇摇头，"我饿死了他都不，不能掉二斤，二斤肉。"

二碗听见了，斜着眼转过来用屁股顶了三磕巴一下。三磕巴没防备，整个人直接跪着从马扎上扑出去，磕磕巴巴地喊了声"我的妈哟"，爬起来去跟二碗厮杀。

江尧在心里学着他的语调重复一遍"我的妈哟"，莫名其妙地乐了半天。

店外好像又来人了，江尧手里的游戏刚进入激战状态，听见小梁咋咋呼呼地往外迎也没抬头看。过了会儿又听见连三磕巴也喊着"陈叔"蹦跶出去，他才掀了掀眼皮。

一抬眼就看见了陈猎雪。

陈猎雪手里大包小包的正往柜台上放，他没想到能在这儿看见江尧，先是愣了愣，然后笑起来，朝江尧点了下头。

江尧没再管游戏，点了两下屏幕把手机锁上，撑着拐杖站起来，喊了声"小陈哥"。

"坐着吧。"陈猎雪挪了挪挡在拐杖前的小马扎，盯着江尧的脸看了会儿，问他，"能出门了？"

"刚从医院复查回来，在家待得有点儿无聊，就来这儿了。"江尧道了个谢，朝店外看，"宋琪他……"

"在门口。"陈猎雪上下扫视着看他，"你……"

"小碰哥。"陈猎雪还想说点儿什么，小梁从外面探头进来喊了一声，"陈叔问你是在这儿待会儿，还是跟他一块儿回去？"

"这就来。"陈猎雪说。

"好嘞。"小梁重新转了出去。

江尧看着小梁跟陈猎雪这么自然的对话，心里泛起点儿无法描述的感觉——算起来他跟宋琪认识也有大半年了，照着陈猎雪在宋琪家的自然程度，包括在这店里跟小梁他们的亲近程度，简直像是成天吃住都在一起的"自己人"。

然而家里家外攒一块儿，他拢共才见过陈猎雪两次，两次还都来去如风。

这人是跟宋琪他们每天云同居?

"我还有事儿,先走了。你什么时候想去机构随时都可以联系我。"陈猎雪不知道江尧在想什么,交代他。

"行,我知道了。"江尧点点头,又道了个谢,"谢谢小陈哥。"

"够客气的。"陈猎雪笑着看江尧一眼,留下他带来的那几大包零食转身出去了。

外面停着一辆黑色小车,小梁他们围着一个中年男人在说话,陈猎雪也朝他走过去,估计就是他们嘴里喊的那个"陈叔"。场面挺和气,江尧看了一眼,自觉地没出去碍事。

不过转身时想起宋琪说陈猎雪是换心以后被领养的,他又好奇地扭头看了看。

那陈叔挺帅的,属于儒雅里带着锋利的那一类,身材保持得不错,算算年龄估计跟江湖海差不多大,但是看着跟江湖海绝对不是一个年龄段的人,黑色大衣穿得很有风度。

就是跟陈猎雪不怎么像。

江尧在心里评价一番,刚要坐回角落的凳子上去,男人应该是感觉到这边有视线,本来正看着陈猎雪的目光朝江尧的方向转了转。

这感觉,跟偷看被人发现了似的。

直接避开也不太好,江尧有点儿尴尬地点了点头,等着男人把视线收回去。

结果男人看他一眼,目光已经收回去了,顿了下,又重新转了回来。

这……我是装看不见,还是跟你耗着啊?

江尧想皱眉了,想想陈猎雪在宋琪家门口看见他的时候也是这样,这俩姓陈的怎么都一个毛病,见着生人第一眼非得盯着看?

其实老陈也没盯得多过火,至少比当时小陈盯他来得自然多了,很快就从江尧脸上掠过去,继续去看陈猎雪。

毛病。

江尧有点儿心烦地嘀咕一句。

03

二碗头一个从外面奔回来,在陈猎雪带来的袋子里挑挑拣拣。小梁过来抽了他一下,麻利地开始拾掇。

"喝东西吗,小尧哥?"他给江尧拿了瓶饮料过来。

"谢谢。"江尧这会儿还不渴,接过来放在手边,随口跟小梁闲聊,"刚门口那个人是陈哥他爸?"

"啊。"小梁给自己泡了杯奶茶,靠在柜台上边吹气边吸溜,"小碰哥和陈叔。你俩过年时该见过了吧,小碰哥年年过年都去找宋哥吃个饭,然后再来看看我们。"

怪不得。

江尧点点头:"是见了。"

这哥俩儿真有意思,明明一个城市住着,还非得过年才活动,跟牛郎织女一年一会面似的。

陈猎雪那样的人竟然有个"小碰"这样的小名,江尧感觉挺好玩地笑了一声:"这是他小名还是什么?"

"差不多吧。"小梁想想,"他跟宋哥是高中同学,那时候就这么叫。"

"我不是跟你说过宋哥以前有个兄弟被酒瓶子砸死了嘛,那人跟小碰哥关系好,好像就是他给取的这小名。"小梁说着还奇怪地摸摸头。

江尧听着听着,前面还没什么表情,到最后一句突然猛地一皱眉:"不对啊!"

"哎!吓我一跳。"小梁噘着嘴吸溜掉晃到虎口上的奶茶,"什么不对?"

"宋琪有几个兄弟?"江尧问。

"这话说的,"小梁拍拍胸口,"在座的有一个算一个哪个不是宋哥兄弟。"

"不是这种。"江尧有点儿无奈,他头一回体会到不同语言体系带来的交流差异,"宋琪跟我说他有过一个兄弟,死了。"

"是啊,不就是那个什么康嘛,咱俩聊过。"小梁说。

"我说的是有血缘的那种,一个妈生的——兄弟。"江尧比画一下。

"那没有。"小梁没等他说完就摇了摇头,"宋哥跟你说的肯定也是那个康哥,宋哥家里就他一个。"

江尧愣了愣:"所以他说的跟你说的是一个人?"

"被酒瓶子当胸捶死的还能有几个。"小梁不想刚过了年就聊这些晦气的,摇摇头叹了口气,"我是真羡慕小碰哥啊……"

江尧没理小梁,他现在有点儿迷糊,在心里捋着分别从小梁和宋琪那儿听来的话。

宋琪带他去美食街那天他俩头一回聊到家里的事,当时他问宋琪有没有兄弟,宋琪说"有过"。

"有过"的意思是现在已经死了。

后来在超市他被小孩儿撞倒的米酒瓶子碰伤,回来后小梁跟他说宋琪以前有个弟兄,有先心病,被酒瓶子捶了一下人就没了。

他俩嘴里的两个人，江尧往一块儿想过，但是大年三十那天宋琪跟他说，他那个"有过"的兄弟是被他跳楼的疯妈给吓死的，是陈猎雪和他共同的朋友。

今天小梁又跟他说，这个共同的朋友，某康，就是宋琪嘴里那个兄弟，是被酒瓶子砸死的。

"那么问题来了，"大冬天的，江尧被满脑子死于非命的死法闹得有点儿发毛，"那个什么康，到底是怎么死的？"

小梁张着嘴瞪了江尧一会儿，挺痛苦地搓搓自己脑门儿："哎哟，我的天，小尧哥你计较这个干吗啊？甭管怎么死的人都没了，也可能是我记岔了你别问我了。"

江尧仍皱着眉，一个一直被忽略的问题冷不丁蹦进他脑子里。

"……所以，是谁砸的酒瓶？"江尧把打火机收起来，盯着小梁问。

宋琪一直忙到傍晚，天色开始发暗才洗洗手从外面进来，问江尧："晚上想干点儿什么？"

"什么？"江尧正在搜"助教要做什么"，听见这问话从手机屏幕里抬头看了宋琪一眼。

"不无聊吗，在这儿泡一下午？"宋琪接了杯水灌下去，从江尧身边经过的时候顺手撸了一把他的脑袋，开始打电话订餐，"不给他们做饭了，有什么想吃的带你出去吃。"

"我……"二碗扇着耳朵猛地转头。

宋琪和江尧一起看着他。

"……也没什么想吃的。"二碗搓搓肚子叹了口气，耷拉着眼皮转了回去。

其实也不是光为了这一下午。

年三十那天把江尧从医院带回家后，这半个月他一直就在家闷着养腿，这没办法，宋琪也没多想。直到中午过来前江尧说"总在家窝着要长毛了"，宋琪才琢磨到这一点。

这么个闲不住的人连着趴了半个月的窝，没闹着跳楼也是难为他。

"干吗，要带我出去玩儿？"江尧"啪"地搓了个响指，让宋琪回头。

"玩儿还是省省吧。"宋琪笑笑，"你目前的生命在于静止。"

"那不然，"江尧还挺认真地想了想，眉毛一扬，"你骑摩托带我飞一圈？"

"出息。"宋琪看着他说。

点完餐后，宋琪还真把摩托推了出来，江尧心痒得不行，跃跃欲试地往车把手上握,被宋琪直接安排在后座落座。

"不,不吃饭啊,宋、宋哥大哥?"三磕巴捧着碗跟出来问。

"嗯,你们吃吧,等会儿差不多就把东西都收了。"宋琪比画一下门口的各种工具。

"行!"三磕巴点头,"大哥注意安、安全!"

江尧用好腿撑着地,抬手朝他摆了摆。

"扶好。"宋琪跨上车,蹬了脚发动机,提醒江尧。

"扶哪儿啊,你的车跟秃驴似的。"江尧嘴上问着,目标十分明确地拽上宋琪的衣摆。

宋琪戴着手套侧头瞥一眼,把刚戴上的手套脱了下来。

"哎,别费那个劲儿。"江尧知道他是什么意思,两只手迅速地往宋琪左右衣兜里一揣,吹了声口哨,"开!"

"慢,慢……"三磕巴还想再交代一声,宋琪油门一轰,连摩托带人一块儿冲了出去。

"他俩感情越来越、越好了。"三磕巴目送摩托远去,往嘴里扒了口饭,冲瞪着饭碗的二哈咧嘴傻乐。

江尧在车速慢下来之前就做好了准备,宋琪的油门松了又松,最后变得跟上回去美食街似的溜溜达达,他发出一声"我就知道"的叹息。

"快点儿,想吃什么?"宋琪又问一遍。

"都行,我其实没什么特别想吃的。"江尧晃着脑袋往路两边看,企图找点儿灵感,"实在不行点个烧烤去大桥上待会儿算了。"

他随口一提,还舸冷的天也没想真去,结果宋琪想了想说:"下次吧。"又补充了句,"等你腿好。"

"真的假的?"江尧愣愣。

"你上个桥,又不是想上天。"宋琪好笑地给他顶回来。

"这不是一码事儿好嘛。"江尧不知道该怎么跟宋琪描述这感觉,"憋了半天什么屁!"

宋琪冷不丁挨这么一下,车头差点儿飞对面车道上去,他忙弓起手肘捣捣江尧:"老实点儿。"

四周的街景在眼前慢慢掠过,江尧想了会儿,开口道:"问你个事儿呗。"

"嗯。"宋琪的耳朵朝后侧了侧。

"你跟小陈哥都认识的那个哥们儿,"江尧思考着措辞,犹豫一下,用跟车速一样不急不缓的语速接着说,"今天跟小梁聊到他了。"

下午跟小梁其实没聊出个什么来。小梁也就掌握点儿八卦，脑子却是听过就忘，光记得宋琪说过他那个某康的哥们儿是被酒瓶子砸胸口砸死的，谁砸的、怎么能砸上，一问三不知。

到最后他自己还纳闷儿起来了，挠着脸瞪着江尧说"对啊，到底怎么出的事儿"。

江尧觉得自己是犯罪片看多了，问小梁是谁砸的酒瓶时，他脑子里浮出来的画面是宋琪抡着个瓶子给人开瓢。跟小梁大眼瞪小眼了一会儿，江尧觉得自己怕不是连脑子也给撞坏了。

宋琪这样的人，这么有担当这么顶天立地的一个人，怎么可能会去"杀人"。

活生生的一个小梁就在眼前，活生生的这一厂被宋琪救助的孤儿就在眼前，哪怕这些都不提，跟宋琪和那个某康从小玩到大的陈猎雪也刚刚才来过，看陈猎雪和宋琪那么自然地相处，要是宋琪敲死了那个某康，他说什么也不信。

换位想想就明白了，走光要是把撒森给害死了，不管有意还是失手，他都绝不可能像陈猎雪对宋琪一样，还那么自然地跟走光相处。

"我就是听得有点儿迷糊，小梁说的跟你说的应该是一个人，都是你跟陈猎雪从高中起就一块儿玩的朋友，叫什么康。"感觉到宋琪在听到这个话题后就沉默下来，江尧有点儿心疼地轻拍了下宋琪的肩，"但是听着听着又觉得不像，我记得你跟我说你那个兄弟是被阿姨跳楼给吓过去的，结果小梁说他是被酒瓶子给砸着心了……"

宋琪仍没说话，握了握车把，让车速提了一挡。

宋琪这明显不对的情绪让江尧有点儿后悔，忙刹住话头："对不起，我不该问。"

在人家家里住几天还真把自己当自己人了，好端端地去捅人家旧伤疤问人家好兄弟究竟怎么死的，要有人冷不丁问他"你妈是被打死的还是意外摔死的"，他都能原地刹车把那人狠狠打一顿。

闲得是吧，江尧？

江尧在心里臭骂自己一顿，赶紧在宋琪耳朵边解释："我不是八卦，我是有点儿分不清情况，也不是故意跟小梁聊这个……"江尧说了半天也不知道自己在说什么，直接跟宋琪道歉，"总之是我不该多嘴。"

"吱"的一声，宋琪把摩托在路牙子上停下来。

"你不是要专门揍我一顿吧？"江尧心一横，"揍就揍吧，别砸我脸啊，马上开学了没法见人。"

"是被瓶子砸了，小梁没说错。"宋琪没揍他，连车也没下，直接打断了江尧的话。

江尧张张嘴,看着宋琪的后脑勺,突然不知道该接什么。

宋琪点了根烟,打火机"咔嗒"摁下去。江尧"啊"了一声,撑着宋琪的肩从摩托上单腿蹦下来,靠着车旁的电话亭也点了一根,看着宋琪的侧脸。

"我妈跳楼砸在他跟前,他被吓着了,紧跟着就被米酒瓶子给砸在胸口上。"宋琪的声音嵌套着川流不息的车鸣,没什么起伏。江尧却莫名听出股"坦白"的意味,好像宋琪想一鼓作气地告诉他什么。

"当时他就倒在地上没起来。"宋琪顿了下,眯眼吹出口烟气,"等送到医院,我……"

路灯从上往下打下来,笼罩着江尧,灯光在宋琪眉弓下方投下晦暗的阴影,江尧看着那块阴影,一点点蹙起眉头。

米酒瓶子。

"怎么能砸上?谁干的?"好几个关于"米酒"的画面从眼前闪过去,江尧没忍住,还是问了出来。

宋琪转过脸看向他。

不该看的。

跟江尧对上眼的一瞬间,宋琪就后悔了。

我砸的。

我没有及时给他拿救命钱。

是我害死的他。

他叫纵康。

你跟他长得很像。

宋琪想把这些都告诉江尧,但是对着这双眼睛,他连"我"都说不出来。

——即便不管多久以后,每当宋琪回想起眼前这双眼睛,都明白自己错过了最好、也是最后的坦诚机会。

"……一个王八蛋。"宋琪看着江尧,很平缓地说。

江尧莫名松了口气,他利索地往前蹦了一步,揽着宋琪的肩膀重新跨上车。

不聊了。

这种不管什么时候回忆起来都让人不好受的事儿,一句也不想让宋琪聊了。

"给我买俩全家桶,尧哥哥请你看电影去。"江尧把骨裂的那只手揣进宋琪兜里，另一条胳膊在空中往前一挥，"出发！"

04

在宋琪家又养了一周左右，江尧实在坐不住了。

他的石膏腿现在能微微地承上一点儿重，拐杖也要得风生水起，每天在宋琪那个没多大的小二居里用三条腿灵活移动，自我感觉比两条腿都好使。

"我去那个机构打一头，看看具体要干吗，回来好准备着，总不能真让小陈哥给我留了个位置就连个脸都不露吧？"江尧耐着性子跟宋琪打报告。

他三天前就申请开始上班了，宋琪没让，好像他只要出门就会死在外面。

"他们那儿这两天正赶上报名，人多。"宋琪看着他，"再给你撞一回你这拐还扔不扔了？"

"所以我说我就是去看一眼，跟领导还是老板什么的见个面，我又不住那儿！"江尧逐渐暴躁，开始夯毛，"宋琪你差不多行了啊！我爸我妈都没这么拦过我，你想当爹等下辈子吧！江湖海还活着呢。"

两人对瞪着，瞪了会儿谁都没忍住，各自脑袋往旁边一偏开始笑。

宋琪抬抬手佯装要揍人，江尧瘫在沙发里笑得不行，也没躲，下意识眯了眯眼，挨了个不轻不重的脑瓜嘣。

宋琪去卧室取了两人的外套出来，兜头扔给他一件："头给你打歪。"

江尧又笑了会儿才坐起来，他心情大好，边套衣服，边凑过去说："看我们琪哥这脸，多帅啊。"

宋琪摘个帽子给他戴上，雷厉风行地收拾完，拨着陈猎雪的号码推门往外走。

"小宋出去啊。"邻居正好出去倒垃圾回来，看见宋琪招呼了一声。

"啊。"宋琪笑笑，揽过江尧一级级下楼，"遛狗去。"

江尧笑着骂他。

"我们现在过去。"宋琪嘴角翘着，摁摁江尧的脑袋让他看楼梯，对电话那头的陈猎雪说。

机构离学校不算远，看陈猎雪给的地址正好就在隔壁区的商业中心，江尧在车上就开始盘算以后从学校过去的话是乘地铁方便还是乘公交车更方便。

"我是不是该把头发给剪了？"驶过一家理发店的时候，他突然说，摘掉帽子抓了抓自己的头发，"会不会说我教坏小朋友什么的。"

宋琪正在回店里的消息，扭头看他一眼，边打字边说："是有点儿长。你想剪吗？"

"不太舍得。"江尧凑着车窗看自己的影子，"多帅啊。"

"那就不剪。"宋琪笑了笑，"回头把长长的那截给修掉。"

"要扎上吗？"江尧又问。

宋琪这回正儿八经地盯着他看了会儿。

"有眼屎？"江尧揩揩眼角。

"没有。"宋琪又打了两个字把消息发出去，问江尧，"你是不是紧张啊？"

"废话。"江尧承认得有点儿不好意思，把头发全抓起来绑了个鬏儿，"头回从别人手里拿钱，多少讲究点儿。"

"还挺要脸。"宋琪的手机又响了一声，他回完以后重新看看江尧，"就这样吧，利索。"

出租在路口停下，今天周末，附近有个商场和步行街，人挺多，江尧推门从车里蹦出去张望一圈，找到马路对面楼上显眼的巨大招牌。

招牌银光闪闪的，看着规模不小，挺有牌面。

"那个？"宋琪从对面车门绕过来，扬扬下巴。

"应该是。"江尧走到斑马线跟前等红灯，满街都是被家长牵在手里的小萝卜头，他神情有点儿复杂，"我以为他说的教小孩儿好歹得是初中生，怎么大门前进出的全是小学生。"

正说着，一对身高不到一米的双胞胎咋咋呼呼地从他们旁边挤过去，江尧额角一抽，瞪着斑马线差点儿说不出话："……还有幼儿园的。"

"不然呢。"宋琪走到外侧跟江尧换了个位置，盯着往来的车流，"初中生谁还正儿八经地上兴趣班？"

"也是。"江尧点点头，"小孩儿应该挺好教，就是太烦人了，我怕我忍不住吃小孩儿。"

"现在的小孩儿不吃你就不错了。"宋琪说。

江尧刚翘着嘴角想笑，莫名想到了他家里那个小萝卜头，一股无法形容的感觉硬是把那点儿笑意压了下去，让他在心里叹了口长气。

穿过马路走到机构门口，一辆车在路边停下，陈猎雪匆匆地从里面出来。

"你怎么比我们到得还晚？"宋琪说。

"我又不在这儿上班。"陈猎雪跟江尧打了个招呼，带着二人进门上楼。

江尧从入口的宣传栏上挑了份宣传册，边翻着边听陈猎雪给他介绍。

这种机构有点儿类似于江尧小时候去的那种少年宫，什么兴趣班都有，但都是跟绘画有关。装修和格局也更有艺术性，一眼望去层层都是敞亮的玻璃墙。摆放着木质书架、桌椅的休息区，每间教室窗明几净，高度恰好的磨砂纹饰很便于考察参观。有的教室已经开班了，有的还筹备着，更多的是家长带着小孩儿来报名做咨询。

高级少年宫，一看就是个烧钱的地儿。

"他姓张，问什么你就答什么，走个面试的流程。你有什么想法和要求、工作时间之类的，全都可以跟他提。"陈猎雪带江尧来到负责人所在的楼层，给他指了指某扇敞开的宽木门。

"行，谢谢小陈哥。"江尧点点头，他一直是个临场发挥型的选手，真到这儿反而不紧张了，看宋琪一眼，杵着拐四平八稳地走了过去。

"坐会儿？"陈猎雪抬手朝休息区比画一下，问宋琪。

宋琪点点头。

他俩过去接了两杯咖啡，在巨大落地窗下的藤椅上坐下来。

今天天气很好，光线从外面打进来，铺在脸上让人昏昏欲睡。陈猎雪眯着眼朝外看看太阳，听着宋琪手机一直振动没停下来，问他："忙？"

"各种杂事儿。"宋琪说，看着也挺无奈，"也都不多大，凑到一块儿就让人心烦。"

"急吗？面试也不用人陪，不然你先去店里，这边弄完我送他回去。"陈猎雪说。

宋琪想了想，江尧这头也耽误不了多久，摇了摇头："不用。"

陈猎雪的手肘撑在藤椅的扶手上，用手指撑着下颌打量宋琪："你现在就跟个爹似的。"

"羡慕了？"宋琪眼也不抬地跟他扯皮，"你现在想换个爹还来得及。"

"那不用，"陈猎雪啜了口咖啡，"我挺满意的。"

几个小孩儿闹哄哄地从走廊跑过去，陈猎雪想了会儿，开口问宋琪："你和江尧……"

宋琪从手机上抬起眼皮看向他，刚从鼻腔里"嗯"了一声，手机就跟被踩了一脚似的振动起来。

来电人是小梁，宋琪打了个手势示意陈猎雪稍等，摁下接听键直接说："那些不用管，下午我跟他……"

"宋哥！"小梁打断他，语速有点儿急，陈猎雪都能隐约听见他在那头喊什么。

"知道了，我现在过去。"宋琪听了会儿，皱着眉把电话挂了。

"店里有事？"陈猎雪分析他的脸色。

宋琪捏捏眉心，有点儿疲惫地站起身，说："进的货出了点儿问题，他拿不了主意。"

"严重吗？"陈猎雪问。

"小事儿。"宋琪朝办公室指指，"回头好了他不想回家，让他去店里也行。"

"知道。"陈猎雪答应下来。

"谢了。"宋琪朝他摆了下手，套上外套大步离开。

负责人的办公室人也不少，有两个家长在跟一个戴眼镜的男人说话，看见江尧进来就抬手冲他招了招："江尧是吧？来先去里面等一会儿。"

这么年轻？

江尧有点儿吃惊，跟几人点点头打了个招呼，进办公室等着。

他一直以为这种机构的负责人怎么也得是个中年人，弄个波浪头或者大秃瓢，结果这张老板看着就跟顾北杨差不多大，穿个格子衣服，像个踏实勤勉的程序员。

办公室也不讲究，就比外面的接待室多了层没装门的磨砂玻璃，靠墙的大书柜里摆着堆不知道真假的证书奖杯，除此之外整个空间就一张桌子、两张沙发，墙角一台饮水机，空荡荡的，连盆草都没有。

"该听的我都听陈猎雪说了。"没一会儿，张老板送走两个咨询的家长进来，人未到声先到，等江尧顺着声音看过去，他人已经出现在饮水机跟前，正弯着腰掏杯子倒水。

江尧刚准备坐下，屁股都还没落在沙发上，又撑着扶手欠身起来。

张老板很爽朗地朝他一摆手："直接坐，我这儿不讲虚的，你那个腿也别弯来直去的了，万一出点儿问题还得算你工伤。"

江尧扯扯嘴角，也没客气，屁股一沉又坐了回去。

张老板端着两个纸杯过来，递给江尧一杯，自己靠坐在办公桌上灌了半杯，继续飞快地说："我也不跟你摆谱，咱们这儿你看见了，质量高、收费高、工资高，但是教小孩儿的助教也得是有干货的。陈猎雪跟我推荐你，他人不错，我也就不用现场测试你了，直接试用一个月，怎么排班怎么上课怎么调时间，咱们互相都磨合磨合，要行就长期合作，不行就拜拜。"

把一嘟噜话全都说完，张老板仰脖灌完剩下半杯水，畅快地呼出口气，朝江尧伸手："你觉得呢，江老师？"又主动补充，"喊我张哥就行。"

江尧这回是真笑出来了，站起来跟他击了一下掌："张哥爽快。"

两人一块儿从办公室出去，江尧透过玻璃窗看见门廊尽头宋琪的背影一闪而过，他以为认错了，出了接待室看见陈猎雪一个人在门口站着，才确定刚才那人就是宋琪。

"走这么急,店里出事了?"

陈猎雪过去跟张哥闲聊几句,江尧琢磨着要不要打个电话给宋琪,想想又觉得有点儿矫情,跟多黏人似的,就发了条微信过去。

"你们自己逛逛吧,我这儿马上还得来个家长,今天要不是专门来等他,我还真不一定有时间过来,就不招待你们了。"张哥看看时间,又扭头对江尧说,"具体开课的时间等我通知你,估计你们开学过后也就差不多了,回头我再发点儿资料给你看看。"

"行。"江尧点点头。

也没什么逛头,加上到处都是小孩儿,江尧不想一不小心蹬上一个就把这刚得到的工作给蹬凉了。

"怎么样?"陈猎雪问,两人溜溜达达地往楼下走。

"挺好的。"江尧心情很不错,感觉一直压在心头的事儿有了点儿着落,说话都重新有了底气。

"去吃个饭吧,小陈哥。"江尧搓了个响指,"吃什么你挑,今天我请你。"

陈猎雪看着他笑笑:"行啊。"

到了一楼大厅,江尧又去宣传栏前面把每样宣传册各抽了一份,他自己上学虽然不靠谱,但拿人钱给人干活儿还是得干得漂亮点儿。

抽完转身,他看见一个又瘦又小的女孩正朝陈猎雪狂奔,眼见着就要跟陈猎雪撞成个双响炮。江尧想到陈猎雪金贵的心脏,拔腿就要过去拽人,脚都没抬起来就听见身后有人大喝一声:"关甜甜!"

小孩儿像被按了开关的机器人一样猛地刹住脚,目标倒是依然很明确,改冲为蹦到了陈猎雪身后,张开胳膊一把搂过去,喊得还挺甜:"猎雪哥哥!"

"哎。"陈猎雪挺惊讶地答应一声,接住关甜甜朝江尧身后看,"关叔,你怎么在这儿?"

"我还想问你。"关叔很快地走过来,"你在这儿干吗呢?"

"我陪朋友来办点儿事。"陈猎雪看向江尧。

被喊作"关叔"的中年男人顺着陈猎雪的视线转过头,跟江尧对上目光,直直地盯着他看了好几眼。

江尧都有预感了,关叔一看过来他就猜到会是这么个结果,陈猎雪认识的人全都有这个毛病,大陈小陈就算了,这又冒出一对大关小关。任谁总这么被人见一回盯一回都心烦,知道在看什么还好,什么都不知道就被陌生人这么看,看猴也该看腻了吧。

江尧这下连头都不想点,在原地绷着脸瞪回去。

"他……"关叔重新看着陈猎雪。

"宋琪朋友,叫江尧。"陈猎雪飞快地说,又跟江尧介绍关叔,"这是我……"

"我见过他。"一直挂在陈猎雪腿上的关甜甜小手指着江尧,突然脆生生地说,"照片上的哥哥。"

05

三个人同时沉默了一瞬,关崇把关甜甜扒拉过来,笑着说:"又来了,你看谁都像。"

"本来就是!"关甜甜跺着脚证明自己的眼力没问题,"我在猎雪哥哥手机上……"

"我来给她报个班,天天太皮了。"关崇拍拍关甜甜的脑袋,把小丫头的嗓门儿盖下去,对陈猎雪说,"晚上去家里吃饭?让你江阿姨给你炖鸽子汤。"

"今天就不过去了。"陈猎雪笑笑,"改天吧。"

"跟猎雪哥哥再见。"关崇点点头,胡噜一把关甜甜的头发。

"猎雪哥哥去嘛!"关甜甜噘着嘴不乐意。

"我今天有事儿,下周去看你。"陈猎雪指指江尧,"跟这个哥哥也再见。"

关甜甜看看陈猎雪再看看江尧,不情愿地摆摆手:"哥哥再见。"

江尧不知道自己是个什么表情回应的关甜甜,对着个八九岁的小丫头,他理智上知道该温和一点儿亲切一点儿,说一声俏皮的"拜拜",毕竟这楼里进出的以后都可能是他要教的小朋友,他现在已经是"江老师"了。

但是情绪上,从这个关甜甜指着他说出"我见过他,照片上的哥哥"这句话起,他脑子里就"嗡"的一声,被一股"原来如此"的凉风搅得手心发凉。

原来如此。

七零八落的碎片被强行串在一起,将他一直看在眼里却一直忽略的种种细节拼凑成粗暴的逻辑,毫无防备地摆在他面前。

为什么他们见了你的第一眼都盯着你看,你心里真一点儿数都没有?

如果只是单纯跟某个人长得像,为什么一而再再而三,没有一个人对他说"你长得像我认识的人"?

"他说我像谁?"江尧听见自己问陈猎雪,心里的答案在向一个隐晦的,让他不敢细想的方向奔去。

人来人往的熙攘大厅里，陈猎雪良久地与他对视，轻轻地叹了口气。

"先找个地方坐下吧。"陈猎雪对他说。

出了机构隔壁就是步行街，江尧随便推开最近的一家茶点店，暖香的空气与舒缓的音乐荡过来将他包围，嘈杂的街景被甩在身后，他喝了一口暖茶，空荡荡的肠胃得到了一瞬间的舒缓。

"你知道我换过心吧，宋琪应该跟你说过。"陈猎雪脱下外套递给服务员，在江尧对面坐下。

"我问的是我的事。"江尧烦躁地皱了皱眉，陈猎雪说完找个地方坐他就径直往外拐，哽在喉咙口的郁闷无法发泄，很憋人，他步子迈急了，扯得腿筋有点儿疼。

这些都不是为了让陈猎雪随便说点儿自己的故事，再把他给糊弄过去。

"我知道。"陈猎雪与江尧相比平和得多，两人直直地对视着，江尧猛地产生一种他早就准备好与自己开诚布公的错觉。

好像现在的对话迟早要发生，只不过现在终于发生了而已。

"故事就是从我这里开始的。"陈猎雪告诉他。

行吧。

江尧按捺下满脑子沸腾的质问，手腕搭在桌沿上花样百出地转着小茶匙，耐着性子等陈猎雪继续。

接下来的几分钟，他听了个有点儿三俗的故事。

陈猎雪因为先天心脏畸形，出生没多久就被父母扔在了医院里，被先心病孤儿救助中心——也就是三磕巴他们长大的"大院"收留以后，遇到了他现在的父亲。

老陈是个挺厉害的心外科大夫，在他自己的儿子意外坠楼脑死亡以前，他也一直在资助陈猎雪。儿子坠楼以后，说大公无私也好，说为了留住儿子的心跳也好，总之他亲手操刀，把亲生儿子的心脏剜出来，捧进了陈猎雪的胸膛里，并且收养了陈猎雪。

要是在平时听了这个故事，江尧估计得惊一会儿，再来一句"厉害了"。

可他现在没什么心情细细品味。

"我该'哇哦'一声吗？"他扯扯嘴角，干巴巴地问陈猎雪。

"不用。"陈猎雪笑笑，举着杯子啜了一口，向后靠坐进沙发里，"我在救助站的时候，有一个像大哥一样的男生，他比我大几岁，一直照顾我。包括后来他成年了从救助站搬出去，我被领养，我们都像亲兄弟一样好。"

江尧眼皮蹦了蹦，直觉重点要来了。

"高中的时候，我认识了宋琪，各种机缘巧合下，我们三个人玩到了一起。"陈猎雪看着江尧，顿了下。

"后来他意外去世了。"
"叮!"江尧手里的小茶匙掉了,跟茶杯磕碰出清脆的声响。
"他叫纵康。"陈猎雪说,"你跟他长得……很像。"

纵康。

原来他姓纵啊。
这是江尧心里涌起的第一个念头。
紧跟着跳进脑海的,竟然是刚才宋琪匆匆离去的背影。

第十章
宋琪的过去

01

茶点店外不知道哪家店在开业酬宾,搭了个舞台又唱又跳。隔音玻璃墙和店里的背景音乐都压不住嘈杂的喧闹,江尧跟陈猎雪对视着,耳朵里一阵儿声大一阵儿声小,他心想真乱啊,连刚才从关甜甜嘴里证实自己跟某人很像时的心烦都没了,光剩下乱。

跟他的脑子似的。

江尧摘下小皮筋挠挠头,也向后靠在椅背上。

想了会儿,他还是觉得有点儿可笑,就真的莫名其妙地笑了一声。

"最近老听说这个人,我竟然都不觉得有多吃惊。"江尧说。他打开手机前置摄像头对着自己的脸,看着都有点儿不像自己了。

陈猎雪看着江尧没说话,江尧也不用陈猎雪说什么,他现在急于想证明一个问题。

"宋琪说我跟他妈像,三分像。"江尧"啪"一声把手机倒扣在桌上,指指自己的脸,盯着陈猎雪,"你说我跟纵康像,这么帅的脸也能到处撞?"

撞的还都是死人,一个死人都够他招架了,能撞上两个死人。

这些人每次看着他的时候,心里想的都是谁啊?

"总不能纵康跟宋琪他妈长得也像吧?"江尧"哧"地笑了一声,带着点儿自己都没觉察到的希冀,问陈猎雪。

陈猎雪没否认。

外面的台子炒起来了,主持人咋咋呼呼的,邀请嘉宾上台唱跳《小苹果》。

江尧嘴角的笑也一点点卸了下来。

两个人说话只有一个人笑，挺尴尬的。

"刚才那人，是我爸的前妻现在的丈夫，"陈猎雪主动把话题拉回来，"他女儿在我手机上见过纵康哥的照片。"

"跟你差不多大的时候照的。"陈猎雪有点儿歉意地垂了垂眼皮，"小孩子没有概念，我们也没跟她提过这些事，她刚才有点儿没礼貌，我替她跟你道歉。"

"我倒是想谢谢她。"江尧说，冲陈猎雪扬扬下巴，"照片能给我看看吗？"

陈猎雪看了江尧一会儿，从手机里翻出纵康的照片递给江尧。

实话说，要不是知道自己没留过这么土的发型，看见照片的一瞬间，江尧都怀疑是不是看到了某个时期的自己。

江尧不想承认，甚至有些抵触，但他没法不承认事实，他跟照片上的纵康真的像。

与看见宋琪妈照片时的"像"不同，毕竟一男一女，硬说像也只是五官的某些角度。而与纵康的像，估计也跟心理作用有关，乍一看像得吓他一跳，仔细再看，其实不论眼睛、鼻子、嘴都不怎么像。

形神形神，他跟纵康像的不是形，而是一种说不上来的神似。

江尧盯着纵康的照片看了好一会儿，把手机还给了陈猎雪。他不知道自己现在是什么心情，要说怒意滔天那没有，也不至于。

吃惊、质疑、别扭、硌硬、烦躁、莫名其妙、想不明白，好像都有点儿，但是这么稀里哗啦地搅成一团，他反而说不清是种什么滋味儿，像是还没反应过来，整个人虚虚地发空。

对，就是空。

人跟人长得像，客观来讲其实没什么大不了的，毕竟人都去世了，长得像能有什么办法？像就像点儿，这群人也没冲着他喊过妈或是喊过纵康。

他就是有点儿……江尧愣愣，觉得自己的脑子现在分成了三个部分。

一部分总结着这一堆像来像去的关系；一部分不停回闪着宋琪看着他的眼神，不同时期不同背景不同画面；还有一部分努力听着步行街上锣鼓喧天的《小苹果》。

忽然之间不知道该往哪个方向想了。

扣在桌上的手机振动了一下，江尧翻过来看，是宋琪回他的微信。

——"店里有事我先过来了，你结束了吗？"

聊天框里的上一条，是江尧发过去的问话："你回去了？"

江尧随手点了两下，这小一个月他都在宋琪家住着，两人有话当面说，有事儿也直接打电话，他跟宋琪的聊天记录没几条，再往上就是他回家那天宋琪让他关机，宋琪问他心情怎么样，宋琪给他打语音，宋琪给他发视频。

翻着翻着，江尧突然想起什么，他的手顿了下，向上点开宋琪的微信名片。

他记得宋琪的微信名字是个拼错的拼音，两人加好友那天他还笑话宋琪没文化，能把"song"拼错成……

zong。

江尧看了两眼，返回，又点开看看，从后台退出了程序。

他也说不上什么对与错该不该，也确实没人做错做对，所以还没法把满肚子五味杂陈的火气冲任何人发。

江尧重新把手机锁上，从胸口呼出口气，开始在身上摸烟盒。

"怎么了？"以为有什么急事儿，陈猎雪问了一声。

"我……"江尧掀起眼皮看看陈猎雪，又咧了咧嘴，"真闹心。"

陈猎雪看了江尧一会儿，举起杯子喝茶。

"他们俩是很好的朋友，宋琪对纵康哥愧疚比较多……"他若无其事地提了一句。

"所以宋琪帮三磕巴他们，都是因为对纵康的愧疚？"江尧看着陈猎雪。

陈猎雪点点头，说："基本上。这么些年了，他跟那群小孩儿肯定也有感情。"

"我其实不是很理解。"江尧皱皱眉，"可能你觉得我说这话有点儿……那什么，但是宋琪有必要做到这份儿上吗？"

得多深的愧疚才能这么长时间还没走出来？

"真的就只是因为他妈跳楼的事儿？"江尧问。

"他跟你说了？"陈猎雪有点儿惊讶，反问江尧。

"啊。"咬了根烟在嘴里晃着，也没点，江尧向后靠坐进沙发里，有什么越发不好的直觉一点点席卷着他，"但是小梁跟我说纵康是被酒瓶子砸死的，我也不知道具体是个什么情况，问宋琪他也没跟我明说，就说是个王八蛋砸的酒瓶子。"

"哦。"陈猎雪的眼皮垂了垂，捧着杯子的指端在杯口上缓慢地摩挲两下。

"所以到底是怎么回事？"江尧接着问。

到底是有多惨，你们一个个的提到这茬儿就跟掉了魂似的？

"也不能说是被酒瓶子砸死的。"陈猎雪的表情有点儿空，回想当初的那一幕对他而言也始终是一种煎熬。

"他那么说也对也不对。"顿了下,他把杯子放下,看着江尧继续说,"纵康哥会死,我们每个人都有责任。"

"……什么意思?"江尧越听越迷糊,皱着眉瞪着陈猎雪。

什么叫"我们都有责任",人难道是被你们杀死的吗?

"我就想知道砸瓶子的是谁?"江尧不耐烦地问,烦躁地踢了踢地面。

一些很不好的画面在他记忆深处开始翻覆——一会儿是他妈身上常年带着的伤,一会儿是他爸发疯揍人时狰狞的嘴脸,背景音则是无休止的殴打怒骂,与心电监护器骤停的那一刻尖锐到漫长的刺耳声响。

"杀人犯!"他嘶吼着朝江湖海扑过去,被江越勒着拖在原地,摔倒在医院监护室门口的长廊上。

"……是不是宋琪?"用力咬了咬烟嘴,江尧才问出了最关键也是最后的一句。

陈猎雪看着他,轻轻蹙着眉,没有否认。

江尧一撑桌子站了起来。

"我去抽根烟。"他长长地从胸腔里呼气,对陈猎雪说。

茶点店里不能抽烟,卫生间也不行,江尧去店门口路旁的垃圾桶边把烟点上,边放空地望着对面还在又唱又跳的舞台。

人要是试图去亲近一个人呢,很多时候都会下意识地去挡自己的眼。

如果按"事不过三"这说法来表示他对于大陈小陈、大关小关古怪目光的关注,其实早就过三了。

全都"过"在宋琪身上。

江尧还记得他跟宋琪头一回见面,他俩认识的时间也没多久,实在犯不上把所有细节都给忘掉。

宋琪看见他的第一眼就透着古怪。

当时他怎么想的来着?

哦,当时他腹诽宋琪跟看见鬼似的。

现在一切都串上了,可不就是跟看见鬼似的。

所以从一开始,他跟宋琪对视的第一眼,宋琪眼里看见的人就压根儿不是他。

当时他看宋琪不顺眼,也就理所当然地觉得宋琪看他也不顺眼。等后面机缘巧合下一点点熟悉了,宋琪在他笑话"zong"的时候笑而不语,再到宋琪给他备注"三分像",再到宋琪把他从米酒瓶子底下拽开,上手就捂他心口……

现在想想全是漏洞,人家就差没写个"这些都是因为我在你身上看见了一个被我害死的人"的字条贴脸上了。

一切都是有端倪的,关键只在于你选择看明白还是装瞎罢了。

哪怕刨掉前面种种"三分像"的线索不提,江尧也还记得那天跟宋琪在路牙子上的对话。

现在想想,当时他心里就已经该有数了,但是他潜意识里抗拒承认最让他不能接受的"真相",以至于宋琪只要给他一个模棱两可的回答,一个"王八蛋"的回答,他就迅速将宋琪排除在砸酒瓶的人以外,不想再往深了去想。

江尧知道自己不是一个宽容的人,杀人就是杀人,他从不信奉凶手苦衷论。

那天的他是如何松了一口气,现在的他就如何又把那口气咽了回来。咽得他直发噎,吸了两根烟嗓子眼儿里都不顺畅。

哽了半天,江尧把烟头碾灭在垃圾桶上,掏出手机给宋琪拨了个电话。

难受是一码事,可这到底是他跟宋琪的事,旁人的话与态度都不足以信,他要听宋琪亲口说。

电话很快就接了起来,宋琪那边的事儿应该是处理完了,声音听着挺放松,问江尧:"顺利吗?你是过来店里,还是先回家?"

江尧一小时前听着宋琪的声音有多自在,现在就有多说不上来的复杂,他说不出七拐八绕的话来,宋琪话音一落,他就直白地问:"你是不是经常把我看成纵康?"

电话里沉默下来。

"偶尔,我没有刻意把你俩放在一块儿比过。"宋琪也没狡辩,直接承认了。

江尧又咬出根烟,点上以后狠吸一口,又问:"砸瓶子的是你?"

"嗯,"宋琪答应一声,"是我。"

"你怎么不……"江尧的话说到一半刹了下来。

不什么呢,不早点告诉我?

不主动告诉我?

不提前告诉我?

不诚实告诉我?

江尧,你是他的谁啊?他又是你的谁啊?管他横康还是纵康跟你有什么关系?

"……知道了。"江尧把电话挂了,使劲拨了拨自己的头发。

宋琪又打过来一个,江尧没接,微信也不想看,把手机调成了静音。

他现在脑子里乱得快要疯掉。

陈猎雪从店里出来，站在江尧旁边数了数垃圾桶上新增的烟头，碰碰江尧的胳膊。

江尧耷拉着眼皮没心情说话。

"宋琪刚给我打电话了，你问他了？"陈猎雪问。

"问了。"江尧点点头。

"所以你闹心是因为……"陈猎雪扬扬眉毛，"心里别扭？"

"你可能搞错了重点。"江尧扭过脸盯着陈猎雪，慢腾腾地说，"我闹心是合理范围内的闹心，但我不至于跟个死人闹别扭。"

陈猎雪跟他对视着，目光里透着点儿不解。

"我现在硌硬的是，宋琪他伤害了个人。"江尧咬着牙说。

光是说出这几个字他都感到难受，牙关又绵又沉难以启开，宋琪的脸和江湖海的模样在他脑子里交替出现。

"我不知道当时是什么情况，可什么情况也改变不了纵康是因他而死这个事实，他自己都原谅不了自己，折腾这么多年都过不去，还能偶尔把我看成纵康，还给我备注个'三分像'，这一切都是因为他……"情绪被语速带动起来，有路人看了这边一眼，江尧闭上嘴，抬手抹了把脸。

"对不起小陈哥，我不是冲你。"江尧的嗓子被压得沙哑，拖着腿去旁边的公共休息椅上坐下来，心里说不上来的无力，"我就是……"

"他害死了一个人，你懂我的心情吗？"江尧重新抬头看着陈猎雪，眼睛里的情绪激烈到让人心惊。

本该顶天立地的一个人，本该是家里的顶梁柱、本该是个超人。

一个个都怎么了？

"不管他是谁，他害死了一个人。"江尧挪开目光瞪着马路，"这件事本身，我就接受不了。"

"……我恶心。"他说。

02

把堵在心头的这些话一股脑吐出来，江尧松懈了一点儿，后脑勺枕着座椅靠背仰脸看天。

陈猎雪在他身旁坐下，点了点头："我懂。"

江尧扭头看他，没忍住笑了一声："你也挺厉害的小陈哥。出了这样的事儿，怎么还能这么自在地跟宋琪相处？我当时怀疑他的时候，就是想着你能跟他关系依然这么好，所以宋琪不可能是害死纵康的那个人。"

"……一天天就打脸来得飞快。"顿了下，江尧自嘲地说。

"你的共情能力很强。"陈猎雪也笑笑,看着他说,"所以你能想到宋琪得做多少事,才能让我没有隔阂地继续跟他当朋友。"

江尧抿抿嘴角,收回目光没有接话。

"知道九年前的宋琪是什么德行吗?"陈猎雪叠起腿,很休闲地跟江尧继续聊。

"跟现在差别很大?"江尧想了想。

"何止。"陈猎雪说,也不知道有没有夸张,"跟摊烂泥差不了多少。"

江尧想象不出烂泥一样的宋琪是个什么样子,他最开始对这个人产生好奇,是因为宋琪那个全是孤儿的车厂,这种人就算烂又能有多烂?

也正是因为宋琪在他心里是这样一个形象,要接受这样的宋琪曾害死过一个人,他就越觉得心情撕裂。

"宋琪没见过他爸爸,他妈妈很早就生病了,他们母子俩一直住在改建区很破的小楼里,一层楼只有两个水龙头,家家户户都在走廊里做饭的那种。你这个年龄可能见都没见过,邻居不是外来户就是老赖,打架骂人是常态,从巷头走到巷尾,头上横七竖八全是晾衣服架的竹竿,你抬头多看一眼,再摸摸兜手机就没了。"

江尧没说话,陈猎雪也不需要江尧发表意见,他的目光很轻地落在远处,缓缓地把回忆拉开来铺在江尧眼前。

"宋琪就是在那样的地方长大的。"

宋琪从十六岁开始打工。

十六岁也没用,正经点儿的饭店都不敢收他,多低的工资都不愿意要,只有开到半夜的大排档愿意按天结算让他去帮忙,一天二十块钱,从晚上六点到后半夜四点,遇上突击检查还得赶紧跑,跑了就只算一半的钱。

二十块钱能干吗?

对当时的宋琪来说,吃饭就等于五毛钱的小青菜、一块钱一把的面条,二十块钱就能让他和他妈吃上好几天的饱饭。

偶尔馋得不行了想改善伙食,他会奢侈一点儿买两袋一块五的方便面,再从大排档里顺一个免费的鸡蛋。

一个鸡蛋好顺,但是顺鸡蛋这种事上瘾,就收不住手。

有一天宋琪妈犯病,把宋琪刚做好的一整锅面条都打了,宋琪又气又饿,也没管她,锁上家门就去打工。他在夜市闻着香味儿馋得不行,没吃没喝腿肚子直打转,给客人端炭锅鸡的时候没忍住捏了一块,嚼都不敢嚼,连皮带骨头就吞了下去。

偷肉跟偷鸡蛋一样,有一就有二,有二就有三。

被发现的那天老板也没难为宋琪，还多给了宋琪十块钱，告诉他明天不用来了。

那十块钱有多烫手，宋琪一直记得。当时只觉得被抓包没有脸、丢人，长大后想想，多亏老板及时用十块钱抽醒了他。九年义务制教育过去，宋琪学会的只有打工的技巧，以及积少成多聚沙成塔，一点点攒下来的小金库。

那时候高中的学费成了他最大的开销，他本想直接辍学，反正他也不是个读书的料，结果被清醒时的他妈哭着打了一巴掌，逼着宋琪去把学费交了，让宋琪活活心疼了半个月。

陈猎雪跟宋琪认识也是因为打工，他俩本来完全不是一路人，打工的目的也不一样，宋琪不打工就会饿死，陈猎雪只是想靠自己的能力尽可能帮帮纵康。

当时的纵康在一家修车厂里打工，修车厂离宋琪住的地方不远，走着就能来回，纵康就住在厂里的杂物间，没床没窗，陈猎雪每次去看他心里都不是滋味儿。

但纵康很知足，他那人一辈子就那样善良又知足，唯一的绮想是找到抛弃自己的父母，只看看不认亲也行，他就想知道自己在这世界上有个家。

就在那个发霉的杂物间里，纵康小心翼翼地跟陈猎雪规划了自己的人生——他从枕头底下掏出两本旧书摊上买来的教材，想再攒攒钱去报个夜校，现在的社会有个文凭总好过一点儿，多学点儿东西以后他好有底气盘个店面，开一家自己的修车厂。

陈猎雪头一回去宋琪家是为了给纵康租个便宜的房子，地方不能太好，不然纵康肯定不愿意住，刚好宋琪家附近也有个夜校，各方面都符合要求。

跟着宋琪还没走到他家门口，陈猎雪就能听见屋里嘈杂的动静。宋琪骂了一声把门拧开，屋里直接飞出一个酒瓶子，伴随着刺鼻又廉价的酒精味儿，"啪"一声炸裂在走廊里。陈猎雪看见一个像一截枯木一样的干瘦女人，披头散发地站在满地污渍和碎玻璃片上，赤着脚。

宋琪熟练地扑过去扛她，她尖叫着又打又骂，宋琪只能扯着嗓子跟她喊"妈，我是你儿子"，把他妈用被子裹着放在床上，再给她清理那双没眼看的脚。

她清醒了一会儿，看见愣在门口的陈猎雪，又踩踩宋琪的腿，问他："宋显国，那是你儿子？"

宋琪妈发疯的时候不吃饭，她总怀疑饭菜里有打胎药，但是绝不会忘了喝酒。宋琪有时候看着他妈像灌水一样往嘴里灌酒，会疑惑这女人是不是骨子里淌的也是酒精，酒精已经把她浑身的细胞都吞噬替换了。

替换了也得喝，宋琪也不愿意把他妈往精神病院里送，她只有喝酒以后能安生一阵儿，会边哭边念叨"宋显国你个王八蛋"，或者"宋显国你赔我儿子"。

宋显国是谁，宋琪到现在也不知道。

根据姓氏推断应该是他爸。

宋琪习以为常地皱着眉跟她解释："妈，我是宋琪。这是我同学，你别吓着人家。"

"哦，是琪琪的同学呀，快进来。"宋琪妈捋捋头发，露出那张跟纵康像得过分的脸，招呼陈猎雪。

"别这么喊我。"宋琪黑着脸说。

那时候的宋琪妈疯得还不算彻底，一天清醒和迷糊的时间能勉强保持个五五开。

但就为了那不确定的五分可能，宋琪每天出门前得把家里所有可能伤人的东西藏起来，给她留好饭和酒，然后把她反锁在家里。

也就是从那时候开始，宋琪妈再也没出过家门。

纵康搬去宋琪家楼下的小破房之前，宋琪妈第一次自杀。

纵康搬来后不久，宋琪妈第二次自杀。

当时陈猎雪在学校上课，心里长草一样等着下课铃响，陈庭森——他养父，那天要来接他放学。

就在下课前二十分钟，纵康给他打电话，让他赶紧联系宋琪，宋琪妈割腕了。

宋琪正趴在教室最后排补觉，迷迷瞪瞪地站起来问"放学了"，被老师砸了个粉笔头，让他赶紧滚，别再回来了。

一路飞驰着赶到宋琪家，二人简直像看见了地狱。

纵康捏着宋琪妈稀烂的手腕高高举着，鲜红的血水像最残忍的媒介，强行且不可抗拒地将二人缠绕在一起。他不知道在地上跪了多久，宋琪扑过去的时候他的手已经麻了，哆嗦着对宋琪说我不能松手，松手大出血，就救不回来了。

不知道该说宋琪妈命好还是不好，割腕也没死成，反倒是救了她一命的纵康被惊怒过度的宋琪一拳捶倒在手术室外的走廊上。

陈猎雪反手就还了宋琪一拳，带着纵康回家洗澡换衣服。

就是那天，纵康告诉陈猎雪，不管是不是亲妈，他都决定以后要把宋琪妈当成亲妈来伺候。

他太想要一个家了。

假的也行。

陈猎雪不赞同纵康把自己跟这么一个又疯又浑的家庭绑在一块儿,他了解纵康,纵康会无止境地照顾宋琪妈与宋琪。纵康已经太苦了,他不想让纵康牺牲自己,苦上加苦。

但只要是纵康的想法,他不管赞不赞同都无条件支持。

不知道该不该说一语成谶,还是他们的命就是如此。就在那年大年三十的下午,宋琪为了三倍工资去便利店跟人换班,纵康包着饺子跟陈猎雪说:小碰,这是我这几年来,过得最高兴的一个年。

他喊了宋琪妈一声"妈",他说他也有家了。

然而就在几个小时后的傍晚,纵康去巷子口把陈猎雪送上车,转身走回家楼下,宋琪妈就直挺挺地、头朝下地在他眼前砸了下来。

宋琪手腕上挂着两瓶从便利店买的打折的米酒回来,挤过巷口的人墙看见的就是这一幕。

后来的记忆是纷乱的,因为宋琪在纵康墓前向他坦白一切的时候,哭得连声音都发不出来。

宋琪抓着瘫坐在地上的纵康往旁边推开,捞过他妈的尸体。纵康伸手,想跟他说话,失去理智的宋琪狠狠一挥手:"别碰我!"等从兵荒马乱中回过神,听见围观的人说那小孩儿怎么半天不动了,宋琪才后知后觉地反应过来。

纵康蜷缩在地上,一只手抓着心口的衣服,另一只胳膊肘捣在自己的呕吐物里,呼吸微弱,一张脸憋得青紫。

"如果是你,你怎么做?"陈猎雪重新看向江尧。

"我……"江尧已经听愣了,话题猛地引到自己身上有点儿没反应过来,张了张嘴说,"赶紧救他啊!已经死一个了,总不能再送走一个吧?"

陈猎雪点点头,继续说:"如果我当时没去超市买年货,手机没静音,接到了宋琪随便哪一个电话,可能纵康哥都不会死。"

宋琪是把纵康送去了医院,陈猎雪匆匆赶到的时候,纵康一身血污地躺在走廊新搭的病床上。

"他现在只能说情况暂时稳定下来了,你去挂号缴费,我们要录入患者信息!"

医院里是脚步匆忙的人,陈猎雪穿过人群往那边走。看着一动不动地躺在那儿的纵康，宋琪就像个狰狞的野人，被几个医护人员拦着，正指着其中一个医生破口大骂："你们急救到底有没有用啊？他怎么一点反应都没有？"

"医生，医生！"陈猎雪上前拦在宋琪面前，对医生说，"这是我朋友，您救人，他先天心功能不全，这样子肯定是出问题了，您救救他……"

医生不耐烦地解释："这人什么都说不明白，光在这儿骂，我们怎么处理？"

"你……"

宋琪又要冲过来，陈猎雪把他挡回去。他哀求医生："您先准备，您先看看他，我这就去办手续。"

后来，在陈猎雪的记忆里，好像再没有哪一次在医院里见过比那天更多的人，更糟乱的场面。

再拐个弯就是挂号缴费处，明明就近在眼前，一个护士急匆匆地推着小推车从拐角另一边飞驰过来，所有人都无处可躲，只能眼睁睁地看着推车一角撞上陈猎雪的心口。

"……这不是陈医生的孩子吗？快！他换过心！"护士在呼喊。

宋琪身旁也接着传来一声惊呼，是因为纵康的病情急转直下。

陈猎雪被抬上推车，被簇拥着推向手术室。与走廊病床上的纵康擦肩而过时，陈猎雪在层层白大褂之间与纵康对上视线，纵康朝他动了动手指，他哆嗦着嘴唇喃喃："你们能不能先救救我哥？"

宋琪站在纵康身后，满身满脸的血，怔愣地看着这一幕。

那是他们三个最后一次聚在一起。

命运呼啸而过，三个少年的人生便纷纷驶往不同的方向。

"等我再次醒过来，纵康哥已经走了，宋琪也不见了。宋琪家住的那栋破楼早就被划进拆迁区，我再过去的时候，那一片都在动工了。"陈猎雪掸掸大衣下摆的飞灰，浅浅地呼出口气。

"宋琪没再去学校，也没再去便利店，整整一年后我才在救助站门口逮着他，他去匿名捐款。我带他去看纵康哥，问他这一年去哪儿了，他说他在赎罪。然后他告诉我，当时他不是没想到挂号，他确实又急又乱，他妈没了，纵康又出事了，他被吓着了。"

"但是他骗不了自己，他知道真正的原因其实是他犹豫了。"陈猎雪的眼皮垂了垂。

"他妈还有后事要处理，他还要吃喝拉撒，他有一摊子烂账要算，他还要活着，他就那么一点点钱，他不知道该不该为了纵康哥这个……理论上的陌生人，把什么都扔进去。

"虽然在我被推进手术室以后，他把所有的钱都拿出来救纵康哥，但命就是命，总不是人能掌控的。"

陈猎雪笑了一下。

"你们可能可以，我们不行。"他指指自己的心口。

"他在犹豫什么？"江尧皱着眉，几乎是在瞪陈猎雪，"钱？"

"钱。"陈猎雪点头。

"宋琪不像这种人。"江尧说。他有点儿难以接受纵康最直接的死因竟然是"钱"，这理由简直比得知瓶子是宋琪砸出去的还要让他不能忍受。

那是一条命。

就算江湖海把他妈捶了个半死，该花的救命钱他也没敢含糊一下。

"他现在当然不会再因为钱的事犹豫，愧疚的感觉一次就够受了。"陈猎雪说。

又看了江尧一会儿，他突然问："你跟我也算认识了，如果现在我心脏出事，你会毫不犹豫地把所有家当都砸出去救我吗？"

江尧猛地一愣，下意识要脱口而出"废话"，紧跟着神经就绷了起来——他已经不是那个花钱不眨眼的富二代了，他现在浑身上下所有的积蓄都不到五位数，别说救人了，连个病都生不起……

发觉自己竟然想到这儿，江尧又在心里骂了一句。

江尧你是人吗？你这个兼职还是人家刚给你落实的，你在想什么？

"你应该会。就像我进手术室以后的宋琪，他还是把家底儿都掏了出去。"陈猎雪说，"但就在你犹豫的这一秒，有些事可能就不可逆转地发生了，你无论怎么补救都无济于事，也像现在的宋琪。"

江尧一时间竟然说不出话来，有点儿憋闷地心想陈猎雪玩辩论的吧，三言两语就让他的意识仍停留在"我竟然是个没心没肺的犊子"上收不回来。

陈猎雪扩了扩胸，语调很轻松地继续说："江尧，站在一定高度上去评判某件事儿很容易，可针扎不到自己身上真的猜不到有多疼。这话挺俗的，但俗话有俗话的道理。"

"很难有人能真正做到不计后果地去对另一个人付出，宋琪能做到现在这样，我觉得已经足够了。"他看着江尧说。

"……修车厂，最开始也是纵康想开的？"江尧默然一会儿，问出听完真相后第二个关注的问题。

"是。"陈猎雪也第二次点点头。

江尧蹙着眉头又咬上一根烟。

"我当年——"陈猎雪打量一圈江尧,"也就跟你差不多大,也接受不了。就算知道纵康哥不怪他,我也做不到。"

"可这么些年我看着宋琪,已经不知道他把自己活成什么样子了。"陈猎雪说,"他有点儿像纵康哥,但他不是,他本来的脾气非要说的话,其实有点儿像现在的你。"

江尧真的没有跟死人计较的心思,可陈猎雪这话听得他有股说不上来的心烦和泄气:"纵康的脸加上宋琪当年的脾气,我到底是个吉祥物还是什么?"

"不是这个意思。"陈猎雪被他说乐了,"我知道你反感的是什么,现在我就是把事情的前因后果都告诉你,我觉得你有权知道,至于你在知道后怎么想怎么做,那完全是你自己的事。"

"其实我……"江尧说着又叹了口气,抬起手腕压在眼上。

他现在的心情很像一片本来就不透彻的坑坑洼洼的湖,又被"咣"地砸了块石头进去,又烦又闷地波动着。

一个个看上去挺像样,结果都过的是个什么日子。

"你帮我也是纵康的原因吧。"江尧哑着嗓子问。

"我不否认。"陈猎雪顿了下,还是坦然地承认了,然后反问江尧,"那你还接受吗?"

"……我又不傻。"江尧搓搓鼻子说。

陈猎雪的眼睛弯起来:"我也确实是蛮喜欢你这个人,宋琪也是。"

江尧掀掀手背,从露出的缝隙里用眼角看他。

"真的。我看人特别准。"陈猎雪捕捉到他的眼神,"有句话说'活人在泥里,死人在天上',这几年的宋琪就是这种状态。你让他从泥里拔出了条腿,他愿意改变现状,我很高兴。"

"而且,"说着,陈猎雪的目光又飘到前方某个虚无的点上,他好像有些累了,眼皮微微垂下去,"这两年我也开始往反方向想,可能对于纵康哥而言,包括我,包括很多连健康都没法自我保证、早早去世的先心病人,另一个世界更轻松也说不定。"

江尧瞪着他。

陈猎雪很轻地笑了笑。

03

拿起手机看时间的时候正好进来一个电话,江尧第一反应是宋琪,还飞速地在心里感受了一下现在想不想跟他说话,定睛一看才发现来电人是撒森。

江尧举着手机朝陈猎雪晃了一下，接起来。

"尧儿，你什么时候回来？"撒森劈头问。

"我……"江尧想了想，"已经回来了。"

"那你赶紧回宿舍。"撒森以为他刚下飞机，立马开始催他，"我也刚到。"

江尧应了一声，然后问："你有事儿？"

"其实也没什么，"撒森清清嗓子，压低了嗓子分享秘密，"我刚回来一推门，看见班长和那个环艺被开除的人在一块儿……"

江尧心里"咯噔"一下。

"我……"撒森刚想说什么，身后突然传来"砰"的一声，像是房门被摔在墙上，跟着电话就给挂了。

"喂？"江尧皱着眉毛又听了一耳朵，没人说话。

再拨过去也不接。不会被肖大四给揍了吧？那可是能拿石膏给系主任开瓢的主儿！

"我得回学校一趟。"挂了电话，江尧迅速叫了个车，从椅子上站起来对陈猎雪说。

"你都这样了，"陈猎雪指指江尧的石膏腿，"还去跟人打架？"

"不是，"江尧挺心烦地咧嘴笑笑，"我去捡人跟我一块儿上医院。"

"能处理吗？"陈猎雪正经地问。

"宿舍的事儿，一个屋住着闹不起来。"车过来了，江尧蹦跶两下看车牌号，冲陈猎雪摆手，"不好意思啊小陈哥，改天再请你吃饭。"

"嗯，我没事儿。"陈猎雪笑着点点头，"你记得把自己的事处理好。"

"自己的事"主要指什么事儿，江尧心里明白。

"哎。"江尧乱七八糟地捋了把头发，拉上车门拍拍司机的座椅，"师傅，美院。"

离开学没剩几天，该返校的基本都返校了，行李箱满地骨碌碌地转，校门里外进进出出的很热闹。

爬楼梯的时候费了点儿劲，宿舍的楼梯没宋琪那儿那么陡，每层级数也一样，但是台阶又多又密，蹦着感觉没完没了。

九八九十十九八九四。

蹦着蹦着，他脑子里自动蹦出了宋琪给的那串数字。

虽然急吼吼地往学校赶确实是怕撒森挨揍，但是潜意识里江尧也明白，他就是想有个事儿能把宋琪那边给岔开,现在他的情绪完全被突然接收的超额信息把控着,稀里哗啦的一团乱,什么头绪都捉摸不出来,他连自己想说什么想干什么都不知道。

想到宋琪间接害死个人,他硌硬。

想到宋琪从小到大经历的这些事儿,他心里不是个滋味儿。

想到如果放开宋琪,他又憋屈。

江尧一直以为自己不是个多矫情多脆弱的人,他心够宽了,这么多年连江湖海都能忍下来,也不知道怎么到宋琪这儿就左右都难受。

毕竟他也不是个能两眼一摸黑不管对方好赖都照单全收的人。

如果能那样倒反而轻松了。

胡乱地琢磨着,江尧突然想通了一点:他妈对江湖海还有感情的时候,可能就是一天天瞎琢磨过来的,在放弃与不舍之间左右摇摆,举棋不定。

以前江尧不懂,现在他有点儿懂了,又宁愿自己什么都不懂。

距离楼梯口还有一层就听见嘈杂的动静,江尧加快脚步上去,隔着楼道就看见前面拥着一堆人,在他们宿舍门口围着,有看戏的、有拉架的,走廊上还有三三两两勾着脑袋回头瞅的。

还真成大场面了。

江尧拨开人墙挤进去,包围圈的中心果然是肖大四他们仨,撒森看起来已经挨了一拳,半边脸一个大红印子,被人拦在屋里,肖大四则跟个煞神似的,捏着拳头被陶雪川皱着眉头往外推。

三个人的脸色一个比一个难看。

江尧二话没说,先过去把撒森推进屋里。

同一时间,包围圈外炸起一声暴喝:"江尧!"

"哎。"江尧冷不丁给吓得一歪,忙撑着墙往外看,不知道是谁把顾北杨给叫来了。

顾北杨脸黑得跟个包公似的,看见江尧腿上的石膏,他眉毛差点儿飞出去:"你腿都瘸了还敢打架斗殴?幸好我今天在学校,我要不在呢?!"

周围看热闹不嫌事大的几个直接笑了出来,江尧瞪着眼,无奈地说:"这回真不是我。"

人墙稀里哗啦地散开,顾北杨这才挨个儿把撒森、陶雪川和肖大四扫视一遍。

"怎么回事儿?"他从撒森脸上的拳头印子问起。

撒森在心里打好了腹稿,立马开始回答。

按照他的描述，他原本好端端地在屋里打着电话，肖大四突然就闯进来给了他一拳，陶雪川劝架也没劝住，推也推不开，他跟肖大四就这么你一下我一下地拉扯了半天。

江尧边支着耳朵听他们说话，边把放假走之前胡乱卷起来的被褥拉开铺好。

拽床垫的时候力气大了点儿，"刺啦"一声，从床垫跟床板之间发出类似画纸被撕烂的声响，江尧愣愣，重新掀开床垫，底下抖出来一张被扯烂的四开纸，纸上是他上学期画的宋琪。

当时画完矫情兮兮地没舍得交，偷偷换了一张当作业，顺手把这张画压在了床垫底下。

江尧盯着裂成两半的黑白画怔了会儿神，在其他人看过来前迅速把床垫盖上，四仰八叉地坐上去。

撒森说完后，顾北杨看向肖大四，肖大四倚着床柱往窗户外面看，不耐烦又惜字如金地吐出四个字儿："嘴贱，欠打。"

"你……"撒森猛地一扭头，江尧朝他小腿不轻不重地蹬了一脚。

顾北杨看过来，江尧点点头，说小森儿当时是在给他打电话，他也是听见动静后电话打不通才过来的。

陶雪川在旁边绷着脸，他先跟辅导员和撒森认错，说了点儿"不管怎么样都不该以暴力解决问题"的话，侧面证明肖大四没有撒谎。

"所以你说什么了？"肖大四不认错顾北杨也没觉得陶雪川能起什么煽动作用，摆了摆手又转回去问撒森。

撒森眼珠动了动，不知道下意识要去看谁，动到一半儿停了，眼皮耷拉下去，抿了抿嘴。

顾北杨又看另外三人："他说什么了？"

宿舍里一片沉默，江尧被床上的小飞尘呛出一个喷嚏，皱着眉去把推窗开大点儿。

"嘿。"顾北杨挺稀奇地怪叫一声，抬抬屁股靠着桌子边儿坐下，开始冷嘲热讽，"干吗呢？刚才又砸瓶子又踹门的，现在开始虚情假意了？"

其实如果只是学生之间每天抬头低头的，有点儿摩擦很正常，教训两句写个检讨也就过去了。

关键是掺和了一个肖大四。

社会人士擅闯学校寻衅滋事这事本身就可大可小，但是肖大四刚因为殴打老师被退学，还属于"危险分子"的范畴，这性质就不一样了。

"都不说？"顾北杨瞪着他们等了一会儿，又问。

"都不说那都记过,这还不好办嘛。"他直起身子往外走,挺潇洒地招招手,"都跟我去办公室,一个个处理你们。"

他们一动身,江尧也没管干不干净,仰着脸往床上一躺。

"还有你那个……江尧。"顾北杨又回头指他,"你那腿刚才蹦来蹦去的行不行?不行赶紧去医院让医生给你看看,万一骨头长歪了还得砸碎再矫正。"顾北杨也不知道听没听见江尧说什么,直截了当地交代了一堆。

"好着呢。"江尧抬抬胳膊,冲顾北杨比了个拇指。

顾北杨他们刚走没几分钟,门"吱呀"一声,赵耀坐在行李箱上滑进来,伸腿踹上门。

"什么情况?"他凑过来碰碰江尧的腿,嗷嗷叫唤着,也不知道是在问谁。

江尧知道赵耀刚回来兴奋,但是他目前实在没心情说话。在失手把画给扯烂以后,他就感觉喉咙口哽上一股令人恼火的憋闷。

他现在只想一个人好好地清静地想想。

江尧猛地从床上坐起来,揣了手机就要往外走。

赵耀下意识地弹出去半米远,也有点儿不爽了,捶了一下桌子,说:"干吗去啊?问也不吭声儿!"

"拿行李,晚上回来吃烤肉。"江尧从兜里掏出一颗糖扔给赵耀,飞快地说。

赵耀接住糖,这才发现江尧床边连个箱子都没有。

"我陪你啊!"赵耀喊一声。

江尧已经甩门出去了。

04

"你是不是经常把我看成纵康?"

宋琪中午接到江尧的电话的时候正在起一颗钉子,听见这句话,拇指从钉子上刮过去,划出道口子。

破开的皮先是白的,然后沁红,接着就像慢动作一样,一颗饱满的血珠子缓缓沁出来。

他还是知道了,宋琪想。

疼倒是不疼,宋琪的第一反应其实有点儿平静的恍然,江尧这么一问他才发现,他好像有一阵子没从江尧脸上看见过纵康了。

"偶尔。"他把血水抹掉,尽量坦诚地回答江尧。

那之后，他给江尧打了三个电话，江尧全都没接。

陈猎雪打来电话告诉他今天一切的前因后果，然后跟他说江尧已经回学校了。宋琪靠在后院墙上接着电话，歪头"啪"地点上根烟，朝墙头上的半个太阳呼烟气。

"你现在去哪儿？"他问电话那头的陈猎雪，尽力压着心里的烦躁，"让陈叔去接你吧，给他打个电话。"

"他可能得想想，他不太能接受纵康哥的事，你也……"陈猎雪还想说点什么，宋琪没心情听，匆匆挂掉后又给江尧打过去。

"……您拨打的号码暂时无人接听，请稍后再拨。"漫长的提示音后，电话里第四次传来机械的无人接听。

"宋哥！"小梁在前厅喊他。

"啪！"宋琪把手机扔在窗台上，回到前厅去净水器旁接了杯水灌下去。

"宋哥！"小梁在高压水枪嗡嗡的背景音下扯着嗓子，"你再来看看这个太阳膜！这一卷跟咱们定的那个号看着也不一……这一批不对啊！是不是给咱发错单了？"

这是今天的第七批货。

第四个电话。

第七批货。

宋琪闭了闭眼，使劲地用破了口的拇指摁在杯沿上，用酸辣的疼逼着自己冷静，然后把水杯放在台子上，回后院抄起手机往小梁那儿走。

从净水器到小梁那儿要经过好几个区域，二碗正站在清洗车椅垫子的机器前守着，转筒停下来后，他开始懒洋洋地往外掏。掏了没几张，他看见面条拎着水桶走过去，立马招招手，把手上的活儿都揣进面条怀里。

面条趔趄一下，没托稳，怀里刚洗完的车垫子掉了一地，乱七八糟地泡在排出去的污水里。

宋琪一只脚正好落在其中一张垫子上，"叽"的一声，像踩在一块发烂的猪皮上。

"哎！你怎么连个垫子都抱不住，我刚洗完还得再洗一遍。"二碗咂咂嘴，指挥面条，"赶紧捡啊，天天傻乎乎的，也不知道要你有什么用……"

面条赶紧弯腰要蹲下，被宋琪一把拽了起来。

"要你有什么用？"宋琪扭头盯着二碗，问他。

二碗愣愣的，他跟面条一直都这样开玩笑，宋琪从没这么对过他，他辩解："又不是我没拿稳掉的，我又没……"

"要你有什么用？"宋琪重复了一遍，那股再也压不住的邪火"噌噌地蹿了上来,灼烧他的喉咙,让他的每一个字都不由自主地提着音阶。

"我……"所有人的动作都在宋琪突然爆发的愤怒里停下来。二碗从没见过这样的宋琪,手里刚拎起来的一张垫子"啪"地掉了回去,惊恐地瞪着眼。

"我问要你有什么用?!你有什么用?!"宋琪吼着质问二碗,怒意如同劣质的上头酒,让他不管不顾地想咆哮发泄。

为什么所有破事儿都要挤进一个笸筐递给他?

"你天天除了吃有什么用?!"宋琪又吼了一声。

为什么争先恐后,没完没了,以为已经处理完了,却又来一桩。

"你到底在干吗?啊——"宋琪朝前迈一步。

生怕少来一桩就不能及时把他累死似的。

"混吃!等死!你能不能有点儿出息!"宋琪狠狠地把脚边的垫子踢出去,二哈绕着垫子开始狂吠,锁链哗啦啦地响,像是拴在他的脖子上,让他挣脱不开,也逃离不了。

"你能不能……偶尔也让我看见点儿希望!能不能?!"宋琪听见自己用尽全力的声音,听见鼓胀的太阳穴里锋利的嗡鸣,濒临失控的前一秒,听见纵康在喊他"琪琪"。

纵康。
我真的后悔了。
我真的后悔。
特别、特别、特别后悔。

脑海中的嗡鸣渐渐消失,漫长的安静后,宋琪在剧烈的呼吸中又闭了闭眼,让沸腾爆炸的血液冷却下来。

"……我有时候也挺累的。"他的声音在嘶吼后沙哑,取出摩托钥匙转身走了出去。

出去的时候是上午,再回到宋琪家楼下也就过了半天,江尧的心情却已经完全不一样了。

推开门,住了近一个月的房子在眼前展开,不知道是因为回了一趟宿舍,还是因为知道了纵康之死的隐情,江尧总觉得眼前的空间也产生了点儿说不上来的变化。

把门合上,江尧久久地在玄关靠了会儿,换上拖鞋进卧室收拾东西。

江尧的东西不多——来的时候是真不多,唯一的行李箱还是宋琪给他从车库拎回来的。

现在拉开箱子要把自己的东西都规整进去,他杵在床边愣了半天神,一时间竟然不知道先从哪儿下手。

他才意识到宋琪在无形中给他添置了那么多东西。

毛巾浴巾、牙刷牙杯、想起来吃两粒的两大瓶钙片、轮椅、拐杖、洗澡时裹腿的保鲜膜,甚至还有一个与小老太太同款的黑发箍,那天看完电影出来在商场一楼大甩卖上顺手买的。

连手机充电器用的都是宋琪多余的接线头。

江尧给手机充上电,亮起的屏幕上显示出四个未接来电,全都来自宋琪。

未接来电:宋琪(4)。

他看了一眼就把手机扔在枕头上,自己大字朝天地往床上一躺,心里说不上来的发酸。他还是不能接受这样的宋琪曾失手害死了一个人,越明白宋琪有多好越不能接受。

朋友这回事儿,说起来是两个字,天南海北的都是朋友,但真心的朋友……总归是有些说不清道不明的特殊性。

江尧跟陈猎雪说得大义凛然,问题不在于什么矫情的"吃醋"上,但他还是在得到宋琪的答案以后不可控地去想、去回忆,宋琪有哪些时刻"偶尔"将他看成了纵康。

第一眼见到他的时候。

第一次给他喉糖的时候。

第一回开摩托带他去玩儿的时候。

第一次救他、他第一次来宋琪家的时候。

宋琪盖他眼睛的时候。

宋琪在医院找他的时候。

宋琪把落水狗一样的他扛回家的时候。

他每一次突然出现在宋琪眼前的时候。

……

每一眼都有可能。

每一个回忆全都被赋予了百分之五十"与你无关"的可能。

他关心你、对你好的原因可能并不是因为你,往后每一次你俩再对视你都会不由自主地在心里问自己"他在看谁"的问题。

同时你的脑子还要一万零一遍地提醒你:那个人是被宋琪间接害死的。

这哪里是醋,分明是一缸你咽不下他倒不掉的过期苦酒。

想想以后他和宋琪的相处模式要变成这样，江尧简直跟被塞了一胸口黄连一样窒息。

烦死了。

为什么是宋琪呢？

江尧把脸埋进被子里，郁闷地喊了一嗓子。

05

宋琪在楼下停好车，在已经昏暗的暮色里盯着自家所在的楼层看了一会儿，确实是黑的，没开灯，没人在家。

江尧回学校了。

一条腿撑着地，点了根烟，宋琪坐在摩托上想了一会儿，在想什么也说不上来，脑子里乱七八糟地转过去很多画面，最后莫名其妙地定格在一帧帧江尧的伤腿上。

跑了一天，也不知道受不受得住。

宋琪想再给江尧打个电话，顿了下又退出来，打开了微信。

"腿疼吗？"他打了三个字发过去。

等了会儿，没有回复，他碾灭烟头锁车上楼。

陈猎雪说江尧在得知纵康死因后反应很大，几乎掠过了一般人都会有的"惊讶"的步骤，直接过渡到了……反感。

这是陈猎雪在电话里的用词，但是宋琪知道陈猎雪在表达什么意思。

他一点儿也不觉得奇怪。

江尧总说自己不是什么大好人，但其实他爱憎分明。他很少提自己家里的事，提那个跟宋显国一样不作为的爹，和木头疙瘩一样的哥哥，但每次提到，宋琪都能感受到他不加掩饰的"恨"。

宋琪自己活得稀巴烂，所以对于家庭环境同样稀巴烂的江尧拥有绝对的理解，也就理解他面对让他反感的事物时的一切反应。

果决、直白、不遗余力、不留余地。

宋琪那天在路牙子上没敢把实话说出口，就是预料到了江尧如此这般的反应。

结果真到了这个时候，面对江尧毫不掩饰的疏远，难受的劲儿比宋琪想象的还要严重，烦躁与不安在心口沸反盈天。

你活该，宋琪。

宋琪大步朝楼道里走，忍着掉头去学校找江尧的冲动，按照陈猎雪说的"给他点儿时间"，也给自己点儿时间，好好想想。

开门时藏了一点点希冀，但当真看到厨房里透出的微黄的灯光时，宋琪反倒愣了愣，接着连鞋都没换，大步走过去。

江尧听见动静，刚关上冰箱的门，扭头就跟厨房门口的宋琪撞了个正着。

"你……"宋琪的嘴唇动了动，先去看江尧的腿，然后看见江尧手里握着刚从冰箱拿出来的老干妈油辣椒，脸上带了点儿自己都没意识到的、从心底扩开的笑，"饿了？"

"想吃什么，我给你做。"这时候笑左右是不太好，宋琪迅速转过身用拳头挡了挡嘴，去客厅打开大灯，"或者我们出去……"

或者我们出去吃。

这句话没能说完，宋琪开完灯一转身，就看见了餐桌旁江尧竖起来的行李箱。

拉杆都拉起来了，上面还搁着一对儿拐。

江尧放下老干妈，有点儿尴尬地绷着脸从厨房出来。

"……要走了？"宋琪看着江尧。

"啊。"江尧耷拉着眼皮，目光定在一个虚无的点上，声音不高不低地说，"开学了，该回去了。"

你怎么在宋琪跟前连走都走得这么丢人啊？江尧边说边忍无可忍地在心里骂自己。

其实他把什么都收拾完了，除了轮椅不好拿只方便带上拐，他把钥匙往玄关一搁，拖着箱子就能走。可能也跟这一整天没正经吃东西有关，灯都关上了，江尧想起冰箱里宋琪隔三岔五买给他解闷吃着玩儿的零食，好些都还没动过，第一次来宋琪家走的时候还有罐糖，现在这样说走就走，总觉得心里空得发慌。

谁知道这么巧就让宋琪给撞上了，平时他去了店里得忙到晚上十点才能回来，那都算是早的。

"哦。"宋琪看到行李箱后脸上的笑意就没了，也没针对老干妈多说什么，他只点了点头，看着江尧没说话。

江尧也没说话，他俩都知道问题出在哪儿，却很奇怪地都说不出什么。

说什么呢？

说宋琪为什么是你？

说江尧你后悔了吗？

任何一方开口似乎都切入不到一个恰好的话题，说点儿什么都会让他们显得无比矫情。

"那我……"江尧揉了一下鼻子，伸手去握行李箱。

"吃了饭再走吧。"宋琪几乎同时说。

"不了，"江尧抓着行李箱的拉杆摇摇头，"跟室友约好了晚上一块儿吃。"

"他们都回来了？"宋琪问。

"嗯。"江尧点点头。

"腿疼吗？"宋琪又问。

"……没事儿。"江尧的眉毛皱了起来，他有点儿受不住宋琪在这种时候没完没了地关心，每个字都串着纵康的名字往他胸口上摁，火辣辣地又酸又麻，几乎酸得他想发火，想把宋琪扯过来瞪着问他为什么是你呢？

"那我送你。"宋琪说。

"不用。"江尧拖着箱子要往外走，被宋琪覆上五指，不由分说地接过了行李箱。

天黑得很快，楼道里依然很黑，江尧用手机照着一瘸一拐地往下蹦，宋琪在身后无言地跟着。正是饭点儿，家家户户的门缝里都渗出饭菜的香味儿，江尧在香味儿里一层层地往下拐，心想他和宋琪今天本来也该这么自然又平常地坐在一块儿吃一顿找到兼职后的大餐。

怎么就……

一走神的工夫，江尧脚底踏了个空，他心口猛地"咯噔"收紧，没等抓住点儿什么，背后及时伸来一只手，稳稳当当地拉住他的胳膊。

手机手电筒的光被误点关掉了，江尧轻轻骂了一声，往回抽胳膊。

抽不动。

再抽，依然抽不动。

其实真想抽回来，也就是反手捣一肘子的事儿。

可宋琪不撒手，江尧也就默然着没动，他瞪着眼前无光的楼道，感受宋琪的掌心在他手臂上紧了紧，很快又松了点儿，还是没放开他。

"江尧，"宋琪站在江尧后一级台阶上，等江尧的胳膊绷得不那么紧了，他拉着江尧的胳膊往后动了动，江尧半侧过身，两个人的目光在漆黑里碰撞，"我从来没刻意地把你想成谁，不是我妈也不是纵康，我也不是故意瞒着你，我是真的……"

"……真的不知道该怎么跟你说。"宋琪的声音在楼道里带出淡淡的回响。

"没早点儿跟你说实话是我不对，我知道你在反感什么，但是我这次得跟你说清楚，你跟他们从来都不一样，你就是你。"宋琪又把江尧往自己身边拉了拉，垂着头看他。

"你跟谁都不一样。"他认真地说。

轰——

江尧听见有什么东西在他心里疯狂爆炸,炸得他心里空荡荡的难受都快填上了,吓得他脸上有点儿麻。

宋琪顿了下,继续说:"我知道你现在想自己待着,不想看见我,也不想听我说话。但是我就想告诉你——"

"嗡——"手机振动的声响在又黑又静的楼道里大到刺耳,焦灼又持续地打断了宋琪的话。

"你电话。"江尧跟被这一下震醒了似的,清清嗓子不好意思地提醒一句。

宋琪从鼻腔里呼出口气,带着点儿被打断的不悦松开了拽着江尧的手,把手机从兜里掏出来。

来电人是三磕巴。

磕巴成那样打什么电话?

"怎么了?"宋琪摁下接听键,问对面。

"二,二,二,二……"三磕巴的声音几乎是从听筒里爆出来的,电话那头似乎一团乱,三磕巴带着惊慌的哭腔,吐不出一个完整的词儿来。

"二……二碗!"三磕巴使劲地跺了脚地,终于挤出来两个字,"不,不,不……"

江尧支着耳朵还没反应过来,宋琪已经把行李箱往地上一扔,推开他疾奔下去。

江尧在心里念叨两遍"二碗",结合着三磕巴的哭腔和宋琪的反应,心里猛地一激灵,也没管行李箱,三步并作两步地追着宋琪下去。见宋琪已经开着车要冲出去了,他二话不说拽着摩托后座就抬腿往上跨。

"二碗怎么了?"他问宋琪。

"不知道。"宋琪也顾不上别的,感觉江尧上来了就一拧油门轰出去,皱着眉头说,"他们已经往医院去了。"

厂里的人平时过得糙,情况不严重到某个份儿上都不乐意往医院跑。两人都没心思再想刚才没说完的话,宋琪把车开得像起飞,风扑在脸上割得肉疼,江尧抓着宋琪的肩坐稳,隔着衣服都能感到宋琪的肩绷得有多紧。

再想到宋琪平时对二碗、三磕巴他们纵容的那个样子,江尧简直猜不到万一二碗出了什么事,宋琪得变成什么样子。

"应该没事,二碗整天能吃能睡的……"他说这话本来是想安抚宋琪,结果刚说完就想起上回去店里见到二碗感觉二碗瘦了一圈，人也懒洋洋的没什么精神。

当时他只是跟三磕巴随口一提没放在心上，现在回头想想心情顿时复杂起来。

"你们可能可以，我们不行。"陈猎雪今天刚跟他说了这句话。

第十一章
二碗的离开

01

路况还算可以,赶着高峰期的尾巴,去医院的主路竟然一路绿灯,在这种时候这估计是唯一能给宋琪点儿安慰的事了。

宋琪拧着油门一路疾驰,留下一串刺耳的轰鸣和喇叭声。车在急诊科门口停下,宋琪看一眼江尧,江尧知道他心急,没等他开口就赶紧朝他摆摆手:"你先去!"

宋琪点了下头,也没多说什么,车钥匙一拔迅速跑了进去。

江尧追进诊厅的时候,宋琪已经没影儿了。急诊科的人又多又乱,江尧绕着诊台找了一圈,耳朵眼儿就钻进来一浪浪的哭喊,求着医生救命的、喊痛的、救回来没救回来的……全都扎心泣血。

他绕开人流快步走过去,看见三磕巴的第一眼就愣了愣。

确切地说第一眼看到的不是三磕巴,而是三磕巴身上大团大团的斑驳血迹。江尧匆匆环顾一圈才发现,小梁和面条的手上、衣服上也沾着血,三个人都瞪着惊恐又慌乱的眼,像三只六神无主的脏鹌鹑挤在一块儿。

"怎……"江尧过去刚想问话,一个护士推着丁零咣啷的小车急急跑进去,后面还跟着一个疾行的"白大褂"。宋琪正在跟那个"白大褂"说话,语速急匆匆的,"白大褂"安抚性地冲他点了下头,快速说了句"心外科的专家马上就到了",就扬开门帘消失在抢救室里。

"宋哥!"小梁他们立马围上去,慌张地问宋琪,"医生怎么说?陈叔来了吗?二碗没事吧?会没事吗?我……"

宋琪眉头紧锁着,望着医生消失的方向抬手在小梁肩上用力捏了捏,然后躬身在靠墙的条椅上坐下,看着他们身上深深浅浅的血迹问:"怎么回事？"

"我不知道！"小梁颠三倒四地开始回忆，"二碗晚上不吃饭，自己在那儿闷头搬东西干活，我以为他赌气就没理他。本来过年以后他也没以前那么馋了，我就没管……听见他摔倒我才觉得不对劲，他说他胸口疼、脖子疼，喘不上来气，还直哆嗦，我就赶紧打电话叫救护车，结果上了车他就开始吐血……"

"护士说急性咯血。"面条在旁边细着嗓子补充。

"啊！咯血！"小梁的声音都尖了起来，机械地重复一遍，"三磕巴一直抱着他的头，他吐了三磕巴一身。宋哥，二碗从来没犯过病，能吃能睡的，好端端地怎么能咯血？"

小梁说着，声音里带上了哭腔，抬手就给了自己一巴掌："我就不该放他在那儿搬东西，他天天不干活，哪能一下子跟熊似的干个没完……"

"小梁哥！"面条忙把小梁的手拉下来。

宋琪没说话，也没动，小梁每多说一个字，他的神情就更凝重一分，嘴角绷成一条锋利的线，牙关紧咬，在颌角上拱出一块凸起。

"因，因为，下午，宋哥骂，骂……"三磕巴说到一半就说不出话来，他干燥起皮的嘴唇像鱼一样张张合合，缓慢地呼吸着，瘦成麻秆的身体筛糠一样地打着抖，盯着宋琪说。

"三磕巴。"江尧喊了他一声，拖着腿过去。

三磕巴扭过头看见江尧，脸上是一种介于木然与狰狞之间的奇异悲伤，看见江尧后他露出一副悲戚的表情，喊了声"大哥"，磕磕巴巴地说："二，二碗他，不，不，不，不行……"

"别瞎说。"江尧皱着眉打断他。

陈庭森过来了，身旁还跟着脸色泛白的陈猎雪。宋琪倏地站起来死死望着陈庭森，他的嗓子在这么一会儿的工夫里就哑得厉害，一把攥上陈庭森的胳膊："叔，你救救他。"

陈猎雪过去拍拍宋琪的肩，陈庭森扫了一眼三磕巴身上的血迹，很沉稳地颔首："我尽力。"

交接护士已经迎了过来，陈庭森没再耽误，跟着护士快步进抢救室。

"我带他们去洗洗。"陈猎雪轻声说，领着三磕巴他们边问情况边往外走，经过江尧的时候看了他一眼，"你陪着他吧。"

江尧去门口的自动贩卖机买了两瓶水，等水下来的片刻里思绪飘到了很远的地方，急诊科闹哄哄的背景音突然显得很不真实。好像上一秒他们还在宋琪家漆黑的楼道里说话，下一秒他就站在了这里，宋琪就坐在抢救室门口的条椅上，两只胳膊支在膝盖上，十指交叉抵着额头，像一尊焦灼的雕像。

"咚！"水瓶从贩卖机里砸了下来，把江尧的思绪拉回来。

三磕巴说宋琪下午骂了二碗。

宋琪现在该是什么心情？

在想纵康吗？在自责吗？

二碗如果没救回来……江尧想都不敢想。

"你们可能可以，我们不行。"他又一次想到了陈猎雪对他说的话。

"喝水吗？"江尧走到宋琪跟前，把瓶子朝他递了递。

"谢谢。"宋琪哑着嗓子接过去，攥在手里没开，江尧在他身旁伸着腿坐下。

又有几个医生护士急匆匆地进出抢救室。

"你，别怕。"江尧碰碰宋琪的肩膀，干巴巴地说。除此之外，他完全不知道该说点儿什么。

二碗还在里面躺着呢。

江尧想起他妈在手术室抢救的时候，自己的心情——一团乱，什么都听不进去，像头得了癔症的斗牛，眼睛里只有那块红通通的"手术中"的标牌，旁人跟他说什么他都嫌烦，也听不进耳朵里去。

快要丧命的人只要还在里面躺着，外面的人说什么都跟笑话一样。

宋琪很用力地朝江尧勾了勾嘴角。

医院总是能把每一分钟都拉长，从江尧他们赶到急诊科到现在最多不过二十来分钟，陈庭森进抢救室连十分钟都没到，抢救室的门帘再一次被扬开的时候，连江尧都忍不住从条椅上弹了起来。

"陈叔，"宋琪大步迎上去，又想盯着陈庭森又想往屋里张望，急促地问，"怎么样？"

人是有第六感的。陈庭森的手套上沾满血水，江尧一看向他的眼睛，心就猛地坠了下去。

——跟当时从他妈手术室里出来的医生的目光一模一样。

陈猎雪正好带着三磕巴他们从走廊另一头急匆匆地回来，见陈庭森出来了，纷纷拔腿就往这边跑。

"叔。"宋琪蹙着眉头又喊了一声。

陈庭森望着他，眼神漠然又悲悯，幅度很小地摇了摇头。

"……摇头是什么意思？"小梁第一个跑过来，愣了愣，抓着陈庭森的胳膊开始喊，"你摇什么头啊，陈叔！你救他啊！他是二碗！"

"来不及了。"陈庭森的眉头微微蹙着，"肺血管梗阻，来的时候开始咯血,我进去的时候已经严重窒息了。"

"什……"江尧听愣了,插嘴问,"有肺什么事?好好的肺冒什么血?"

"艾森门格,先心病常见并发症。"陈庭森转动眼珠看向他,"初步诊断。"

"你胡说什么啊!"小梁的五官失控地皱起来,续着一大包眼泪挤开陈庭森就往抢救室里闯,"二碗!二碗!"

"哎!"护士伸手想拦,陈庭森给了她一个眼神,她侧过身子让三磕巴和面条也跑进去。

"再去看他一眼吧。"他看向一直没再出声的宋琪。

宋琪僵在原地跟陈庭森对视着,自陈庭森摇头后,他就没什么表情,听着小梁他们喊着二碗跑进去,他突然抽着嘴角笑了一下,哑着嗓子对陈庭森说:"陈叔,我有钱。"

谁都没反应过来宋琪为什么突然提这一句,陈庭森盯着他,宋琪的表情渐渐地维持不住了,眼底慢慢泛起猩红,抿抿嘴唇又重复一遍:"我现在有钱了,你救他吧。"

这一次,江尧突然就懂了。

听懂的同时,他的心像被狠狠碾了一脚似的,瞪着宋琪说不出话。

陈庭森和陈猎雪也听懂了,陈庭森拍了拍宋琪的肩头,没再说什么,跟陈猎雪对视一眼就匆匆离开了。

陈猎雪吸了口气,上前问宋琪:"进去看看吗?"

宋琪没说话,也没动,他保持着原本的姿势在抢救室门口站了许久,急诊科各处四起的哀叫在他周身张牙舞爪地盘旋。半晌,宋琪抬手抹了把脸,他没进去,也没哭没号,都没再多看一眼,转身大步朝走廊另一头走。

陈猎雪喊了一声"宋琪",宋琪脚下不停,他为难地看一眼抢救室,江尧回过神来,立马跟上宋琪:"我跟着他。"

宋琪走得很快,他本来腿就长,一句话的工夫就走出去老远。

江尧拖着一条瘸腿撑不上他,喊他也不搭理。眼见着宋琪转了个转角没了踪影,江尧咬咬牙小跑起来。

"宋琪!"转角另一头的走廊不知道是放设备还是做什么的地方,又空又窄的没有人,江尧跑过去就看见宋琪脱力一样撑着膝盖在喘气。他出声喊宋琪,宋琪又直起身子继续往前走。

"宋琪,你等等我!"江尧骂了一声,追上去想拉宋琪,被宋琪头也没回地挥胳膊挡开。

"别跟着我。"宋琪说。他在喘,声带跟撕裂了一样,江尧听着都一愣。

谁这时候敢让你一个人乱走!

江尧没管他说什么，伸手又去拽他，大声说："宋琪，你看着我！"

"咣！"宋琪反手钳着江尧的手腕使劲一挥，像爆发又像忍无可忍，江尧还没反应过来，又被宋琪攥着下巴卡着脖子朝后倒退两步，摁在走廊两边的铁皮门上。

门上的把手狠狠地硌在江尧腰窝的位置上，冷汗直接就下来了，他皱着眉猛地咬紧牙才没喊出来，迅速抬手去扳宋琪的手腕，这姿势却让他整个人都被卸了力气似的使不出劲儿来。

"我说了别跟着我，别跟着我！"宋琪大声喘着，在不怎么明亮的廊灯底下用破风箱一样的声音对江尧吼，他的胸膛剧烈地起伏，眼睛猩红得沁血。

江尧攥着宋琪的手腕，感受着他卡在自己喉结上的力气，费劲地喘了两下。

"不是你的错。"两人对着喘了会儿，江尧直视着宋琪说。

"你什么都不懂。"宋琪的嘴唇微微哆嗦着，眼窝更红了，盯着江尧的脸。

"我不懂也知道不是你的错！你能不能爷们儿点儿！"江尧吼回去。

"关你什么事？！你知道什么？！"宋琪又往前压了一步，他整个人几乎伏在江尧身前，光被挡住了，方寸之间只有两人急促的呼吸声。

"宋琪，"宋琪的手在抖，卡着江尧下颌的指端用力到江尧觉得自己颌骨要变形了，喉咙口也被压着，他仰起脖子又喘了两下，盯着宋琪近在咫尺的眼睛，坚持说，"你做得足够了。"

血珠一样的一滴眼泪从宋琪眼里砸下来，颤颤巍巍地碎在江尧脸上，过程漫长得像是摔碎了整整八年的时光。

"你什么都不懂。"宋琪望着江尧，把那滴七零八碎的眼泪使劲抹掉，声音又轻又嘶哑。

"一个都救不活。"

宋琪看着他。

"我这八年，什么用都没有。"

什么都没有。

说完，宋琪松开手，继续独自朝走廊外大步走出去。

江尧看着宋琪转身往外走，他想追，腿迈出去却跟楔了钢钉一样疼得他一哆嗦，连带着被撞在门把手的后腰，半边身子都像被抽了骨头似的猛地一软，等他撑着墙重新找回支力点，走廊上已经没了宋琪的影子。

我这八年，什么用都没有。

只有他耳朵里还回荡着宋琪像被砂纸磨过一样的声音，和他说话时盯着自己的眼睛。

一个都救不活。

八年，什么用都没有。

……

你什么都不懂。

嘶哑，绝望。

江尧狠狠砸了身后的铁门一拳，腿上疼得他有点儿受不住了，咬咬牙，他顺着墙根滑坐在地上，掏手机给宋琪打电话。

一个，不接。

两个，还是不接。

拨到不知道多少个的时候，那边把电话给切断了。

再打过去，江尧听见的就全都是"您拨打的号码已关机"。

02

"江尧？"

不知道过了多久，陈猎雪的声音从走廊转角传过来，江尧撑着身后的铁门坐直了点儿，朝转角的方向看，一道影子正拉长了往这边走。

"这儿。"他扬扬嗓子答应一声。

"你怎么了？"陈猎雪探头就看见江尧靠着墙坐在地上，裹着石膏的腿伸直，没伤的那条腿屈起来架着胳膊。

"抻着了，歇歇。"江尧见他过来了，也不再费劲地想站起来，"宋琪出去了，我没拦住，打电话也不接。你去找找他吧，他那个样子我怕出事。"

陈猎雪没说话，皱着眉看江尧煞白的脸色和明显泛红的一圈脖子。江尧微微撇了撇头，把外套拉链拉到顶挡着。

"疼？"陈猎雪在他跟前蹲下来，握着他的膝盖转了转。

江尧沁了一脑门的冷汗差点儿被这一下全震下来，他咬着后槽牙抽了抽腿，朝陈猎雪咧咧嘴："还行。"

疼，太疼了。

"你得去看看，现在就去。"陈猎雪毫不犹豫地说。

"没事儿。"江尧试着动动，不好意思说自己不舍得花钱，"过会儿就好了。"

"不行。"陈猎雪站起来摁手机，"三磕巴他们也在做体检，我让人过来推你。"

安排完以后，他低头看着没说话的江尧，语气缓和了些："没什么事儿最好，万一出了什么问题，早发现也能早矫正，不至于以后再遭二茬罪。"

"也行。"江尧没再坚持，借着陈猎雪的搀扶站起来，比起这条碍事的腿，他还是更担心宋琪，问陈猎雪，"宋琪怎么办？"

陈猎雪沉默了一下，叹了口气："我知道他在哪儿。你弄完就先回去休息吧，他不会有事的，回头我让他联系你。"

江尧看着他。

"今天辛苦你了。"陈猎雪又说。

有人推着轮椅过来，江尧也没再多问，抿抿嘴角，点了下头。

他差点儿都忘了。

坐上轮椅，听陈猎雪在身后一个电话一个电话地安排一切，江尧缓缓地回过神来。

他跟三磕巴他们，跟陈猎雪，哪怕跟宋琪，好像都不算是"自己人"。

等江尧再去骨科折腾一圈，一个钟头又过去了。

骨头的问题不大，也没长歪，但医生该训的话也没少训，重新给江尧换了套更贴服的石膏绷带，对着片子警告他彻底愈合前不要总是让这条腿着力，要善用拐杖。

江尧耷拉着眼皮由着医生摆弄，他这一天的力气现在彻底用光，脑子里乱七八糟的，只觉得累。

等都弄完以后去缴费，被告知已经有人替他缴过了，江尧在大厅里愣了愣才回过神来。

江尧给陈猎雪打了个电话道谢，陈猎雪那边还有二碗的后事要处理，还有三磕巴他们要照顾，还要找宋琪，匆匆地问了江尧一句要不要送他回学校，江尧连忙拒绝。

"还有什么……"犹豫了一下，他又问，"需要我帮忙的吗？"

"你已经帮很多了。"陈猎雪在电话里笑笑，"快回去吧，注意安全。"

电话挂了。

江尧举着手机转了转，又拨了一遍宋琪的号码。

还是关机。

慢腾腾地走到医院门口，江尧在门边供人休息的条椅上坐下。

手机突然进来个电话，他立马举起来看，看见屏幕上闪烁的来电人，一瞬间的泄气和失望把他自己都吓一跳。

"尧儿！"赵耀在电话里大呼小叫，"你还能不能回来了，不是说吃烤肉吗？"

"啊。"江尧仰着头靠上条椅椅背，半眯着眼睛看天，腰窝还酸着，一股股的乏力感顺着四肢百骸往心里拱。

他都把这茬儿给忘了。

"陶雪川在吗？"想了一下，江尧问。

他迫切地想安稳下来有个地方趴下，又想找人说说话，想把这一天不管是心情上还是身体上的跌宕起伏都倾泻出来。陶雪川应该是最合适的人。

电话那头窸窣了一阵儿，陶雪川把手机接了过去，喊他："江尧？"

"班长。"江尧保持着仰头看天的姿势，累得眼都不想眨，对陶雪川说，"你现在没事的话，来接我一趟吧。"

"你在哪儿？"陶雪川没怎么犹豫，直接问他。

"三院。"

"嗯。"陶雪川利索地答应，"我这就过去。"

陶雪川花了三十分钟从学校过来，找到江尧就用了快十分钟，他从门诊楼下走过去快十米才反应过来，瘫在门口条椅上的似乎是个人。

他倒回去又看了一眼，是江尧。

江尧从挂了电话后就维持着这个姿势没动，陶雪川的脸出现在他上方，他抖抖眼皮"哎"了一声，撑着椅背坐起来。

"这么快。"他看一眼手机，还是什么都没有。

"快吗？半节课都过去了。"陶雪川伸手腕看表，在江尧身边坐下。

"你这是……"他碰碰江尧的腿，"二次负伤？"

二次负伤的人可能不是我。

江尧笑笑，没说话。

他们在路边拦了辆车，江尧报了个小区的名字，陶雪川看他一眼，也没问他去哪儿，车开到半路时，陶雪川猛地记起来这小区好像就在学校后门。

江尧没走到小区楼下时还抱着隐隐的期待，看到熟悉的楼层上嵌着黑黢黢的窗户，心里堵得难受。

他有点儿费劲地往楼上蹦。

扔在楼道里的行李箱已经不见了，这一点江尧倒是不怎么意外，他挨家挨户把楼层上下的四户人家的门都敲了一遍，到第三户的时候户主谨慎地审问了他半天，从"你不是住这楼里的吧"问到"那你是楼上小宋什么人"，江尧突然就不想说话了。

"朋友，阿姨。"陶雪川在他身后接腔，冲门里的中年女人礼貌地说。

"再着急东西也不能乱丢的呀，幸好是阿姨我捡到了，要是别人你这箱子都要不到的了。"女人叨叨着把江尧的箱子推出来。

陶雪川伸手接了过来。

"你放假没回去？在这儿住？"两人从小区出去，没有直接回宿舍，江尧在路上绕，陶雪川就跟着他绕，行李箱的轮子在路上咯咯噔噔作响。

"喝啤酒吗？"江尧在一家小便利店门口停下来。

他们买了两扎啤酒，用行李箱扛着拉去了附近的公园。江尧爬到自己能爬的最高的地方——广场舞大妈们得抬头才能跟他们对视的环形长阶梯上，撑着地歪歪扭扭地坐下来。

他也不知道自己在折腾个什么劲儿，明明累得倒床上就能睡，还要拉着陶雪川乱跑。

"江尧，你最好跟我说点儿什么。"陶雪川抠开一罐啤酒的拉环，眉毛也没抬地灌了一口，"编也得编出来，我今天也挺糟心，你不编点儿故事可留不住我。"

"有道理。"江尧点点头，也拉开罐啤酒，组织着语言说，"如果你朋友，无意间害死了一个人……"

陶雪川呛了口酒。

"哎。"江尧给他顺顺背，咧嘴一乐，"我说如果。"

"然后呢？"陶雪川抹抹嘴，看着江尧问。

"然后什么？"江尧反问他。

"为什么会发生这件事，前因后果，失手杀人总得有原因。"陶雪川说。

"你的第一反应是想知道这个？"江尧问。

"你的前提不是你的朋友吗？"陶雪川正视着他，"又不是陌生人，总不能不分青红皂白就打电话让警察把他抓起来。"

江尧跟他对视着。

你什么都不懂。宋琪猩红着眼睛又在对他说这句话。

"啊——"江尧拖着嗓子喊了一声，攮着易拉罐往后躺倒在硌人的台阶上。

今天陈猎雪说宋琪做得已经足够了，江尧其实没能真正感受到这个意思。

因为见证宋琪这八年的人不是他，八年前眼睁睁地看着纵康死掉无力回天的人不是他，耗尽全力想救赎他人、救赎自己、救赎过去的人不是他。

"赎罪"这两个字对他这个听众而言只是一个词，对于宋琪来说却是实实在在一年又一年一天又一天一分钟又一分钟的整整八年。

八年啊。

宋琪的八年就这么坍塌了。

而非得到了真正见证坍塌的那一刻,江尧才明白陈猎雪口中"他做得已经足够了"是什么意思。

在这之前,他就像陶雪川说的那样,不分青红皂白,因为自己情绪上单方面地无法接受,差点儿把宋琪整个人都全盘否定。

还把宋琪跟江湖海放在一块儿比。

还想把人家的老干妈也带走。

现在再想想宋琪回来看见他还在家时猛地亮起来的眼睛,在楼道里对他没说完的话,江尧五脏六腑都拧着疼。

他打开微信,想给宋琪发消息,看到的是下午他拒接宋琪的四个电话以后,宋琪发给他的"腿疼吗"。

江尧使劲地闭了一下眼。

疼。

疼死了。

你肯定也疼死了吧。

"班长啊。"重新睁开眼,江尧看着黑沉沉的天轻声嘟囔。

天上没有星星,耳朵里是热情奔放的广场舞曲,手里是苦得冒泡的啤酒,一切都毫无关联又格格不入。

"我有点儿难过。"

03

"你长不长眼!赶着送命去啊!"

身后有人在喊。

宋琪没回头,他连路都没记,只是往前开,往有路的地方开,往能开的地方开。

骂人者的尾音淹没在呼啸的风和此起彼伏的喇叭声里,所有的声音混杂在一起,被摩托发动机的巨大轰鸣倾轧而过,像被斩断的波浪一样追着他。

不知道开了多久,嘈杂的波浪彻底斩断了,宋琪听见了真正的波涛声。他看见了大桥,看见夜晚的河滩上张牙舞爪拱起的水浪。

"你看他瘦得跟面条似的,可不就是面条嘛。"二碗拧着身子扭了两下,假装自己是根柔软的面条。

宋琪手腕一抖,车速缓缓降下来,想听清耳朵边响起的声音——

"宋哥,今天吃什么?"

"我觉得我都饿瘦了。"

"什么时候去买猪蹄啊,哥?"
"你还吃吗宋哥?不吃我就给你打扫了。"
"又不是我没拿稳掉的,我又没……"
"我饿,哥。"
车身一颠,摩托的前轮从河滩的石块上碾过,剐蹭着倾斜下去。
"砰"的一声,宋琪的意识在车子失衡状态下被拉了回来,他放松油门,被甩出去的同时提了提胳膊,上臂代替脑袋撞在杂草丛生的河滩上。
撞得有点儿狠,宋琪觉出了点儿天旋地转的意思。

"哥。"
"琪琪。"
"宋哥。"
"宋琪。"
"他死了。"
"来不及了。"
"节哀。"
"再去看他一眼吧。"
"因,因为下午,宋哥骂,骂,骂……"
"他说他想攒钱租个大点儿的房子,把你和你妈都接过去照顾,他说这是他过得最开心的一个年,他终于有家了。"
"二,二碗他,不,不,不,不行……"
"我只是觉得你不配。"
……

宋琪保持着摔倒的姿势在河滩上躺了好一阵儿,他不知道自己是清醒还是昏迷的,耳朵里的声音很拥挤,八年前与八年后交织成一张网,他被笼在里面,八年前陷进泥里,八年后泡在水里。

哗啦啦的河涛声由远及近,重新灌回耳朵里,宋琪睁眼看着半空中的大桥上车来车往,从胸腔里又深又缓地呼出一口气,动动发麻的胳膊欠身坐起来。

膝盖和胳膊都擦烂了,翻出鲜红的肉,肌肉被撕拉扯拽着,每一根神经都一跳一跳地发着烫。

摩托横躺着摔在几米外的地上,还在"突突"地轰着,宋琪用了点儿力气才把它扶起来,车尾巴的侧翼护杆磕断了,油箱侧面也被刮得花里胡哨。

宋琪蹲下来久久地看着车,再低头看了一眼自己这一身鬣狗啃过似的痕迹,莫名有点儿想笑。

这回真是稀巴烂啊。

一股由心底扩散开的倦怠与脱力感,顺着满身经络骨骼,发着麻地席卷到他每一个手指尖。

手机一直在振动,宋琪掏出来关机,从胸口的兜里摸出烟来点上叼着。

河滩上有风,他耐心地点了三次,点完后吸了一口,扬手用力地把烟盒跟手机甩进了河堤里。

没有声音。

明明用了最大的力气,却连个响儿都没有。

宋琪重新仰面躺倒在河滩上,烟雾熏着眼帘,他看着头顶充满了人造光的夜幕。

跟你的人生一样,宋琪。

有个声音在说话。

跟你这八年一样。

跟你这个人一样。

——稀巴烂。

清晨的陵园深处传来两声鸟叫。

早上七点四十七分,陈猎雪匆匆登记完走进陵园,看见纵康墓前的人影,他终于松下口气。

"找到了,爸爸。"他给等在门口的陈庭森打电话,朝宋琪身边走,"你去忙吧。"

电话挂掉后又进来一个电话,以为是陈庭森还有话要交代,陈猎雪举起来看,来电显示是江尧。

犹豫一下,陈猎雪在原地摁下接听键:"喂,江尧。"

"小陈哥,"江尧不知道是一夜没睡还是刚醒,声音听着又干又哑,心急火燎地说了一连串,"你联系上宋琪了吗?他手机关机一晚上了,小梁说他一直没回店里,我刚去他家看了一眼,也没回来,你看是不是该……"

"没事。"陈猎雪皱眉看着宋琪的背影,对江尧说,"他现在跟我在一块儿,放心吧。"

"啊。"江尧在电话里猛地松了口气,笑笑,"那就行,再联系不上他我都想着报警了。"

说完这句后他没挂电话,像在犹豫什么。

陈猎雪知道江尧想跟宋琪说话,他也想说一句"你要不要跟他讲两句",然后把手机递过去给宋琪。

但宋琪现在这样子……

露出来的皮肤上有深深浅浅的口子不说,听见他的声音却连头都没回,动都不动一下,跟个木头一样待在纵康的照片前面。

陈猎雪在心里叹了口气,他这一夜也没闭眼,处理完医院那一群人,跟救助站联系完二碗后续的安排就开始找宋琪。

本来以为宋琪一定会在纵康这儿,结果过来的时候陵园早就关门清查过了,门卫一直没放人进来,陈猎雪求着开门进来看了一眼,宋琪确实没在。他又赶紧去宋琪家、宋琪家过去的房子、纵康之前打过工、现在早已经换了门面的车厂、救助站等等能想到的地方都跑了一遍,现在看见这样的宋琪,他心里实在没什么底。

"江尧,"陈猎雪眼睛盯着宋琪,对手机说,"我跟宋琪现在有点儿事要处理,处理完我让他联系你,好吗?"

宋琪听见陈猎雪说话了,脚步声刚拐上这条小道,他就知道是陈猎雪来了。

他也听见了陈猎雪打的两个电话,听见了江尧的名字。

"江尧"两个字在宋琪心里拽了一下,眼前照片里平面的纵康被江尧的名字拉扯得鼓了起来,头发变长,年少又戾气,用口型对他说:不是你的错。

对,他昨天还冲江尧发了通火。

他像个野人一样把江尧往墙上搋,两人脸对着脸互吼,他卡在江尧脖子上的手几乎不能控制地发着力,虎口都能感受到江尧喉咙口一胀一收的脉动。

宋琪轻轻攥了一下掌心。

你还是这么野蛮,宋琪。

一点儿也没变。

陈猎雪挂掉电话后走到宋琪身边,估计了一下他身上擦伤的严重程度,感觉还在可承受范围内,不用立刻威胁宋琪跟他去医院消毒包扎,就拽拽裤子也坐了下来。

"摔了吧?"他问宋琪。

不年不节时的陵园早晨真的很清静,宋琪从鼻腔里哼出的轻笑都能完美地传进陈猎雪耳朵里。

"很惨吗,看着?"宋琪问,声音听起来像干涸的河床,有种干裂的嘶哑感。

"还行。"陈猎雪仔细地又看了一眼,"跟你昨天晚上比起来反而更像个人。"

宋琪看着纵康的照片没说话。

半晌,他有些突兀地开口问陈猎雪:"纵康断气之前跟我说了句话,你猜他说了什么?"

陈猎雪蹙了下眉,宋琪从没跟他说过这事儿,他是第一次知道。

"什么?"他问宋琪。

"不知道。"宋琪说,"他当时已经发不出声音了,我什么都没听见。"

陈猎雪看着宋琪,目光跟宋琪一起转到照片里的纵康脸上。

宋琪接着说:"昨天下午我冲二碗发了顿火,骂了他,骂得很难听,我本来可以在走之前跟他道个歉,但是我没张嘴。"

他的眼皮垂下来,盖住一半瞳孔,嗓子哑出了气音:"我怎么就没跟他道个歉呢?"

沉默在空气中弥漫了一会儿,陈猎雪开口说话:"其实你心里明白,他们早晚都得死。"

他的声音四平八稳,不带安慰也不带怜悯,是纯粹到了极点的叙述,语气中透露疲累,甚至带着点儿麻木。

"而且都会死在你前面,每一个人都会,包括我。"陈猎雪随手捡开纵康碑前散落的叶子与小石子,"就算纵康哥没出那场意外,也会死在某一场突然的意外里,谁都预料不到,发生得猝不及防。"

"二碗就是这样。"陈猎雪说,"我知道对你而言很难接受,但你跟这个群体接触这么多年了,你得接受。"

"我不觉得纵康哥想看你跟条——"他用眼角在宋琪身上扫了一圈,轻声笑笑,"丢了魂的野狗似的,大清早跑来吓唬他。"

宋琪低头看自己划烂的衣服,也笑了一声。

"这可能是个机会,宋琪。"陈猎雪转头看着他,"你该开始过你自己的生活了。"

宋琪眯起眼睛没说话。陈猎雪这话听着挺可笑,但他也不想开口纠正。

什么叫开始过自己的生活。他活到现在,在这个糟烂世界里挣扎的每一天,没有哪一分一秒不是他自己熬过来的。

经历即真实。

这就是他的生活,是他宋琪真真正正的、糟糕透顶的人生。上哪儿淘弄一套光鲜的新生活?

"给江尧打个电话吧,他挺着急的。"临分开前,陈猎雪叮嘱道。

宋琪"嗯"一声,手往兜里一揣才想起来手机被他扔了。

"手机呢?"陈猎雪看着他。

"再说吧。你有事儿就找小梁。"宋琪说。他有点儿累了,现在只想睡一觉,跨上摩托开了出去。

以往这个点该去店里了,宋琪算算时间,去店里的路途中间要先去一趟菜场,把一整天的菜买上,忙到晚上再原路回家,等待着第二天的周而复始。

今天这些事都跟他无关。

不紧不慢地在路上开了近一小时,宋琪在诊所门口停下,先让老大夫给处理处理胳膊上的几条大口子,然后去早点铺子吃了顿热气腾腾但不知道都是什么的早饭。

回到小区楼下,停车的时候有邻居经过,"嚯"了一声,望着挂彩挂得跟亲哥俩儿似的一人一车不知该先关心谁。

"没事儿吧,小宋?"邻居问。

"没事儿。"宋琪笑笑,拔了车钥匙上楼。

在二楼与三楼的楼道口,楼里话最多的阿姨推开房门,冲宋琪招手:"小宋啊……哎哟,这怎么回事啊?我跟你说昨天你掉在楼道里的行李箱被你朋友拿走了啊,两个男孩子,我见过他跟你一起就给他了。阿姨可没乱翻啊,万一出点什么事情你可要搞清楚的。"

宋琪"啊"一声,望着昨天跟江尧说话的楼梯点点头:"我知道。他拿走了就行。"

再抬脚,楼上有人一下轻一下重地往下跑,步伐咚咚的,像个不麻利的瘸子。宋琪往上看,江尧从楼上蹦下来,满脸"终于叫我蹲着了"的表情瞪着他。

看见宋琪半边胳膊上抹满药水的擦伤,他又换了副表情,锁着眉头骂了一声。

江尧想问宋琪怎么了,想想昨晚刚发生的事,张了张嘴又不知道怎么开口。

"……疼不疼啊?"憋了半天,他望着宋琪来了这么一句。

等江尧说话的时间里,宋琪一直维持着上楼的姿势没动,从下往上盯着江尧。

听江尧这么问,他扯了下嘴角,掏出钥匙上楼开门。

"你……"江尧跟着宋琪,他明明憋了一晚上的话想跟宋琪说,想道歉,想安慰安慰宋琪,这会儿终于见了人,却一个字都蹦不出来。

"落东西了?"还是宋琪先开口问他。

"嗯?"江尧把目光从宋琪手上的擦伤转移到他脸上。

落什么东西？

说话的状态也太自然了，跟昨晚简直天差地别，宋琪是用半胳膊的伤把自己给调整过来了？

江尧是做好了要面对"疯狗"宋琪的准备在这儿守着的，不知道是不是自己假设中的宋琪的状态都太既定了，他明确地感觉到有哪里不对。

但对现在的宋琪而言，似乎怎么不对又都是对的。

"你一大早跑过来，是不是有东西忘在这儿了？"宋琪重复一遍，他推开家门进屋换鞋，玄关上还放着江尧昨天留在这儿的钥匙。

"没有。"江尧看看那串钥匙，在心里给了自己一拳头，习惯性地跟在宋琪身后想进屋。

"那你急吼吼地过来，是有什么事？"宋琪扭头问他，一只手撑上门框。从门里对门外，这不是个欢迎的姿势。

江尧忍不住皱起眉。

他一整夜又愧疚又心烦地满脑子找人，一大早过来当然是想看看宋琪怎么样了、好不好，别一个想不开跑去自杀。明明都是心知肚明的事儿，这种话有什么好问的，问了他难道能直接张嘴说"我来安慰你"吗？

"江尧，"维持着对峙的姿态僵了一会儿，宋琪歪歪身子靠上门框，他很累，看着江尧说出的话都轻到失真，"我刚害死了第二个人。"

江尧愣了愣，望着宋琪僵在原地。

"你不该来我这儿，"宋琪没有情绪地看着他，"你受不了。"

04

尾音落地后，两人都没说话。

江尧一眼不眨地盯着宋琪，盯着盯着，楼上有人关门下楼，宋琪下意识转转眼珠看过去，江尧却在同时突然抬手，往宋琪的胸膛上狠狠推了一把。

推宋琪的同时他抬脚跨进屋里，把房门也"砰"地给摔上了。

他的动作又快又狠，宋琪没防备，后退了一步皱眉看着江尧。

江尧没给宋琪反应的机会，上前一步又推了一把。这回的力气比刚才的还大，直接给宋琪晃了个趔趄。

其实有了第一次，第二次完全可以防备，宋琪的手腕都抬起来了，想起昨天对江尧发的那些疯，又把手压了下去。

就这一秒的犹豫工夫，江尧盯着他又推了第三次。

宋琪的眉心在江尧的动作里彻底拧成个死疙瘩。他的后腰已经抵到餐椅上了，而江尧步步紧逼，推他一把就往前跟一步，眼睛里爆起了一层明晃晃的火气。

江尧再一次想上手,他忍无可忍地擒住江尧的手腕,带着警告意味地看着江尧,喊:"江尧。"

这声"江尧"终于把江尧给点燃了,他一把挥开宋琪的手,跟个动物一样扑过来,揪着宋琪外套的前襟把宋琪往后顶。

"宋琪,"离近了才看见,江尧的眼球上爆起一片血丝,眼底挂着一宿没睡的黢青,他嗓子绷得像根破琴弦,僵过头了,听着甚至有点儿颤,"你是故意的吧?"

"我昨天傻了没干人事儿,我没动脑子,我没反应过来,我光顾着我自己,我伤着你了,你今天就要用我的话打我的脸是不是?我这不是后悔了吗?你说这话你怎么不直接捅我两刀?"江尧的眼圈红了,跟眼球上的血丝一起染成通红一片。

他死皮赖脸地拉近两人之间的距离,哑着嗓子。

"我昨天就后悔了,看你那样我肠子都悔烂了,我去追你、我来找你、我跟你说这些话,你竟然还觉得我受不了。"

顿了下,江尧忍不住直起身子恶狠狠地骂了一声:"你是不是有病?"

看着宋琪颧骨上的擦伤,他心里拧巴着发酸,使劲扳着宋琪的肩让宋琪面对着自己。

"我知道你疼,我看着你都疼。"江尧哑着嗓子瓮声瓮气地说,"你没你想的那么厉害,你就是个人,是个人这时候就受不了,这回真不是你的错。你就老老实实成吗?能不能别在这时候添乱把我往外推?"

江尧勒紧宋琪不撒手,觉得自己在胡言乱语,贼傻,还矫情,但是他刹不住,他心里的酸水快顺着鼻管倒灌进泪腺里了。

"宋琪,我在这儿呢。"他扬起脸继续盯着宋琪,"就在这儿。"

宋琪跟眼前的江尧对视着,不知道是不是又累又困晕了头,思绪飘到了日光充沛的阳台楼下。

楼下有人在吵架,不是值得紧张的那种吵,吵架、撕扯、哀号和辱骂,是某些人群赖以生存的沟通与娱乐方式,宋琪从小听到大,只用一耳朵就能分辨出来每种争吵的本质是什么。

宋琪妈还清醒的时候很会吵架,她有着破楼上下妇人里最娟秀的脸和最泼辣的嘴,宋琪印象中最全最标新立异的脏话,全是从他妈嘴里听来的,骂宋显国,或者推开窗跟人对骂。

"妈!"有时候宋琪从街上野完回来,见他妈又在跟人吵架,心情好的时候会在旁边吃着冰棍儿听一耳朵,心情不好的时候就拧着眉毛喊一声。

"哎,妈在这儿呢!"她抱着晒完衣服的搪瓷脸盆答应着,利索地休战,转身迎着夕阳光冲宋琪笑,"我儿子回来了。"

类似的画面发生过很多次,不知道为什么只有这一幕他的印象特别清晰。

大概因为他妈在笑。

笑得特别……像个正常的妈。

后来宋琪妈不清醒了,对宋琪说"我在"的人就成了纵康。

再后来他就成了那个需要说"我在"的人,对小梁,对三磕巴,对面条,对二碗。

"宋琪,我在这儿呢。"

江尧看着宋琪。

"就在这儿。"

"咔!"墙上的挂钟发出整点的提示音。

宋琪的思绪飘回来,看看眼前的江尧,有什么说不上来的东西在心头浑浑噩噩地松懈下来。

啊。

他在心里答应一声。

看见你了。

他朝江尧伸手,像拉过一个巨大的枕头,把下巴搁在江尧乱糟糟的头顶,感受江尧的脉搏与气息。

活的。

"我困了,"宋琪合上眼睛说,"想睡会儿。"

宋琪这一觉睡得很漫长。

在梦里都能感觉到漫长的漫长。

他不记得自己在哪里看到过"回马灯"的说法,说人在将死的时候会看到自己一生快速掠过的光影。

眼下梦里的状况不知该不该说成回马灯,他确实看到了自己从小到大的生活轨迹,但一点儿都不快。

还很慢,重温一般的慢。

像在看一段食之无味的胶片老电影,还是褪色的那种。

他在这场漫长的梦里不是参与者,也难得不是上帝视角,他跟着梦里的、曾经的自己,看着他跌跌撞撞东奔西跑,泥猴一样滚过最无忧无虑的少年时光,开始面对亲妈的第一次发疯。

原来当时的自己吓成这样了。

宋琪看着屁滚尿流地跑到出租房门口的自己，看着自己浑身发僵地从窗户缝里瞪着眼往屋里看，被屋里炸开的尖叫吓得一屁股跌在地上，茫然地大口喘气，没忍住笑了笑。

尿包，赶紧起来。

你后面还有十年要熬呢。

少年宋琪于是开始野蛮生长。

他溜溜达达地跟着少年宋琪，少年宋琪炒菜，他从锅里捏菜吃，被咸得眼都睁不开，趁着少年宋琪跑去水龙头底下咣咣喝水，随手帮少年宋琪颠了颠勺。怪不得你妈不爱吃你做的饭，当年吃多了你做的饭菜没疯都得半瘫。

少年宋琪开始打工，他从裤子兜里夹出鸡蛋放回老板的菜篮子里。

少年宋琪被他妈抽了一巴掌，拉着个长脸去交学费，他犹豫了一秒该不该再抽少年宋琪一巴掌把钱拿回来，转脸看见了对面教室里瘦瘦巴巴的少年陈猎雪，有点儿无奈地把手收了回去。

豆芽菜似的。

到了该跟少年纵康见面的那天，宋琪跟少年宋琪一起坐在午后的栏杆上嚼冰棍，他看见出租车停在巷口，看见少年纵康和豆芽菜似的陈猎雪从车上下来，扭头认真地对少年宋琪说：不然你别见他了，进屋去吧。

少年宋琪不理他。

在这个梦里，少年宋琪从来都看不到他。

"嘿。"宋琪看着当年的自己趴在栏杆上吊儿郎当地跟纵康说话，"我是不是在哪儿见过你？"

少年纵康仰起脸，不好意思地冲他笑笑。

"啪嗒！"冰棍掉地上摔碎了。

梦境开始拉伸变速。有一些画面是宋琪曾经每个夜晚的固定节目，熟悉的残雪与鞭炮纸从混沌的空中降下来，昭示着一切不可转圜地开始。

哪怕梦见了一万次，第一万零一次宋琪仍会徒劳地伸手，试图拽住当年那个鲁莽的自己。

然后是第一万零一次地失手。

血泊、警车、围观的人群、慌乱的喊叫。

打不通的救命电话、乱七八糟的医院走廊、见一次就想打一次的自己，还有长椅上奄奄一息的纵康。

这次与以往有所不同的一点是，走廊的另一端不是直接被撞进手术室的陈猎雪，而是一直在口吐血沫的二碗。

"哥。"二碗抹着嘴里怎么也擦不完的血水朝他这边走,小绿豆眼委屈又埋怨,"又不是我弄掉的,我又没……"

"我知道,是宋哥不好,不该把火往你身上撒,哥跟你……"宋琪慌忙地去扶二碗,想跟二碗道歉。

在他的道歉说出口之前,二碗"扑通"一声摔倒在地上,让他只掬了满手的血水。

"二碗不,不,不行……"三磕巴在身后没有起伏地说。

宋琪接着满手的血扭头看,纵康又脸色青紫地从条椅上摔了下来。

别。

宋琪立马朝他跑过去。

我错了,纵康。我真的后悔了。

你能不能等我一秒钟,梦里也行。

这是梦啊,你在梦里也不愿意跟我说一句话吗?

你没说完的最后一句话到底是什么,骂我也行,让我听见吧。

"什么?你说什……我听不见,"宋琪扑过去,使劲攥住纵康的手,纵康的手还是温的,他不敢松开,攥得死紧,"纵康,我听不见,你大点儿声……"

纵康微弱地吞吐着气息,涣散的瞳孔转向他,他在纵康眼睛里看见烂泥一样的自己。

"……你的错。"纵康说。

尖刀一样的三个字。

宋琪张张嘴,心口坠得说不出话来,只能捧着纵康的手抵在额头上。

但是终于让他听见了。

"是啊,都是我的错。"宋琪使劲牵牵嘴角。

"不是……"纵康今天在梦里也很争气,还在断断续续地重复着,努力把声音传到宋琪耳朵里,"……你的错。"

"不是你的错。"他说。

宋琪愣愣,死死望着梦里的纵康。

"不是你的错。"纵康又说,声音一次比一次清晰。

宋琪,不是你的错。

……

"宋琪,"不知道重复了多少遍,宋琪突然听见身后有人喊他,声音年轻又沙哑,"不是你的错。"

是江尧。

宋琪猛地回过头,从梦里跌落出来。

"咔嗒!"

卧室外传来关门的声响。

05

宋琪这一觉睡了整整一天半。

江尧被宋琪那句"我刚害死了第二个人,你受不了"激得烧心烧肺,本来以为自己会睡不着,结果脑袋挨上枕头,听着宋琪的平稳呼吸,眼皮不知不觉就沉了下来,几分钟内意识全无,入眠快到他都有点儿挂不住脸。

他再睁眼,一整个白天就过去了。

昨天一天的东奔西跑大起大落,加上一宿没合眼的提心吊胆,这一觉睡得江尧醒过来的时候都觉得脑子失重,在昏暗到连东南西北都分不清的房间里一阵恍惚。

感觉到身边还躺了个人,江尧猛地一激灵,差点儿条件反射弹飞起来。

激灵的同时他彻底清醒过来,想起来身边的人是宋琪,他正在宋琪家里,二碗昨天死了,宋琪把自己给折腾得半死不活。

死了。想到这个词儿,江尧压得发麻的手指头动了动,有点儿发愣。

实在是这一觉睡得太有恍如隔世的效果,江尧记得他看他妈死的时候都没有现在这么不真实的感觉。

怎么能这么不真实?

他明明还记得第一次请宋琪吃饭,二碗在面包车旁边兴奋地挥手,喊"酸菜鱼"的样子。

想着,江尧扭头去看宋琪的脸。宋琪还在睡,黑黢黢得只能看见个轮廓,擦伤结痂的颧骨让侧脸的线条撩起一小块油皮,很浅,摸上去应该会有磨砂纸的质感。

睡得真死,真不知道你昨天晚上是怎么过来的。

他隔着空气虚虚地碰了碰宋琪的头发,撑着床坐起来。

身上乳酸堆积太严重了,从卧室蹦到客厅的距离硬是让江尧走得龇牙咧嘴,他从外套兜里把手机翻出来,果不其然有一串未读消息和电话。

消息杂七杂八谁的都有,三个未接来电分别是陶雪川、走光和陈猎雪的。

江尧没有情绪地逐一看完,锁上手机接了杯水喝下去,把空杯子往案台上一撂,他的两条胳膊也撑着案台边沿,弯腰趴着不想起来。

好,累,啊。

在心里拖着嗓子喊了一声,江尧特别想把这堆该回不该回的消息都扔一边儿去,倒回床上再继续睡一个通宵。

但是脑子里乱七八糟地一通转,他还是得直起身子把每个人的消息给处理了。

起身的时候,目光扫到旁边桌上的老干妈,江尧浮躁的心烦突然就静了下去,想想宋琪昨天一天的经历,他搓搓脸,又在心里叹了口气。

估摸着宋琪顶多再睡两个钟头就能醒,江尧点了堆外卖,自己囫囵着把肚子填上,剩下的专门烧了锅热水给温着。

他再洗澡收拾收拾自己,时间已经后半夜了,宋琪睡得连身都没翻。

江尧想想,还是打算回学校一趟,他在这儿也没什么事干,他电脑什么的都搬回去了,身边再一摊子烂事儿,刚拿到手的兼职他也不愿意糊弄,虽然具体上班时间还没通知,但提前整整文件也行。

说走就走,他把昨天扔玄关上的钥匙又给拿走了,挺不要脸的,但是一点儿没犹豫,钥匙攥在手里连心都跟着踏实下来不少。

江尧又看了眼卧室的门,然后把钥匙往兜里一揣,摁灭客厅的灯往学校赶。

走在路上的时候,他给陈猎雪回了个消息,只是想汇报汇报情况,结果陈猎雪没多久就给他打过来,问他宋琪现在怎么样了。

"睡了,昏迷。"江尧问陈猎雪,"小陈哥,你怎么知道我在宋琪那儿?"

"跟你说了,我看人很准。"陈猎雪在电话里很浅地笑了笑。

江尧也笑笑,又问陈猎雪:"那宋琪昨晚是去哪儿了?"

电话那头静了一瞬,陈猎雪没有立刻回答,顿了下才说:"他去看纵康了。"

"啊。"江尧张张嘴,脚底踢了个小石子,"嗒嗒"蹦两下弹进了下水井盖里,他停下来没继续说话。其实江尧也猜到了,但是真从陈猎雪嘴里听见这么个答案,他心里还是有点儿说不上来的不是滋味儿。

纵康。江尧对这个活在他耳朵里的名字情感很复杂,最初稀里糊涂弄不清谁是谁的时候他觉得纵康惨;后来知道纵康是怎么死的,他觉得可怜;知道宋琪跟纵康之死之间的关系,他硌硬;经过昨天的事儿,他所有的情绪又全都被清空,成了股让人难以形容的……悲。

这个字儿单拎出来有点儿意味深长,但是江尧心里能想到的就是这么个字。

不止纵康本身悲,这一连串的事故,他和二碗、陈猎雪这样连自己生命都不能左右的人,种种的关系,全都挺悲挺无奈的。

但是现在,听见宋琪是在纵康那儿待到早上,江尧除了瞬间胀起来的心酸，竟然还夹带了一丝半缕的羡慕。

——宋琪最无助最难的时候，唯一能安抚他的人，他唯一想去找的人，是纵康。

一个无论如何也不可能再给他回应的人。

而他只能跟暴走的宋琪扯着嗓子瞎吼，然后被光荣地摁在墙上。江尧这么想想都忍不住要笑出来了。

你这连青铜都够不上，就是个破烂段位啊，江尧同学。

陈猎雪不知道江尧在想什么，见江尧沉默着不说话，也就没再说纵康。他简单交代了一下小梁他们最近如何安置，好让江尧能说给宋琪听，又麻烦江尧多陪陪宋琪，有事儿随时联系他，声音挺疲惫地挂了电话。

"行，谢谢小陈哥。"江尧跟他道了个谢。

踢了小石子停下来以后，江尧就没再继续走，他看着通往学校后门的长路尽头发了会儿愣。

江尧也没刻意去想什么，点了根烟在眼前烧，烟烧到头了就再点，"咔吧咔吧"几声下去，眼前的街道莫名开始混混沌沌地泛起了亮光。街道环卫工骑着小车从眼前过去，还挺嫌弃地用眼角瞥着他，江尧才猛地回神，看一眼脚底，小半盒烟都下去了。

怪不得嗓子那么干。

抖抖发麻的腿，江尧扶着路灯柱子站起来，脑仁被烟气熏得有点儿晕，还有点儿恶心，他撑着脑门儿缓了会儿，直起身子继续往学校走。

刚往前走两步他又顿下来，然后一脸烦躁地转身折了回来。

不远处的环卫工警惕地观察着他。

江尧脚下不停。

他现在满脑子挤的都是宋琪。

从街上回到家，宋琪还睡着，江尧走的时候屋里什么样回来就什么样，床上的人连个姿势都没变。

去厨房看一眼，温在锅里的饭都凉了，也没有被动过的痕迹。

江尧进屋把窗帘拉开了点儿，靠在窗台上借着微弱的光打量宋琪，想把他喊醒，但又想不到有什么喊醒的必要。

他想让宋琪看到自己在这儿，迫切的。

但这理由滑稽又矫情，连他自己都觉得说不出口站不住脚。

白天说一遍都给人说睡着了。

在喊与不喊中纠结时，窗帘缝透进来的光一寸寸变得明晰，小区里也渐渐有了晨起的动静，江尧就这么看着宋琪，突然有点儿拿不准宋琪是睡觉还是真昏迷。

"宋琪？"他趴到宋琪枕头边喊了宋琪一声。

宋琪没醒，但也没昏过去，因为江尧喊完以后才发现，宋琪好像在做噩梦，呼吸很赶，皱着眉，眼皮带着睫毛时不时颤上一下，嘴唇努力地张合想发出声音，也发不出完整的调调。

他在焦急。

江尧盯着他的脸，犹豫一下，推推他的胳膊又喊了一声："宋琪？"

宋琪醒不过来，魔着了似的，想说话发不出声，想动只能抽抽手指头，急得额角都沁了层汗。

江尧抿抿嘴，正打算撸袖子给宋琪来一巴掌，搁在宋琪手边的手指头突然一紧，他低头看，是宋琪抓住了他，像抓住救命稻草一样。

"纵康……"下一秒，宋琪的眉头又收紧，很艰难地喊了一声。

声音模糊，但是江尧听见了。

愣了会儿，跟被人一拳捣了鼻梁似的，江尧闭闭眼吸了口气，整个人从鼻梁到心口都酸得不行。

"……不是你的错。"江尧使劲瞪瞪眼，把眼球上的水雾瞪回去，哑着嗓子对宋琪说。

宋琪不知道听没听见，手又抓紧了他。

"不是你的错。"江尧重复一遍。

不是你的错。

把这句话重复到无力再张嘴，江尧抹了把脸，拿着手机走了出去。

第十二章
我原谅你了

01

从宋琪那儿出来,江尧先去早点摊子喝了碗热豆浆。

豆浆刚熬出来,热得下不去嘴,周围都是早起赶着上班上学的,江尧就在他们中间不急不缓地用勺子搅和着豆浆往嘴里灌,胃被烫着,舌尖和上颚被烫得发皱发麻,先前被半包烟冲得发飘的脑仁儿终于有了落在实处的感觉。

这会儿总该是清醒的了,江尧想。

又吃了两根油条,他起身付钱,摸出手机给陈猎雪发了个消息。

江尧并不知道自己现在该干什么,对于宋琪。

他就知道他看宋琪现在那样不好受,纵康就是个死疙瘩,捆在宋琪心上八年,锁头都锈死了,链条嵌进肉里勒进血里,把好好一个人活活给勒到变形。

偏偏这还是把没法"解铃还须系铃人"的死锁,被锁着的人被又一遭死亡给磋磨到头了,没法也没力气放过自己。

但总得有人去开锁。

江尧现在就想让宋琪走出来。

反正也不知道该干什么,那就把想干的事儿先给干了吧。

他这会儿吃饱喝足,脑子也够用,有什么想法有什么冲动,都是他思考完以后的结果。

二十分钟后,江尧回到宿舍换衣服洗漱,一屋子人只有陶雪川醒了,也不知道是本来就打算起还是被他给吵醒的,探着头从上往下看他。

"回来了,"陶雪川不赖床,醒了就裹着被子坐起来,压着嗓子问江尧,"好点儿了吗?"

"啊。"江尧答应一声,也不知道他在问自己还是宋琪,把外套往床上一脱,换掉身上烟味四溢的衣服,抄起牙杯准备去洗漱。

"你上午找时间去趟系里,顾北杨找你。"陶雪川翻身下床,跟他一块儿去。

"他又找到你那儿去了?"江尧算算时间,点了下头,"行。"

"你不理他,他只能找我。"陶雪川说,跟在江尧身后出了宿舍,反手把门给带上。

"你那事儿怎么样了?"江尧问了句。他这两天身心都过得乱七八糟,没顾得上关心室友,听陶雪川这么说才想起昨天晚上手机里轰炸一样的短信。

陶雪川听江尧问到这个,沉默了一下才扭头看着江尧,说:"顾北杨找我谈话了,让我处理好和室友之间的关系。"

江尧愣了愣,原地顿住了脚。

陶雪川一直这样,大事小事全都一张脸,让人看不出个喜怒。江尧算算时间,昨天他找陶雪川去医院接他的时候,已经是陶雪川跟顾北杨谈话过后了,陶雪川竟然就那么面不改色地把自己的事儿一扔,去陪他就着广场舞大妈灌半肚子啤酒。

江尧转身朝宿舍走。

陶雪川拦他一下:"你干什么?"

"我问问他。"江尧还没到上火那个地步,也挺平静地对陶雪川说。

他是真的奇怪,不知道撒淼脑子在想什么。当时在宿舍就因为撒淼在顾北杨问他的时候没说话,江尧觉得这还是个该有的做法,到底是一个宿舍住的,感情该有还是有。

结果一转身就玩背后报告这一套。

"没什么好问的,他说的也是实话。"陶雪川说。有人过来了,他不想在这儿多说,进了水房找个空位把脸盆放下。

江尧只能也跟过去,皱着脸在他旁边拧水龙头。

陶雪川垂着眼皮挽着袖子,突然笑了笑,从镜子里看着江尧说:"跟这种所谓的坏学生待在一块儿有人没法理解,这很正常,撒淼讽刺他那几句话也就是普通人心里对他的看法。"

"啪!"江尧把牙杯扔他水盆里,炸起的水花溅得陶雪川一愣。

"不能接受才不正常。"江尧看着他说。

到辅导员办公室的时候顾北杨还没到,江尧在楼道尽头的小阳台上等了会儿,撑着栏杆往楼下操场上看,顾北杨风风火火地从小路那头过来。

顾北杨这种每天老琢磨着想为教育事业奋斗终生的人,他还真是第一次见。招人烦的同时也让人觉得神奇,比如对现在的江尧来说,他是真的想不通顾北杨每天哪来这么旺盛的精力,从来也不会累。

"江尧!"想着,顾北杨已经爬上来了,冲江尧喊了一声。

江尧不快不慢地拖着腿过去,顾北杨刚好把办公室门打开,推门让他进去。

"你昨天上哪儿去了?"顾北杨问,放下钥匙和包先去接了一大杯水灌下去。

"看腿去了。"江尧靠着他办公桌下坐,"杨哥有事儿?"

"有。"顾北杨点头,灌完水很畅快地"哈"了一声,说,"说说陶雪川。"

江尧不耐烦地站直了身子。

顾北杨看着他。

江尧以为顾北杨心急火燎地找他半天是为什么要紧事,结果还是这事儿。

"没什么说的,他人不错。"江尧看着顾北杨,"我能走了吗?"

"你不要总是下意识跟我保持敌对关系。"顾北杨没搭理他,认真地敲敲桌子,"我是你们的辅导员,要负责你们在校期间一切身心上的健康,这是我的职责。"

"他挺健康的,我们都健康,你少操这个心。"江尧皱起眉。

"我没说他不健康,"顾北杨一本正经地说,"我是希望你能起到作用,陶雪川或者撒森有什么不好的情绪,或者你们产生了什么潜在的问题和矛盾,你能帮着调解,及时地告诉我。"

"我有义务保护好你们。"顾北杨说了句酸倒牙的总结语。

江尧面无表情地盯着他看了好一会儿,有的人表达好意的方式怎么就那么欠揍呢。

"闲的。"给顾北杨扔下这么句话,他头也没回地拉开门往外走。

"江尧!"顾北杨又在身后喊他。

江尧已经拉开门把手了,被这一声喊得闭了闭眼,把门一摔,转身冲顾北杨走了回去。

"杨哥。"他走到顾北杨跟前,双手往桌上一拍。这本来该是个挺有气势的动作,可惜他步伐过于不潇洒,一拐一拐的,像刚挨了顿揍。

"你的好意我心领了。但我今天有要紧事要干,再让我在这儿听你扯什么心理健康的话,你蹦一个字儿我揍你一次。"江尧看着顾北杨龇了龇牙,"我说真的。"

"什么要紧事?"顾北杨知道江尧浑起来是个什么德行,没再跟他解释,换了个刚捕捉到的问题问。

江尧直起身子看着顾北杨,嘴角猛地往上一翘。

"救我朋友。"他对顾北杨说,说完,嘴角迅速地耷拉回去,重新一拐一拐地转身推门。

刚出办公室,手机就在兜里开始振动,江尧拿出来看,是陈猎雪给他打了个电话,他边下楼边接起来:"小陈哥。"

"怎么了吗?"电话一接通陈猎雪就直接问。

他一睁眼就看见江尧给他发消息说想去看看纵康,立马连瞌睡都没了,想了会儿,坐起来给江尧来了个电话。

"没怎么,"他的嗓子还哑着,"就是想去看看。"

电话里安静了片刻,陈猎雪又问:"宋琪知道吗?"

"他睡得跟死猪似的。"江尧笑笑。

陈猎雪又不说话了。江尧也没催他,把脚下的楼梯下完才继续说:"我没恶意,小陈哥。"

"我知道。"陈猎雪说,他有点儿犹豫,想想还是松了口,"你什么时候有空,我带你过去。"

"马上。"江尧说,最后两层台阶直接并一块儿迈了出去,"你这会儿要是没问我,我也已经在过去的路上了。"

江尧叫了辆车,赶到他跟陈猎雪约好的路口,推开车门直接让陈猎雪上来。

车开到陵园有四十来分钟的路程,江尧感觉自己现在有点儿像个野生动物,不知道要追求一个什么结果,只是跟着本能在走。

纵康的墓在一个规模不大的小陵园里,他跟着陈猎雪往里走,在门卫登记的时候往前翻一页,看见了宋琪的名字。陈猎雪看着像是这里的常客,门卫见了他先点点头,江尧心想宋琪估计也得熟到这个程度。

园区里面很静,江尧迈出去每一步都觉得自己踩在宋琪昨晚来时的足迹上,踩在宋琪在这条路上走过八年的足迹上。

"江尧,现在能改变一切的只有你。"拐进某个清静到冷清的小区域里,陈猎雪在小路的角落停下,扭头看着江尧说,"死人什么都改变不了。"

"不会有什么事的,小陈哥。"江尧说这话时自己都没忍住笑了一声,"我不至于。"

"我是怕一个没出来又搭进去一个。"陈猎雪叹了口气,转身继续带路。

真正站到纵康墓前这一刻,江尧比自己想象中还要平和得多。

他以为他至少得心酸一把,至少也得心情复杂,单纯的唏嘘也行。

事实却是他没有感到任何剧烈点儿的情绪波动。看见纵康碑上青涩的照片,江尧像看见了一个素未谋面却无比熟悉的陌生人。

他在碑前撑着地坐下,跟碑上照片中年轻的纵康注视着。

一会儿以后,江尧像是想起什么,从兜里掏出一朵皱皱巴巴的小白花,抚平了搁在纵康碑前的台子上。

"你从哪儿揪来的?"陈猎雪看着那朵小花没忍住笑笑。

江尧也笑了:"在学校拔的。"

放完花,他冲照片上的纵康点了下头,扭头看陈猎雪长舒一口气:"走吧。"

"心事解决了?"陈猎雪问他。

"有想法了。"江尧点点头,又看了眼纵康的照片,转身往来时的小路上走。

谢谢你一直撑着他。

今天再借你用一次,以后就换我来吧。

02

墓都去看过了,江尧再问他要纵康的照片,陈猎雪也没拒绝。

"你清醒吗,江尧?"他隐约猜到了什么,但是只看着江尧问了这么一句。

"啊,特别清醒。"江尧的手指头在手机屏上急切地敲着,"我这脾气干不来让自己受委屈的事儿。"

陈猎雪没再说什么,把纵康的照片发了过去,他出来得急,还有一堆事儿堆着要处理。

跟陈猎雪分开后,江尧就近找了个理发店进去。

店里没什么人,一堆发型师正挤在一块儿聊天,头顶五颜六色,像一串葫芦娃,瞪眼看着这个瘸腿也要坚持来做发型的人。

"欢迎光临,这边请。"一个紫头发的理发师迎上来给江尧导座,殷勤地问,"帅哥烫染还是洗护?"

"剪。"江尧在椅子上坐下,把手机里纵康的照片调出来递给他,拨了拨头发看着镜子里的自己。

理发师把手机接过来,本来自信满满的表情一瞬间像含了块姜。

"……这是你哥哥?"理发师对着镜子里的江尧使劲比了比,都不知道该夸该笑，努力换了个委婉的说法，"帅哥，这发型不好看呀，你确定吗？"

"嗯。"江尧从鼻子里答应他一声。

"这个真不……"理发师还想挣扎，江尧掀掀眼皮从镜子里看着他，不说话。

二十分钟后，他扫掉江尧后颈上的碎头发，摘掉江尧身上的挡布挂在一边。

江尧盯着镜子里的自己看了会儿，"啪"地打了个响指："帅。"

浴室里少了点儿什么。

宋琪把冲干净的头发拢到脑后，推开点儿窗缝透气，一手撑着瓷砖墙往四周看。

一眼看过去看不出端倪，该有的都有，该在的都在，但是当他伸手拿牙刷准备洗漱时，发现旁边本该插着江尧牙刷的那个杯子空了。

对，江尧昨天就把东西都收走了。

宋琪把杯子拎起来看看，又放下。

不对，现在该说是前天。

牙刷、电动剃须刀、阳台晾着的衣服、沙发上胡乱堆放的外套、椅子靠背上挂着的背包、拆开就吃不完的薯片、随地乱扔的数据线和总是滚到他枕头底下的耳机……江尧把自己在这儿一个来月的痕迹清理得特别利索，屋里基本恢复成宋琪一个人住时的状态，却莫名让他觉得屋里比先前宽敞了许多。

唯一留下来的是江尧的轮椅，在阳台搁着，如果不是不好搬估计这会儿也看不见它。

而且这轮椅也不算是江尧的，是当时从医院交押金租的，到时候连轮椅都得退回去。

宋琪把毛巾搭在脑袋上擦着头，过去把轮椅转过来坐上去，冲着窗外点了根烟。

他睡醒睁眼的时候江尧正好出去，他听见江尧关门的动静，下意识想起来喊江尧一声，但梦里的声音和场面还在他脑子里晃荡着，睡过了头的身体也又酸又沉，等他缓过神来，已经错过了追人的最佳时机。

可能是回过味儿来了。

宋琪眯着眼呼出个烟圈，想着昨天江尧来找他，跟他说的那些话。

"我在这儿呢，宋琪。"

"就在这儿。"

对于江尧那样死要面子又脸皮薄的人，能说出那些话不容易，也许昨天来找他的江尧是真的想安慰安慰他，但是又被他的态度给激了回去。

不能接受也正常，他这么多年也难以接受过去的自己。

所有人都累坏了。

宋琪想摸手机，胳膊动了动才想起手机已经被自己扔河里了。

小梁他们会被陈猎雪安排好，二碗也会有机构的人去安排，他现在是真正可以跟外界隔绝的状态。

给自己点儿时间吧，宋琪把手收了回来。

八年来，他第一次在睡醒后无所顾忌地放空自己，什么也不想，什么也不做，在本该最忙碌的时间段里闭着眼晒太阳。

等调整好自己的状态以后……以后如何呢？

问题没得出答案，在阳台晒了没十分钟的太阳，宋琪起身往厨房走，打算给自己弄点儿东西吃。他的胃估计是刚从饿昏两天的状态里醒过来，饥饿来得突然又猛烈，胃袋像被一只手攥着、搓着，胃酸直往上倒，顺带着食道都痉挛地缩巴着。

进厨房第一眼先看见了案板上的老干妈，宋琪拿过它颠了颠，放回冰箱里换了把挂面出来，打算给自己快速煮个面。

掀开锅盖他猛地一愣，才发现锅里温着满满一蒸笼的食物。

包子、粥、煎饼、小碟咸菜、半只烤鸡，还有一盒没打开过的米饭，码得像座歪七扭八的小山，不知道什么时候放进去的，锅已经凉了，饭盒的塑料盖里沁着水汽，一打开就迅速凝成小水滴。

宋琪就这么望着这锅饭，望了好一会儿，看见食物他明明胃里更饿了，但就是莫名地不想伸手。

"我在这儿呢，宋琪。"

"就在这儿。"

他又想起江尧对他说的话了。

你在啊，真的在啊？

宋琪给自己做了一长段的心理建设，成功地把自己想见江尧的冲动压下去后，烦躁地把锅盖往案板上一扔。

与此同时，房门外突然传来稀里哗啦的声响，是有人在用钥匙开门的动静。

回来了。

宋琪心头一跳，从厨房走出去。

江尧正好刚拉开门，屋里屋外两人一看见对方，同时愣了愣。

"吓我一跳。"江尧以为宋琪还在睡，冷不丁见到个人杵在那儿差点儿把手机砸过去。

"醒了啊?"他扶着墙边换鞋边问宋琪。

宋琪没答话,死死看着眼前的江尧,没有表情也没说话。

"啊,我剪了个头,像吗?"江尧顺着宋琪的目光捋了捋脑袋,跟宋琪面对面站着,大大方方地让他看着自己。

"不过你也别瞎激动,我剪这发型跟你没多大关系,我是为了自己。"江尧认真地说,"我看不了你死样活气儿那个德行,差不多就行了,没有人怪你,在二碗他们眼里,宋琪顶天立地。"

"但是我知道你的源头在纵康那儿,你们不都看我像纵康嘛,那我就借你五分钟当当纵康,你想跟我下跪也成,想跟我哭一鼻子也成,反正你看着我的脸,"江尧指指自己,"看见了吗?这张脸,这个人,此时此刻,跟你说'我原谅你了'。"

"我原谅你了,宋琪,不是你的错,你做得已经很好了。"江尧说。

屋子里很静,宋琪没说话,他从看见江尧后连动都没动一下,表情也没变,只有嘴唇几不可察地抿了抿,看着江尧从玄关一拐一拐地走到他跟前,走到光底下,看着他。

"我都这样了,你要还矫情,那就当我瞎眼,咱俩以后也别有交集,省得我看你闹心。"江尧扬扬眉毛,"不过你要说你能好,那一年两年,五个月八个月的,我等你走出来。"

"八年不行。"江尧又补充,"我是活的,活人等不了你八年,你别想我能熬在这儿跟你耗。"

"现在你可以把我当纵康跪下哭了。"江尧这会儿实在撑不住腿疼,歪歪身子往墙上一靠,用下巴指指自己跟前的一小块区域,"赶紧哭。"

话音刚落,江尧的胳膊被猛地一拽,整个人拧着身子往前扑过去,还以为要摔,却被宋琪使着全力勒进怀里。

鼻梁被这猝不及防的一下磕得生疼,江尧捂着鼻子差点儿蹿起来。

宋琪抱着他,胸腔很深地抽着气。

"……真丑。"好一会儿,他在江尧头顶说了从见面到现在的第一句话。

江尧控制着自己不摔倒把宋琪往外推推,抓着宋琪的头发盯着他问:"你不跪了?你现在看我是谁?"

刚才江尧顶着这颗脑袋从门外进来,他是真的愣了神。

很像,但宋琪知道不是。他自己都意外于自己的清醒,每一眼都是江尧,不是纵康,也不是任何人。

他突然想起那天在出租车里,江尧对着车玻璃说舍不得剪头,顶着这么个小鬏儿多帅。

结果今天说剪就给剪了。

"借你五分钟当当纵康。"

谁会甘心去当别人?

情绪在心口荡得起浪,宋琪感觉自己有点儿失控,从看见那一锅乱七八糟的饭开始就有点儿,但刚才他还有顾虑,还能说服自己冷静,现在横亘在心头的顾虑被江尧这一通操作猝不及防地打消了。

江尧就像一杆钉枪,一个字一个字地对准他心口最酸软的地方扫射,各种情绪全扎在一起滚得没了章法。

"江尧。"宋琪喊他。

"啊。"江尧答应一声。

"头发留回去吧。"宋琪说。

"知道。"江尧抬起眼笑笑,看着正对眼前的阳台。

今天太阳真好。

"江尧。"宋琪又喊他。

"嗯,"江尧从喉管里咕噜一声,"我在。"

洗衣机在阳台上"嗡嗡"地响,微风从窗户外丝丝缕缕地刮进来,带着午后的阳光,屋里的氛围跟昨天简直是两个世界。

"锅里那堆乱七八糟是你放的?"他问江尧。

"那不然是哪个田螺姑娘专门来给你放的?"江尧懒洋洋地说。

"谢谢。"宋琪翘着嘴唇笑笑。

江尧跟他对视了会儿,撑着胳膊坐到沙发上。

"宋琪,"江尧神色放得很正经,问,"我虽然想让你走出来,但也不是逼着你立刻就得好,你该难受还难受,不用……"

说着说着又觉得自己词不达意,江尧心烦地"哎"了一声:"反正就这么个意思,我就想让你好受,你明白我意思吗?"

"嗯。"宋琪在他脑袋上又搓了两把,"知道。"

"那你知道了,现在就轮到我问你了。"江尧在心里给自己打了个气才自在点儿地开口,"你那天跟我说的话,没说完的那半截儿,想说什么?"

"什么?"宋琪反问他,一脸认真。

"……你这说出去的话还带忘的?"江尧惊了。

大老爷们儿难得说点儿矫情话,那怎么不得在深更半夜回想起来都臊得脚趾蜷缩眼皮发麻?

"啊,真忘了。"宋琪的嘴角一点点翘起来,"我跟冬眠了似的,你得给我点儿提示。"

江尧瞪着他。

"再说现在心境也不一样。"宋琪伸手弹了一下江尧的脑门儿。

"为什么？"江尧问。

"发型太丑了。"宋琪说。

"江尧。"宋琪把江尧松开，喊他。

"在呢。"江尧答应他。

……

"咕——"

03

吃饱喝足后，江尧感觉现在的自己就是个气球，整个人从里到外都鼓胀胀的，一撒手就能呲上天。

"吃水果吗？"宋琪把锅碗瓢盆都收拾完，洗洗手拉开冰箱门。

"塞不下。"江尧体会了一下肚子现存的容量，放下腿换个姿势。

"老干妈？"宋琪又问，尾音扬着，是个戏谑的腔调。

"刺儿我呢是吧。"江尧的嘴角翘起来，屈着手指头在餐桌沿上敲出一段节奏。

他现在想到当时被宋琪在厨房门口抓个现行的场面，也觉得有点儿丢人——拿人老干妈丢人，二话不说收拾了东西就跑，也是厌得让人没话说。

真是让情绪给顶着了，这会儿多借给他个脑子也弄不明白自己当时是怎么想的。

"你拿过来吧，我努力生吞试试。"江尧抬抬胳膊伸了个懒腰，打了个哈欠，说，"吞不完剩下的我还带走。"

宋琪笑了一声，拧开水龙头稀里哗啦地洗了会儿，单手端了个果盘从厨房出来，到江尧跟前给他递了个什么东西。

"什么？"江尧虚着眼皮看一眼，大白兔奶糖。

"我至少得跟你说了三千五百遍，我不爱吃糖。"他也不想吃糖，但还是伸手接过放进嘴里。

"每次也没见你不吃。"宋琪顺手在他脑袋上揉了一下。

"废话，这都送嘴边儿上了。"江尧"嘎啦嘎啦"在嘴里转着糖块等它化，"我问你个事儿啊。"

"去沙发上。"宋琪把糖纸扔进厨房垃圾桶，空着的手架了一下江尧的胳膊，把果盘放在沙发前的小茶几上，又去拿了个刷好的烟灰缸。

"太贤惠了。"江尧叹了口气，撑着椅背单腿站起来。

他跳到沙发边上蹬掉拖鞋盘坐进去，随口问："你先前是不是没谈过多少女朋友啊？"

"多少？"宋琪在江尧旁边坐下来，重复一遍他这个用词，嘴角带上点儿笑，"怎么什么到你嘴里都跟按斤称一样？"

"嗯，有什么问题？"江尧往宋琪旁边的垫子上靠过去，用膝盖碰碰他，"快，问你正经的。"

"没几个，"宋琪把电视打开，边调台边回想着说，"正经点儿的应该有两个，后来……硬算上有三个吧。"

"这还带硬算的？"江尧乐了。

"别人介绍的，吃了两顿饭，没说到那一步就散了。"宋琪也笑笑。

"为什么散了啊？"江尧又问。

"店里忙。"宋琪说。

听见这么个理由江尧本来想笑，想到二碗，那点儿想笑的心思瞬间荡然无存。

他想到了，宋琪肯定也想到了。

但宋琪看起来没有任何反应，像平时他们无数次提到车厂的任何一次一样，甚至连眼睛都没转一下，很平静地继续望着电视。

也不知道现在对他来说是没反应好点儿，还是有反应好点儿。

总归怎么样都不会好受是肯定的。

江尧不爱听人讲道理，所以也不想跟他再多说那些虚的东西。

而且宋琪也不用那些，他说能好就一定能好。现在先就这样两人懒洋洋地窝着挺好的。

"你呢？"宋琪转过脑袋继续看电视。

"你看呢？"江尧反问他。

宋琪看江尧一眼，干脆调了个姿势倚进沙发里，跟江尧面对面各占了沙发的一端，左胳膊还搭在沙发靠背上，右胳膊肘屈起来支着沙发扶手，用手指撑着下颌骨歪头打量江尧。

"半个吧。"宋琪从鼻腔里笑了一声。

"你要脸吗？"江尧冲他张张手，"你三个我半个？我一只手上都得长五根手指头。"

"说的就是它。"宋琪抬抬手腕，指了一下江尧的手。

江尧气笑了，说："你滚吧。"

阳台洒进来的阳光照在脚上，手边是现成的烟和水果，电视的声音不高不低地在半空中荡。

江尧被这氛围烘得又要困了。

"宋琪。"要睡不睡的时候，江尧又开口喊了宋琪一声。

"嗯。"宋琪答应他,声音倒是比他清醒得多。

"有人说我能活到一百零二岁。"江尧莫名来了一句。

宋琪下意识地在心里算算日子。

"所以以后我都在。"江尧说。

安静了一会儿,宋琪开始笑:"嗯。"

第二天早上江尧醒得刚刚好,睁眼的同时闹铃也响了,他把闹钟关上,抻着胳膊坐起来伸懒腰。

舒服。

宋琪已经起来了,正在热昨晚没喝完的粥。江尧跟他一块儿把锅底给清掉,再把头脸都收拾完,正好到了出门的时候,江尧套着外套去玄关穿鞋。

"我送你。"宋琪也把衣服捞过来。

"不用。"江尧低头边把脚往鞋里伸边说。

"真不要?"宋琪抱着胳膊靠在玄关墙上看着他问。

"嗯啊!"江尧被宋琪这反应整得想笑,"咱俩今天脑电波联系。"

"什么?"宋琪没听清。

"你手机不是没了嘛,"江尧扭头看着他,"有事儿就给我发脑电波,收着我就给你回一个,收不着你就这么待着。"

"……有病。"宋琪没忍住笑了一声,也没问江尧是什么时候知道的。

"真得走了,再不走我得弹着去。"江尧转身麻利地下楼了。

"注意点儿。"宋琪交代他。

以防万一,江尧在路上给赵耀发了个消息,让他如果点名先帮自己答上到。

上一条消息还是昨晚他回过去的"不了,明儿回",赵耀没理他;这条发出去,赵耀也没回。

这人不能还睡着吧?

江尧跟老师踩着前后脚跨进教室,看见坐在后排老位置玩手机的赵耀,他松了口气,过去在赵耀旁边坐下,捞过赵耀桌上的水拧开灌了两口。

"他俩呢?"缓了口气,江尧看了眼赵耀另一边空着的位置,平时都是撒森坐那儿,陶雪川要赶上一起了也会过来一块儿坐。

今天就赵耀自己,隔了一张凳子再往旁边已经坐上别人了。

"你还知道问啊?"赵耀从他坐下就没吭气儿,这会儿终于没什么表情地瞥了他一眼,嗓门儿倒是一如既往地大,周围零零散散的目光汇聚了过来。

江尧闪过一丝心虚,在众人的注视下默默地骂了一声。

这几天经历了从知道宋琪的过去到目击二碗的离开,再到疯狂寻找宋琪把他给整清醒,这期间又扯扯拉拉地夹杂了撒淼、陶雪川和顾北杨的突发状况,一个脑子恨不能掰成两半使,有些不怎么要紧的人和事,就被他给搁下了。

比如赵耀。

他瘸着腿满世界蹦跶的这些天,从赵耀的视角来看,只是打他一回来整个宿舍都鼻子不是鼻子眼不是眼,问谁谁不搭理找谁谁不说的烦人日子罢了。

今天看见江尧跟个没事儿人一样坐下就问东问西,赵走光同志闷了好几天的火气"噌"地就起来了。

江尧就着赵耀的脾气,自己又顺着逻辑理一遍,虽然知道这时候好像不该笑,但还是乐得有点儿刹不住闸,趴在桌子上躲着老师的视线笑得眼睛直眯缝:"好久不见啊。"

"我拢共见着你几面你心里没数啊?"江尧眼珠子一弯,赵耀就后悔了,压着嗓子冲江尧蹿火。

江尧拖着嗓子摆摆手,乐不可支地安抚赵耀,实在忍不住又笑着往桌子上一猫:"友谊的小醋缸,你的朋友尧爷表示可以理解。"

赵耀被这个小醋缸恶心得脸上猛地一扭曲,跟着也笑得趴在桌子上,说:"江尧你差不多行了啊!出去浪几天,你怎么还走上恶心路线了!"

走光就这点儿好,不记仇,有什么不痛快的都会直接挂脸上,用不着他闷着脑子瞎猜,实在不行两人约着小操场上干一架,天大的事儿也说开了。

两人笑到隔壁桌烦得伸着腿想蹬他们,赵耀"哎"了一声继续说:"我就想你们有什么事儿别隔着我啊,弄得跟我是个外人似的。"

他说完,自己都不自在地哆嗦两下,又瞪着江尧:"你听懂没啊,我尧哥?"

江尧一直看着他没说话也没表情,这会儿听赵耀这么问,缓缓地也打了个哆嗦,笑着说:"尧哥肉麻。"

赵耀笑着踢他一脚。

"我明白。"过了会儿,江尧转着笔冒出来一句,挺真诚地看着赵耀,"谢了,光儿。"

赵耀斜眉歪眼地瞥着江尧,没好气儿地"啊"了一声,伸了个拳头过来,江尧也伸出个拳头跟他碰了碰。

碰完,两人不约而同地"噫"一声把拳头收回来,嫌弃地抖了抖。

不一会儿,赵耀瞪着教室前面一个角落突然没动静了,江尧顺着他的角度看过去,在前几排里认出了撒淼。

赵耀噼里啪啦地开始给撒森发消息，江尧觉得有点儿没必要，但他什么都没说。

和当初那个暴躁的江尧比起来，现在的他已经能比较淡定地接受开和再见这些事儿，有些人注定就不是一路人，哪怕平时处得挺好，真到了触及观念上的问题，那不一样就是不一样，硬扯到一块儿也没用。

真正能走到一块儿的人，那就算打破了观念也能走到一块儿。

江尧脑子里出现了宋琪的脸，手机在兜里振动了一下，他吓一跳，掏出来一看，是机构张哥给他发的短信。

"这周六，来上一节课试试。"

江尧心里猛地一动。

04

下课的时候赵耀把撒森拦下来了，江尧看出来撒森连放学都想先走，被赵耀一嗓门"小森儿"吼得挺不情不愿的，夹着书从教室门口挪过来。

走出教学楼没多远，陶雪川跟顾北杨从校道另一边一块儿走了过来，看着像刚开完什么会，顾北杨手上端个茶缸，陶雪川胳膊里夹了个笔记本，两人都步履匆匆的，一本正经。

赵耀没管撒森乐不乐意，招招手又喊了一声，拖着撒森迎过去。

"杨哥。"到了跟前，他们又跟顾北杨打个招呼。

"江尧剪头了啊？"顾北杨的第一反应也是往江尧脑袋上看。

江尧都被看麻木了，无波无澜地重复第四遍"剪了"。

"蛮好。"顾北杨点点头，目光里带着欣赏，"挺帅。"

江尧眼皮一跳，平静的心情顿时十分复杂。

完了，能被顾北杨发自心底地赞美，看来是真的土。

"你们是一个宿舍组团吃饭去？"夸完江尧的新发型，顾北杨把目光重新扫向撒森，问了句。

"杨哥一块儿呗！"赵耀顺嘴邀请。

"也行，"顾北杨抬手腕看看时间，点点头，"也到饭点儿了。"

赵耀假装给了自己一嘴巴："我就顺嘴那么一说！"

"不好使啊！"顾北杨笑着指他一下，"今天我还非得跟你们一块儿吃一顿，一个个都被江尧带得越来越能跟我逗脸。"

"这都能拐带到我头上？"

"你昨天跟我拍桌子的事儿我还没找你呢。"顾北杨就等着他这句似的，立马竖起眉毛开始数落。

江尧叹了口气，举举手示意认怂："你今天这顿食堂我请了，咱赶紧的吧。"

他们嘻嘻哈哈边走边扯淡，撒淼和陶雪川一路上也没说两句话。

陶雪川是一向就这个风格，撒淼是怎么想的，江尧不知道。

赵耀跟他对视一眼，也难得情商在线什么都没说。

甚至连顾北杨都扔掉了他那套"我要对你们的身心负责"的论调，只一直在说这学期的风气纪律要格外重视，夜不归宿的问题要格外重视，捣乱分子要格外被重视……听得江尧想让赵耀爬桌子上给他磕个头。

可能在有些事上，大家都默认沉默是最好的良药。

屏蔽掉顾北杨的话，江尧在心里想。

不过事儿跟事儿之间也得分情况，不是所有事儿都能用沉默搁置着就给解决了。

沉默如果是他们宿舍的桥，那就是江尧跟江家的断层。

江尧怎么也想不到，江越还能干出给顾北杨打电话的事儿来，从食堂出来，顾北杨把他拉走告诉他这事儿的时候，他整个人都惊了。

顾北杨显然也还警惕着上回江尧突然发火的状况，边说边后退了半步，瞪着江尧说："我警告你啊江尧，人不能在同一件事上犯两回浑，这次你要还敢跟我这这那那的，我绝对给你报到院里，严格按照校规处理你。"

江尧恍然大悟，忍不住乐了："怪不得刚才你吃个饭一口一个校规校纪，拿话点我呢。"

食堂旁边是一小片花坛，说是花坛一年到头也没有几朵花，大好的春天，一个花坛竟然能干巴得连朵完整的小花都没有。

跟上回比起来，这回知道江越把电话打到了辅导员那儿，江尧自己都有点儿吃惊自己平静的反应。

"这回他打电话说什么了？"江尧边数花边问。

身边一挤，顾北杨也挨着他坐了下来。

"也没说什么，就说你过年的时候跟家里闹了点儿不愉快，如果生活上有什么不方便，让我及时告诉他。"顾北杨非常简短地把江越的来电内容转述了。

实在是想多说也说不来，拢共也就这几句话。

说完他盯着江尧的侧面，想看江尧的反应，不出所料地看到了江尧嘴角讥讽地一翘，凉飕飕地说："真感人，他再晚点儿找你我都该毕业了。"

"这不也就刚开学嘛，时间没什么问题。"顾北杨微皱着眉头，认真地跟江尧分析，"我主要是觉得你哥哥呢，他其实挺关心你的，你看啊，他对你，就直接打电话给我这个辅导员，这种行为，包括说的内容，都很像对待小学生。

"我的意思是,他不知道怎么跟大学的你,现在的你相处,但是他心里绝对有你。

"你呢,尽量不要带着敌意去看他,至少这回可以适当地去理解他一下,因为他确实是在关心你。"顾北杨还自己点了点头,"我是这么觉得的。"

"杨哥。"江尧喊了一声,"其实你也大不了我几岁,我就直接说了。甭管是亲情、友情还是什么,你想要的时候没有,不想要的时候它冒个头,那样的感情一点儿意义都没有。"

"你肯定是在那种一大家子其乐融融的环境里长大的人,所以能什么都不清楚就整天老想用爱感化这个感化那个,你一摆这个阵仗我脑仁儿都发麻。"江尧笑了一声,看着顾北杨拉得老长的脸,"但你是个好……"

他想说好人,话到嘴边儿又觉得这范畴太大。

"好辅导员。"江尧把话接上,搓了个响指。

顾北杨脸上的肌肉很轻微地动了动。

似乎有点儿感动。

江尧企图在顾北杨要冲他大肆发表感动宣言之前跑走。

他最怕别人跟他来这个,毕竟好不好的也就他嘴上那么顺带着一说,顾北杨的烦人劲儿可一点儿也不会因其是不是个好人而减少。

估计是难得挨句夸,或者是对江尧不配合的态度免疫了,顾北杨被发了张"好人卡"以后反而更起劲儿,变本加厉地想让江尧跟自己说说他家里的事儿,从家庭环境的层面上分析一下江尧的心理。

江尧逃跑失败,往他手上看。

"你看什么呢?"顾北杨问。

"你是不是忘了拿你的茶缸子?"江尧说。

顾北杨:"……"

忘没忘的,反正再掀一回茶缸子是肯定不能的。

江尧站起身,崩溃地抓了一下头发,认真又无奈地看着顾北杨说:"等我想说的时候会找你聊。"顿了下,他没忍住又加了句,"杨哥,你的好意我心领了,但你不能总这么跟人打直球,给彼此留一点儿空间,幸福你我他。"

"……你说话怎么就那么气人呢?"顾北杨有那么两秒没说出话来,再张嘴就没忍住笑了。

江尧也笑了一下,说:"那证明你觉得我说得对。"

顾北杨叹了口气,突然说:"江尧,我是真想让你们好。"

"我知道你觉得我这么说显得很假，我也觉得矫情。我自己上大学那会儿，大家也烦辅导员，有时候恨不能堵着他揍一顿。"顾北杨顿了下，露出那种回想往事特有的表情，"但是吧，大三还是大四的时候，我们班出了件事儿，当时看挺大，现在想想也就那么回事儿，只不过要没他扛着，还真不知道得闹成什么样。"

"现在我到了这个岗位上，莫名就把他那些理念、品格都记下来了。感觉至少得做到他那个敬业的程度，'辅导员'这个名号才担得住。"他眼角带着怀念的笑，连声音都柔和了许多。

顾北杨重新看向江尧，挺认真地说："只要来了我这儿，'辅导员'那一栏后面填的是我的名字，我都会这样。懂了吗？"

一丢丢。江尧看顾北杨用这么正经的表情说了个小孩子才会说的话，有点儿想笑，也莫名被可爱了一下。

"懂。"他点点头，"懂是懂了，不过我还是建议你更换一下工作方式，毕竟你明明可以不用那么讨人嫌。"

顾北杨被江尧气笑了，江尧也笑了。

"杨哥，"笑完，他冲顾北杨竖了竖拇指，这次是真诚的，"烦人是真的，好也是真的。"

顾北杨又做动容状。

江尧这回赶在他张嘴之前赶紧走。

"你朋友没什么事儿吧？"顾北杨在他身后又来了句。

江尧差点儿左右脚绊着自己，一时间都没反应过来顾北杨是怎么知道的。顾北杨跟他对瞪着，脑袋上金光闪闪地支着"为学生服务"的小旗。

看着顾北杨这副一本正经的模样，江尧才猛地想起来怎么回事儿——前天他为了摆脱顾北杨，人也心急火燎地被情绪顶着，扔了句"去救我朋友"就跑了。

"你要是……"估计是看他老不说话，顾北杨想咕哝一句什么。

"没事儿，每个人都特别好。"江尧也没听清顾北杨咕哝个什么劲儿，直接说。

他已经没法跟顾北杨继续交流了，但凡跟顾北杨说话超过五句以上，话都让人不太想接。

"哦。"顾北杨点点头，"没事儿就行。"

江尧麻溜地窜了。

回到宿舍，赵耀正歪在他床上打游戏，撒森也在上铺歇着，陶雪川一如既往地不在。

江尧把床垫一掀,那幅不小心扯烂的画还在底下压着,露出宋琪被挡住的半截脸。一看见这幅画,他就回想起那天画烂了那一刻的心悸。

那些事都过去了,宋琪过不过得去也都过去了,但这种冷不丁扎进眼球里、猛地被那种心情再次包围的感觉还是让人舒服不起来。

他可是差一点儿就把宋琪一个人撂那儿跑了。

如果那天,他跟宋琪任何一方走得快了一点儿或者回来得慢了一点儿,宋琪就得在空荡荡的屋子里独自接到三磕巴的电话,独自捏紧了油门往医院赶,再独自面对一次亲友的死亡。

虽然那天他人在那儿什么忙都没帮上,但凭宋琪那个性格,肯定选择一个人硬扛也不会联系他。等到他再回去找宋琪的时候,可能宋琪已经把自己给恢复好了,又开始了下一个八年。

而他只是一个在宋琪痛苦前夕,连人家的老干妈都想给揣着跑的人。

"啊——"江尧被自己的假想刺激得心口生疼,拖着嗓子喊了一声,仰躺在床垫上。

幸好一切都没发生。

幸好什么都来得及。

感谢老干妈吧,江尧同学。

十年馋一回,馋得可太到位了。

赵耀在旁边被这动静吓得一蹦,骂了一声扭头瞪他:"你不嫌脏啊!"

"被顾北杨的情怀虐着了?"撒森也吓一跳,来了句。

"不虐,他情怀挺好的,听着比他平时不烦人多了。"江尧用虎口卡着手机转悠,出神地望着上铺陶雪川的床底,慢慢腾腾地说。

他把手机举到脸前解锁,划拉两下又锁上。

脑子里灵光一闪,江尧直挺挺地从床垫上坐了起来。

赵耀夸张地捂了一下心口,说:"你今儿吃错药了?一惊一乍的!"

"我去年那个手机,当时给你修着玩儿那个,是不是还在你那儿?"江尧飞快地问。

"内屏炸八瓣那个?"赵耀想了想,"你要没拿走就可能还在我工具箱里,你要卖啊?等我打完这局……"

江尧没等赵耀说完,已经直接奔着他床底的工具箱过去了。

"修个手机你这么着急啊,咱那顿烤肉我还能不能吃上了?"赵耀看着他的动作,在一旁开口问道。

"攒着。"江尧收拾完东西往外走,"等我发工资那天带你们吃个够。"

"工资?"撒森重复一遍。

"还等你发工资,等你发……"赵耀嗤笑到一半愣了愣,扯着嗓子喊,"你发什么工资啊？你是不是趁着腿瘸去碰瓷了？江尧，我告诉你脏钱咱不赚啊！"

"滚远点儿。"江尧笑着骂他一声，把门摔上了。

05

维修点有点儿远，来回都得一个小时，两个小时怎么安排都有点儿浪费，江尧索性把电脑带上，直接在店里泡了两个钟头，把张哥之前发他的资料和课件都给看了，脑子里大概有了点儿头绪，还顺手做了个PPT。

江老师。

江尧对这个新称呼还挺满意，他边做边想象自己正经八百给学生上课的样子，结果莫名想到了顾北杨，赶紧骂了一声把顾北杨摘出去，假想了一千八百种自己站上讲台的画面。

等店员把换好屏的手机拿给他，江尧连自我介绍和开场白都写了一页纸。

回去的路上他没打车，趁着晚高峰到来之前转了两趟地铁，到了学校对街的地铁口。

纠结了半分钟，他还是直奔着宋琪家那条街走了过去。

经过夜市街前面，他顺便去买了点儿熟食，上回在这儿买熟食还是元旦跟宋琪一块儿跨年。江尧耷拉着眼皮笑笑，老板也跟着笑了，"哐哐"剁着手里的半只鸭子，问江尧："香吧？"

"香。"江尧笑着点点头。

入了春的天黑得还是早，这么折腾一圈下来，天色就又暗了。

街道两旁的店都早早开了灯，黄澄澄的光搅和着各种香味儿，被穿着各式校服的小学生们穿过去，有的跟在家长后头，有的三五成群叽叽喳喳。路上还夹杂着疲惫归来的上班族，电动车碾着薄薄的黄昏，每个人看着都很松懈，脸上都写着"回家"的踏实。

回家。

江尧咂摸着这两个字儿，他已经很多年、很多年没对这个词语有期待了。

现在好像又有了。

想得有点儿走神，拐进楼道口的时候，江尧没注意有没有人，一脚没刹住差点儿跟人撞了个满怀。

他条件反射地往后退了一大步，撞不撞的倒不是事儿，关键宋琪家这楼道天一暗就黑得跟地道似的，大点儿的狗往外跑都能让人看成谁喝多了耍酒疯。

"不好意……"道歉的话头刚秃噜出一半儿，江尧看清了眼前人的脸。

是宋琪。

宋琪已经看见他了,脸上还带着笑呢。

"吓我一跳。"江尧走过去蹬宋琪一下,"你去哪儿啊?"

"没收到?"宋琪问他。

"什么?"江尧没反应过来。

宋琪伸手拍了下江尧的脑门儿:"脑电波。"

江尧感觉自己的嘴角不受控制地往上牵,笑着骂了一声:"那你收着我的没?"

宋琪把他手上的东西接过来,说:"这不就是收到了,所以打算过去。"

"成,"江尧点点头,"话都让你说完了,琪哥真厉害。"

宋琪往他肩膀上拍了拍,转身上楼,头顶的楼梯上传来踢踢踏踏的脚步声。

"吓我一跳!"下来的人手里拎着两个大垃圾袋,是宋琪家对门那个邻居,他转过楼梯转角被这俩大黑影吓得喊了一声,眯着眼往这儿看,"小宋啊,买菜回来啦?"

"啊。"宋琪抿抿嘴,侧身给邻居让让路,"吃过了?"

"吃过啦,去扔个垃圾。"邻居笑呵呵地过去了。

江尧在旁边侧着身子"啪啪"地点烟,清清嗓子跺跺脚,也冲邻居点了点头。

邻居一过去,他俩拔腿上楼。

"他们家垃圾怎么那么多?"江尧在后头嘟囔了一句。

前面两层都没吭声,到了第三层也不知谁先笑了,就都笑了起来。

宋琪又去加了一道菜一个汤,江尧在屋子里没事儿干,溜达一圈,先是开电视摁了一遍,也没摁着想看的,又去底下翻碟。

他心里惦记着吃完饭就回去,电影时间都长,也没什么兴致认真选,就在盒子里挑菜似的扒扒拉拉,喊:"我在你这儿放个东西,你给我存着。"

"什么?"宋琪问他。

江尧歪歪身子,从兜里把换了屏的手机掏出来掂了掂,朝宋琪抛过去,被宋琪很精准地接住。

"我去年的旧手机,换了新的以后一直没舍得扔,没插卡,用不着,宿舍放着也占地儿,你不连个打电话的设备都没了嘛,"江尧抬抬下巴,"小江老师送温暖。"

说完他就眼都不怎么眨,等着看宋琪的反应。

去修手机真的是脑袋一热就去了,真到掏出来的时候江尧心里还有点儿打鼓。

宋琪有自己的节奏，江尧总觉得自己这么干，也有点儿瞎操心的意思。搅乱人家计划，这种事儿其实挺烦的，被搅和的和搅和的都心烦。

宋琪接住手机后先看了一眼江尧，把着手机在手里转了两圈，拉开凳子坐下来。

"江尧。"宋琪喊。

"啊。"江尧答应一声。

"你就直说，你想跟我保持联系，也没什么不好意思的。"宋琪嘴角翘起来，"不跌份儿。"

江尧看宋琪没排斥，心底松下口气。

看来是他想多了。毕竟连下楼买菜都能正常去，也不是真要与世隔绝了，这点儿电子设备不至于。

"那你需不需要啊？"他两条胳膊抱着往桌上一撑，看着宋琪问。

"不需要也不行，"宋琪在江尧头上抓了抓，把手机收起来，"你连个脑电波都收不着，整天还爱乱跑，我找人都找不到。"

"你脸可真大啊宋琪，我以前怎么就没发现呢？"江尧脑子里都出现宋琪口中的画面了，两个小人儿在地图上穿来绕去，脑袋上都顶着Wi-Fi一样的小信号格，一闪一闪的，就是死活碰不上，最后宋琪小人儿只能落寞地回家一个人待着。

他大言不惭地笑话宋琪，说："我现在就给你发了条脑电波，你接收吧，我在说什么？"

宋琪去厨房把剩下的菜都端出来，又去洗了洗手。江尧懒得动弹，宋琪又拧了条毛巾扔给江尧，让他擦擦，自己抱着胳膊靠在厨房门框上等着收毛巾。

"你在想，"江尧跟他瞎扯淡，宋琪还真配合着做出思考的神情，望着江尧说，"菜是不是快凉了？"

"吃饭。"江尧这回笑出了声，往宋琪背上一拍。

第十三章
我已经看见太阳了

01

　　从宋琪家离开以后,江尧把全部的心思都放在了备课上,做了好几个构思,发给张哥商量完,自己再琢磨着增减改进。

　　赵耀他们知道江尧这个兼职大致的由来以后,也不知道该说点儿什么。

　　被家里断粮,从小阔少变得连多打两趟车都心疼,这落差还真不是谁都能立马就接受。

　　但又莫名有点儿想笑——感觉这些事发生在江尧身上都并不怎么让人稀奇。

　　"反正你那一家子……"赵耀清清嗓子,斟酌一下用词,"一天天就跟电视剧似的,从来也没消停过。放心吧尧儿,哥们儿几个一天管一顿也不能把你饿死啊!"

　　"就一顿啊?"撒淼扭头看他,"你吃得饱?"

　　"我这就是那么个意思!你就不能单纯品味我话里的意境吗?"赵耀被噎得半天说不出话,"你高中没学过什么叫文学修辞啊!"

　　几个人一块儿笑了。

　　老师加上幼师,他们都没干过这么细致的活儿,还是个长期的,面对江尧这份特殊时期得来不易的兼职,都有点儿赵耀绣花——狗熊捏绣针般的迷茫。

　　陶雪川有丰富的义工、志愿者经验,老跟那些老人小孩儿接触,给江尧提了点儿实用的管小孩儿的方法和建议,江尧记下来针对他最要紧的两点:一忍,二别揍人。

　　撒淼把自己存着的几个相关的公众号与链接发给江尧,里面不少小技巧与课程分类安排之类的干货，赵耀瞪着眼嚷嚷：“不是森儿你都什么时候偷摸存的？你也当幼师去了？"

"没，我是打算今年去考个教师资格证。"撒森有点儿不好意思，"我大姨给我妈建议的，我表姐去年拿的证，教材都送给我妈了……"

"啊。"赵耀听得愣愣的，忽然又扭头问陶雪川，"班长你考研啊？"

"他那个成绩、那些荣誉、给系里做的贡献，"江尧噼里啪啦边地打着字，边笑着说，"不给他保研能行嘛。"

"没有的事儿，保不保都得靠自己。"陶雪川推推眼镜，挂上一副顾北杨的表情。

赵耀骂了一声，大家又都笑了。

笑完安静了一会儿，几人各自忙活着，陶雪川又出去了，拿着书要去图书馆。

走到门口，他停下来扭头看着撒森：“一块儿吗？"

"嗯？"撒森坐床上拿着本挺厚的教材正"哗啦啦"翻，不确定陶雪川是不是在跟他说话。

"这个时间好占位，图书馆氛围好，你考教资不用背书吗？"陶雪川平静地说。

江尧和赵耀对视一眼，也一块儿看着撒森。

"啊，要，得背。"撒森翻身下床，很麻利地把东西都收拾好，朝陶雪川走过去。

"……谢谢。"他小声地加了一句。

陶雪川什么都没说，点了下头，夹着书出去了。

"哎——"赵耀伸了个懒腰往床上一躺，跟个小老头儿一样拖着嗓子叹气，"我的一桩心事可放下了。"

江尧笑笑，觉得宿舍亮堂了不少。

过了会儿，赵耀突然蹬蹬他的椅子：“尧儿。"

"啊。"江尧没回头，答应他一声。

"你说，"赵耀犹豫不决地问他，"我是不是也该干点儿什么？"

江尧这下真笑了，搭着椅背转过来看着赵耀：“行啊。"

"我还没想过这些，我以为咱们仨就是抱团的咸鱼，结果今天真是晴天霹雳，就剩我自己了！你们俩全翻身做人去了。"赵耀揉着脑袋坐起来，嘟嘟囔囔的。

"废什么话。"江尧的指节在桌上敲着，"是爷们儿就利索点儿，想干点儿什么就干，别磨磨叽叽的。"

赵耀龇着牙花子笑，兴致勃勃地掏出手机开始查，嘴上啰啰唆唆：“那你说我干点儿啥好？考研？考证？还是也找个兼职？哎，尧儿，你觉得呢？你哪来的劲儿啊冲着这一堆，不无聊啊？"

无聊吗？江尧冲电脑屏幕上成摞的文档看了眼，要搁去年，就做寻狗启事那会儿，他干这种事儿肯定会觉得无聊。

但现在不是不一样了吗？

什么事儿要么不做，真要做那就必须得做到份儿上。

不冲着给谁看，纯粹就是不乐意看到自己想干的事儿干不成。

人真到了一些时候，真的指不上谁，就得靠自己。这道理自从他妈死了以后，江尧一年比一年明白。

认识宋琪以后，宋琪与他的车厂，他的朋友，他的过去，让江尧更认同了这个观点。

——每个人都在拼。

活下去很容易，想活得无愧于心，想活成自己想要的样子，谁都得下力气。

其实有句话这几天一直在江尧脑子里转悠，是宋琪在他半开玩笑地说去车厂帮忙的时候，挺认真地说了句——"学艺术的大学生去车厂打工，有点儿追求没有。"当时他只想着从宋琪的角度看待挺酸楚的，没太往深了去想。现在他对着电脑上、纸上、教材上这些有关绘画设计的名词，虽然是针对儿童领域的，但感觉……真的不一样。

江尧越来越觉得自己其实无所谓什么样的环境，有钱没钱，苦点儿还是乐点儿，他就想要踏实。

用自己拼来的专业，去干自己能干的事儿，赚自己该赚的钱，喜欢自己想喜欢的人，扔掉自己不想要的关系，不再去为了维持假象上的平和而压抑自己。这种每天都知道自己该干吗要干吗的感觉，特别踏实。

有目标的感觉，真的很充实。

即便是从最普通、勉强跟专业搭着线的兴趣班老师开始，至少他开始做了。而且江尧知道，这只是个开始。种种在以前想都懒得想，或者说不敢去想的计划，在他脑海里像干涸了十年突然泡水的海绵，不可抑止地极速膨胀、生长。

"不无聊。"江尧转回去继续冲着电脑，手上漫不经心地搓着响指，答赵耀，"干你觉得该干的，怎么都不会无聊。"

就算有时候无聊了，看电脑太久看烦了……

"嗡——"

手机在桌面上振动起来。

江尧看过去,屏幕上来电人的名字刚映入眼底,一股笑意就从心里涌上来,连带着嘴角也控制不住地往上扬。

一切都在向最好的方向生长。

江尧的第一堂课安排在周六早上九点半到十一点半。

宋琪问要不要送他过去,江尧说不用,弄得跟送考似的,不紧张都紧张了。

他说完又加了句:"你要想去接我倒可以,中午一块儿吃个饭。"

"行。"宋琪在电话里笑笑。

江尧本来想坐公交车过去,他把路线都查好了,有一辆直达,还挺方便,时间也留得足够充裕。结果赵耀随口问完他怎么过去,一听他要坐公交车,立马吼了一嗓子,二话不说给他叫了辆车。

"第一天上班,第一节课,必须顺风顺水!"赵耀说得有鼻子有眼,"坐什么公交车!"

江尧被赵耀逗乐了,也没客气,捶了一下赵耀的肩膀。

"不要误人子弟啊!"赵耀冲他喊。

换季的时候升温降温似乎就是一天的事儿,天气一天一变,头两天天还有点儿凉,今天再出门的时候好像温度就提了一个台阶,但是风特别大,搅和着阳光把人吹得又冷又热。

江尧裹着外套上车,正好坐在有阳光这一头,风是没了,可没几分钟他又被烘得把外套脱了。

宋琪给他发消息问到哪儿了时,江尧正举起手机冲镜头抓自己被吹成麦旋风的头发,看见消息栏弹出来,顺手自拍了一张给宋琪发过去,问:"帅吗?"

——"帅飞了。"

宋琪回他。

这三个字戳中了江尧的笑点,他脑袋往靠椅上一枕,翘着嘴角开始笑。

到了机构楼下,时间还很充裕,江尧下了车在风口犹豫两秒,先去附近找了家店进去吃早饭,等餐的时候给宋琪拨了个视频。

那边接得很快,估计手机就在手上,江尧听见"嗡"的一声接通的提示音,眼睛转到屏幕上就看见宋琪滴着水的头发还有脖颈上搭着的毛巾。

他凑近了听筒支着耳朵听了会儿,问:"你那什么动静'呜呜'的,有人装修?"

"风,今天风大。"宋琪说,举着手机去把留着缝儿的窗户给拉严实,

"到了？"

"到了，先吃早饭。"江尧把手机靠在餐牌上，抱着胳膊撑在桌上跟宋琪说话。

宋琪像是想起什么，说："下午顺便去医院看看腿吧，天天不当回事儿，万一长歪了也好及时给你砸回来。"

这时候服务员送餐过来，边从托盘往桌上给江尧端东西，边用眼角往视频里扫了扫，见对面是个还挺帅的男人，眉毛扬了扬。

"谢谢。"江尧朝她笑笑。

"没事，小哥哥用餐愉快！"服务员激昂地回了一句，跑了。

也忒热情了。

江尧被这声"小哥哥"唬得一愣，把豆浆端过来掀开盖子喝了一口。

"我跟你说话呢。"宋琪在视频里咂了一下嘴，冲屏幕连着打了两个响指，"小——哥——哥。"

江尧一口豆浆差点儿没含住，笑着看宋琪："你几岁了？"

"我是提醒你说话要看着对方。"宋琪吐了口烟，踩着沙发边沿往里靠进去，"我刚才说的听见没？"

"听见了。"江尧点点头，随口道，"你跟小陈哥也真是弟兄俩，说的话都一个路子。"

"嗯？"宋琪不知道他在说什么，"陈猎雪带你去看腿了？"

"那天在医院顺便就看了。"江尧不想多提之前的事儿，一句带过后看了眼时间，对宋琪说，"我不跟你聊了，赶紧吃完饭就得过去了。"

"行，"宋琪又交代他一句，"路上慢点儿。"

"还慢点儿，再慢真给风刮歪了。"江尧笑了笑。

"知道了，赶紧吃饭吧。"宋琪说。

江尧没再废话，利索地把视频切了。

02

宋琪就着乱叫的风声也去厨房给自己弄了点儿早饭，他没开电视。这阵子他开电视的频率在逐渐减少，以前他到家就得把电视打开，不管干什么客厅里都得有声音，明明每天忙到了家倒头就能睡，偏偏整个人就像一个上下漏油的管子，空得让人难受。

现在，有一双手在努力地替他堵住一端的空洞。

确切地说，是好几双有形无形的手。

人得知道感恩啊，宋琪。

宋琪把锅碗洗了，在心里边对自己说，边又倒倒烟盒咬出一根烟。

抽完以后,他拿过手机拨了个电话。

"早上好。"对面在响到第三声时接了起来,声音与往常一样温和淡然,带着让人舒服的语调。

"是我。"宋琪说。

"我知道。"陈猎雪笑笑,"你的声音我还不至于认不出来。"

宋琪也笑了。

"今天心情不错?"陈猎雪问他。

陈猎雪应该是在上班,宋琪听见他开门关门的动静,然后走了几步,那边的人声降下来,背景音也变成了同款的风声。

"不错。"宋琪如实说,也站去了阳台的窗边。

有一些时候——几年前多些,宋琪会无意识地想到他与纵康和陈猎雪三人之间的关系。

他会想,如果他们三个人的身份互换,不,纵康的不用换,只用换他和陈猎雪的,是不是很多事情都会变得不一样,很多灾难都不会发生,每个人的生活都会好上很多。

这些假想从来都得不到具体的答案,因为宋琪能想象到即便陈猎雪在他的位置上也可以活得很好,但他想象不到就凭当时那个年幼又莽撞的自己,在陈猎雪的位置上能不能活下来。

估计连换心那一步都撑不到,就自己走到头了。

陈猎雪其实是个很强大的人。

纵康死后,他像缩头乌龟一样不敢面对陈猎雪的那些日子里,重新遇见他的陈猎雪选择原谅他的那一刻起,宋琪就再也没有动摇过这个想法。

到现在,陈猎雪在电话里条理清晰地一一告诉他,在他扔掉手机不想跟任何人联系的时候,他是如何一桩桩一件件地把厂里的事、把二碗的后事、跟救助站后续的交接等等琐碎繁杂的事安排明白,宋琪在更加坚定这个想法的同时,心里也没法不对自己之前不闻不问一团糟的状态感到愧疚。

一个江尧,一个陈猎雪,之前还有照顾了他许久的纵康。

其实从某个角度来说,可能他宋琪才是最幸运的那一个。

"谢谢你。"他对陈猎雪说,"真心的。"

"没什么好谢的。"陈猎雪在电话那头沉默了一下,云淡风轻地说,"那年我在医院躺到开春,纵康哥的事儿是你在外面办的,我也没谢过你。这回轮到我了,正好。"

"我没帮上多少,大多数都是陈叔去操办的。"宋琪的眼皮耷下来弹了弹烟灰,他知道陈猎雪这么说是为了让他好受,不管怎样说,他都感谢陈猎雪这么做。

每一句话,每一件事,都值得他感谢。

"是吗?"陈猎雪笑笑,"我说这回他陪我去办那些手续怎么那么熟练。"

宋琪也笑了一下。

"那等以后办我的事儿的时候,你记得陪着他,他一个人颠来跑去,该觉得累了。"陈猎雪又说。

宋琪沉默下来。陈猎雪的声音很平,很稳,像在说他准备去买一个西瓜,一点儿也没觉得自己在说什么让人不想听的话题。

"神经病。"宋琪骂他。

陈猎雪"哈哈"地笑了起来。

"琪琪啊。"笑了会儿,他半慨叹半认真地喊了一声宋琪的小名,告诉宋琪,"以前就放在以前吧,它也不会跑,别攥着不放了。"

"嗯。"宋琪答应一声。

"咱们都得往前走。"陈猎雪说。

"好。"宋琪答应他。

好。

还有一声"好",很轻,不用说出声,是落在心里给那些过去的人听的。

挂掉电话,宋琪把烟头碾灭在阳台上的小烟灰缸里,抬抬胳膊冲着远方伸了个懒腰。

天气很好,出去走走吧。

刚走到楼下,兜头一阵分不清东南西北的风顶上下巴颏,宋琪默默把"天气很好"这句话跟刚才的情怀一并咽回肚子里。

这座城市年年都这样,到了春天总会迎来一场大风,今天是第一天,这样的风还算能接受,等明后天真刮起来了,除了窝在家里还真去不成哪儿。

江尧今天的课也算是排对了时候。

犹豫了一会儿,宋琪把摩托推进了楼道里,还是决定保险点儿打个车过去。

"今年这个风厉害咯。"路上,出租司机等红灯的时候拿了块抹布迅速探身出去擦了擦挡风玻璃,抹下一层薄薄的浮灰,边关车窗边嘟囔着说。

宋琪还没接话,他就继续叨叨着说:"比去年的风厉害,去年我家小区门口的牌子都没掉,我今天早上出来看它就在晃晃荡荡了。"

"那是有点儿危险。"宋琪看着窗外接了一句。

"可不嘛。"司机响亮地咂吧一下嘴。

宋琪付钱下车，眯着眼抬头看了看，他总觉得太阳都给吹得有点儿毛边儿。

他还是先带江尧去医院再找地方吃饭吧。

宋琪在心里盘算着，看看时间距离江尧下课还有一会儿，索性也没过马路，直接抄着外套口袋在路对面的条椅上坐下来。

往来人群在他跟前走过，有见天色不对疾步带着孩子往家赶的家长，也有不惧狂风搂抱在一起商量去哪儿吃饭的小情侣。宋琪没掏手机，很随意地看着对面机构的大门口，吹了会儿提神醒脑的风，等成规模的小孩儿们笑闹着从里面出来，他站起来跺了跺脚，掏手机看一眼时间，打算现在过去。

江尧跟宋琪说这是他的旧手机，但是宋琪一眼就看出来屏幕刚换过，一点儿磨损和划痕都没有，屏幕一锁就干净得像面黑镜子，反射出商场顶上刺眼的……白光。

有些时候，人来不及分析心底骤然炸起来的紧张感是因为什么，但后脑勺上凉飕飕汗毛倒竖的感觉会提示你，这大概就是传说中的"第六感"。

宋琪飞速地扭头往商场顶上看了一眼。

一块巨大的字牌正摇摇晃晃地脱离钢架的制掣朝下倾斜。

路上也有行人注意到了，惊呼声从第一个人口中冒出来，很快形成了一个小范围的躲避圈，人们像一摊荷包蛋一样"刺啦——"一声四散开来。

宋琪往路边倒了几步，字牌坠落的过程比他想象的慢，还有一只角摇摇欲坠地挂着，他已经挪到了安全的范围，又看一眼楼上倒悬铁斧一样的字牌。他本来想转身直接过马路，身边一个还没他腿长的小孩儿却突然钻了出来，也不知道是没看见危险还是急着找家长，拖着嗓子大喊着"妈——"，不管不顾地朝字牌底下的一个门店小跑过去。

"哎，那小孩儿！"好几个人同时惊慌地喊起来，宋琪什么也没来得及多想，猛地一个大步窜过去，抓上小孩儿的肩膀往后狠狠一扯。

"啊——"身后的人们在尖叫。

伴着呼啸的风声，巨大的字牌像一颗炸弹一般，从上方砸落下来。

先前，江尧顶着风进了机构大门。

今天机构的学生比上次江尧来的时候多了两番，很多空着的教室也已经排课开班了。江尧跟着张哥穿过走廊进了一个又大又明亮的教室，外面休息区坐满了家长，见了张哥纷纷打招呼。

教室里面三十来个小孩儿叽叽喳喳的，见有人进来全都安静下来，齐刷刷地把目光钉到江尧脸上。

"开学开心吗？"张哥走到教室最前面，把教材往桌上一放，叉着腰笑盈盈地巡视教室。

"不开心——"小孩儿们拖着长腔接话。

江尧在先前只知道自己是做助教，肯定还有个主教，但他没想到主教就是张哥。跨进教室的张哥就跟换了个人似的，身上散发出一种谜一样的从容，那些快节奏的毛毛糙糙全都化成了活力，说起话来都眉飞色舞，连讲带比画。

江尧跟在他身后进教室，自觉地在靠近门旁讲台边的位置上等着。被六十来双直勾勾的眼睛盯着其实有点儿瘆得慌，尤其身后还有一堆家长在无声观察，他强迫自己适应，把这些小孩儿全当成会动的大土豆，开始观察教室。

兴趣班的座位布置不像教室那么严谨，屋里贴得花里胡哨的，倒是各种元素都不缺，有最幼稚的动物画报，后排还有一个角落专门放着各种石膏几何体，墙上钉着一些笔触稚嫩的优秀作品。

江尧默默观察着张哥的节奏，他这几天把从小到大见过的男老师在脑海里过了一遍，格外喜欢的没有，格外讨厌的倒是有一堆，他分析了一下那些格外讨人厌的男老师都有什么毛病，无外乎自大、自以为是、自说自话。

还行，江尧给自己喂定心丸，这些问题在他身上还没有那么突出。

"这学期呢，咱们班来了一位新的老师，会教你们一些很有意思的小东西。"张哥说得差不多了，把话题引到江尧身上，朝他一挥手，"来，江尧老师。"

本来已经被张哥引过去的六十多道目光"唰"地又转了回来。

江尧！微笑！赶紧笑！

"你们好。"江尧朝讲台中间走了两步，扬起自己两块发僵的苹果肌，冲小孩儿们抬抬手，觉得自己简直是少儿频道里那种笑得最无奈的男主持人。

"老师好——"小孩儿们喊。

紧跟着，一个小孩儿举手叫了起来："张老师，老师叫什么名字？没有听清！"

"老师！你的腿为什么瘸了？"第二个小孩儿跟着喊。

"老师看着不像老师！我们喊你哥哥还是叔叔啊？"第三个。

"尧尧老师你衣服上是大象吗？"第四个。

江尧："……"

张哥："哈哈哈！"

"尧尧老师也挺好的，活泼。"张哥忍着笑说，还问江尧，"是吧？"

"摇什么摇！"江尧小声地怼回去。

"摇摇乐。"张哥飞快地说。

"摇摇乐老师！"耳朵尖的小孩儿听见了，拍着桌子大笑着喊了起来，于是一整个屋子都笑个没完。江尧实在理解不了他们的笑点，有点儿无奈地看着他们笑了一会儿，自己也莫名跟着笑起来。

笑点低真是不行啊。

那种初进门的紧张和拘束感倒是都笑散了，江尧重新做了个自我介绍，然后在张哥的示意下，把自己准备好的U盘连接到电视上。他用白纸三两下折了一个会张嘴的猫头鹰，落落大方地展示着说："今天我们都是第一次见，给你们带了一个可以用纸折出来的小礼物……"

小孩子坐不住，三四十分钟休息一次，江尧在学校里一个半小时一堂的课上惯了，到了休息时间总觉得还没正式干点儿什么，抬眼看向张哥。

张哥在旁边观察了他半节课，抱着胳膊过来拍拍江尧的肩，说："不错，第一节课混个脸熟，节奏你跟着我慢慢就有了。等会儿下半节课我带他们画画，你看着辅导就行。"

江尧在心里呼出口气，冲张哥点点头："行。"

两个钟头笑下来，到了结束这次课程的时候，江尧觉得自己都不会笑了。

"累吧？"张哥招呼阿姨来收拾教室，揽着江尧的肩哥俩儿好地往办公室走。

"还行。"江尧感受了一下，"就是脸僵。"

这一个月的笑脸估计都贡献给今天了。

张哥鼓励他几句，交代了下次上课的时间，问："一块儿吃饭吗？我请你。"

江尧差点儿就答应下来，一张嘴才猛地想起跟宋琪说好了中午见。

这也太忘我了，工作精神很可嘉啊，江尧同学。

"我约人了，不好意思张哥。"江尧掏手机看了眼时间，"下回吧，下回我请你。"

"好说。"张哥摆摆手，"赶紧去，别让人家等你。"

江尧点了下头说："那我走了。"

"下次得比这次有进步啊，摇摇老师！"张哥在身后笑着喊了一声。

江尧被这声巨大的"摇摇老师"吓得差点儿给自己绊个磕巴，稳稳身子，扬起胳膊冲张哥支了个大拇指。

03

出了机构的大门，风比上课前刮得还带劲，直往人脸上兜巴掌。

门口有个在路边拦车的家长，见江尧出来热情地要帮他也叫辆车。江尧以前在学校基本属于被同学家长点名"不要跟他玩儿"的那一类，从学生到小老师，身份的转变连带着地位都不一样了，简直有点儿受宠若惊的意思，连连摆手说不用，他就去对面。

"啊哟，对面是出事情了吧？"身旁有人说。

江尧说去对面是随口说的，他正要掏手机联系宋琪，问宋琪在哪儿，闻言抬眼望过去，对面商场楼下还真围着一小圈人，楼顶晃晃荡荡的字牌倒悬着，看得人心惊胆战。

不少人围了过去，江尧皱起眉，迅速往人群里扫了一眼，没看见宋琪，他莫名有点儿紧张，一种"要出事"的很不好的感觉飞快地攫上他的喉咙口。

他边给宋琪拨电话，边抬脚往马路对面走过去。

江尧还在斑马线上就看见了宋琪，他高，身材好，又帅，扎在包围圈里面也特别显眼。江尧松了口气，扣上手机加快了脚步过去，想把宋琪从人群里面拉出来。

"宋……"张嘴想喊的同时，江尧看见宋琪的身形动了动，他心头一蹦，果然，下一秒宋琪就往前冲了冲，弯下身子。与此同时，一直在楼顶摇摇欲坠的字牌像慢动作一样，带着灰尘与生锈的钢条和水泥块，"砰"的一声砸了下来。

江尧的眼珠猛地缩紧。

似乎在极度紧张的时候，人会长出无数双复眼，所有的画面像同时发生，一同铺展在眼前。他不知道该不该用"视觉暂留"来解释眼前的画面——明明他的左眼看到的是宋琪还在他的视线范围里好好地站着，他只要伸伸手、喊一声、再走快几步，就能把他拉过来。

而他的右眼却看见，眼前被人群包围着的那一小块地方，被扑起来的飞灰给包围了。

人们在后撤着惊呼。

江尧一瞬间连呼吸都忘了。

他甚至都来不及去想什么"不会有事的"，拨开人群就往里挤。他想喊宋琪的名字，喉咙像被胶水粘住，胸口坠着千斤顶，勒着他的舌头，让他一个音也发不出来。

宋琪。

他只能在心里念了一声。

"砸着人了！"有人在喊。

"打120啊!"

最初的恐慌之后,人们又"嗡嗡"着迅速向某个方向聚拢,江尧只觉得心口无限地往下沉,他咬着牙又从两个人之间不管不顾地挤过去,突然看见了宋琪。

他没事。第一时间,江尧只能捕捉到这个信息。

宋琪手上抓着一个小孩儿的肩膀,领口都给人家抓歪了。小孩儿歪歪扭扭地贴着他的腿,两人都还维持着一种互相角力的状态,没反应过来,瞪眼看着前方不足半米处炸开的字牌。

在他们呈对角线的位置,一个中年妇女坐在地上,小腿肚上"哗哗"地涌着血。

江尧猛地卸了力,挤出来的声音都干巴了,他站在原地有点儿发颤地抹了把脸,才发现自己整个额头都湿得厉害。

"你吓死我了!乱跑什么!让你别动别动!"一个年轻的女人拎着小包跑向宋琪和那个小孩儿,尖着嗓子一脸后怕地叫。小孩儿这才反应过来发生了什么似的,"哇"一声爆出了哭腔,扭了两下挣开宋琪的钳制,张着胳膊往他家长怀里扑过去。

"吓死我了!"家长不停地重复着,搂着小孩儿翻来覆去地检查有没有受伤,大风还在刮,头上又"扑簌簌"地落下来一些碎石灰,她赶紧把小孩儿夹起来,随着人们一起退远了。

江尧咂了咂嘴。

刚想过去把还在原地的宋琪给拉走,目光望过去的一瞬间,江尧又愣了愣。

宋琪在看他的手。

他以为宋琪是在检查自己有没有受伤,下一秒发现不是——宋琪不是把手伸到眼前端详着看,他保持着收手回来的动作,微微垂着头在看,仿佛那是别人的手,或者是他新长出来的一截肢体。

手指尖儿还有点儿发力过度后的轻微颤抖。

宋琪很轻地握了一下掌心,嘴角蓦地勾起一抹很浅、很浅,转瞬即逝的弧度。

江尧却像被那只手拧了一把五脏六腑一样,他耳朵边回响起那晚宋琪卡着他的脖子对他说的话——一个也救不活,整个人豁然明白过来,宋琪在看什么。

啊——

江尧在心里喊了一声,像一个鼓胀到极致的气球在腔子里爆炸了,又冲击又释放,他抬手搓搓脸,把眼眶里星星点点的酸楚搓下去,三步并作两步地快步走向宋琪。

"宋——琪——哥——哥,"他学着上午宋琪在电话里喊他那样,一抬手揽上宋琪的肩膀,打了个响指,"真帅啊。"

宋琪花了两秒才反应过来江尧怎么突然出现在这儿,他盯着江尧笑盈盈的眼睛看了一会儿,突然二话不说,拉着江尧往前走。

"干吗?"江尧被宋琪拽了个趔趄,忙单腿跳着倒了倒。

不远处已经有警察过来了,两个受伤的路人也被热心群众护送到安全的地方,目击了字牌掉落的人们叽叽喳喳地给没能看见的人说明情况,围观的人把路都给堵了,车鸣声此起彼伏,远方的司机从车窗里探头出来边骂骂咧咧边问怎么了。

宋琪攥着江尧的胳膊逆行穿过这些人群,快步往前走。

"喂,我的腿。"江尧有点儿跟不上趟,说了一句。

宋琪一听他的腿,果然刹住了脚,左右看看,把江尧往两个店面之间仅供过一个人通过的窄巷里带。

"江尧,"他轻声说,"我刚才救了一个小孩儿。"

"啊,我看见了。"江尧举起手拍拍他的肩,"刚才我不是一看见你就夸你帅嘛,琪琪大超人。"

宋琪嘴角微扬,轻点了下头:"嗯,我救了他。"

"啊,我看见了。"

宋琪又笑了一声。

"不过,我跟你说啊,宋琪,"江尧换上一副正经的表情指着宋琪,"你下回遇到这样的事儿给我看看情况,能捞的捞一把,不能捞的你敢冲上去试试,腿给你砸残我绝对不管你。"

外面一辆警车鸣着笛"呜——"地过去,江尧心里一虚条件反射地往上一蹿。

"我知道了。"宋琪无奈地捋了把头发,推着江尧往外走,"你这一惊一乍的毛病,给小孩儿上课都得给人吓出病来。"

江尧笑着骂他,飞快地往巷子外一闪,说:"我上班第一天就获得了苗苗班三十三位小朋友深深的喜爱。"

"苗苗班。"宋琪重复一遍这个名字,笑得停不下来。

这一段的路都给堵上了,他俩并肩往下一个路口走,商量着等会儿是直接去医院还是先吃饭。

说是商量,两个人跟智力倒退一样谁也不服谁,商量的结果在"江尧坚持先去吃饭——宋琪驳回——江尧骂人"这三个流程里绕不出去。

绕到第四遍，他们同时听见身后有人喊："前面的小哥，等一下！"

"喊谁呢？"江尧扭头，看见刚才被宋琪救下来的那个小男孩的家长"嗒嗒嗒"地踩着高跟鞋追上来，手里拖什么似的拖着她儿子。

"刚才乱七八糟的，都忘了跟你道个谢，幸好都没走远。"家长跑到他们跟前理了理头发，冲宋琪愧谢交加地说，非要请他俩吃饭。

"没事儿。"宋琪点了下头，笑着拒绝了。

"给叔叔磕头！"家长往自己儿子的后脑勺上兜了一巴掌，佯怒着吼。

江尧看得一愣，忙跟宋琪往旁边让了让，说："姐你这谢礼太大了，真不用。"

家长也笑了，她冲小孩儿认真地说："说谢谢叔叔。"

"谢谢叔叔。"小孩儿被吓唬得快哭了，忙鞠了个大躬。

宋琪轻轻弹了他一个脑瓜嘣。

真好。江尧在旁边眯缝着眼，想。

走出去挺远以后，江尧戳了一下宋琪的手臂，"哎"一声问他："要照这么算，那你当时在超市摆米酒那儿就救了我一回了。"

"是吗？"宋琪说。

"是啊，薅猪似的，头皮差点儿给我扯下来。"江尧回忆起来头皮都发麻，"你刚不会也那么抓人家小孩儿吧？怪不得人家看见你就撇嘴想哭。"

"可能吧，下了多大的力气我也没概念。"宋琪笑笑，"我抓了把小孩儿，人家亲妈过来让他给我磕头，你就不用磕了，下跪吧。"

"别上脸啊宋琪。"江尧用胳膊肘往他肋窝上捣。

宋琪哈哈大笑，拉过江尧一起上了车。

大风还在刮，但这一路的天都晴得让人格外舒畅。

江尧的腿在年后三个月加一星期时才痊愈，老大夫说本来轻伤，养得好两个月就差不多了，可江尧太皮，绑着条腿还喜欢乱跑，得多固定一阵子。

拆石膏那天江尧走路都蹦高儿，正好也到了发工资的日子，他在烤肉摊包了张大桌，把宿舍几个人摁在那儿吃。吃到尾声的时候，赵耀都受不了了，抚着肚子仰在椅子上号，说再动一动烤肉就得从喉咙眼儿里哕出来。

说着还打了个两秒长的饱嗝。

几个人恶心得不想看他，撒森攥着一瓶啤酒"咣当"一下站起来，凳椅子都被他晃摔了，陶雪川伸手去扶，被撒森抓着胳膊掇起来，喊："班长，我跟你喝一个。"

"小森儿喝高了吧。"江尧问赵耀。

"啊，你看他脖子红成什么样儿了！"赵耀倒了根牙签出来边剔牙边说，"别管他，这小子心重！最近也是闷得不行，不喝多点儿他到毕业这一肚子话都没法张嘴说！"

陶雪川不爱喝啤酒，被撒森叨咕得没办法，只能开了一瓶陪他。

那天晚上江尧没跟他们回宿舍，在学校后门的路口分开后，他看着赵耀他们跟醉鸭子似的一摇三晃地往回走，摸手机出来给宋琪打电话。

"你回来了没，还是在店里？"那边一接通，江尧就直接问。

"刚洗完澡，你们吃完了？"宋琪说。

"完了。"江尧给自己点上根烟，朝宋琪家走过去，"我去找你。"

天开始热了，经过小区门口的水果摊时看见新上的西瓜，江尧顺手买了一个，拎地雷似的一路小跑着蹿上了楼，冲着宋琪家的房门就是一通敲："开门！"

"邻居睡了，小点儿声。"宋琪从屋里把门拽开，江尧拎着瓜就撞进去。

"哎。"宋琪觉得后背被什么挺沉的东西砸了一下，也顾不上看，两个人跟踉跄着往沙发一块儿摔进去。

西瓜也"咚"一声掉在地板上，裹着土红的塑料袋滚到客厅正中间。

两人盯着那西瓜滚出半圈，突然都开始笑。

"喝多了吧你。"宋琪拍了拍江尧的腿，挺嫌弃地挺身就要起来，"一身烤肉味儿。"

"我上哪儿喝多，他们仨捆起来都喝不过我。"

"那你抽什么风呢？"宋琪从上往下看着他，问。

"啤酒吧，喝不醉，"江尧晃荡两下，"但是呢，喝多了也容易兴奋。"

"哦。"两人对视一会儿，又莫名其妙地笑开了。

"吃个烤肉没怎么着，笑一身汗。"江尧笑累了，往沙发上一躺，倒着笑劲儿说。

"去洗个澡。"宋琪去阳台拽了条毛巾扔江尧的肚子上，又把西瓜捡起来拎去厨房，"又脏又臭。"

"毛病真多。"江尧抓着毛巾坐起来，"把西瓜给小爷切好，等会儿我洗完出来就要吃。"

说完，他在宋琪反手抽人之前飞快地进了浴室。

江尧在宋琪这儿没什么衣服，他偶尔来一次通常第二天需要换衣服就套宋琪的。

阳台的窗户没关，初夏的夜风还带点儿凉丝丝的劲儿，隔着纱窗透进来，还带来了对面夜市街的彻夜灯火与热闹喧嚣，江尧胡乱地哼着歌，格外安心。

他从浴室出来，宋琪果然已经把西瓜切好了，摆好盘放在餐桌上。江尧过去捏了一块，特嫌弃地皱皱眉："这瓜怎么煞白的，刚不会摔坏了吧。"

　　"你这脑子后年能毕业吗？"宋琪跟大爷似的敞着腿靠在沙发里摁手机，头也不抬地说，"什么瓜能摔一下给摔掉色，季节没到，第一批上来的水果都不甜。"

　　"老板骗我啊。"江尧两口嚼下去一牙西瓜，坐到宋琪旁边勾头看他手机，"大好时光，你玩什么呢？"

　　宋琪用的还是江尧给他的手机，他之前去把手机卡给补了，直接插上去就跟个新的一样用，但手机里江尧以前那些有用没用的软件，下的歌存的图，他都放着没动。

　　所以江尧一眼就认出宋琪在翻他的相册。

　　翻到的照片还正好是去年拍的……

　　"偷拍啊。"宋琪划拉着屏幕冲他乐，"还是一串连拍，不错过每一个精彩细节？"

　　"要脸啊。"江尧自己也笑，还挺怀念地把手机抽过来自己一张张看，"现在看我拍得还是很可以。"

　　"是我上镜。"宋琪说。

　　江尧懒得接这话，捧着手机叹了口气说："我还画了一张，可惜拽烂了。"

　　"怎么烂了？"宋琪看着他问。

　　"开学收拾床，忘了底下有画，一个没注意就拽烂了。"江尧把手机扔沙发上，又调了调姿势，舒服地往沙发上靠。

　　淡淡的西瓜香气混着夜风在小屋散开，整个世界都平和安宁得让人享受。

04

　　第二天是周五，江尧早上没课，被宋琪起床的动静带醒，支棱着头发坐起来。

　　"你去店里啊？"江尧摸着手机问。

　　"嗯。"宋琪答应一声，也问江尧，"你等会儿回学校还是待在这儿？"

　　"我跟你一块儿吧。"江尧说，"挺长时间没过去了。"

　　"也行。"宋琪点点头，往江尧后背上拍一巴掌，去浴室洗漱，"起来收拾收拾。"

　　"嗯。"江尧沙哑着嗓子说。

　　从宋琪衣柜里往外拽衣服的时候，手机在床上振动，振了两下江尧没搭理，以为是闹钟。

连着振了半分钟，他才醒过困儿似的反应过来是电话，扔掉衣服去床上把手机拿起来。

是个陌生号码，但江尧基本上能猜到是谁，因为来电号码的归属地是他家，江湖海不可能给他打电话，家里会联系他的人除了宫韩就剩江越了。

江尧又看一眼时间，早上九点零七分。他皱着眉把手机摁成静音，扔回枕头上转身继续扒拉衣服。

吃早饭的时候，宋琪感觉出江尧情绪有点儿不对，也不能说不对，但绝对有点儿发蔫儿，有心事似的。

"没胃口？"他给江尧剥了个茶叶蛋。

"还行。"江尧两口把蛋嚼了咽下去，开始喝豆浆，想想还是对宋琪说，"江越给我打了个电话。"

宋琪想了一下这个名字："你哥？"

江尧"嗯"一声，又说："上个月他给我辅导员打了个电话，说了点儿有的没的，不知道犯什么病，今天又给我打一个，还专门换了个陌生号码，他本来的号在我黑名单里呢。"

江尧的自我调节能力其实很强，放着不管过一会儿他也能活蹦乱跳，而且他跟江家那两位的矛盾像是骨髓一样扎在骨头缝里的，就像宋琪和那个传说中的宋显国，没什么好劝好说的。

有些人就是一辈子也无法坦然面对，无法释怀，无法原谅。

也许正是因为深知这一点，且宋琪与江尧各自都有着与家庭无法弥补也不再在乎弥不弥补的经历，他们二人在对对方情绪问题的处理上才有着无法形容的默契——没什么道理可说，在对方想说的时候听，然后互相陪着就行了。

但是这一次，宋琪想了想，决定多说一点儿。

"江尧，"他又剥了个蛋，放在江尧手旁的小碟子里，"接受和不接受从根本上来说是一样的，都是随着你自己的情绪走，你不想接就不接，但要是觉得也没到从此以后声音都不能听，面都不能见的地步，那你也不用难为自己。"

"因为你随时可以在你觉得烦的时候，把他们扔得远远的，谁都不能逼你接电话，也不能逼你接了电话以后就不许挂掉。"宋琪看着他，语气像在说"多吃两个蛋"一样随意。

"我只想你做什么决定都是出于自己的心情，跟他们的相处，当下怎么做是让你舒服的，对你而言那就对了。"

怎么会真的彻底不在意了。

拖着那样一个摇摇欲坠的破框架子也想勉强维持住"家"的模样；被换门锁，被砸了一拐杖，被二话不说地断绝经济来源；本该阖家欢乐的大年三十连朋友家都不好意思待，一个人孤零零的还被电驴撞了个骨折……

宋琪在心里一桩桩地过了一遍江尧的遭遇，差点儿叹出声来。

江尧总把自己说得什么都不在乎，其实重情重得自己都受不了。

"你开心是最重要的。"宋琪重复了一遍，又捏了一个茶叶蛋。

"……吃不掉了。"江尧弹了一下他剥蛋的手。

宋琪笑笑，把第三个茶叶蛋放回去。

"宋琪。"吃完第二个蛋，江尧喊了宋琪一声。

"嗯。"宋琪答应他。

没继续说话，过了会儿，江尧又喊他："宋琪。"

"嗯。"宋琪继续答应他。

"你去当我们辅导员得了，比顾北杨说话让人愿意听多了。"江尧说。

宋琪看着他，两人都忍不住笑起来。

"神经病。"宋琪笑着骂了一声。

三磕巴还是像以前一样，脑袋上支着天线，闻着江尧的味儿就抻着脖子在店门口迎接，磕磕巴巴冲江尧挥手："大，大，大……大哥！"

"怎么磕巴得更严重了？"江尧发愁地问。

"我，我激，激动！"三磕巴不好意思地挠挠头，"嘿嘿"傻笑，"感觉好，好久没，没，没见，见到你了！"

他说着还弯腰去看江尧的腿："你，你腿好，好啦？大，大，大哥。"

"好了，再不好真要瘸了。"江尧跺了跺地。

三磕巴说感觉好久没见，江尧也觉得确实挺久了。

二碗出事以后什么都乱糟糟的，他只顾着宋琪没往这边来，宋琪走出来了他又开始兼职了，一周两节课，偶尔还得加个一节半节，不知不觉竟然有近两个月没来过宋琪的修车厂。

要一般人一两个月不算什么，他跟宫韩一年没见再见面也跟昨天一样。

可这群人不一样，一天对他们来说就是一天，一个月就是一个月，每分每秒都是实打实的，一点儿水分都没有。

两个月没见，连二哈都胖了一大圈儿。

"你就在这儿了？你家里人也不找你。"江尧拍拍二哈的头，二哈激动得围着他直绕圈儿。

在门口逗了会儿狗，院子里来了车排队等着洗，江尧把二哈往旁边牵了牵，找个不碍事的地方站着，打量现在的修车场。

三磕巴以前在厂里跟二碗关系最好，两人干活总腻在一块儿，一个高一个矮，一个胖一个瘦，一个磕巴一个牙尖嘴利，摆在一块儿特别喜感，咋咋呼呼的，气得小梁总追着他们踹。

现在二碗没了，院子里好像都空了不少，三磕巴跟面条搭伙儿，说话也被感染得细声细气，整个人好像长大了不少，肉眼可见地干起活儿来更用心，更卖力，像是想连着二碗的份儿一块儿干全乎。

每个少年好像都是在失去的过程中长大的。

很疼，但是必须得正面受着，腰板儿绷得笔直才能叫爷们儿。

"你给我过来！"正看着，忽然门里窜出一个像一阵风一样的影子，激得二哈抬着前腿直叫唤。

后面跟着跑出来的人是小梁，手里还捏着块儿湿答答的海绵，刚那一嗓子就是他吼的，看见旁边的江尧，他愣了愣，挺开心地跟江尧打了个招呼："小尧哥来了。"

"来了。"江尧点点头，转身去看刚跑出去的那道残影，问小梁，"新来的？"

残影已经跑到三磕巴和面条那儿去了，从他们的水桶里抄起一块鹿皮布就干活，上蹿下跳，瘦，但是看着很伶俐，两只眼转啊转的，叽叽咕咕地跟三磕巴他俩说话。

江尧没在店里见过他。

"是啊，宋哥才从大院带回来，跟三磕巴、面条他们都熟，鬼精鬼精的，一天能把我气死。"小梁叉着腰端出车厂管事一把手的姿态。

江尧笑了一声，拍拍身上，掏出一小罐口香糖抛给小梁。

"谢谢小尧哥！"小梁喜笑颜开地接着了。

院子里好像又没那么空了。

江尧咬上一根烟蹲下来，没点，有一下没一下地顺着二哈的狗头。

与来车厂前隐隐的担忧不同，这里没人提二碗，也没有人沉溺于逝去的悲伤。

江尧不知道是小梁他们先天身体的原因，让他们看待死亡与分离有着比一般人更强大的接受能力与调节能力，还是他们必须得强大起来才能让自己站得更稳，总之这群人就是带给了江尧一股力量，一股生生不息的力量。

他们的心脏或许有着不可弥补的缺陷，但他们脚下的根儿，深深植于地表五千米以下，不歇劲儿地汲取着生命的活力与热量，但凡能睁眼站稳的日子，都要挺胸抬头，都要活得漂亮。

你来人间一趟,
你要看看太阳。

江尧心里浮出这句海子的诗。
"种太阳啊种太阳,种太阳啊种太阳。"他从鼻子里哼出一段旋律,手搭凉棚,眯缝着眼往天上看了看。
天很蓝。
阳光很好。
人也很好。
宋琪靠在不远处的门框上抱着胳膊看江尧。
江尧的手腕转过去,做了个比枪的手势,"Piu"地朝宋琪射了一发。

05
这学期的最后一天,江尧踩着最后一节选修课下课的铃声从教学楼快步飞出去,顾北杨在楼梯口想逮他,江尧沉着嗓子喊了一声:"杨哥!"
顾北杨愣在原地,"啊"了一声。
"暑假快乐。"江尧点点头,一本正经地撂下这句话就跑。
"江尧!"顾北杨在身后指他。
"笑死我了,顾北杨头发都让你气得立起来了!"赵耀从另一个教学楼下来,正好看见这一幕,笑着追上江尧边乐边说。
江尧没心思跟赵耀一块儿笑,不是他心情不好,是太好了,宋琪十分钟前给他发了条消息,内容特简练,就个八字两个标点符号,江尧的心思就"哗啦"一下冲去了校门口。
——"给你个礼物,出来拿。"
多帅!多直接!
"我有事儿,兄弟,得用跑的,你自个儿在后面走吧。"江尧拍拍赵耀的肩,在傍晚也坚持着叫的蝉鸣里撂下兄弟就跑。
"我头发也飞了!江尧你看见没!"赵耀在身后笑着喊,江尧乐得不行,头也没回地冲他摆了摆手。
还没跑出校门口,江尧就看见宋琪了。即便学校门口停着那么多共享单车和三蹦子,他还是一眼就捕捉到了跨在摩托上的人——哪怕穿着最简单的黑T恤,墨镜都没戴在指头上懒洋洋地乱转悠,大长腿往路牙子上一支也能把往来的小姑娘们吸睛吸得不像话。
"东西呢?"刚坐上车,江尧就勾着脑袋迎着风往车把手上看。
空的。

"'驴'我呢？"江尧还没说完自己先笑了。

"江尧啊。"宋琪叹了口气，拧了两下油门在路边刹了车，从后视镜里跟江尧对视。

"啊。"江尧笑得眼睛眯着，答应他一声。

宋琪都懒得再跟他兜圈子了，手指屈起来在机车油箱上敲出一串节奏，眼睛仍盯着镜子里的江尧，扬了扬一边的眉毛："你真没看出来？"

江尧愣愣，猛地低下头往自己屁股底下的车座上看看，又猛地抬头盯着宋琪，然后骂了一声，刚才怎么麻利地窜上车，这会儿怎么麻利地从摩托上蹦了下来。

看见宋琪胯下确实不是那辆旧摩托，江尧又骂了一声，有点儿吃惊地瞪着宋琪。

"听见了。"宋琪笑着堵了堵耳朵。

"我的？"江尧指指车。

"你的。"宋琪点头。

"你给我买的？"江尧又指着宋琪。

"我从路上捡的。"宋琪一本正经地说。

江尧冲着他肩窝就捣了一拳。

宋琪抬腿从摩托上下来，拍拍车座："不试试吗，摇摇老师？"

江尧什么话都没说，隔着车使劲地抱了宋琪一下，二话没说跨了上去。

不是不想说，是他有点儿不知道该说什么了。江尧真没想到宋琪会给他一个这么大、又这么可他心意的一份礼物。

也不知道是不是跟自己现在穷了，见什么贵点儿的都是好东西有关。

总之，江尧特别开心，开心得不知道该说点儿什么好。比他从小到大收到所有礼物时，甚至收到所有礼物加起来还开心。

他拧动油门，让心口沸腾的情绪全都化在发动机轰轰作响的动静里。

热风呼啦啦地吹在脸上，把江尧的头发全都向后扬了起来，他大声问宋琪："去哪儿？"

"你有想去的地方吗？"宋琪反问他。

江尧一颗心都扑在他的宝贝礼物上，诚实地喊回去："没有！"

宋琪笑了一声，说："上桥吧。"

"哪儿？"江尧没听清。

"大桥！"宋琪在他耳边喊。

江尧"啊"一声，笑了起来。他专门开上了那条宋琪当初带着他开过的路线。

傍晚的时间整座城的人们好像都很闲适，他们从学校开到车厂，听见二哈远远地叫，穿过宽窄不一的马路，晃晃悠悠地轧过城乡结合部洋气的青石板路，从美食街隐蔽的入口前驶过去，鼻端的香味儿招得人直想咽口水，然后开上夕阳笼罩无遮无拦铺展开的公路，在仍带着热气的橘红色余晖里，迎着旁边大江的粼粼波光前行。

"前面停一下。"宋琪拍了一下江尧的肩，指指上回他们买啤酒的那家路边便利店。

江尧把速度降下来，宋琪下车进去，一会儿拎着大包小包出来。

"走吧，我们上桥。"他重新跨上车，抬手往大桥上指了指。

再次来到桥上，站在与当时差不多的位置，与当时差不多相对的姿势，江尧靠在栏杆上，迎风看着靠坐在摩托上的宋琪，突然特别感慨。

时光像是在无意中重叠了。

过去与现在、他半长的头发与利索的短发、宋琪埋于过去无法自拔的苦涩与如今神采飞扬翘起来的嘴角……全都温柔地交织在了一起。

"你上回不是说，想来大桥上吃烤肉，这儿买不着烤肉，刚才从美食街过忘了打包，拿卤味凑合着吧。"宋琪把挂在车把手上的那一大兜东西递给江尧。

江尧接过来，他现在不饿，只掏出两罐饮料，过去跟宋琪一起靠着摩托灌饮料。

"爽。"江尧仰着脖子灌了一大口。

"你怎么突然想到要送我这个？"他蹬蹬脚底下的摩托，扭着脸问宋琪，"我刚算了半天，最近好像也不是我生日。"

"你自己的生日还要算？"宋琪忍不住把话题岔开。

"我不过生日。"江尧无所谓地跟宋琪解释，"记不记得无所谓……等等，"他突然想到什么，碰了碰宋琪的肩膀，"我自己不过生日，也没记你的，你生日是几号？"

"干吗，要还我个礼物？我也不过生日，有那个时间不如过国庆，生意多。"宋琪笑着看他。

"别扯没用的，只能你送我不能我送你？"江尧挑了挑眉毛，"你什么毛病。"

"我送你的也不是生日礼物，"宋琪说，"想送就送了。"

江尧张张嘴，心里又滚起来一锅沸水。

"谢谢。"江尧说，又灌了口饮料，"真心的，这是我收过的最喜欢的礼物。"

"转过来。"宋琪看着他，说。

"江尧,这么好的氛围,我不想跟你矫情,"宋琪轻声说,"但是该说谢谢的人是我。"

江尧的笑声顺着江面飘散开来,带着饮料的香气,与夏天热烈真挚的情谊。

"宋琪,以后我都带你一块儿看太阳吧?"
"我已经看见了。"
"哎,不是现在这个,是那种太阳,心里那种。"
"嗯。我已经看见了。"

+·+·—— 番 外 ——·+·+
栖 光 而 生

01 宋琪的分店

宋琪最近在筹备分店。

他之前没想着往多大了整，能养活店里的人，帮衬着大院里那堆小孩儿就行。

这么些年了，店里生意越来越好，越来越成熟有规模，在附近也叫得上名号。他跟江尧合计合计，主要是考虑着能更多地帮帮大院，给他们多提供点儿就业机会，就又找了块地方，准备开个二号店。

手底下资源活，分店不难开，装修完捯饬捯饬就能亮相。但是让谁去那边管着，也成了个不大不小的问题。

毕竟两家店的地界儿还是有些距离，他一个人管一大摊子，再来回跑，确实是顾不过来。

江尧从机构上课回来，来他们店里蹭饭，正好一桌子人在讨论这个事儿，他坐下听了几耳朵，抬抬筷子朝小梁指指："梁儿啊，这不现成的吗？"

"你看，宋哥，我小尧哥都开口了，"小梁立马点头，"你就派我过去没错！"

宋琪撩开眼皮看他一眼，继续夹菜吃饭，没说话。

"其实，其实我，我觉得，"大哥没说话，三磕巴倒是有话要说，"我觉得不一定非，非得是小梁，这，这个问题……"

"这个问题就轮不着你考虑。"没等他磕巴完，毛猴直接把他打断了。

毛猴前两年刚被宋琪从大院领回来，什么都不会，成天被小梁追着骂成一道残影。

现在活儿上手了,人也起来了,敢教训三磕巴了。

"轮不着我,轮,轮你啊?"三磕巴很不服,有模有样地一拍筷子,作势要镇压毛猴。

"让你去你也得是那个儿啊,"毛猴比他更不服,笑得门牙漏风,"你怎么去管店,你说,哦你没法说,等,等你跟人磕,磕,磕巴完,人都开出二里地了。"

他故意欺负三磕巴,学三磕巴说话。

毛猴嘴欠,有点儿随二碗,就爱拿三磕巴打岔,有一回给三磕巴气得都蹦起来了,两人成天掐巴。

不过店里大伙儿都挺爱看他们斗嘴,跟个节目似的,特下饭。

"哥,你要信我就让我去。"毛猴气完三磕巴,扭脸就冲宋琪拍胸脯,"梁哥这边都顾不过来了,他走了你一个人累不累啊?"

"没你事儿!"小梁对于毛猴敢跟他抢活儿,简直感到了不可思议。

都不用宋琪下指令,他抬手一筷头就把毛猴打了回去。

"要是实在没人帮忙,让我过去也行。"面条闷声不吭地吃了半天,这会儿抹抹嘴也接了一句。

"行啊,我们面条都说话了。"江尧在旁边都听乐了,在桌子底下蹬蹬宋琪,"都很积极为你分忧啊,宋琪哥哥。"

"吃你的饭。"宋琪也蹬江尧一下,把面前的一盘子卤味往桌子中间推推。

他算看明白了,看这一桌子没一个省心的,那边还是他先去带起来吧。

02 赵耀恋爱了

有的人事业红红火火,也有的人在爱情的道路上一路高歌。

江尧他们宿舍最近一大喜事源自于赵耀——人谈恋爱了。

"可以啊我光哥,"江尧刚接到这个喜讯时乐得不行,直拍赵耀肩膀,"我当你一心扑在贴膜大业上,佛祖心中留呢,什么前儿的事?"

"哎!"赵耀一脸不以为意中带着淡淡的羞报,竭力做出谈个恋爱很寻常的态度,"谁还能在大学里不尝尝爱情的苦!别跟没见过似的!"

"我们还真没见过。"撒森也跟着笑,"谁啊?是咱们系的吗?"

"贴膜认识的?"陶雪川推推眼镜跟着接了句,江尧笑得差点儿歪椅子里。

一屋子人审问半天也没审出女方的名号。赵耀这恋爱谈得都不能说神秘,得上升到保密工作的级别。

江尧他们好奇了好几天,就想看看赵耀扯着大嗓门,跟哪个女生能浓情蜜意得起来。

半个月过去了,别说女生,男生也没见他跟谁格外近乎,成天除了捧着手机傻乐,就没别的了。

直到又过一阵儿,江尧都快把这茬忘了,有天赵耀突然神秘兮兮地出门一趟,没半个钟又回来了,生拉硬扯着非要请他去烤串摊喝酒。

"失恋了?"江尧觉得自己可太坏了,上来就不盼着人好,但一看赵耀那苦大仇深的脸他就停不住地直乐。

"我……"赵耀憋着半嘴欲说还休,"别问了!我只说一句网恋需谨慎,尧儿,不管现在还是以后,男孩子要保护好自己。"

江尧听见"网恋"俩字儿就要笑疯了:"啥啊!"

赵耀恨恨地抹了把男儿泪:"你永远不知道网线对面到底是男是女,是人,还是狗。"

03 二哈的春天

赵耀的网恋夭折于见面,他也没说出是谈了个什么物种。

倒是二哈这条真狗,悄无声息地迎来春天了。

自打江尧在路上捡着它,一直也没人来找,二哈也就在车厂撒着欢儿地住下,吃得膘肥体胖,成了个吉祥物。

都不知道多久过去了,在这个春天的尾巴,它突然领了另一条狗回来。还是条挺漂亮的小母狗。

"不是,咱们家怎么这么能招动物。"小梁冲着那条新狗直挠头,又去指着二哈质问,"这看着也不像土狗啊,你从哪儿给人拐来的?"

二哈跟小母狗并肩蹲着,"哈嗦哈嗦"跟个功臣似的,吐着舌头还挺得意。

小母狗的主人比二哈的前主人靠谱,没两天人就找来了,一个上高中的小姑娘,见了狗抱着就"哇哇"一通哭。

据说是要高三了,家里人不乐意她成天耽误工夫在狗身上,给散养了,这一散差点儿养丢了。

"我能把妞妞在你们这儿寄养几个月吗?"小姑娘惨巴巴地冲小梁竖起三根手指头,"就三个月,高考完我就来领走,我怕我爸再把它扔了。"

"关键是妮妮好像很喜欢你们家狗。"她一脸悲痛地指指二哈,两条狗正顶着鼻子互相舔毛。

"得。"小梁看她哭歪个脸,也没再拒绝,抓了抓头发,"一条也是养,两条也是养。搁着吧。"

"谢谢。"小姑娘挺有礼貌地鞠了个躬,还不忘了抽抽搭搭地交代,"妮妮做过绝育了。"

江尧知道车厂又多了条狗,专门过来看一眼,乐颠颠地拍张照片发给赵耀:"是你那位吗?"

赵耀:"滚!"

04 江越的婚礼

江尧毕业前的最后一个春节,纠结了很久要不要回家过。

倒不是他想回去,是江越给他打了个电话,说自己要结婚了,让他回去见见嫂子。

江尧是真不想回,这两年他都是跟宋琪以及厂里的人一块儿过年,对于江湖海那个散了架的家,他已经不像过去那样犟着脑袋执着。

他有了更像一家人的一大家子。

"回去吧。"宋琪听他说完,站在了江越那头,"毕竟还是一家人,也没到见不了面的地步。"

"道理我都明白。"江尧挺心烦地抓抓头发,瘫在沙发里当啷了半天腿,歪歪脑袋问宋琪,"要不你跟我一块儿回去?"

"你哥结婚,我过去干吗?"宋琪被江尧想一出是一出的样子逗笑了,抬手弹了江尧一个脑瓜嘣,"不跟你爸干仗心里不得劲儿?"

"我不怕我走了你自个儿过年没劲嘛。"江尧没精打采地又瘫了回去。

"我不是一个人,早就不是了。"宋琪起身去厨房做饭,给他一个安心且英俊的笑,"一群人呢,去吧。"

最后让江尧下定决心订机票的,既不是江越的婚礼,跟宋琪的话也没多大关系,而是因为宫韩。

他在微信里鬼哭狼嚎了半个钟头,让江尧回来看看,孩子想死他的好朋友了。

江尧从机场一出去,远远就看见他的好朋友,跟个疯猴儿似的,在航站楼前面上蹿下跳。

够冷的三九天,这骚包就穿一厚夹克,围巾帽子倒是全副武装,脚踝露一大截,江尧离近了专门扫一眼,都要冻紫了。

"缺不缺心眼儿?"江尧问。

"还成,来见你不求颜值上的超越,衣品哥们儿还是杠杠的。"宫韩上下打量江尧一圈,又反过来开始指他,"你怎么包得跟没过过冬似的,这大羽绒服,美感呢?"

"影响了吗?"江尧横宫韩一眼,把拉链又往上扯扯,掏出口罩包上脸,"帅哥现在都走实用路线。"

"行。"宫韩服气地点点头,踩踩他的紫脚脖子。

江越的婚礼没什么特别的,别人咋办他咋办。

新娘子江尧见了一面,人不错,挺温和的性格,大大方方的,见了这个陌生人似的小叔子也没表现出生疏,该笑笑,该说话说话,江尧喊一声嫂子,收了她一个大红包。

江湖海在旁边没什么表情地看着,江尧跟他对了会儿,突然觉得这么较劲也挺没意思,主动喊了声爸,又冲那小后妈喊了声阿姨。

招呼打完他挺自然的,该干吗干吗去了,剩下江湖海跟江越对着眼瞪了半天。

"这小子转性了?"江湖海朝江尧的背影指指,江越点了点头。

婚礼一结束,江尧也没多留,他惦记着宋琪和车厂那一帮子,订了机票就准备直接走。

跟家里说一声,他直接背着包就出门了,掏手机给宫韩打电话,让宫韩开车来送自己。

"江尧!"身后大门一响,江越追出来了。

"有事儿?"江尧原地定了定,扭头看着他。

"爸让我送送你。"江越比江尧还利索,经过江尧身边都没歇脚,径直往外走。

江尧下意识就要拒绝,嘴都张开了,他想起以前宋琪对他说过的那些话,还是换了个态度:"你要酒驾啊?"

江越回头看看他,掏出手机喊了个司机。

他们兄弟俩在一起一直没什么话说,说多了就得干仗。

以前江越认不清这点,老想跟江尧掰扯,摆出大哥的架势教育教育他。

这回倒是意外地没多话,一路安静且和谐地到了机场。

"你长大了。"送江尧进航站楼前,江越还是开了口。

"那不挺好的吗?"江尧笑笑,按着耐心站在原地,等着看江越还要说点儿什么。

"挺好的。"江越点点头,似乎也没有多说的意思,他看了江尧一会儿,才又开口加了句,"江尧,不管什么时候,我是你哥,爸也是我们爸,这是改不掉、也不会改变的。"

"啊。"江尧耷着眼皮应一声。

"你……"江越张张嘴,最后没再说别的,只交代,"不管以后怎么安排,照顾好自己。"

江尧以为的长篇大论的说教没等来,却等到江越的一只手,有些僵硬地拍了拍他的肩膀。

"进去吧。"江越收回手揣进大衣兜里,朝航站楼抬抬下巴。

"知道。"江尧又应一声,朝他挥挥手,"走了。"

05 新年好

江尧的手机在起飞前被宫韩电话轰炸,对他好一顿骂,强烈谴责他没有兄弟情,说都不说一声就逃窜的恶劣行径。

"什么逃窜……"江尧心情很好,笑着跟他解释,"想给你打电话让你送我,被江越截和了。"

"你别扯没用的!"宫韩不听他的,"你就是心里没我了,你等我在家过完年三十的,小江尧,年初一我就飞你那儿砸门去!不过到十五你看我走不走吧!"

"来吧,不就明天嘛。"江尧冲着玻璃哈一口气,愉快地划拉出两个字符,"在家等你。"

手机本来就没多少电,被宫韩一通炸,等落地以后再开机,电量直接掉个位数了。

江尧没想着充电,给宋琪打个电话让他来接自己,就安心地在航站楼等着。

宋琪是从陵园看完纵康直接过来的,找到江尧在的航站楼,他人还没到跟前,远远地先抛了个东西过来。

江尧手忙脚乱地接住,一个热腾腾的烤红薯。

"新年礼物。"宋琪说。

"我可太爱了。"江尧一见着宋琪就觉得自己笑点低的毛病直犯,捧着烤红薯笑得不行,晃晃肩膀撞了宋琪一下,"快走,回去看春晚。"

今年过年不在家过,分店开了,两家店面一堆人,全聚到主店一起过春节。

他们进门时,一大桌人正在打火锅,小梁严格把控着不让喝酒,桌子底下饮料瓶子倒一地,一群人吵吵嚷嚷热热闹闹,见他俩回来,一个接一个地喊过年好,喜庆得不得了。

正笑闹着,宋琪的手机响了,江尧扫一眼屏幕,立马贴到旁边跟他一块儿听。

"过年好啊。"陈猎雪笑吟吟的声音从听筒那头传来。
"过年好!"宋琪摁了外放,一屋子人热火朝天地喊回去。

过年好。

江尧在嘴里咂摸着这三个字,边脱着外套边看他们闹,脸上是停不下来的笑意。

他打心底里觉得,今年真的很好。
以后每一年,也都会这样一直好下去。

本书由烟猫与酒委托长沙大鱼文化传媒有限公司正式授权广东旅游出版社,在中国大陆地区独家出版中文简体版本。未经书面同意,本书的任何部分不得以图表、电子、影印、缩拍、录音和其他手段进行复制和转载,违者必究。